I0778321

El teatro flotante

El teatro flotante

Martha Conway

Editado por HarperCollins Ibérica, S.A.
Núñez de Balboa, 56
28001 Madrid

El teatro flotante
Título original: The Floating Theatre
© Martha Conway, 2017
© 2017, para esta edición HarperCollins Ibérica, S.A.
Traducción del inglés de Eva Cruz García

Todos los derechos están reservados, incluidos los de reproducción total o parcial en cualquier formato o soporte.
Esta es una obra de ficción. Nombres, caracteres, lugares y situaciones son producto de la imaginación del autor o son utilizados ficticiamente, y cualquier parecido con personas, vivas o muertas, establecimientos comerciales, hechos o situaciones son pura coincidencia.

Diseño de cubierta: Calderónstudio

ISBN: 978-84-9139-166-1

*Para mi padre, Richard Conway,
que recorrió conmigo el río Ohio.*

1

25 de abril, 1838, Cincinnati, Ohio

Cuando el barco de vapor *Moselle* estalló en pedazos poco después de zarpar de su amarre de Cincinnati, yo estaba sentada entrecubiertas, en el camarote de las damas, cosiendo bolsitas de muselina rellenas de hojas de té y planeando cómo vengarme de mi prima Comfort por haberse reído de mí durante la cena.

Tenía muchas maneras de devolverle el golpe. A veces le colocaba unas cuantas pinzas en los puños del vestido, para que cuando se le hinchasen las muñecas, cosa que sucedía siempre que actuaba, tuviera después que cortar la tela para poder sacar los brazos. O echaba mano de las tijeras y le cortaba las cintas del corsé para que no pudiera atárselo tan prieto como a ella le gustaba, o le cosía una pequeña pluma de paloma en la espalda de algún vestido para que cuando caminara por el escenario el cálamo le rascara la piel.

Yo era la costurera de Comfort, su ayudante de vestuario y la encargada de prepararle el baúl. Y la que se ocupaba de otras cien cosas más. Ella era la Famosa Comfort Vertue. Ese era su nombre artístico.

Pero no era famosa, y no estaba emparentada con lord y lady Vertue, de Suffolk, como había afirmado en la cena. Comfort tenía casi treinta años, pero la edad que decía tener era la mía, veintidós.

En los últimos seis meses las ofertas de papeles de ingenua habían empezado a escasear, pero ella no estaba aún dispuesta a pasar a los papeles de matriarca señorial o de viuda, puesto que esos papeles aparecían, como mucho, en segundo o tercer lugar en los carteles. Así que lo que hizo fue embarcarnos a las dos en el vapor *Moselle* a la caza, según dijo, de nuevas oportunidades.

Habíamos regañado por el tema en Pittsburgh. Yo quería que tomáramos un coche de línea para hacer el viaje por tierra a Nueva York, donde había más oportunidades. Pero Comfort ya había tenido bastante de Nueva York.

—No tenemos dinero suficiente para eso, Rana. Y además, tengo una oferta del Nuevo Teatro de San Luis. El director está montando una compañía.

Me sonrió. Era una mujer muy guapa, mi prima, con una melena de un rubio rojizo que todas las noches yo le rizaba con ayuda de paños, los ojos azules y limpios, y buenos dientes. Aunque tenía la nariz un poquitín torcida, llamaba la atención sobre el hoyuelo de su barbilla.

—¿Una oferta en *firme*? —le pregunté.

A ella le gustaba decir que me había rescatado después de la muerte de mi madre, pero eso no era verdad. Lo único que hizo fue reconocer una oportunidad. Como la oportunidad que ahora veía en San Luis. Allí nadie nos conocía. Ella podría tener veintidós años y estar empezando, en lugar de tener casi treinta y llevar ya tirando un tiempo. Y yo sería la que era siempre: su prima morena, la que cosía para ella y se mantenía bien apartada del escenario. Podía tener veintidós años también. Que era los que tenía.

Ya llevábamos seis días a bordo del *Moselle*, y la tarde que se hundió esperábamos que la travesía durase seis más. Durante la cena, Comfort y yo nos sentamos en una mesa grande cerca del centro del comedor con seis o siete pasajeros más, bien apretados contra el mantel blanco, todo salpicado de gotitas de salsa de carne, mientras unos hombres con chaquetas blancas sacaban bandejas de la cocina: pollo asado y frito, bacalao empanado, jamón de lata, pan caliente, melocotón en almíbar, pepinillos en vinagre y grandes fuentes de hierro con verduras al vapor. El comedor olía a carne asada y a trementina, y teníamos que hablar por encima del rugido sordo pero constante de las calderas. Para Comfort esto no era problema, puesto que ella era actriz profesional. Con una de las damas de nuestro grupo, la señora Flora Howard, una abolicionista de rostro colorado (yo, para mí, la llamaba Florida Howard), llevábamos ya unos días compartiendo mesa y mantel. Nos estaba contando una divertida historia sobre una mula, y supongo que yo debía de estar sonriendo porque otro miembro de nuestra mesa, el señor Thaddeus Mason, un actor, igual que Comfort, dijo de repente:

—¡Caramba, May! ¡Qué bonita sonrisa!

De inmediato sentí vergüenza y apreté los labios.

—Ahora mire lo que ha hecho —dijo la señora Howard—. Creo de verdad que nunca antes había visto los dientes de May.

—Una sonrisa tanto más seductora por lo rara que es —dijo Thaddeus con aquella voz de recitar poesía.

Thaddeus era un punto más bajito de lo normal y llevaba sus rubios rizos un poco largos, al estilo de un hombre más joven. Lo conocíamos del Teatro de la Calle Tres, donde Comfort estuvo un mes haciendo una función con él. La señora Flora Howard había estado de visita en casa de su hermano en Shippingport y ahora se marchaba a visitar a otro hermano en Vevay. Era una mujer de constitución recia que llevaba a diario largos collares de perlas y cadenas de plata encima del drapeado de sus vestidos de seda. En cada uno de sus vestidos se usaban muchos metros de tela, y yo me preguntaba si no se plantearía perder algo de peso aunque solo fuera por el gasto, pero Comfort me dijo que la señora Howard era una viuda rica con una gran casa hermosamente decorada en Cincinnati –Comfort siempre parece enterarse de ese tipo de cosas–, así que a lo mejor pensaría que eran kilos que ella se podía permitir.

Comfort ladeó la cabeza en dirección a la señora Howard y le lanzó la sonrisa infantil que sacaba a relucir sus hoyuelos; estaba acostumbrada a ser ella la que recibiera la atención y no le gustaba compartirla conmigo. Para el caso, tampoco a mí me gustaba acaparar parte alguna.

—Tiene usted un gran talento —le dijo a la señora Howard— si es capaz de hacer sonreír a mi prima. Y si es capaz de hacerle reír, bueno, entonces le daré un dólar. Creo que habré oído reír a May solo dos veces en toda mi vida.

Una exageración. Me desagradan las exageraciones.

—A veces me río —dije.

—Estoy seguro de que tiene usted una risa preciosa —interpuso Thaddeus—. A juego con su sonrisa.

Comfort frunció el ceño. Para ella, la atención de los demás suponía lo mismo que para mí coser un dobladillo perfectamente recto, y las dos estábamos dispuestas a esforzarnos mucho por conseguir lo que queríamos.

—Caramba, miren eso, ¿irá esa chica a cantar para nosotros? —preguntó en voz alta, cambiando de tema—. ¡Para mí que tengo razón! ¡Creo que si no canta no cena!

Me giré. Una mujer alta con un vestido rosa se preparaba para actuar, de pie sobre una pequeña tarima. A su lado, un hombre con un violín bajo la barbilla tocó algunas notas para captar nuestra atención, y cuando la sala se calló la señaló con el arco y dijo:

—¡Señoras y caballeros! La señorita Helena Cushing, del *Teatro Flotante de Hugo y Helena*.

Las puertas de cristal cerradas del comedor arrojaban una difusa luz de atardecer sobre su vestido rosa y su rostro precioso y delicado. Sobre nuestras cabezas los candelabros se mecieron al ajustar el barco ligeramente el rumbo, y entonces la señorita Cushing extendió los brazos y empezó a cantar:

«Brinda a mi salud solo con los ojos, y yo te prometeré los míos
O deja un beso en la copa y yo no pediré vino…».

Cantaba con compostura, relajada, en absoluto como si estuviera delante de cien desconocidos con servilletas remetidas por el cogote y tenedores a medio camino de la boca, sino más bien como alguien que estuviera sola en una habitación, dejando que se le enfriara el té mientras perseguía sus propios pensamientos hasta su lógico final. Cuando terminó hubo una educada ronda de aplausos y luego la gente empezó a tocar la campanilla para pedir más pan.

La señorita Cushing se giró hacia el violinista y empezó a hablarle con energía. En un instante su deliciosa quietud desapareció.

—Bueno, pues qué espanto —anunció la señora Howard.

Yo seguí su mirada hasta una mesa cercana, donde una dama entrada en años con un vestido verde oscuro era atendida por un chico negro.

—Se ha traído a su niño esclavo —dijo la señora Howard.

El chico estaba detrás de la silla de su ama con guantes blancos abotonados apretadamente en la muñeca y una corbatita marrón sobre una camisa blanca recién planchada. Yo me había criado en el Norte y solo había visto esclavos alguna que otra vez. Aunque la camisa claramente se la habían arreglado (la línea de los hombros no le estaba del todo bien), él, o alguna otra persona, se preocupaba mucho de mantenerla limpia.

Uno de los comensales de nuestra mesa, un hombre con grandes patillas y mostacho y un anillo con una esmeralda en el dedo pequeño, se inclinó hacia delante.

—En San Luis he oído que todos los esclavos hablan francés —comentó.

—Para ella es como una maleta —dijo la señora Howard en un tono muy alto e indignado—. Lo agarra y se lo lleva consigo sin más, a donde quiera que vaya. Alguien debería arrebatárselo ahora mismo y llevárselo a Canadá.

El hombre del anillo en el meñique frunció el ceño.

—Eso es robar; podrían colgarla por eso. Mire el hombre ese, Lovejoy, lo único que hizo fue publicar unos artículos antiesclavistas en su periódico y le incendiaron la imprenta con él dentro. O le pegaron un tiro, no recuerdo cómo fue.

Pero esto no hizo sino volver más insistente a la señora Howard.

—La esclavitud debe ser erradicada, y no mañana, sino hoy. Estoy segura de que todos los presentes en esta mesa están de acuerdo.

Por alguna razón sus ojos se posaron en mí. Al no obtener reacción alguna –yo no estaba segura de lo que ella quería–, su mirada viajó hasta Comfort.

—¿Usted qué opina, querida? —le preguntó, pero Comfort seguía mirando a la cantante.

—Oh, está claro que la voz que tiene es agradable —respondió—. Pero hoy en día hace falta saber un poco de todo. Con una voz agradable no basta. Pues no me pidieron a mí una vez en un teatro de Boston que bailara una jiga. ¡Una jiga! Y todos quieren a alguien que cante «Jump, Jim Crow». Sería capaz de matar a Tom Rice por poner eso por escrito. Le conozco, por supuesto. Actuamos juntos en Tarrytown. Le oyó la canción a un mozo de establos por detrás del teatro. Yo estaba en el escenario en ese momento.

Incierto. Más que una exageración: era una mentira. Me limpié las manos en una servilleta color café que ya parecía grasienta.

—May también estaba allí —prosiguió Comfort, lanzándome una mirada astuta, y vi que no había terminado de vacilarme—. Ella misma oyó al mozo de establos cantándola. Si hubiera sido más rápida, podría haber apuntado ella la canción primero y hacernos ganar una fortuna.

—¿No me diga? —dijo Thaddeus, sirviéndose otro trozo de bacalao. La comida del barco estaba incluida en el precio del pasaje.

—No —dije yo—. En realidad no. Tom Rice oyó la canción en Baltimore, no en Tarrytown. Y yo no estaba ni cerca.

Comfort rompió a reír.

—¡Ahí tiene, como le dije, señora Howard! ¡May es incapaz de decir una mentira! ¡Sencillamente incapaz!

Le lancé una mirada afilada. ¿Acaso había estado hablando de mí antes de que me sentara? Pero la señora Howard seguía fulminando con los ojos a la señora del niño esclavo.

—Jamás en su vida ha sido capaz de decir una mentira —prosiguió Comfort, dirigiéndose esta vez a toda la mesa—. Ni siquiera para decirte que le gusta tu sombrero aunque no le guste. Una vez la oí decirle a una novia en la mañana de su boda que seguro que el tiempo ese día no iba a mejorar en absoluto. Y a esa hora estaba solo lloviznando.

El hombre con la esmeralda en el meñique me miró de arriba abajo mientras seguía masticando la comida, como si yo fuera una curiosidad. Dentro de mí empezó a bullir una ira oscura.

—Y después, por supuesto, se comprobó que May tenía razón, se desencadenó una tormenta mientras estaban en la iglesia —siguió Comfort alegremente—. Y se perdieron su desayuno nupcial porque no se atrevían a salir por miedo a los relámpagos. Nos lo comimos nosotras, ¿verdad, May?

Sentí que me ardía la cara y que me ponía aún más colorada, y dejé el tenedor y el cuchillo cruzados cuidadosamente sobre mi plato. No quería hablar, no me gusta hablar en grupo, pero tuve que decir:

—No. No lo hicimos.

Comfort volvió a reír. Ahora tenía la atención de todo el mundo.

—¡Lo ven! No puede decir una mentira, ni siquiera para ayudarme a mí a salvar la cara, y eso que creo que yo soy la persona a la que más estima en todo este mundo.

La señora Howard, Thaddeus y el hombre con el anillo de esmeralda en el meñique se giraron a mirarme. Yo me pellizqué la muñeca, deseando que la conversación se diese por concluida. No me gustaba hablar en grupo, no me gustaba que me vacilaran y no me gustaba, por encima de todas las cosas, que todo el mundo me estuviese mirando. Este era mi castigo por sonreír.

—Sí que me tienes *algo* de estima, ¿verdad, Rana? —me vacilaba Comfort con su voz de coqueta.

Aparté la mirada. Estimo a mi prima, es verdad, pero en ese momento la odiaba.

Después de cenar, Comfort y la señora Howard salieron a dar un paseo por cubierta, y Thaddeus Mason acompañó al hombre con el anillo de esmeralda en el meñique a fumar puros. Yo me fui sola a la cabina de damas a coser y a planear mi venganza contra mi prima.

La cabina de damas era una sala grande y cuadrada con una decoración algo pobre en comparación con la de los hombres, a la que Comfort y yo nos habíamos asomado al subir a bordo. La nuestra tenía un par de ralas alfombras en el suelo y solo dos cuadros enmarcados, pero por lo menos no habían puesto escupideras. Ya había unas quince o veinte mujeres en la sala cuando entré yo, sentadas en sillas tapizadas de respaldo recto, en grupitos de tres o cuatro, todas ellas leyendo o hablando o cosiendo.

Encontré una silla vacía cerca de una ventana desde donde podía contemplar nuestro avance hacia el oeste. Como el río Ohio fluye desde Pittsburgh hasta encontrarse con el Misisipi en Cairo, Illinois, pasando entre medias por cuatro estados más, íbamos bastante deprisa a favor de la corriente y, al sentarme, empecé a oír el rítmico golpeteo de las ruedas de paletas revolviendo el agua.

Me coloqué el fino chal sobre las rodillas, que se me suelen enfriar, y procedí a sacar aguja e hilo y un ancho tarro de té. Estaba cosiendo bolsitas de té que luego vendía para sacarme un dinero extra, una invención que se me había ocurrido a mí sola: desmenuzaba hojas de té, medía lo que llevaba una taza, las metía dentro de un cuadrado de muselina absorbente y luego la cosía para cerrarla. En los descansos del teatro donde estuviera actuando Comfort solía pasearme con una caja llena, explicando a los espectadores que podían hundir las bolsitas en una taza de agua hirviendo para tomarse un té de forma cómoda e individual. Siempre ofrecía a los empresarios el diez por ciento de los beneficios, y me aseguraba de contar su parte hasta el último centavo, aunque, con la poca atención que me prestaban, hubiera sido fácil timarlos. Pero yo nunca los timaría porque timar es lo mismo que mentir.

Comfort tenía razón al decir que no sé mentir. No es por principio. Por razones que no sé explicar tengo una gran necesidad de hacer un relato de los hechos ajustado punto por punto. Y como no siempre comprendo lo que la gente quiere decir más allá de sus palabras, tal vez sea más honesta de lo necesario o incluso deseable. Mi madre solía atribuirlo a cierta pérdida auditiva en mi oído izquierdo. No era capaz de oír los tonos de fondo, me explicó, y por eso no podía captar lo que otras personas sí percibían de una conversación. Pongamos por caso, si una mujer me decía, por usar el ejemplo de Comfort, «no estoy segura de este nuevo sombrero que me he comprado», yo probablemente no adivinase que lo que ella quería era que le dijese que me gustaba. Yo, en cambio, intentaría darle un listado de lo que me parecían puntos a favor del sombrero y puntos en contra, para ayudarla a llegar a una conclusión. No sé por qué Comfort se ríe de mí cuando hago esto. Se trata sencillamente de quién soy, y ella lo sabe. ¿Por qué mentir sobre un sombrero?

Sin embargo, empujar una aguja para que entre y salga de un pequeño espacio siempre me calma, y según el barco viraba para detenerse en uno de los embarcaderos de las cercanías de Cincinnati, meciéndose suavemente hacia delante y hacia atrás al son del tamboreo de sus calderas, empecé a olvidar mi irritación con Comfort. Ya tenía experiencia de viajar en vapores y no me importaba el olor a madera mojada, humo de cigarro y carne asada en remotas comidas que empapaba todas las cabinas y las cubiertas, y disfrutaba de las vistas del río Ohio, con su larga hilera de sauces que se doblaban para bañar sus hojas en el agua. El río era la división natural entre el Norte y el Sur, con Ohio a un lado y Kentucky al otro. A lo largo de la orilla podían verse los destartalados cobertizos donde vivían los leñadores, y a un niño pequeño de tez pálida y azulada que vadeaba en el barro tirando de la correa de una vaca famélica. Levantó la mirada al pasar humeando el *Moselle* como si su único instrumento posible de redención fuera ese barco, y ahí estábamos, pasando de largo. Corté la punta del hilo con mis tijeras: otra bolsita de té terminada.

—Después de Chautauqua puede que tome las aguas en Malvern —dijo una de las señoras que tenía en frente con voz seca, como hecha de plumas.

Era la anciana de la cena, la que se había traído al niño esclavo, aunque el chico ya no estaba con ella. Permanecía sentada con las manos viejas y retorcidas en el regazo sobre la seda verde oscuro de su vestido, y un par de tirabuzones grises y brillantes le colgaban debajo de la cofia verde a juego. Mientras iba cortando más cuadrados de muselina escuché que el vapor del barco ascendía a un tono poco habitual mientras esperábamos que embarcaran nuevos pasajeros. Más tarde me enteraría de que el capitán del *Moselle* presumía demasiado de su embarcación, que recientemente había establecido el récord de viaje más rápido desde Pittsburg, y que en ese día concretamente quería vencer al vapor *Tribune* en una carrera hasta el siguiente embarcadero. Los nuevos pasajeros se subieron a nuestro barco ya atiborrado de gente; el capitán levantó el brazo y zarpamos, con la esperanza de recuperar el tiempo. Pero la rueda del *Moselle* no había dado ni una sola vuelta completa cuando las cuatro calderas estallaron al mismo tiempo, con un ruido de almacén de pólvora explotando entero de una sola vez.

Fue un sonido que a mí me pareció un golpe. Por un momento fue como si el aire mismo se hubiera cascado y abierto, y el barco trazó un giro agudo, haciendo que todas nos cayéramos de las sillas. Las lámparas de aceite sin encender se rompieron estrepitosamente contra el suelo y los candelabros del techo se balanceaban a lo loco, mientras todas las personas que había en la sala avanzaban a trompicones hacia el mamparo. Mi cara se restregó contra el vestido de alguien, y por un momento la anciana que quería ir a Malvern me mantuvo inmovilizada.

—¿Qué ha pasado? —preguntó con su vieja voz de plumas.

—¡Ha estallado! —exclamó alguien.

El barco frenó y se detuvo. Durante los primeros minutos lo único que cualquiera de nosotras pudo hacer fue intentar ponerse de pie y ayudar a las demás a levantarse también. Todo el mundo preguntaba lo mismo: «¿Está herida?». «No, ¿y usted?». La anciana que quería ir a Malvern se abrazaba el codo.

—¿Nos estamos hundiendo? —me preguntó. Y sin esperar respuesta dijo—: Debemos subir a cubierta antes de naufragar.

Parte de la cofia se le había caído hacia atrás y vi que sus brillantes tirabuzones grises eran falsos, estaban cosidos al interior de la cofia, y que su pelo real era débil y escaso. Aunque fácilmente podíamos ser quince personas en esa sala, después de la explosión mi mundo se encogió para incluir solamente a las dos o tres que tenía alrededor. Por la razón que fuera, la dama de Malvern y yo, y otra señora con su hija, decidimos que nuestra labor era ayudarnos las unas a las otras. El aire de la sala se estaba llenando de un humo peligroso y me dolían los oídos por el ruido de la explosión, pero me fijé en que las paredes seguían paralelas.

—¿Se ha incendiado el barco? —preguntó la madre.

—Subamos a cubierta —le dije—. Otros barcos tendrán que venir a ayudarnos.

Parecía que la voz me salía de los oídos y todo daba la impresión de tener la silueta marcada en negro: el marco de la puerta, el borde de los escalones. Todas intentábamos ya salir de la cabina y por el momento la gente seguía comportándose ordenadamente, aunque más tarde me encontré cardenales en el brazo de los que no supe dar razón, de color amarillo intenso y redondos como botones. En todo este tiempo ni me acordé de Comfort: así estaba de aturdida. Pensaba solo en mí misma, en la dama de Malvern y en la señora con la niña. Pero una vez que subimos a cubierta nos separamos, y no sé si al final las salvaron o no, si la anciana dama llegaría algún día a Malvern ni si la señora se ahogaría con su hija.

En cubierta el gentío que subía detrás de mí me empujó hasta la barandilla, y cuando por fin pude pararme y mirar a mi alrededor, vi que nuestra situación era aún más descorazonadora de lo que había imaginado. Teníamos todavía varias horas de luz por delante, eso era positivo. Pero la cubierta superior de la embarcación, por delante de las ruedas laterales, había estallado en mil pedazos. Cualquiera que hubiera tenido la mala fortuna de estar allí cuando explotaron las calderas habría muerto casi con toda seguridad, y vi una docena de cuerpos carbonizados flotando en el río. Por el momento no venían barcos a salvarnos, aunque el lugar donde me encontraba, en la cubierta inferior detrás de las ruedas, estaba abarrotado de gente con la mirada clavada en la orilla.

Busqué a mi prima entre la muchedumbre, pero a primera vista no di con ella. Un hombre que iba de uniforme intentaba dar órdenes: las damas aquí, los caballeros allí. Tenía un bigote como la paja mojada y un abrigo azul, y el rígido cuello de su camisa estaba salpicado de sangre. No estoy segura de que alguien le estuviera prestando atención. Era difícil saber a qué prestarle atención. Sin dirección, nos arrastraba la corriente, alejándonos más y más del embarcadero de Ohio. Kentucky, al otro lado del río, estaba aún más lejos. Una humareda seca, como de dinamita, se cernía sobre nosotros, y vi varios fuegos ardiendo en la proa del barco.

¿Cuánto tiempo podríamos permanecer a flote? Eso se preguntaban los pasajeros a voces, en tono asustado, y hubo muchos empujones porque todo el mundo pretendía retirarse lo más posible de la proa. Algunos de los heridos que habían caído al río intentaban volver a encaramarse a bordo y, al mirar hacia abajo, vi la mano quemada de un hombre, separada del cuerpo, en la estela que dejábamos.

Se me revolvió el estómago.

—¡Comfort! —grité.

La mano tenía un anillo con una esmeralda en el meñique.

—¡Comfort!

El hombre del uniforme azul dijo severamente:

—Mantenga la calma.

Tenía una voz de trueno y solo con hablar lograba que se oyera más lejos que mi grito. Un momento después el barco, que llevaba todo ese tiempo a la deriva hacia Kentucky, se detuvo abruptamente como si se hubiera enganchado con algo. Todo el mundo se dio media vuelta para ver qué era.

Por un momento, nada. Luego el barco se inclinó. Fue una inclinación leve, pero todos la notamos. Mientras me echaba hacia atrás de forma instintiva, como si mi cuerpo pudiera arreglar aquel desequilibrio, sentí, como un animal atrapado, la urgencia de escapar, de estar en otro sitio. En el lado del barco que daba a Kentucky la gente empezó a gritar, y en el lado que daba a Ohio hubo mucho movimiento y muchos empellones. Yo me agarraba con fuerza a la barandilla cada vez que una persona me empujaba intentando cruzar al otro lado, donde, como cualquiera podía ver, la situación no era mejor. Coloqué el oído malo hacia Kentucky y observé a la muchedumbre del lado de Ohio hincharse y palpitar como un corazón. Una fina línea de sudor me recorría la espina dorsal. Había sido un día tibio, pero, a causa de los incendios de proa, el aire estaba realmente caliente.

La gente empezó a entrar en pánico y a saltar al río. A unos pocos metros de mí un hombre se quitó la ropa y se arrojó al agua, con la cartera entre los dientes. Segundos más tarde una joven saltó tras él, completamente vestida. Nunca volvió a emerger a la superficie.

—¿*Dov'é il mio papa*?

Miré hacia abajo. Una niña con un vestido limpio, a cuadros marrones, elevaba sus ojos hacia mí. Era italiana, y debió de tomarme por italiana. Me ha sucedido otras veces: tengo el pelo y los ojos negros. Me fijé en las finas costuras donde al vestido le habían sacado el dobladillo, y en que había un zurcido a punto de cruz cerca del hombro. Comfort había estado en dos operetas italianas, así que pude contestarle: «*Non so*». No lo sé. La niña tenía ocho o nueve años y juntaba las manos por delante del cuerpo como un suplicante o alguien que estuviera rezando.

A mi derecha oí otra fuerte zambullida: una persona más que se tiraba al agua. Además de los cuerpos quemados de la explosión inicial, el río estaba ahora salpicado de una segunda andanada de cadáveres: mujeres insensatas, como la que acababa de ver saltando al agua hacía un momento, que no habían tenido en cuenta sus botas ni sus pesados vestidos, con mangas en forma de chuleta flotando a ambos lados de sus cuerpos, y los carnosos brazos y piernas escondidos bajo varas y varas de tela empapada: a rayas, burdeos, a cuadros, unas cuantas telas escocesas, unos colores más visibles que otros. También había hombres ahogados, algunos de ellos boca arriba. El agua cercana al barco estaba atestada de personas tanto vivas como muertas, aunque la cubierta no parecía menos poblada que antes. ¿Dónde estaban las barcazas que debían recogernos? Lo único que podía ver era una fila de almacenes frente a la orilla y, tras ellos, las altas chimeneas de las fábricas. Aunque el río Ohio tiene más de mil quinientos kilómetros de longitud, en su parte más ancha mide solo kilómetro y medio, y nosotros estábamos más o menos en la mitad. Unos cuantos hombres de la orilla se habían metido en el agua vadeando, e intentaban ayudar al primer grupo de personas que había empezado a nadar hacia la orilla, pero seguía sin verse ningún barco.

Todos y cada uno de nosotros moriríamos o sobreviviríamos solos; eso ya lo había comprendido. Una mujer, a unos pocos pasos de mí, se puso a chillar, y el ruido fue como un cristal que se quebrara dentro de mi oído. La mitad delantera del barco, que seguía en parte en llamas, se inclinaba hacia el agua en sacudidas pequeñas y erráticas. En un cuarto de hora nos habríamos sumergido completamente, pero fue el chillido lo que me sirvió finalmente de acicate para la acción. La niñita italiana me escudriñaba la cara como diciendo «¿y ahora qué?».

Busqué a Comfort otra vez, volví a gritar su nombre, pero era inútil: había demasiada gente, y yo no podía pensar con claridad. Cuando bajé la mirada vi que seguía teniendo en la mano el par de tijeras de tela que había estado usando cuando explotaron las calderas. ¿Llevaba todo ese tiempo sosteniéndolas? Ni las sentía entre los dedos.

Sabía una frase más en italiano. «*Io mi chiamo May*», dije. Y luego, en inglés: «¿Tú cómo te llamas?».

—*Mi chiamo Giulia.*

—Bien —le dije—. De acuerdo, Giulia. Mira. Tengo aquí unas tijeras, ¿las ves? Voy a quitarte el vestido con ellas. No tenemos tiempo para desabrochar todos esos botones. Tenemos que quitarnos la ropa cortándola con las tijeras para que el peso no nos ahogue.

Eché otro vistazo a la orilla del río. Yo había cruzado a nado el río Tiffin, cerca de la casa de mi infancia, en muchas ocasiones, y era más o menos igual de ancho que el recorrido que nos separaba ahora de la orilla. Mi madre me enseñó a nadar, y lo hacía mejor que cualquiera, incluso que Comfort. Cuando nadaba, todo el ruido del mundo se retiraba y yo me quedaba a solas con la sensación del agua como seda contra mi piel. Esa sensación me gustaba. Pensé que podría hacerlo.

Los ojos de Giulia estaban húmedos de miedo, pero no lloró. Y aunque abrió la boca para poner la lengua entre los labios, no hizo ruido alguno cuando empecé a cortarle el vestido, desde el cuellito en pico hacia abajo. El ruido a nuestro alrededor era cada vez más fuerte, había lamentos y gritos, y un grupo de mujeres se había arrodillado, apoyando la frente contra la barandilla, y estaban rezando en voz alta. De vez en cuando aparecían volando por cubierta cenizas al rojo vivo de los fuegos de proa, que nos quemaban las manos y la cara. Por miedo a ellas no me atrevía a respirar profundamente. Cuando terminé de cortar el vestido de la niña, empecé a cortar el mío.

Cuando ya las dos vestíamos solo nuestras combinaciones de muselina, cogí el reloj de bolsillo de mi padre, que solía llevar colgado del cuello con una cadena de plata y lo remetí bajo la tela. Luego busqué un sitio desde donde fuera fácil acceder al agua. Si saltábamos, descenderíamos considerablemente antes de volver a subir, y tal vez Giulia entrase en pánico. Había otras personas bajando por el lado cercano al muelle, apoyaban los pies en los alféizares de las ventanas, a continuación en la celosía, luego en el borde embarrado del casco. Y después de buscar una manera mejor y no encontrarla, yo hice lo mismo, con la niña aferrada a mi cuello.

2

El único hermano de mi madre se ahogó cuando ella era una niña, y por esa razón se aseguró de que yo aprendiera a nadar a una edad muy temprana. Vivíamos cerca de un pequeño pueblo a orillas del río Tiffin, a unas cincuenta millas al sudeste de Toledo. Nuestra propiedad estaba situada sobre un terreno elevado por encima de la orilla del río, pero, con todo, cuando el Tiffin tenía crecidas nos inundaba, a nosotros y a todos los demás vecinos, cada cinco o seis años hasta que por fin se reunieron fondos para construir unos diques. Cuando tenía seis años, el río se llevó uno de nuestros establos. Aún recuerdo la imagen de sus maderas hinchadas y astilladas, apoyadas contra un par de árboles cubiertos de barro, en el lugar a donde lo llevó la corriente, a más de media milla de donde había sido construido.

Me encantaba nadar. Me gustaba sentir la leve presión del agua como una cáscara de huevo en torno a mí, y me gustaba estar a cierta distancia del resto de la gente. Mi madre me ataba un lazo rojo en la cabeza para poder vigilar mis progresos. Siempre llevaba un vestido azul desteñido cruzado con dos ataduras de tela en lugar de botones (era el vestido con el que hacía la limpieza) y se sentaba en el viejo tronco de un castaño en la zona más baja de la orilla para observarme.

El río discurría por detrás de nuestra casa y había castaños blancos que crecían casi hasta el borde del agua, así que probablemente sintiera que tenía privacidad suficiente para ponerse ese vestido. A mi madre le preocupaba bastante la privacidad, lo mismo que la prontitud en los quehaceres domésticos y la regularidad en los libros de cuentas. Le gustaba que estuviera todo ordenado con pulcritud y organizado con eficiencia. «Es mi lado alemán», solía decir. Era una modista excelente, y sus costuras y dobladillos eran más rectos que los de nadie, aunque, al contrario que yo, ella nunca usó cinta de medir. Recuerdo que me enseñaba dónde se estaba torciendo un poco la bastilla que yo estuviera cosiendo solo con tocarla. Me hacía tocarla a mí también, como si la desalineación pudiera entenderse mejor al tacto. Entonces me decía que lo descosiera y empezara otra vez.

Yo quería descoserlo. Quería que mis dobladillos fueran tan rectos como los suyos. No sé si heredé mis sentimientos de ella o si los aprendí, pero siempre obtuve un gran placer de las líneas rectas y ordenadas, y de los dobladillos parejos. Cuando me hice más mayor, mi capacidad como costurera se convirtió en motivo de orgullo para mi madre, algo que enseñarle a las visitas.

«May hizo esto con solo seis años», decía, pasando un vestido a cuadros que le había hecho a una muñeca. «Aprendió a coser ojales sin preguntarle nada a nadie».

Lo que no le decía a la gente, lo que tal vez ni siquiera ella supiera, era cómo elevaba ligeramente las cejas cada vez que yo le hacía una pregunta, como si le pareciera raro que yo no conociera ya la respuesta. Esto tenía menos que ver con su confianza en mis habilidades que con su desconocimiento general sobre lo que los niños aprenden por su cuenta y lo que una ha de enseñarles. Mi madre tenía cuarenta años cuando yo nací, y creo que nunca superó del todo la sorpresa de tenerme. A mi padre le quedaba un mes para cumplir cincuenta y cinco. Llevaban casi veinte años casados, y cualquier pensamiento que pudieran haber tenido sobre tener niños debía de haber quedado atrás hacía mucho tiempo cuando descubrieron que yo estaba en camino. Mi padre criaba vacas; murió cuando yo tenía once años. Para cuando cumplí cuatro años su pelo ya era completamente blanco, y cuando cumplí nueve, caminaba con bastón. Tenía una sola broma conmigo, que era decirme, si hacía algo de forma descuidada, que si lo repetía me mandaría de vuelta a trabajar en la fábrica de cristal. Luego sonreía y me pellizcaba suavemente el brazo para demostrar que estaba bromeando.

El padre de mi madre era de Alemania, y de él heredó la costumbre de beber un vaso de sidra potente todas las noches después de cenar. Luego venía a mi dormitorio y se sentaba en mi cama. «Buenas noches, May. Que Dios sea contigo», decía. Algunas veces lo decía en alemán, y yo me preguntaba si eso era lo que sus padres le decían a ella de niña. Entendía que la sidra que bebía todas las noches en el pesado vaso amarillo de su padre, con el cristal empañado por los años, era su modo de honrar el pasado, y que sentarse en mi cama y decirme esas palabras (el único momento, que yo recuerde, en que mencionaba a Dios) era su manera de decirme que me quería.

Aparte de esto, no era de mostrar mucha emoción. Vestía siempre de azul oscuro o de marrón y se movía con rapidez, muy erguida, y con una concentrada determinación desde el momento en que se despertaba hasta el vaso de sidra de la noche. Uno de sus intereses era el precio del arrabio, y guardaba un librito en el delantal donde registraba todos los días las fluctuaciones en su cotización. Yo tenía la creencia de que era propietaria de acciones de arrabio, y esa creencia se vio confirmada cuando ella murió.

Mi padre cuidaba de los animales y de las edificaciones de la granja, y construía y reparaba las ligeras ruedas de madera para el queso. Mi madre dirigía a las dos lecheras que ordeñaban a nuestras vacas, y también asumió la tarea de enseñarles a nadar a ellas. Y cuando Comfort y su madre se trasladaron al pueblecito que había cerca de nuestra granja en el verano que yo cumplí nueve años, a Comfort se le dijo que también ella tendría que aprender a nadar.

Fue la primera vez que nos vimos. Yo estaba llegando a la casa después de haber visitado a las vacas –algo que hacía todas las mañanas– y la vi junto a la puerta de atrás con mi madre y otra mujer que parecía una versión más vieja, más flaca y más infeliz de mi madre.

«May, ven a conocer a tu prima y a tu tía», me dijo mi madre a voces.

Comfort ya era adulta, al menos para mí, porque tenía dieciséis años y una belleza despampanante, mientras que yo tenía nueve años y seguía creciendo torpemente. Ella y su madre habían estado viviendo en Europa con el padrastro de Comfort, que era holandés, y jugador, cosa que significaba que se mudaban constantemente de una ciudad a otra. Murió tras caerse de un caballo a altas horas de la noche, borracho, y después de aquello la tía Ann subió a los escenarios durante unos años, haciendo los papeles de dama mayor que Comfort terminaría despreciando. Pero la tía Ann había abandonado ya esa vida y se trasladaba a América para estar cerca de su hermana.

«Comfort, ¿sabes nadar?», preguntó mi madre aquel primer día. Se quedaron con nosotras todo el verano, y luego alquilaron habitaciones en el cercano pueblo de Oxbow para el otoño. Mi tía Ann consideraba que esto le daría a Comfort «más oportunidades» que vivir en una granja lechera. La oportunidad tuvo siempre mucha importancia para ambas, tal vez como consecuencia de la naturaleza jugadora de sus primeros años.

«Un poco», le respondió Comfort, mirándome y guiñando un ojo.

Por la razón que fuera ese guiño me emocionó mucho.

«Yo te enseñaré», dijo mi madre.

Mientras cruzaba despacio el río Ohio sujetando a Giulia, sin embargo, no podía pensar en Comfort. Solo podía pensar en la orilla: ¿cómo estaba de lejos?, ¿podría alcanzarla?, ¿podría mantener agarrada a la niña? Solo después me recordé a mí misma que mi madre le había enseñado a nadar a Comfort, con la esperanza de que esto quisiera decir que estaba viva.

Con un brazo cruzado por encima del estrecho contorno de Giulia y por debajo de su brazo, fui nadando como un perrito muy despacio en dirección norte hacia Ohio. Solo tengo un vago recuerdo de ese chapuzón al atardecer: la sensación del pelo mojado de Giulia pegado contra mi cuello, la visión de dos hombres en el agua aferrados al cadáver de una mula, y los gritos de los que se estaban ahogando a nuestro alrededor. También, aunque es posible que esto lo haya soñado más tarde en alguna de mis pesadillas, recuerdo ver jirones de una tela sedosa flotando junto a mí en el agua. Al principio pensé que eran las bolsitas de té que había estado cosiendo en el barco, pero luego me di cuenta de que eran trocitos de piel quemada.

Tuve que parar unas cuentas veces para descansar y mantenerme a flote pateando el agua. Después de la primera vez, Giulia comprendió lo que yo estaba haciendo y, agarrándome por el hombro, se puso a hacer la tijera con las piernas a mi lado, las dos de cara a la orilla. El agua estaba fría y la ligera corriente nos empujaba en dirección contraria a donde nosotras queríamos ir. Patear el agua me permitía descansar los brazos y los pulmones, pero me provocaba frío, y en cuanto podía me ponía otra vez en marcha, indicándoselo a Giulia con un apretón en el brazo.

Su cuerpo delgado y apenas vestido era un saco largo y pesado, que se hacía cada vez más difícil de arrastrar cuanto más nadaba. El agua resbaladiza me toqueteaba la piel y empujaba contra mí, y yo intentaba no pensar en lo que había nadando por debajo de nosotras: los peces gato bigotudos que había visto sacar a los pescadores de entre las rocas cuando el vapor avanzaba cerca de ellas. El brazo izquierdo se me fue durmiendo y parecía que se endurecía alrededor del cuerpecillo de Giulia, mientras que mi brazo derecho nos impulsaba hacia delante poco a poco.

Nuestro progreso parecía imposiblemente lento, pero cuando por fin mi pie dio con el lecho del río, sentí un alivio que fue como un sollozo en la tripa, y entonces ya no recuerdo nada más hasta que Giulia y yo estuvimos sentadas una al lado de la otra sobre unos periódicos que alguien había extendido sobre un tronco seco en el banco del río.

Pero incluso allí, por costumbre o por buscar calor, la seguí abrazando, y ella apretaba su pequeño cuerpo contra mí. Una mujer nos dio mantas y otra apuntó nuestros nombres. Mi alivio se convirtió en una especie de agotamiento pasmado, y me puse a contemplar el río que acabábamos de cruzar a nado como si necesitara, aunque fuera desde allí, darle sentido. Evidentemente no había sentido alguno que darle. Con el oído bueno seguía oyendo a la gente que gritaba pidiendo ayuda.

Giulia movía la cabeza mojada de lado a lado mirando a todos los hombres que pasaban cerca de nosotras mientras el sol caía tras el horizonte. Por fin había barquitas y balsas recogiendo a los nadadores, pero había más gente pidiendo socorro que embarcaciones para socorrerlos. Busqué a Comfort con la mirada en el agua, pero estaba demasiado lejos como para distinguir las facciones de nadie, y el agotamiento me mantenía quieta en el sitio. No sentía los brazos ni las piernas, y mi respiración era como la de un animalillo jadeando quedamente dentro de mi pecho.

De repente Giulia gritó «¡Papá!» con una voz extrañamente fuerte y profunda para una niña tan pequeña, y pareció brincar con un solo movimiento que la levantó del leño y la propulsó directamente a los brazos de un hombre.

El hombre iba descalzo y sin sombrero y llevaba solo calzoncillos largos empapados debajo de la manta. No era muy alto e iba encorvado, pero tenía la misma nariz que Giulia y algo de su porte. No podía negarse que fueran familia, y sentí, como siento ahora, que era una especie de milagro que los dos consiguieran salir con vida del *Moselle*, teniendo en cuenta que tantos no lo lograron. El padre de Giulia la envolvió en sus brazos mojados, y yo sentí que el aire frío entraba en el espacio debajo de mi brazo donde hasta hacía un momento la había estado consolando. Los observé abrazarse y llorar. Él sollozaba abiertamente, algo que nunca antes había visto hacer a un hombre.

Cuando Giulia le condujo hasta mí, él dijo algo en italiano con voz quebrada. Paró, lloró otro poco y luego volvió a empezar. Le escuché, sin entender una palabra, e intenté mirarle a los ojos, como mi madre me recordaba siempre que debía hacer. Me alegraba que estuvieran vivos y me alegraba que se hubieran encontrado el uno al otro, pero su atención me hacía sentir abochornada. Cuando terminó de hablar, Giulia me abrazó y yo me dejé abrazar, intentando no ponerme rígida. Cuando me soltó, me relajé, y luego observé atentamente su cara, para poderla recordar. Debí de capturar una buena imagen de ella en mi mente porque me ha vuelto a menudo más tarde en sueños, pero en mis pesadillas no sonríe, sino que está asustada.

—*Grazie, grazie, che il buon Dio con voi* —me gritó el padre de Giulia mientras se alejaban.

Los miré hasta que la cabecita de Giulia se convirtió solo en un punto en la distancia. Luego desapareció. El encendedor empezó a encender las farolas de la ribera del río y cuando dirigí la vista sobre el agua otra vez vi que estaba manchada con los violetas profundos y los azules del ocaso. El aire fresco de la noche parecía soplar desde lo alto del pueblo y desde abajo, del río, al mismo tiempo, y me envolví en la manta apretándomela más alrededor de los hombros, y me puse de pie.

Tenía que encontrar a Comfort. Llevaba el vestido color *chartreuse*. Llevaba en el pelo su adorno preferido, un pájaro de plata con un ojo turquesa. Intenté recordar otros detalles. Pero aunque anduve a trompicones, descalza, por la porquería de la orilla, mirando todas las caras con las me cruzaba y todas las caras de los muertos anegados que sacaban del río, no la pude encontrar.

A la mañana siguiente muy temprano el Ayuntamiento de Cincinnati encargó a veintiún hombres la recuperación de los cuerpos que quedaban en el río. Algunos hombres recortaron los arbolillos y arbustos que llegaban hasta el agua para ensanchar la orilla, mientras otros sacaban los cuerpos y los colocaban en sábanas en el suelo, boca arriba, con trozos de tela de sus ropas u otros efectos personales al lado para ayudar en su identificación. Cuando volví a la ribera habían montado una gran carpa sobre los cuerpos para protegerlos del sol: para ser abril hacía un tiempo desacostumbradamente cálido.

Los cadáveres estaban desplegados con los pies señalando al río como una acusación, y tenían la ropa manchada de barro y de sangre. La mujer que iba delante de mí, la señora Alma Stoke, con el rostro hinchado de tanto llorar, se pinzó la nariz con los dedos mientras miraba las caras infladas. La noche anterior, a la señora Stoke y a mí nos habían dado alojamiento en la casa de un inspector de aduana llamado Nedel. La señora Stoke estaba buscando a su marido y tres hijos.

Cuando llegamos a la última fila de la carpa, un hombre con el emblema de la ciudad en la chaqueta nos dijo:

—Hay más en la morgue, de los que sacaron ayer.

Se trataba de un edificio de ladrillo amarillo de una planta, a unas pocas cuadras. Se había formado una cola en la puerta y nos dejaban pasar en grupos de cinco. Aquí los cuerpos parecían tener más dignidad, estaban levantados del suelo y dispuestos sobre unas mesas bajas con una sábana que les tapaba hasta el cuello y los habían peinado. El suelo y la mitad inferior de las paredes estaban cubiertos de baldosas azul petróleo, y en el centro había un desagüe.

Comfort no estaba entre quienes ocupaban las mesas, pero la señora Stoke encontró a su marido y a dos de sus hijos. Antes de ese momento los cinco de nuestro grupo manteníamos el silencio, pero entonces, de repente, sus alaridos llenaron la sala, resonando contra el suelo. Giré el oído bueno para alejarlo del ruido y me descubrí mirando fijamente un mostrador de metal con etiquetas sin marcar de las que se cuelgan del dedo del pie, agujas y material de sutura, una sierra para huesos y otros utensilios del oficio. La bilis me subió a la garganta. Empezaba a sentirme desesperada.

De vuelta afuera, en la acera, un chico con una jarra marrón me dio medio vaso de agua aunque yo no tenía ni un centavo para pagarle. La gente llegaba y se reunía portando carteles: «Busco: una niña, vestido gris, medias amarillas, se llama Anna Weaver» y «John y Edward Sunbury se alojan en West Circle 2 y buscan a su madre» y «¡Frank Jewett! Estoy viva y me quedo en Cross Street, en casa de la señora Vernon, en la esquina». A mi lado pasaba un flujo constante de caballos arrastrando carros con nombres de compañías pintados en los lados, y me quedé allí parada mirándolos largo rato, sin saber qué hacer a continuación. Ella sabe nadar, me recordaba a mí misma, pero en ese momento la ansiedad me estaba ya poniendo enferma.

—Bueno, bueno, pero si tenemos aquí a la chica de la efímera sonrisa.

Me giré para ver a un hombre que caminaba hacia mí con una melena rubia y rizada que le llegaba a los hombros: el señor Thaddeus Mason. Tenía el brazo izquierdo en un cabestrillo hecho con un suave algodón negro punteado con motas irregulares, como el cielo nocturno en una noche muy clara, siempre que las estrellas fueran verde claro y no blancas. Sostenía un tarro de mermelada en la mano herida, y una cuchara en la otra.

Me inundó una cálida sensación de alivio.

—¡Señor Mason! —exclamé.

—Thaddeus —me corrigió, conduciéndome a un banco en la sombra—. Querida, ¡estaba preocupado por ti!

Pude adivinar que no me había dedicado ni un solo pensamiento hasta el instante actual en el que me había visto, pero me daba lo mismo, solo me alegraba estar hablando con alguien a quien conocía.

Thaddeus lamió la cuchara y se la metió en el bolsillo de la chaqueta. A pesar de ser actor y no ser rico, Thaddeus siempre iba bien vestido. Ese día llevaba una chaqueta verde oscuro con una ancha corbata a rayas y pantalones en tono claro; sin duda era ropa prestada, pero así y todo parecía hecha a medida para él. Cuando le pregunté qué le había pasado en el brazo me dijo:

—Me lo torcí un poco en la caída, nada grave. Pero tú, ¿qué noticias tienes de tu hermosa prima? Por favor dime que estás aquí esperándola, que solo ha ido a enviar una carta o a recoger un cheque.

No sé por qué los actores están siempre yendo a la oficina de correos a ver si les ha llegado dinero: mi experiencia es que o les pagan en el momento en persona o no les pagan nunca. Dos jóvenes se nos acercaron paseando del brazo, con cuidado de mantenerse lejos de los cerdos, que en Cincinnati deambulan libremente por las calles. Una de las mujeres tenía el pelo del mismo rubio rojizo que Comfort, y de repente sentí que las lágrimas brotaban de mis ojos.

—Tengo miedo de que esté muerta —dije.

Thaddeus respondió con voz amable.

—Oh, querida mía.

Yo clavé los ojos en el regazo. Pero cuando tomó mis dedos entre los suyos, parpadeé para deshacerme de las lágrimas y me concentré en sacar la mano de ahí. Para mi sorpresa, Thaddeus soltó una carcajada y cambió de actitud.

—Tú no eres de las que aceptan mucha compasión, ¿verdad? —me preguntó, y por una vez su tono sonaba auténtico—. Escucha, están imprimiendo el diario ahora. Apuesto a que con toda esta confusión a Comfort no se le ocurrió dar su nombre anoche. Me voy a acercar un momento a la redacción del periódico a ver qué puedo averiguar. Ten —me dijo, extrayendo el tarro de mermelada del cabestrillo—. Confitura de cerezas amargas.

La cuchara no me la dejó, pero en cualquier caso yo no tenía hambre. Le observé bajando la calle a grandes zancadas, con su habitual actitud confiada. Cuando le conocí, Thaddeus me pareció un hombre oportunista cuyas mejores oportunidades habían pasado ya. Por mucha melena rubia que luciese, se estaba haciendo viejo; tenía arruguitas alrededor de los ojos, y líneas de la risa en las comisuras de la boca. Pero seguía siendo atractivo, y si sus perspectivas le preocupaban, nunca lo dejó entrever. Tenía una manera de mirar directamente a una mujer, como si fuese capaz de vislumbrar su yo escondido y le gustase. Yo le había visto mirar así a Comfort cada vez que quería algo de ella. Un préstamos monetario, normalmente.

Se me hizo muy largo el tiempo hasta que volvió, pero lo hizo con un periódico doblado en la mano buena, y una ancha sonrisa.

—Ahí tienes —me dijo, abriéndolo para que yo lo pudiera ver.

En la página había tres columnas de nombres impresos en negrita: *Muertos, Desaparecidos, Salvados*. El nombre de Comfort estaba justo debajo del de la señora Flora Howard en la categoría *Salvados*. La letra era muy pequeña, pero no había confusión posible.

Comfort Vertue. Por supuesto que se salvaría: ¿cómo pude dudarlo? Mientras sostenía el largo papel me percaté de que me temblaban los dedos, y la página se dobló hacia atrás con la brisa.

—Pero ¿dónde podría estar? —pregunté. Rebusqué una explicación en mi mente—. ¿Con la señora Howard?

—La mujer se jactó de tener una casa grande. —Thaddeus me sonrió. A plena luz del sol parecía aún más viejo—. Ahora tenemos la oportunidad de comprobarlo.

La señora Flora Howard no había exagerado respecto de su casa, que era una inmensa construcción de piedra color arena de tres plantas con un torreón redondo a la izquierda. El conductor del carruaje (Thaddeus le convenció de que no nos cobrara la carrera, al ser «víctimas del *Moselle*, ya sabe») nos dejó en la esquina, y fuimos caminando hasta la casa entre setos podados con precisión que flanqueaban el camino de entrada como reposabrazos. Al aproximarnos a la puerta sentí que mi corazón daba dos golpes muy fuertes contra las costillas, y luego adoptaba un ritmo más rápido.

Thaddeus llamó con el gran llamador de bronce. Un momento después, el hombre más negro que yo hubiera visto jamás abrió la puerta. Lucía un traje marrón y una camisa blanca impecables, y sus ojos se dirigieron directamente al dobladillo de mi falda, que yo sabía que me quedaba corta.

—Venimos a ver a la señora Howard —dijo Thaddeus. Le dio nuestros nombres y le explicó que habíamos estado todos juntos a bordo del *Moselle*—. Y a la señorita Comfort Vertue, si estuviera aquí.

—¿Está aquí? —pregunté yo.

El hombre mantuvo la mano en la puerta. La chaqueta de su traje estaba tan bien planchada que parecía que la habían cortado de una plancha de madera de caoba y no de tela, y yo tuve ganas de decirle que tanto mi chal, que estaba visiblemente zurcido, como mi vestido tan corto, eran prestados.

—¿Podemos entrar? —preguntó Thaddeus.

El hombre aún no respondió. Cerró la puerta.

A Thaddeus se le subieron algo los colores a la cara.

—¡Bueno! —exclamó, metiendo la barbilla.

El silencio de aquel hombre me había sorprendido a mí también, pero cuando mencioné a Comfort, no me había devuelto una expresión del todo vacía, así que eso me daba esperanzas.

Después de unos momentos el hombre volvió a abrir la puerta y dio un paso a un lado para dejarnos entrar al recibidor, que era muy amplio, casi una habitación en sí mismo. Contra la pared a nuestra izquierda había un largo sofá de madera pintado de negro, y encima de él colgaban tres cuadros enmarcados formando una línea precisa. La señora Howard estaba entrando en el recibidor, pasándose un pañuelo por la nuca.

—No sé por qué se sintieron obligados a venir en persona cuando con una nota habría bastado de sobra —dijo.

Me tomó la mano por un breve instante antes de dejarla caer. Llevaba un vestido gris pálido con largas cadenas de plata encima, de una de ellas colgaba una botellita de perfume.

—Señora Howard —dijo Thaddeus—. ¡Qué alegría verla viva y en buena forma!

—Sí, sí, han sido unos días bastante extraordinarios, y debo devolver el cumplido, faltaría más, qué alegría verlos a ambos, y demás. Pero me imagino que han venido ustedes a preguntar por Comfort. Pensé que tendríamos al menos un día o dos para recuperarnos primero, pero aquí están ya ustedes. Bueno, qué más da, supongo que es natural. —Me dirigió una mirada con el ceño fruncido.

—¿Entonces Comfort está aquí? ¿Está bien? —pregunté.

—Pues claro que está aquí, ¿no es eso evidente por lo que estoy diciendo? Se dio un golpe feo en la cabeza, pero el doctor Penrod la ha visto dos veces y ha declarado que no corre ningún peligro; bueno, a veces estos médicos son optimistas en exceso, pero me aventuro a decir que tiene razón siempre que reciba los cuidados apropiados, de los que soy más que capaz teniendo en cuenta que ejercí de enfermera del señor Howard a lo largo de su última enfermedad durante más de un año, y aquello era un caso difícil, se lo aseguro. —Hizo una pausa para volver a fruncirme el ceño.

—Un caso muy difícil —dije, porque pensé que estaba esperando una respuesta por mi parte—, teniendo en cuenta que terminó en muerte. —Última enfermedad, eso había dicho.

Su cara se puso muy roja y yo me acordé del mote privado que me había inventado para ella: Florida.

—Bueno, Comfort no está tan mal como él, ¡claro que no! Y no fue culpa mía que el señor Howard… Nadie podría decir que yo no hiciera todo lo que estaba en mi mano. Y tengo exactamente el mismo cuidado con Comfort.

Siguió hablando sin pausa y sin conducirnos fuera del recibidor. Me hizo recordar a una robusta cantante de ópera que había conocido una vez, capaz de hablar por encima de cualquiera y que además tenía muy mal aliento; pero la señora Howard olía a menta y a violetas. Sus dos dientes inferiores crecían hacia dentro uno contra otro, y me descubrí observándolos fijamente mientras ella hablaba.

—… y el remero se giró al oír el grito y golpeó a Comfort con el remo. Casi se hubiera vuelto a caer al agua de no ser por mí.

¡Y luego cuando reñí a aquel hombre tuvo el descaro de recordarnos que acababa de salvarnos la vida! —relataba unas aventuras que yo quería conocer de boca de Comfort.

—Me gustaría verla —dije, pero la señora Howard no me prestó atención alguna, quizá ni siquiera me oyera.

—Afortunadamente, Donaldson estaba esperando en el río con el carruaje, vino en cuanto supo lo que había ocurrido, que fue bastante pronto, en ese sentido es magnífico, y vinimos a casa a toda prisa, donde nos estaba esperando el doctor Penrod, pensando que yo podría necesitar alguna atención. Le pago la escuela a su hijo, saben, le han mandado de vuelta a Inglaterra para eso, las matemáticas y las ciencias las dan mejor allí.

—Tiene usted que dejarme ver a Comfort —intervine, y cuando la señora Howard siguió hablando dije en voy muy alta—: Señora Howard, perdóneme, pero voy a ir subiendo las escaleras. —Eso la detuvo.

—¡Oh, no! ¡No, no! —Hasta dio un paso de lado, bloqueándome el camino—. No debe molestarla, ahora no, ¡acabo de conseguir que se quede dormida!

—Habla usted de mi prima como si fuera un bebé. —Eché una mirada a Thaddeus, que lucía una sonrisa divertida. Eso me enfadó todavía más.

—Solo necesita dormir y buenos cuidados; estará perfectamente. ¿Por qué no me toma la palabra en este tema? Sé lo que me hago. Y en cualquier caso, está dormida. ¡Donaldson!

El negro apareció con una bandeja de té laqueada. La colocó con cuidado sobre la mesa junto al sofá de madera y luego giró una de las asas de una taza para que se alineara con la dirección en la que estaba la otra.

Thaddeus se agachó a echar un ojo.

—Mmm. ¿Eso es tarta de jengibre?

—No se moleste en preguntarle nada, no puede hablar —dijo la señora Howard de Donaldson sin apenas dirigirle una mirada al hombre—. Y ahora tengo que irme, el doctor Penrod me está esperando en la cocina y quiero hacerle una consulta. Después de eso, tengo que ir a la botica. Pueden dejar una nota para Comfort si quieren. Espero que mañana pueda incorporarse... Le diré que estuvieron ustedes aquí. —Se giró hacia la cocina y me di cuenta de que pretendía que tomáramos el té en el recibidor.

—Lo que quiere es quedarse a Comfort para ella sola —dijo Thaddeus en voz baja.

—¿Qué quieres decir? —Thaddeus se limitó a sonreír otra vez de esa manera irritante tan suya—. Yo soy su prima —dije, y él se encogió de hombros.

Donaldson permanecía de pie junto a la puerta con las manos a los costados. Si le causaba sorpresa que hubiéramos aceptado la oferta de té en el recibidor, no dio muestras de ello; pero yo tenía hambre y sed, y Thaddeus nunca rechazaba comida. Se cortó dos grandes porciones de pastel de jengibre y se sentó a mi lado, con el plato en la rodilla.

Esa no era la primera vez que se me cerraba el paso a un cuarto donde estuviera Comfort. Con demasiada frecuencia quedaba con admiradores después de la última reverencia o del telón final; luego había flores, un adiós seguido de la cola de su vestido barriendo el suelo de los estrechos pasillos de uno u otro teatro al volver a su camerino (que no era siempre el más grande, porque no siempre era la estrella). A lo mejor me mandaba a buscar más carbón para el brasero del camerino, y cuando volvía me encontraba la puerta cerrada y oía sus risas. «¡No entres todavía, May!», me gritaba, y yo sabía que había alguien más allí dentro, desatando sus cordones. Siempre hacía fresco en los pasillos de los teatros. No era raro que me quedara encerrada por fuera sin chal, y que ella se riera, después, al encontrarme con una cortina vieja sobre los hombros. Si el portero me veía, a lo mejor llamaba a algún chico para que me trajera media pinta de cerveza y algo de pan. Una vez un portero me dio la mitad de su cena y me dejó usar su taburete mientras él se quedaba de pie. Al clero le gusta decir que el teatro no es una profesión respetable, pero, según mi experiencia, no hay portero de teatro que no sea persona buena y honrada.

En el recibidor de la señora Howard me tomé el té despacio, intentando oír cualquier ruido que viniera del piso de arriba. Mientras me servía una segunda porción de pastel, la señora Howard llamó a Donaldson desde la cocina. Donaldson nos lanzó una mirada y no se movió.

—¡Donaldson! —volvió a gritar.

Por un momento pensé que iba a abrir la puerta principal y nos iba a invitar a irnos, pastel en mano, mejor que dejarnos solos, pero finalmente regresó a la cocina. ¿Qué edad tendría, cuarenta? ¿Cincuenta? ¿Setenta? No me hubiera sorprendido ninguna de esas edades. Tenía los hombros anchos y buena planta, y ponía cuidado en su vestimenta, algo que yo aprobaba. Cuando la puerta se cerró tras él, deposité mi plato sobre el sofá y me puse de pie.

Thaddeus levantó la mirada y guiñó un ojo, con la boca llena. Mientras subía en silencio los enmoquetados escalones, podía oír la poderosa voz de la señora Howard al fondo de la casa. En el piso de arriba abrí una puerta y luego otra hasta que encontré a Comfort, que no estaba dormida como había afirmado la señora Howard, sino sentada en una butaca tapizada en azul y blanco mirando por la ventana que daba a la entrada principal. Tenía la cabeza vendada y llevaba una bata blanca suelta con una pelliza blanca por encima, sin atar y mal planchada.

Se giró a mirarme cuando entré en la habitación.

—¡Caramba…, May!

—No te levantes. —Me acerqué hasta ella y le tomé las manos. Después de tantas pruebas de vestuario y de tantos cambios de disfraz estaba tan acostumbrada al tacto de su piel como a la mía propia.

—¡May! ¡Oh, May! —Al principio fue lo único que pudo decir, apretándome los dedos, y luego a pesar de mis palabras se puso de pie y me atrajo hacia sí en un abrazo. Sentí su calor por un momento antes de apartarme.

—¿Pensaste que me había ahogado? —le pregunté.

—¡Por supuesto que no! ¡No! ¡Bueno, no lo sé! Estaba intentando no pensar —dijo, y eso me sonó a verdad—. Flora pensaba comprar el periódico vespertino, había estado comprobando los nombres, pero se supone que yo no debo leer letra pequeña hasta dentro de un día o dos. ¡Oh, May, qué contenta estoy de verte! Mi pequeña May —dijo, aunque ahora yo soy más alta que ella, cosa que ella siempre discute.

—Deberías descansar. Volveré mañana. Solo quería saber si realmente estabas bien.

—Por supuesto que lo estoy.

Por supuesto que lo estaba. Su cabello olía a recién lavado, y la venda que le cubría la frente estaba tan limpia como si fuera parte de un disfraz.

—Me encuentro perfectamente —dijo—. No tengo sino un levísimo dolor de cabeza. Claro, supongo que le estoy echando un poco de cuento, ya sabes cómo soy.

La observé de arriba abajo con detenimiento. Tenía el rostro más pálido que de costumbre.

—Deberías tumbarte —le dije.

—Bueno, vale, pero solo si vienes conmigo, Rana. La cama es celestial.

La ayudé a llegar hasta la cama y cuando estuvo acomodada, me quité el chal y lo doblé cuidadosamente formando un cuadrado, lo coloqué a los pies del colchón, y me estiré a su lado con los zapatos sobre el chal. Miré al techo. Comfort tenía razón, la cama era muy cómoda.

—Esto es muy agradable, ¿no te parece? —me preguntó—. Una hermosa casa. Tienes que traerte tus cosas, hay sitio de sobra. ¡Qué calvario! ¿Lo has pasado muy mal?

—La señora Howard ha intentado que no subiera.

—Me refería a escapar del barco.

—Oh. —Como de costumbre intenté ser precisa—. Mal exactamente, no. Tardé mucho en llegar nadando hasta la orilla. O por lo menos se me hizo largo.

—Yo no me acuerdo de gran cosa, y no quiero acordarme —dijo Comfort.

Giré la cabeza para inspirar el tenue aroma a rosas de la almohada. A veces pienso que el alivio es una sensación que no tiene sensación alguna: cuando sucede apenas te das cuenta, tu mente ya se anda ocupando de otras cosas. Tumbada en la cama junto a mi prima empecé a pensar en el dinero y en cómo podríamos llegar hasta San Luis. Siempre podía ponerme a coser o a hacer arreglos. Dos billetes probablemente no costasen más de dos dólares, y en Nueva York o Pittsburg, cuando Comfort no estaba en una obra, yo podía ganar eso en un par de semanas. O podíamos utilizar a la señora Howard, que era rica y claramente le había cogido cariño a Comfort. Podría hacernos un préstamo. Thaddeus, por supuesto, nos era completamente inútil.

3

A la mañana siguiente me despertó temprano el mugir ronco del ganado. Como la mayoría de las mujeres del vecindario, la señora Nedel tenía su propia vaca, pero la ciudad estaba demasiado edificada para contar con establos privados. Así que las vacas, al igual que los cerdos, se paseaban libremente por las calles, subiendo hacia las colinas por las noches y regresando por su cuenta por las mañanas. La señora Nedel me había dado una habitación en el tercer piso, junto al desván; su única ventana daba al estrecho callejón de atrás, donde podía oír a más de una vaca mugiendo airadamente para pedir el desayuno. Cogí el reloj de bolsillo de mi padre para mirar la hora, olvidando que se había encharcado y roto en la travesía a nado por el río. Había un par de jamones colgados del techo secándose en una esquina, envueltos en bolsas de tela para mantener alejados a los insectos, y en la otra esquina había una borriqueta tapada con los vestidos de invierno de la señora Nedel. La habitación olía a sala de ahumados por la que hubieran esparcido alcanfor. Me vestí lo más deprisa que pude y bajé al comedor.

Ya había café hecho y servido en la sala y mientras me ponía una taza me planteé la tarea del día: pensar en un plan para hacer dinero. Mi intención nunca había sido ser la guardarropa de Comfort, pero era un trabajo que me iba bien. Fui a visitarla a Nueva York tras la muerte de mi madre, sin idea de quedarme.

Mi madre y yo habíamos estado viviendo en la ciudad desde que vendimos la lechería, y cuando murió me dejó, como yo había sospechado que haría, todas sus acciones de arrabio. Era una buena cantidad, aunque no suficiente como para vivir de ella. Unas semanas más tarde recibí una carta de Comfort en papel color crema.

> *2 de marzo de 1832*
> *Mi querida May:*
>
> *Acabo de recibir tu carta. Cuánto lamento conocer el falle-cimiento de mi tía Constance. Es muy terrible para ti, estoy segura. ¿Por qué no vienes a visitarme durante una temporada? Jasper sigue recuperándose de la neumonía, que me dio un buen susto, y aunque ahora está mucho mejor por las tardes se fatiga. Esto es muy aburrido, y me vino la idea antes incluso de leer tu carta de que la persona que más me gustaría que me animase eres tú.*
>
> *Nueva York es la gloria. Las modas de aquí te asombrarían y te encantarían, estoy segura. Los mejores vestidos vienen de Bélgica, pero no hay nadie, ni en Bélgica ni en ningún sitio, que pueda sacarle partido a un vestido como se lo sacas tú. Por favor, vente a pasar un mes o así para cambiar de aires y hacerme com-pañía, y yo haré todo lo posible por convencerte de que me hagas un vestido o dos ya que estás.*
>
> *Adjunto dinero para tus billetes. Así que no me digas que no, Rana. La vida es demasiado emocionante para decir que no.*
>
> *Tu prima que te quiere,*
> *Comfort*

Comfort y su marido, el señor Jasper Sinclair, vivían en el campo en Flatbush, Long Island, pero, según las cartas de Comfort, viajaban a la ciudad tres o cuatro tardes a la semana para salir a cenar o ver una función. El padre del señor Sinclair había amasado su fortuna gracias a las galletitas saladas, y Comfort conoció al señorito Sinclair cuando este paró en nuestro pueblecito a mirar unos terrenos, pensando en construir allí una nueva fábrica. Si estaba enamorada de él es algo que no sé, pero era rico, y suponía una escapatoria de la vida provinciana. Se casó con él y, según lo que ella contaba en infrecuentes cartas, estaba contenta. Con todo, Sinclair no era un hombre atractivo, con esa nariz larga, los ojos juntos y las profundas cicatrices de las mejillas, producto de una varicela infantil. Sufrió de mala salud toda su vida, y para cuando yo llegué a Flatbush, veintidós días después de recibir la carta de Comfort, ya no estaba.

—Muerto —me dijo Comfort en la puerta de su casa, que había abierto ella misma—. Y al parecer me mintió sobre su gran fortuna.

Llevaba un vestido negro con las costuras laterales desiguales. El funeral había sido hacía una semana, me dijo, y se había reunido con el abogado del señor Sinclair al día siguiente.

—Mil dólares. —Nunca había sido de las que se callan nada—. Eso es todo lo que me ha dejado. He tenido que despedir a todos los criados. Ni siquiera es mía la casa, llevaba todos estos años viviendo de alquiler. ¡Ay, Rana! Qué contenta estoy de que estés aquí. Llevo tres días sin comer otra cosa que pan con queso. Vámonos a cenar a Nueva York, que no quiero ir yo sola.

Apenas había apoyado la maleta en el suelo. Seguíamos de pie en el recibidor circular de la casa, y el conductor que me traía el baúl llamó a la puerta.

—Ni siquiera me he lavado el polvo del camino —le dije.

—¡Pues lávate! —me contestó ella. Se arrojó a una butaca con el sillar bordado, dejando que fuese yo quien atendiese la puerta.

Aunque lamentaba la muerte del señor Sinclair, me alegraba de ser útil, y de pensar en otra cosa que no fuera mi propia pena. En cuanto pude contraté a una doncella a tiempo parcial para que me ayudara con la cocina y la limpieza (Comfort era una inútil en los fogones) y vendí todos los muebles que se podían vender. Comfort tenía razón: el señor Sinclair había mentido sobre muchas cosas. No era propietario de ningún terreno en ningún sitio, y todos sus cuadros era copias. Puede que su padre hiciera una fortuna gracias a las galletitas saladas, pero ahora padre e hijo estaban muertos y la fortuna gastada.

Mil dólares. Nadie podría vivir mucho tiempo en Nueva York con eso.

Pero Comfort no estaba falta de ideas. ¿Y si empezaba a pintar miniaturas? Tenía buena mano, y en aquel momento eran muy populares. O podía invertir en una granja de café o en una plantación de té y vivir de las rentas. Yo siempre podía volver a Oxbow, aunque allí no hubiera nada ni nadie esperándome. Pero una mañana Comfort me dijo que se había decidido por un plan.

—Voy a dedicarme al teatro.

No era la más práctica de las decisiones, y estaba basada, según mis sospechas, en la vanidad: Comfort estaba orgullosa de su aspecto y de su voz, y algo sabía de esa vida puesto que durante unos años en Europa su madre había sido actriz. Con todo, actuar, o más bien aprender a actuar, costaba dinero. Nos trasladamos a una barata pensión para mujeres cerca del parque Gramercy, y Comfort se apuntó a clases de esgrima para aprender a «soltar los miembros» como lo expresó su entrenador, un actor viejo que, como empezaba a beber a medio día, ya no se podía confiar en él para que actuase por la noche. También la enseñó a caminar por un escenario, a pararse y a darse la vuelta, y cómo presentarse ante al público en un ángulo de tres cuartos. Después de almorzar ejercitaba la voz con una excantante de ópera –que tenía muy mal aliento y a quien me recordaba la señora Howard– para aumentar su poderío.

Acordamos usar mi dinero de las acciones de arrabio para sufragar los costes de toda esta formación, y utilizar la herencia de Comfort para vivir hasta su debut. Pero los costes, tanto de la formación como de la vida, no paraban de crecer, e incluso después de que Comfort empezara a conseguir trabajo remunerado teníamos que meter mano a menudo en nuestros ahorros para pagar el alquiler en la pensión, o para el transporte al teatro en otra ciudad, o para cien cosas más. Para cuando llegamos a Pittsburg, seis años después, todo el dinero del arrabio había desaparecido. También desaparecidos estaban los mil dólares del señor Sinclair. La cantidad de efectivo que seguíamos teniendo era lo bastante pequeña como para que la lleváramos encima, y la perdiéramos seguidamente, en el *Moselle*.

La buena noticia era que Comfort tenía una oferta para formar parte de una compañía en San Luis. La pregunta era: ¿cómo llegar hasta allí? Mientras me tomaba el café en el comedor de la señora Nedel pensé en las cartas bancarias que tenía en el bolso en el *Moselle*: desaparecidas. Sin embargo, ni siquiera esa cantidad perdida podría habernos pagado la sal durante mucho tiempo, como solía decir mi madre.

—Qué gracia que sea usted costurera —me dijo la señora Nedel cuando se sentó a desayunar—. Porque *Nedel* significa aguja en alemán, ya sabe.

Era una mujer robusta, no joven, pero que aún llevaba el pelo castaño en apretados tirabuzones, como su hija, Elizabeth. Contemplaba el despliegue de bandejas con expresión complacida (pavo, jamón, tortitas y gofres, natillas, ternera curada, pan caliente y galletas) mientras le pedía a su hija que le pasara la cafetera. El desayuno en esta casa era una comida muy seria, aunque, según me dijeron, el señor Nedel lo tomaba todas las mañanas en una cafetería cerca de su almacén. Aún me quedaba conocerle.

—Y bien, querida, ¿qué planes ha hecho para su marcha? —me preguntó modosamente la señora Nedel. Sus ojos eran diminutos y azules, y su nariz como una salchicha en hojaldre en mitad de su cara—. Si no es de mala educación preguntar. Puede usted quedarse tanto tiempo como necesite, por supuesto, ya sé que está esperando a que se recupere su hermana. Y luego las dos se marcharán a… ¿Chicago, era?

—Mi prima —le dije—. Y vamos a ir a San Luis. La señora Stoke era la que se iba a Chicago. —La señora Stoke había abandonado la casa el día anterior; nunca me enteré de si encontró a su tercer hijo.

—Pobre señora Stoke —dijo la señora Nedel.

Como muchas damas ese año, llevaba una buena capa de almidón pulverizado sobre la cara, el pecho y los brazos. Cuando se limpiaba la boca con la servilleta, yo veía motas blancas chiquititas flotando hacia su taza de café. Sostuve mi taza un poco más cerca de mi cuerpo.

—¿Tiene usted familia en San Luis? —preguntó Elizabeth.

Solo tenía quince años, pero la capa de almidón de su cara era casi tan espesa como la de su madre.

—A mi prima le han ofrecido un papel en el Nuevo Teatro. Es actriz —le expliqué.

A pesar de los polvos las mejillas de la señora Nedel se pusieron coloradas, y le lanzó una mirada a su hija.

—¡Una actriz! ¡Cielo santo!

Seguía habiendo mucha gente, y no solo clérigos, que pensaban que las actrices aceptaban trabajos por las noches como acompañantes de pago. Por si acaso la señora Nedel fuera una de esas personas, me propuse sacarla de su error.

—Como usted sabe las actrices no son prostitutas —dije.

La señora Nedel hizo un ruido extraño, como el sonido del tapón de una botella al salir.

—¡Oh, querida! En Cincinnati no hablamos así. —Bajó la voz—. Las llamamos «mujeres públicas».

Mujeres públicas. De eso me podía acordar.

—Yo le hacía todos los vestidos a mi prima —le dije tras una pausa. Estaba orgullosa de mi trabajo, aunque ahora todo estuviera en el fondo del río Ohio.

—Yo no tengo talento alguno para la costura —dijo Elizabeth, untando mantequilla en una galleta—. Mamá puede atestiguarlo.

—¡Por supuesto que no! Solo necesitas más paciencia.

—En cualquier caso no importa. Viene alguien todas las semanas de Pascua para hacernos la ropa de primavera, y luego vienen otra vez en octubre, la señorita Justine.

Esto despertó mi curiosidad, puesto que hacer arreglos era el modo más obvio para mí de ganar dinero.

—¿Cuánto le pagan a la señorita Justine? —pregunté.

Elizabeth se ruborizó y por un momento surgió la semejanza con su madre.

—Aquí no hablamos tan abiertamente de dinero —dijo la señora Nedel con cierta vacilación—. A lo mejor en Nueva York es diferente.

Reflexioné para mí que no era tan diferente, era solo que yo me había olvidado.

—Estaba pensando en la manera de pagarme el billete hasta San Luis, eso es todo.

La señora Nedel alargó el brazo para coger el tarro de mermelada con expresión pensativa. Tras un momento dijo:

—Le damos veinte centavos al día.

La sala se oscureció, y por las alargadas ventanas vi que el cielo se estaba cubriendo de espesas nubes. ¡Veinte centavos! No veía la manera de que nadie pudiera sobrevivir con eso.

—Es por lo cerca que Cincinnati está de Kentucky —me explicó Elizabeth—. A las costureras blancas no les pagan tan bien porque hay esclavas que hacen el mismo trabajo.

—¿Esclavas? ¿Hay esclavas en Ohio?

—Oh, no, pero, sabe, si alguien tiene familia al otro lado del río, bueno, pues a lo mejor le presta una esclava durante un día. A nosotras nos ceden a Minnie, la chica de mi tía, una vez al mes o así, cuando le damos la vuelta a los colchones, y a veces si queremos nos arregla un vestido.

Prestarse esclavos de un lado al otro del río. Nunca lo había oído.

—¿A Minnie le pagan? —pregunté.

—Minnie no está acostumbrada a que le den dinero —me dijo Elizabeth.

—Le damos de cenar, por supuesto —dijo la señora Nedel, limpiándose algo del vestido con la servilleta.

Pensé en el niño esclavo que había visto en el *Moselle*. Veinte centavos al día era más que una cena, pero no por mucho; con esa cantidad me convertiría en una pordiosera en cuestión de días. La señora Nedel seguía frotándose la mancha del vestido, y empezó a chasquear la lengua.

—Si es de mermelada —le dije—, si quiere se la puedo quitar con un poco de carbonato de potasio, si tuviera.

—¿Carbonato de potasio?

—Y un trapo limpio.

—Nunca había oído que... Pero claro, usted sabrá de esas cosas, dado que ayuda a su hermana y demás. Carbonato de potasio. Creo que puede que tenga un poco en la despensa. Echaré un vistazo después del desayuno.

En la calle la lluvia empezó de repente, un torrente rápido que golpeó con fuerza las ventanas, como las garras de un gato.

—¿Sabe qué? —dijo la señora Nedel, alzando su delicada voz por encima del ruido—. Creo que tengo un vestido viejo que le podría servir. Y ya que hablamos del tema, tengo una blusa con una mancha en la parte delantera, ¿tal vez podría también echarle un ojo a eso? Casi he renunciado a ella, y en tiempos fue mi blusa favorita.

Esa tarde me habían vuelto a invitar a casa de la señora Howard, y la señora Nedel, satisfecha con mi trabajo con su ropa, me llevó hasta allí en su carruaje. Esperando una vez más en la puerta fui consciente de que la lluvia había sacado de mi ropa y de mi pelo el olor a jamón, pero no había nada que pudiera hacer al respecto. Donaldson cogió el paraguas que Elizabeth me había prestado y la propia señora Howard me condujo a la salita, diciendo que Comfort se encontraba mucho mejor y que bajaría en seguida.

—Nos tomaremos el té aquí —me dijo, abriendo las puertas correderas. Por lo visto ese día se me iba a permitir ir más allá del recibidor.

Las paredes de la salita estaban forradas de papel en azul bebé con escenas de doncellas lecheras trabajando. La señora Howard me llamó la atención sobre los intrincados relieves de la larga repisa de la chimenea, hechos todos a navaja, según me dijo.

—¿Se imagina? La casa tenía más de cien años, y cuando el señor Howard la compró descubrieron pelos de cerdo en el techo de las habitaciones de arriba. Era lo que se usaba en aquellos tiempos para fortalecer el enyesado —me explicó—. Pero los dejaba peludos. —Sonrió. ¿Estaba de broma?

—¿Los techos estaban peludos?

—Por los pelos de cerdo —me explicó.

Me miró como esperando algo.

—No importa —dijo—. Veamos, May, quiero que tengamos una conversación seria sobre tu prima. Ella y yo tuvimos anoche una idea interesante. ¿Por qué no te sientas?, no, toma esa silla que es más cómoda. Quiero proponerte una cosa.

Yo prefería las sillas de respaldo recto, pero me senté en el butacón tapizado junto a la ventana que ella me indicó. La salita estaba en la zona de la casa en forma de torreón, y desde allí veía la oscura masa del palisandro plantado alrededor, moviéndose hacia detrás y hacia delante con la brisa.

La señora Howard cogió un pequeño libro marrón de una mesita auxiliar y sacó una carta que le servía de marcapáginas. Desplegó la carta y tras una rápida ojeada encontró lo que estaba buscando: una frase sobre la debilidad moral de los propietarios de esclavos y sobre la lógica fallida de quienes los apoyan en el Norte.

—Eso me lo escribió un hombre de mi propia organización —me dijo, quitándose los anteojos—, la Asociación de Ohio para la Abolición de la Esclavitud y la Mejora de la Humanidad. Creo firmemente que de no ser por el pecado de avaricia, la esclavitud hubiera sido abolida antes de la edad de Noé. Ese es el pecado al que nos enfrentamos aquí en Cincinnati, la avaricia. La avaricia y la ignorancia. Poca gente en el Norte conoce los verdaderos datos sobre las condiciones de los esclavos, las vidas terribles que sufren estos hombres y mujeres dignos de lástima, y las pobres criaturas que les son arrebatadas antes incluso de que sus deditos encuentren el camino a sus bocas, privados de un pecho que los consuele.

Hablando de pechos, el suyo se hinchaba al hablar, y de vez en cuando me miraba con expresión severa, como si en cualquier momento yo pudiera decir algo que no le fuera a gustar. Yo no creía ser alguien que hubiera caído presa de una moral retrógrada o de una lógica débil, pero hasta ese momento había pasado la mayor parte de mis días en el Norte. Después de un rato dejé de escucharla y me puse a mirar los dos dientes inferiores torcidos. Sus labios se estiraban arriba y abajo, escondiéndolos y revelándolos por turnos.

—Y esa sería Comfort —concluyó la señora Howard.

—¿Qué sería Comfort?

—Una mujer con las condiciones ideales para promover nuestra causa, alguien acostumbrada a hablar en público, en posesión de una voz potente que llega al final de cualquier sala, y por supuesto muy agradable de mirar, cosa que he terminado dándome cuenta de que también es importante.

—¿Quiere usted que Comfort dé discursos?

—En nombre de nuestra Asociación, sí. Viajar de ciudad en ciudad. Poner los hechos negro sobre blanco, pero de una manera bonita. Creo que podría hacerlo muy bien, ¿no te parece? Le pagaríamos un salario, por supuesto. Es decir, lo haría yo.

Mi primer pensamiento fue que eso nos salvaría de tener que ir a San Luis, y el segundo, que Comfort ya no se vería obligada a aceptar los papeles de matrona que detestaba. La señora Howard me estaba observando atentamente.

—¿Comfort qué opina? —le pregunté.

—¡Bueno, naturalmente la idea le gusta! El sueldo sería mejor que el del teatro. Y puede hacerlo durante el tiempo que quiera, o hasta que la esclavitud finalmente sea abolida en este país. Si se le da bien, además puede que no dure mucho en el empleo. —Los dientes torcidos aparecieron de nuevo.

—¿Qué vestuario llevaría?

—Vestidos bonitos. Sobrios. Y de la mejor calidad, por supuesto.

—¿De dónde sacaré las telas?

La señora Howard me miró. Entrelazó las manos a la espalda como un hombre y se enfrentó a mí de esa forma arisca tan suya.

—May. Me expresaré claramente, dado que eres una persona a la que le gusta la verdad. No hay sitio para ti en esta propuesta. Tú no quieres hablar delante de un público que ha pagado su entrada, ¿a que no? Y Comfort no va a necesitar lo que solía necesitar, vestuario y demás, y ayuda para arreglarse, y la ayuda que precise yo seré más que capaz de dársela personalmente. Pero no tienes por qué preocuparte, ya sé que ahora mismo estás en un pequeño aprieto, así que yo puedo pagarte el billete de vuelta a casa. Cómo no iba yo a hacer eso. Eres de Nueva York, ¿no es cierto?

—No, soy de cerca de Toledo.

—¡De tan cerca! Bueno, entonces sin duda que puedo pagarte el billete hasta allí. Y por fin podrás dejar de coser para Comfort, hay que ver lo cansada que tienes que estar de hacerlo. ¿Cuántos años han sido? Ahora tendrás la oportunidad de ser realmente independiente, puedo verlo claro. —Su voz empezó a adoptar la fuerza de un tren de vapor subiendo una pendiente—. Sé que un cambio te irá bien, mi tío Jacob siempre decía que el cambio es bueno para el alma, y al contrario que en cualquier otro tema, en eso sí tenía razón; él mismo fue propietario de esclavos, he ahí la razón por la que yo comprendo tan íntimamente la vida de los esclavos. Solía observarlos en sus campos cuando le visitaba, siempre encorvados, siempre trabajando. En el tío Jacob la ignorancia y la avaricia estaban combinadas en igual medida. Pero creo que Comfort tiene el encanto y la habilidad para convertir incluso a un hombre como era él, Dios le dé descanso a su alma diminuta. Y tú, May, tú ya no tendrás necesidad de hilvanar y coser bajos y esperar a que caiga el telón como sé que has tenido que hacer tan a menudo...

Yo intenté sentarme más erguida en la butaca acolchada, pero el respaldo estaba diseñado para el ocio. Clavé la mirada detrás de ella, en las escenas de las lecheras en el papel pintado, que no eran retratos realistas puesto que sus vestidos eran demasiado formales y los lazos que lucían en el pelo ridículos. Sus argumentos eran como ese papel pintado, idealizados y falsos, y si hubiera hecho alguna pausa, aunque fuera de dos segundos, yo hubiera podido replicar a cada una de sus afirmaciones, pero como esa locomotora a vapor no hacía ni la más mínima parada, sentí que iba perdiendo la discusión sin siquiera haber iniciado la defensa de mi causa.

—Yo no quiero ningún cambio —dije.

La señora Howard no pareció haberme oído.

—... una vida que hasta ahora ha discurrido entre bambalinas, por emplear una metáfora de vuestro mundo. Pero ahora podrás dar un paso al frente y desarrollar tus propios intereses. Caramba, casi te envidio por tu nueva vida...

¿Qué vida nueva estaba vislumbrando? Me había criado en una granja, cerca de un pueblo tan pequeño que no tenía ni su propio apeadero de carros. Todo el mundo se hacía su propia ropa. Un ruido me hizo volver la cabeza: Comfort estaba abriendo las puertas correderas. Llevaba la misma bata blanca del día anterior y un chal color menta. La venda de la frente había desaparecido. La señora Howard seguía hablando de esa nueva vida que yo iba a tener, y por un momento pensé que mi prima la iba a interrumpir, «¡Oh, no, no, May se quedará conmigo, por supuesto!», pero Comfort estaba mirando a la señora Howard, y no a mí, con una expresión dócil y complaciente, como arcilla a la espera de ser transformada en otra cosa. Entró en la habitación y, con un truco que había aprendido de un actor de Nueva York, se irguió, encontrando dentro de sí media pulgada más de altura.

La señora Howard ni respiró, no rompió su monólogo, ni siquiera cuando se dio la vuelta para dirigirse a Comfort. Seguía sin dejarme espacio para discutir.

—Le he estado contando a May todos los detalles de nuestro pequeño plan, querida —dijo—. Y no tienes de qué preocuparte, yo sé que ella lo ve todo claramente, lo bueno que será para ti y para nuestra causa, y cómo ahora ella va a tener la oportunidad de estar sola; a mí siempre me has parecido —dijo, girándose otra vez a mirarme— un espíritu de lo más independiente.

Con Comfort no me fue mejor cuando conseguí estar con ella a solas. La señora Howard le pidió que me enseñara el «encantador jardín» ahora que había dejado de llover.

—Mientras, le diré al señor Salter que prepare los caballos —dijo con aires de estar concediéndome un gran favor—, y que lleve a May de vuelta a casa. —Vi que en su casa no me iba a ofrecer una habitación, y ni siquiera una invitación a cenar.

El jardín trasero no era encantador, puesto que solo era abril y estaba embarrado por las lluvias y olía a hojas podridas. Mientras caminábamos entre los setos recortados y los limoneros en macetas empecé a protestar con energía contra la señora Howard y su propuesta.

—Para mí no hay nada en todo esto. Lo ha dicho la señora Howard tal cual. ¿Esperas que me marche a casa?

Comfort dijo que no, que por supuesto que no, que no tenía por qué irme a casa si no quería.

—Pero ¿no te das cuenta de que esto es mejor que deambular de ciudad en ciudad —me preguntó—, aceptando una función de seis meses aquí, un trabajo de un mes allá? No puedo ser actriz cuando sea vieja.

—¡Solo tienes treinta años!

—Veintinueve. Pero, Rana, piensa en todas esas viejas bajitas. ¿Quién querría interpretar esos papeles?

—A ti nunca te ha interesado la esclavitud —le dije, pero lo que debería haberle dicho era: «Nunca te ha interesado otra cosa que no fuera tu propia persona».

—Flora puede ser muy persuasiva —me explicó.

Comfort tenía la mirada perdida en la trasera de la casa de la señora Howard, que desde aquí presentaba un aspecto magnífico: las piedras encajaban con tal perfección que parecían líneas grabadas en una sola roca gigante que surgiera ya formada de la tierra. Sin embargo, no pensaba ni en la señora Howard ni en su casa mientras esperaba allí de pie, sino más bien en el difunto marido de Comfort, Jasper Sinclair. Cuando llegó a nuestro pueblecito destacaba de forma espectacular, con su ropa bien cortada y su sombrero cepillado y el reloj de oro de cadena que comprobaba constantemente, como si en mitad del campo en Ohio tuviera citas en firme a las que no pudiera llegar tarde. No creí que Comfort estuviera enamorada de él, pero mientras vivió creí que estaba contenta. Tal vez el amor no fuera algo que ella buscara en un compañero. O quizá solo estuviera siendo práctica. Ser prácticas era parte de la naturaleza de ambas. Después de todo, nuestras madres eran hermanas. Mientras estábamos allí paradas, el rostro de la señora Howard apareció en una ventana del piso superior como una luna llena con una nube de pelo blanco. ¿Sabía que la estábamos viendo? Estuvo allí quieta mucho rato.

—Flora tiene muchísimo gusto. Intenta preservar el aspecto original de la casa —dijo Comfort—. Restauró el antiguo melodeón del granjero, aunque nadie lo sabe tocar. Y le traen mermelada de verdad, importada de Inglaterra.

—¿Por qué tener un instrumento musical que nadie sabe tocar? —La idea me resultaba absurda.

—Ay, Rana, ¿no sería agradable establecerse por fin? *Zoals het klokje thuis tikt, tikt het nergens* —dijo en holandés. El reloj no hace tic-tac en ningún sitio como en casa. Siempre se le habían dado bien los idiomas, y solía recurrir al holandés, la lengua que hablaba con su padrastro, cuando se ponía sentimental.

—Ven mañana a cenar con nosotras —dijo, mirando hacia la casa otra vez—, cuando Flora haya tenido tiempo de encargar algo rico.

Eso sonaba a promesa pergeñada para después con objeto de librarse de mí ahora, y sentí que me hervía la sangre bajo la piel. Era como una niña a la que mandaban que se retirase sin saber por qué. Cuando Comfort abrió la puerta, le dije que no había razón alguna para que yo volviera a entrar, que ya vería a la señora Howard en la puerta principal.

—Entonces te veo mañana. —Me dio un beso rápido, como aliviada de que nuestro *tête-a-tête* hubiera terminado. Aquel plan era mejor para ella, punto final.

Después de que se hubiera marchado me quedé esperando un minuto o dos junto a la puerta de atrás. Luego empujé esa puerta otra vez, abriéndola despacio. Como todo lo demás en la casa de la señora Howard, los goznes estaban bien mantenidos, y eran útiles y silenciosos.

Caminé sin hacer ruido por las mullidas alfombras hacia la parte delantera de la casa, y si a las dos doncellas con las que me crucé, una de ellas con un montón de ropa de cama doblada, les pareció raro que yo deambulara a solas por la casa, estaban demasiado bien entrenadas como para dar muestras de ello. Asintieron y apartaron la mirada. Tenían trabajo que hacer. Yo también. Quería saber más. Seguí el sonido del zumbido incesante de la señora Howard de vuelta a la salita, donde las puertas correderas estaban parcialmente abiertas. De pie en el recibidor, con la oreja buena vuelta hacia la habitación, la oí decir:

—Está bastante a gusto con la idea, estoy convencida.

Alguien cerró una puerta y me perdí lo que Comfort le respondió. Pero la señora Howard contestó con su vozarrón:

—Créeme, querida, soy buena juez del carácter.

—Pero ¿qué es lo que hará? No puede ganarse la vida sola.

—Pues por eso voy a mandarla de vuelta con vuestra gente.

¿Qué gente? Me pregunté. Solo estaba la madre de Comfort, mi tía Ann, una ermitaña amargada que comía un huevo cocido en el desayuno y un huevo revuelto en la cena, saltándose el almuerzo para ahorrar.

—Ha estado detrás de ti todos estos años —prosiguió la señora Howard—, tapada por tu brillo. ¡No es saludable ni para ella ni para ti dejar que viva a tu costa de esa manera! Os he provisto a las dos de una ruptura limpia y fácil.

Por segunda vez en un mismo día me acordé del niño esclavo que había visto en el *Moselle*, detrás de la silla de su ama, y sentí que me subían los calores a la cara. No soy una sirvienta, pensé con enojo. No he estado a su sombra todo este tiempo. Sí que podría ganarme la vida sola.

—Es infantil para la edad que tiene —dijo Comfort.

—Pues más pena y más lástima me da —replicó la señora Howard—. Eso es culpa de su madre por mimarla, y tuya también. Pero he aquí su oportunidad de hacerse mayor. Ah, aquí están los caballos. ¿La ves en la entrada?

No estaba de humor para seguir de puntillas, así que salí por la puerta principal y la cerré de un portazo tras de mí, sin importarme que supieran que las había oído hablando. Pero la señora Howard, tal vez acostumbrada a que sus criados se pasaran el día abriendo y cerrando puertas, salió un momento después diciendo que esperaba que no llevara mucho rato allí.

—Yo no soy la sirvienta de Comfort —le dije.

Pero ni por esas se ruborizó la señora Howard. Ella tenía sus propios planes y los seguía sin mirar a los lados. Me entregó el paraguas de Elizabeth Nedel.

—Claro que no, por supuesto. Nada de sirvienta. ¡Una ayudante! La has ayudado tantísimo todos estos años. Y ahora, adiós, querida —me dijo, abriéndome la puerta del carruaje. Se levantó viento y sopló contra ella, pero no cambió de actitud. Era un bloque de madera, igual que su criado, Donaldson—. Te veremos mañana. Cenamos pronto, a las seis.

Esa noche después de cenar llevé el vestido a cuadros que me había dado la señora Nedel a la sala, con la esperanza de que rasgar costuras para rehacerlas me ayudase a recuperar cierto sentido de mí misma. En el curso de la tarde me había alisado y reconvertido por completo en otra cosa, una construcción elaborada por la señora Howard: la desdichada prima de Comfort, su sirvienta, una costurera sin vida propia. Elizabeth estaba sentada en el sillón a mi lado, jugueteando con un trocito de delicado bordado.

Mientras descosía los puntos volví a escuchar en mi cabeza el discurso de la señora Howard. Yo no quería volver a casa. No quería vivir con la tía Ann. Cuando llegué a una línea de puntos más gruesos, le pedí prestada a Elizabeth una aguja ancha para sacar el hilo. Debajo de cada manga había un forro que iba a tener que volver a cortar, y luego tendría que alisar los frunces. Después de un rato la labor consiguió que el mosquito pesado en el que se había convertido la voz de la señora Howard se apaciguara un tanto. En Cincinnati había teatros; a lo mejor podía encontrar trabajo en alguno de ellos.

Cuando el reloj de la antesala dio las ocho, Elizabeth se acercó al piano, subió la mecha de la lámpara y empezó a hojear unas partituras. Un par de minutos después entró en la habitación la señora Nedel y Elizabeth se sentó en el banco del piano a tocar una mazurca, aunque tocaba muy mal, saltándose notas y acelerando el ritmo de una manera que me resultó casi insoportable.

—¡Qué fastidio! —dijo con repugnancia, parando de repente—. Esta se me ha olvidado completamente.

—Cariño, ese lenguaje —le reprochó suavemente la señora Nedel—. Y además, suena muy bien—. Estaba sentada en la silla de respaldo recto que había abandonado Elizabeth, examinando sus bordados. Después de un momento sacó la aguja de donde estaba clavada y empezó a añadir unas puntadas. Me pregunté cuánto de aquella colcha habría bordado ella. Tal vez toda.

—¿Toca usted el piano? —me preguntó la señora Nedel.

Cuando le respondí que sí, me persuadió de que tocara una melodía. Había aprendido a tocar de niña, y de mayor a veces hacía sustituciones en los teatros en los que trabajaba Comfort si el músico habitual estaba enfermo; en consecuencia, se me había llegado a dar muy bien tocar a partir de una partitura desconocida. En medio de la mazurca, la puerta de la salita se abrió de golpe y el señor Nedel asomó la cabeza.

—Sabía que nuestra Lambie no podía ser —dijo el señor Nedel, entrando. Era el mote que usaban para Elizabeth—. No había suficientes errores. —Llevaba un periódico y se sentó en un extremo del sofá—. Continúe —me dijo, y así lo hice.

Cuando terminé, el señor Nedel me dio las gracias «por el placer de la pieza». Era un hombre pequeño, más delgado que la señora Nedel, con los ojos, la nariz y la boca dispuestos con mucho orden y perfecta simetría en su amplio rostro, aunque tal vez un poco apiñados en el centro. Llevaba una chaqueta oscura de buen corte y eso me llevó a pensar de nuevo en su nombre, Nedel: con sus largos dedos se le habría dado bien la sastrería. Pero seguro que con la inspección del whisky se ganaba más.

Cuando retomé nuevamente el vestido a cuadros, el señor Nedel me preguntó si había podido hacer planes para el futuro, aunque pudiera quedarme con ellos todo el tiempo que quisiera, me informó con una sonrisa, con tal de estar dispuesta a tocar el piano para ellos todas las noches. Pero cuando le dije que tal vez intentara buscar trabajo en alguno de los teatros del centro sus ojos parecieron juntarse y frunció el ceño.

—Pensaba que tenía usted una amiga. ¿Una hermana? ¿Alguien con quien estaba viajando?

—Mi prima. Se está quedando con la señora Flora Howard.

—Ah, sí, la abolicionista —dijo el señor Nedel—. Conocí al marido una vez hace años, hizo una pequeña fortuna en la industria del papel. Me pregunto qué opinaría del destino que se le está dando ahora a su dinero. Bueno, ya sabe —dijo en voz más alta, como si yo acabara de proferir alguna opinión—, a esos abolicionistas no hay quien los disuada. Algunos llegan incluso a intentar robar esclavos, ¡a llevarse la propiedad de otro! Aquí por algo así los ahorcan. No nos andamos con miramientos con los ladrones. En mi opinión, la horca es demasiado fácil. Pero, bueno, yo en eso soy anticuado.

Empecé a sacar los puntos de alrededor del forro, un trabajo minucioso que exige cierta atención.

—Y si bien no apruebo la esclavitud —prosiguió el señor Nedel—, sí que digo: dejemos que esas criaturas se queden como están y permitamos que nuestro comercio continúe con los males y las ventajas ya establecidos. Todo el mundo sabe que si aboliéramos la esclavitud toda la economía sureña se desplomaría, ¿y entonces dónde estaríamos?

Trabajando con el borde de las tijeras por debajo del hilo para soltarlo, le dije:

—Claro, usted mismo usa esclavos.

El señor Nedel resopló.

—¡Nunca hemos tenido esclavos! Ohio es un estado libre.

—Bueno, me refería a Minnie.

Me estaba costando descoser el forro con tijeras. Volví a tomar la aguja gruesa de Elizabeth y al estirarme vi que el señor Nedel me estaba mirando con una expresión fija que podríamos definir como escandalizada. Su cara estaba muy roja. La señora Nedel y Elizabeth, de teces mucho más pálidas, miraban de mi cara a la suya con ansiedad.

—Discúlpenme, ¿estoy equivocada? —dije.

El señor Nedel se levantó del sofá.

—Eso es un asunto familiar... Lo que haga una familia..., nuestros propios intercambios privados... ¿Es usted también abolicionista, entonces? —Me dirigió una mirada llena de furia.

—Querido, ella es de Nueva York... —La voz de la señora Nedel era muy débil. Vi que había cruzado un límite e intenté pedir perdón.

—No quería decir que fuera su esclava. Usted no le paga, pero le da de cenar, que seguro que está muy bien.

—¿Y ahora me insulta con su sarcasmo? —exclamó el señor Nedel.

—Yo nunca soy sarcástica.

—Basta —dijo el señor Nedel. Abrió la puerta y abandonó abruptamente la salita, dejando el periódico aún abierto encima del sofá.

Todas las lámparas titilaron con el repentino abrir y cerrar de la puerta, y cuando se sentaron, vi que Elizabeth estaba estudiando una partitura con atención poco habitual. Aún podía sentir la airada presencia del señor Nedel, que parecía haber absorbido el aire de cada esquina de la habitación. Durante mucho tiempo nadie habló y yo deseé, no por primera vez, ser capaz de decir lo que se esperaba de mí, en vez de lo que pensaba. Por fin dieron las ocho y media y la señora Nedel dio rápidamente las buenas noches y se marchó, con Elizabeth detrás. Molly, la doncella, entró a apagar todas las lámparas excepto la que me quedaba más cerca y quise hablarle, pero su cara era como una puerta bien cerrada. Cuando se fue, la habitación a oscuras me pareció más grande, y mi lugar en ella muy pequeño.

El periódico del señor Nedel seguía sobre el sofá. En él encontré anuncios de algunos teatros, uno en la calle Columbia y otro en la Tercera Avenida con la calle Vine. Seguro que podría encontrar una habitación en alquiler por allí cerca, pero me iba a dar pena irme de aquí. Ya me había acostumbrado a la señora Nedel y a Elizabeth, e incluso al olor a jamón en el pelo.

4

El teatro Columbia de Cincinnati estaba justo en el medio de la calle Columbia, y era un edificio grande de color blanco con un diseño clásico de estilo griego, con una tabaquería alquilada en el piso bajo. Aunque la lluvia del día anterior ya había pasado, aún quedaba en el aire un olor mineral. Al avanzar por la calle intenté mantenerme apartada de los cerdos olisqueadores, que corrían libremente y hacían todo tipo de esfuerzos por chocarse conmigo. Pensaba para mis adentros en lo sorprendida que iba a estar Comfort cuando le contara que había encontrado un empleo yo sola. «¡Infantil para la edad que tengo!». Eso había dicho de mí. Me seguía ardiendo el pecho solo de pensarlo.

Ayer lo que más echaba de menos era mi costurero, pero hoy echaba de menos todo el vestuario que había cosido a lo largo de los años, todas esas batas y cuerpos y capas que había enrollado y doblado tan cuidadosamente en el baúl verde de vestuario de Comfort, que ahora estaba hundido. La mayor parte de los disfraces de los actores son horribles, algunos incluso están solo hilvanados, no cosidos, y no demuestran atención alguna a la fecha histórica que representan. Yo, sin embargo, me guiaba por un libro: *El vestido a lo largo de las épocas*, de Walter Daugherty, que me regaló una jefa de vestuario retirada, una inglesa que conocí en Nueva York. Tenía dibujos de todo, desde el uniforme de la guardia suiza hasta vestidos italianos del siglo xv. Aunque las críticas de la obra fueran

64

malas, los gacetilleros mencionaban siempre la potente voz de Comfort y su maravilloso vestuario. Yo creo que un vestido históricamente apropiado añade mucho al efecto de un papel. Pero ¿cómo demostrar mis habilidades?

Había bastante basura esparcida por fuera del teatro, ya que nadie venía a recoger los desperdicios de las casas, y la gente arrojaba cubos llenos de porquería a la calle sin más, para que se la comieran los cerdos. Pero los escalones de piedra del teatro estaban recién lavados y olían a lejía, y en el vestíbulo un operario limpiaba el papel pintado con arcilla blanca y agua. Cuando le pregunté dónde podía encontrar al director, señaló con la barbilla en dirección al escenario sin detener su tarea.

Tiré de la pesada puerta que conducía al patio de butacas. El teatro estaba oscuro y olía a lana mojada, y sobre el escenario había dos actores, uno frente al otro, ensayando un papel. Tras unos instantes vislumbré, sentado en la tercera fila, al director, un hombre tan pequeño que al principio lo confundí con un niño. Tenía una plancha de madera en equilibrio sobre el regazo, con un tintero y papel encima.

—¿Señor Kreuger?

Giró la cabeza, estornudó, y luego volvió a estornudar. Tenía una barba roja terriblemente enredada, quizá para convencer a los demás de que en efecto había alcanzado la edad adulta. Después de estornudar por tercera vez llamó a los actores para que se tomaran un descanso y se sonó ruidosamente la nariz.

—Alergia al polen —me explicó.

Estaba de pie en el pasillo central.

—Busco trabajo —le dije—. Soy costurera. Trabajé durante muchos años en el teatro Park de Nueva York, y también en muchos otros teatros. Mi último empleo fue en el teatro de la calle Tres en Pittsburgh.

El señor Kreuger me miró de arriba abajo.

—Aquí los actores se ocupan de su propio vestuario —dijo.

Se trataba de una práctica habitual incluso en Nueva York. Tardábamos en asumir los avances de Inglaterra, donde las figurinistas controlaban toda la función y a todos los participantes. Era algo que me hubiera gustado muchísimo hacer, pero por supuesto no podía costearme un pasaje a Inglaterra.

—También puedo ser útil de otras maneras. Las chicas del ballet muchas veces necesitan ayuda con las zapatillas, y entre actos, cuando las damas necesitan cambiarse, también las puedo ayudar. Y además toco el piano. Toco de partitura y sé adaptar la música.

—¿Cuánto te pagaría?

Yo ya había pensado en esto.

—Dos dólares a la semana —dije. Comfort muchas veces ganaba hasta cinco.

Pero él se limitó a reírse, cosa que le hizo estornudar otra vez.

—No me sobran dos dólares —dijo—. No me sobran ni cinco centavos. Dicen que esta semana me cierran el local. —Sus acreedores, me figuré.

—Eso es lo que dicen siempre. —Le entregué mi pañuelo limpio, y su expresión se suavizó cuando lo tomó, agradeciéndomelo. Eso me alentó—. Me he fijado que en el parque, allí en la esquina, hay lobelia plantada. Va muy bien para la alergia. Debería probarla.

—¿En serio?

—No hay más que machacar la raíz y echarla al té. Pero es un diurético de cierta potencia, así que yo tendría cuidado con la cantidad.

Entonces me empezó a mirar de forma extraña. Creí que no me estaba entendiendo.

—Si toma demasiado puede afectarle mucho al intestino —le expliqué.

Se puso colorado y dobló rápidamente el pañuelo.

—Pero no tiene poder alguno contra la sífilis, esa idea es errónea —le dije. Pensé que debía contarle todo lo que supiera sobre la flor, por si acaso alguno de los datos le resultaba útil.

—¡Sífilis! Oiga, escúcheme bien, yo no tengo eso.

—Bueno —respondí, sorprendida por su vehemencia—. Pero algunos hombres sí. —Su cara se puso de un tono aún más oscuro y me alargó el pañuelo—. No tengo trabajo para una costurera y estoy en medio de un ensayo. Márchese ya. Váyase a la cantina si lo que quiere es un drama.

No tuve más suerte con los dos siguientes empresarios teatrales, aunque intenté impresionar al último con mis conocimientos sobre la vida de los artistas: nunca hay que poner un sombrero sobre una cama ni zapatos sobre una mesa de maquillaje; nada de plumas de pavo real; y nada de vestidos amarillos.

—Los actores creen en toda clase de tonterías —le dije—. He aprendido que no sirve de nada tratarlos como a personas guiadas por la lógica.

—¿No me diga? Bueno, yo mismo soy actor —me dijo, despidiéndome con la mano—. Y en este momento la lógica me dice que no necesito ninguna costurera.

Vuelta a las aceras, con los cerdos.

Llegado este punto las campanas estaban dando las dos, y yo tenía hambre. Decidí ir caminando hasta el río, donde había carros vendiendo comida a los comerciantes y a los barqueros del muelle. Había mucho ruido, con todos los hombres anunciando sus precios a voces y regateando entre ellos, o gritando órdenes a los mozos negros que cargaban o descargaban los barcos. Me fijé en un hombre fumando una pipa con la boquilla tan larga como su brazo que vendía rollitos de centeno que llevaba en una cesta. Apoyada contra un barril puesto en vertical, comiéndome el rollito, observé las suaves olas que la brisa levantaba en el agua del río, no más altas que un ratón. Una anticuada gabarra hizo sonar la campana para indicar que zarpaba, y cuando reculó observé, amarrada tras ella al muelle, una pequeña barcaza plana de dos pisos. Estaba pintada de blanco con un reborde verde, y lucía una bandera verde en el palo mayor con las palabras *Teatro Flotante* en caligrafía caprichosa.

¿Un teatro en un barco? Presa de la curiosidad, me terminé el rollito y fui andando por el muelle elevado a echarle un vistazo más de cerca. El aire olía a sal, pero el río Ohio no es un río salado; el olor venía de un vendedor de palomitas que había delante de un carro parado. Era joven, tenía un oscuro atractivo, y llevaba un uniforme que parecía un pijama rojo a rayas.

—¡Palomitas! ¡Aquí hay palomitas recién hechas! —anunció con fuerte acento irlandés.

Un grupo de doncellas con carritos para bebé hechos de mimbre estaban de pie alrededor del carro, comiendo palomitas en unas bolsas de papel a rayas rojas y amarillas, lanzándole miraditas. Una vez superado este gentío pude ver más claramente el *Teatro Flotante*: una gabarra blanca, estrecha, de unos cien pies de largo tal vez, con una especie de casa construida encima, como una caja sobre una caja. La bandera verde se desplegó con el viento.

El Teatro Flotante de Hugo y Helena.

Había dos figuras de pie en la cubierta inferior en la popa del barco. Una de ellas podría haber sido Hugo, pero al acercarme vi que el otro hombre de ninguna manera podría ser Helena, porque se trataba de Thaddeus Mason, comiendo palomitas de una bolsa a rayas roja y blanca.

—¡Salve, May! —exclamó Thaddeus al verme, como si estuviera ensayando para interpretar a algún personaje náutico. Me percaté de que ya no llevaba el brazo en cabestrillo. El otro hombre se giró mientras yo subía por la pasarela; al igual que Thaddeus llevaba el pelo largo, pero su complexión era más oscura y le sacaba media cabeza. Atada alrededor de su sombrero de paja había una cinta negra de crepé, y llevaba la camisa remangada por encima de los hombros. Thaddeus me presentó.

—Capitán Hugo Cushing —dijo el hombre con acento británico, llevándose la mano al sombrero.

—May y yo estábamos juntos en el *Moselle* —le contó Thaddeus; ¿sería esta su forma de presentarme de ahora en adelante? Pero prosiguió diciendo que Helena, la hermana de Hugo, también había estado en el *Moselle*—. ¿Recuerdas la cantante de la cena? ¿Helena Cushing, del *Teatro Flotante de Hugo y Helena*? —Thaddeus se quitó el sombrero—. Lamentablemente, no fue tan afortunada como nosotros.

Miré a Hugo e intenté pensar en algo amable que decir. Recordé a la cantante con su vestido rosado y la luz que la iluminaba por detrás.

—El capitán la dejó subir a bordo para actuar —contó Hugo—. Muchas veces hacíamos algo más de dinero así. Se iba a bajar en el atraque que había después de Fulton. Yo estaba justo zarpando para encontrarme allí con ella cuando el cielo se rompió por la explosión.

—Oh —dije yo—. Vaya, qué… eso, qué mal… —Se me acabaron las palabras y mantuve un incómodo silencio, pero Thaddeus entró con una ristra de tópicos que pronunció con gran convicción y aplomo: «un desastre terrible», «una desgracia inmensa», el capitán era «un tipo de lo más ruin».

—¿A dónde va? —le pregunté a Hugo cuando Thaddeus hubo terminado—. ¿O se queda aquí?

Me miró sin expresión.

—Con este barco. Su teatro. ¿Dónde actúan?

—Ah, bueno, río Ohio abajo, claro. Todos los días atracamos en un pueblo diferente, montamos el espectáculo y a la mañana siguiente levamos ancla de nuevo y vamos a otro pueblo. Bajamos hasta Misisipi actuando en todos los pueblos hasta que el tiempo cambia. Entonces nos remontan otra vez río arriba; suelo alquilar un vapor. —Vi que su barco, una barcaza de casco plano, no tenía motor a vapor—. Es el cuarto año que lo hacemos —me contó—. Lo armamos todo mi hermana y yo. Pero ahora… —Hizo un gesto que yo interpreté como queriendo decir que para él, como para mí, su antigua sociedad había terminado.

—Y por si no fuera suficiente con eso, su barco resultó dañado en la explosión —añadió Thaddeus—. El capitán me lo estaba contando justo ahora. Parte de la caja de remos del *Moselle* salió despedida y lo golpeó como una bala de cañón.

—Fue peor, se pinchó la bomba del barco, que es de cuero —dijo Hugo—. No sé cómo la voy a arreglar, y una nueva cuesta veinte dólares más de los que yo tengo.

—¿Cuánto cuesta una nueva? —pregunté.

Me miró como si yo fuera una idiota.

—Veinte dólares.

—¿Dónde está su compañía? —preguntó Thaddeus—. A lo mejor puede hacer una colecta.

—Se han largado a la ciudad. Probablemente estén bebiendo para alcanzar un estado de inutilidad aún mayor que el actual. Malditos actores. Con perdón —dijo, pero yo no estaba segura de que la disculpa fuera para mí, ya que estaba mirando hacia el río. En todo caso, yo no me sentía ofendida. Había visto a actores humillándose a sí mismos de maneras muy diversas a lo largo de los años.

—Si quiere puedo ayudarle con ese boquete —le dijo Thaddeus, quitándose la chaqueta—. Mi padre era armador.

En el transcurso de los dos meses que le conocí, yo había oído a Thaddeus decir que su padre era actor, dramaturgo, carretero y diseñador de barcos de vapor, pero nunca le había oído contar que fuera armador. Hugo Cushing volvió a dirigirme una mirada severa, tal vez esperando que yo me marchara para poder ponerse a trabajar, pero me arrebujé mejor en el chal y esta vez fui yo la que se puso a mirar al río. Un vapor que pasaba iba soltando al aire pesadas nubes de humo negro, y tras un momento sentí cómo el pequeño barco de Hugo se movía en su estela.

Aquí había un teatro, pensaba yo. Aquí había la posibilidad de un empleo.

Pero yo era una funesta defensora de mi propia causa; lo ocurrido esa mañana lo dejaba claro. Thaddeus, por otro lado, al igual que Comfort, alcanzaba su máxima elocuencia cuando hablaba en su propio beneficio personal. Esperé mientras Hugo y Thaddeus conversaban sobre la mejor manera de arreglar el boquete, y cuando Hugo se marchó a por más clavos galvanizados, me giré hacia

Thaddeus y le conté lo más deprisa que pude lo del nuevo trabajo de Comfort y que yo estaba buscando empleo.

—¿La pequeña Comfort se larga a pronunciar arengas políticas? —me preguntó—. ¡Vaya! ¡Bravo por ella! Cómo me gustaría a mí estar a sueldo de una rica benefactora.

Yo no quería hablar del tema con él, solo quería dejar claros los hechos.

—Escucha, ¿tú me ayudarías a pedir trabajo? No sé lo que haría la hermana del señor Cushing, pero probablemente yo sea capaz de hacerlo, hago de todo menos cantar. Vestuario, atrezo, tocar el piano, llevar las cuentas. Todo eso lo puedo hacer.

—Yo mismo estaba buscando empleo con él, pero no estoy seguro de que esté contratando. Además, está el asunto de la bomba del barco. En cualquier caso, ¿por qué quedarte por aquí? ¿O acaso no tienes el dinero para correr de vuelta a casa?

—No es eso. Florida me dijo que me pagaría el billete. Quiero decir Flora, la señora Howard.

—¿Florida? —Thaddeus rio—. Me gusta. «Florida la Bandida». Pero ¿por qué no aceptar su oferta? Siempre es más fácil encontrar trabajo entre gente que te conoce.

Florida la Bandida. Sí, así era, y aunque estaba acostumbrada a que Comfort me dijera lo que tenía que hacer, no quería que la señora Howard sintiera que tenía el mismo derecho. Pero a Thaddeus solo le dije que no había trabajo en mi pueblo para mí, cosa que además era verdad.

—¿Cuánto te dará para el viaje? —me preguntó tras un momento.

—Si tuviera que adivinar, diría que cerca de diez dólares. Pero ya te lo he dicho, yo no quiero volver.

—Estaba pensando en la bomba del barco —me dijo.

Antes de que pudiera preguntarle qué quería decir, Hugo Cushing volvió con clavos galvanizados y una silla plegable de lona para mí, como si llegado este punto ya se imaginara que yo no tenía otro sitio a donde ir. Mientras trabajaban, Thaddeus le habló a

Hugo de su última función en Pittsburg, describiendo con especial cuidado los tres vestidos que yo le había hecho a Comfort, uno para cada acto. Pero no fue hasta que algunos de los actores del barco subieron por la pasarela cuando Thaddeus abordó el tema del empleo. Los actores llevaban en brazos a uno de sus compañeros, un hombre borracho y robusto que se había tropezado en la ciudad con un barril de azúcar y se había torcido el tobillo dolorosamente. Pero no se tendrían que haber preocupado por traerle de vuelta: en cuanto Hugo vio el estado de su tobillo, le despidió. ¿Cómo iba a contar con un actor que no era capaz de caminar por el escenario? Preguntó airadamente. Esto le dejó la vía libre a Thaddeus. Y una vez que su lugar estaba asegurado, se puso a hablar a favor del mío.

—No necesito costurera —le dijo Hugo, levantando de nuevo el martillo.

—Es más que una simple costurera, es una *diseñadora de vestuario* —dijo Thaddeus—. Ojalá pudieras ver lo hermoso que es su trabajo, pero lamentablemente está siendo devorado por los peces.

—Mi gente se procura su propio vestuario.

Yo me pellizcaba nerviosamente el interior de la muñeca. Se oía a los actores de Hugo, a los que había mandado subir a la cocina a prepararse unos cafés potentes, riendo y golpeando cacharros.

—Comprendo —dijo Thaddeus—. Pero si no le importa que se lo pregunte, ¿qué es lo que hacía su hermana? —Se tomó un momento para quitarse el sombrero en señal de respeto—. ¿Además de cantar?

Hugo bajó la mirada a la plancha de madera que estaba claveteando. Se había quitado el sombrero de paja y el pelo oscuro le caía sobre la frente.

—Tocaba el piano —dijo, golpeando el clavo—. Todas las pistas musicales, y las músicas de fondo, y las especialidades de los actores, y también la canción colectiva final. Pintaba los escenarios. Arreglaba el atrezo y el vestuario. Preparaba los carteles y las entradas. Se ocupaba de las ventas. —Con cada tarea que nombraba, los martillazos parecían hacerse más fuertes—. Anunciaba el espectáculo, lo publicitaba en cada parada, se enteraba de a quién había que darle entradas gratis, e iba y les daba las entradas gratis.

—Tú podrías hacer todo eso, ¿a que sí, May?

—Puedo tocar el piano, pero…

—¡May es una vendedora fabulosa! —Thaddeus hablaba por encima de mí—. Conseguirá que vendas más entradas que nunca. Y tiene exactamente la musicalidad que hay que tener. Ha tocado el piano en funciones de Nueva York y en Filadelfia y en Pittsburgh. ¿No es así?

—Sí, pero nunca he…

—¡Y es capaz de transportar a otra clave prácticamente cualquier cosa! Lo sé porque le pedí que lo hiciera para mí y no tardó nada en hacerlo. Tampoco le cuesta tocar de partitura. Y si hace falta tocar de oído, también sabe.

Hugo dio un par de martillazos más al clavo, se miró el pulgar y luego dirigió la mirada hacia mí con el ceño fruncido, una expresión a la que ya me estaba acostumbrando.

—No me diga que sabe hacer todo eso —dijo—. Vaya. Nuestra compañera la señora Niffen toca el piano. Es parte de la compañía. Pero no sabe leer partituras y no sabe transportar.

Aquí me sentía más cómoda.

—Yo sé hacer las dos cosas —le dije.

—Sigue pendiente el asunto de la bomba del barco —dijo Hugo, frotándose la mano en la pernera—. No podemos abandonar el puerto sin él. —Miró a su alrededor buscando otro clavo.

—Ahí también va a tener suerte —le dijo Thaddeus, entregándole un clavo—. Si la contrata, May también puede ayudarle con eso. Solo sería un préstamo, claro.

Hugo se giró hacia mí.

—¿Tiene usted veinte dólares para prestarme?

—May se los puede traer mañana —le dijo Thaddeus—. Los veinte dólares completos. Tendrá su bomba de barco y habremos zarpado antes de que la semana termine.

—Bueno… —Hugo vacilaba. Me miró con gesto pensativo.

—Venga, pues —dijo Thaddeus—. Me voy a recoger ahora mis cosas. Nunca se sabe, el tobillo de ese individuo puede mejorar de repente una vez que se le aclare la cabeza. —Se puso el sombrero y cogió la chaqueta de la barandilla.

—En cualquier caso nunca entraba a tiempo —dijo Hugo—. Ni siquiera era actor, era escenógrafo cuando yo le conocí.

Las olas lamían suavemente el casco de la barcaza, haciendo el mismo sonido que un gatito con un cuenco de leche, cuando me marché detrás de Thaddeus por la pasarela. No estaba segura de que me hubieran contratado, pero Thaddeus parecía pensar que sí. Yo lo veía a él muy satisfecho consigo mismo, por cómo se colgó la chaqueta de un hombro y se marchó paseando a largas zancadas por la arena, dejándome atrás aunque me apresurase. Se estaba haciendo tarde y el vendedor irlandés de palomitas, las doncellas y los bebés en sus carros se habían marchado. Ya en la acera Thaddeus se giró y me esperó, con la rizada melena ondeando al viento.

—Y ahora, a por ese dinero —dijo.

5

Comfort profería admiradas exclamaciones acerca de la porcelana de la señora Howard, que era blanca, con floridas volutas azules y arándonos rojos por el borde. Siguiendo la tradición de dejarme entrar en una habitación nueva al día, esa noche Donaldson me condujo directamente al comedor, donde ya me esperaban la señora Howard y Comfort. Lucía otro traje oscuro rígido y guantes blancos almidonados, y sirvió la mesa y la recogió y obedeció órdenes sin mover un solo músculo de la cara. Cuando sus ojos se encontraron con los míos sentí que había vuelto al colegio y que estaba esperando instrucciones, pero evidentemente no me dio ninguna.

—¡Qué bonitos! —dijo Comfort contemplando su plato—. ¿El diseño es de Inglaterra? Tiene que ser inglés. —Me percaté de que estaba usando la voz de dama ingenua.

—Compré esta vajilla después de la última enfermedad del señor Howard. Necesitaba algo bonito que me animase. Todos necesitamos eso, ¿verdad?

La señora Howard miró a Comfort de la misma manera que miraba la comida. Tenía buen apetito, y comía con ganas y sin pedir disculpas por ello, y nos animaba a los demás a comer con ganas también. Donaldson sirvió un pescado de color claro hervido en una salsa de color claro, seguido de venado en sirope de melocotón. Después volvió con bandejas de natillas, pepinos, judías verdes y judiones, y colocó una fuente de panecillos calientes en el centro de la mesa.

Aunque comer requería prestar cierta atención (los cuchillos de trinchar de la señora Howard, aunque elegantes y perfectamente bruñidos, eran más decorativos que eficaces a la hora de cortar los duros cuadrados de carne), me descubrí levantando la mirada cada vez que la señora Howard se giraba para dirigirse a Comfort. Esa noche Comfort llevaba un sencillo vestido en color ratón de manga larga y amplio escote. Me pregunté si la señora Howard habría contratado a una costurera para ella; el vestido era lo suficientemente sencillo como para que se lo hubieran cosido en un día. Para mi sorpresa me sentí algo celosa, aunque ¿qué más me daba a mí quién hiciera los vestidos de Comfort? Era solo que estaba acostumbrada a hacerlos yo.

Los candelabros arrojaban sombras sobre las bonitas paredes empapeladas de la señora Howard (en esta habitación había escenas en rojo de pájaros construyendo sus nidos) mientras yo luchaba contra el filo romo del bonito cuchillo de la señora Howard. A pesar del fuego encendido en la chimenea yo tenía frío, y deseaba tener otro chal que colocarme en el regazo.

«Mentir es fácil», me había dicho Thaddeus en el muelle. «Lo único que hay que hacer es crear el espacio para ello». Yo no veía por qué había de mentirle a la señora Howard para conseguir dinero para la bomba del barco, y se lo dije.

—Si está dispuesta a darme dinero para pagarme el billete a casa —le dije—, ¿por qué no irá a darme lo mismo para asegurarme un empleo aquí?

Pero Thaddeus no estaba de acuerdo.

—Quiere quitarte de en medio. Quiere a Comfort para ella sola. A estas damas abolicionistas les gustan las mujeres, mira tú por dónde. Todas las abolicionistas son así. Igual que las activistas abstemias.

Yo nunca había oído semejantes tonterías.

—Escucha, May. Míralo desde este punto de vista. Si Florida dice que no, entonces perdemos esta oportunidad. Es mejor decir que has decidido aceptar su oferta. Sería solo una mentirijilla. No supondría mancha alguna sobre tu honestidad natural.

—No es eso. Es que no puedo hacerlo. No lo llevo dentro.

—¡Pues claro que sí! Mentir es parte de la condición humana. Es lo que nos separa de las bestias salvajes. Escucha, May. Necesitamos ese dinero. Tú quieres trabajo, ¿verdad? Yo te enseñaré cómo hacerlo, puedes usar un viejo truco de actores. ¿Conoces el alfabeto griego?

No lo conocía.

—Bien —me dijo—. Porque es difícil de recordar.

A diferencia de Thaddeus, yo no creía que ser abolicionista significara que te gustaran las damas, pero al observar a la señora Howard presidiendo la mesa me fijé en sus mejillas coloradas, y en la frecuencia con que palmeaba la mano de Comfort. Mi prima estaba sentada a su derecha y yo a su izquierda, y la pulida mesa de caoba que nos separaba se volvía más oscura a medida que las velas se iban consumiendo. A mí nunca se me daba bien adivinar los pensamientos de los demás mirando sus caras, ni siquiera la de Comfort, pero esa noche, charlando sobre la porcelana y la comida, parecía contenta. Pensé en dos mujeres que vivían en la casa de huéspedes donde Comfort y yo pasamos el primer invierno en Nueva York: la señorita Linsome y la señorita Bates. «Safos», me explicó Comfort. Como yo no la entendí, me dijo: «Se aman una a otra, como un matrimonio». Mientras Donaldson nos retiraba los platos intenté acordarme de lo que me parecían a mí la señorita Linsome y la señorita Bates. Recordaba haberme fijado en el sombrero de la señorita Linsome, que estaba hecho de piel de foca negra, cosa rara en un sombrero de mujer, pero que me había parecido bastante estiloso.

—He ido alguna que otra vez —estaba diciendo la señora Howard—, pero realmente es un asunto de hombres. —Estaba hablando de los teatros en Cincinnati—. ¡Tengo vecinos que se jactan de no haber visto una obra de teatro nunca en toda su vida! Bueno, no resulta sorprendente en una ciudad donde el billar y los naipes están prohibidos por ley. ¡Saben que vender una baraja de cartas puede acarrear una multa de cincuenta dólares!

Hizo una pausa para tomar un sorbo de agua. La comida casi se había terminado. Pronto llegaría el momento en que tendría que irme, y necesitaba ponerle fin a este asunto antes. Lo que lamentaba, o una de las cosas que lamentaba, era que si seguía el plan de Thaddeus, no podría contarles que me había agenciado un empleo y eso era algo que les quería contar.

En cambio, lo que dije fue:

—He decidido aceptar su oferta, señora Howard.

La señora Howard puso su vaso sobre la mesa. Diré esto en su favor: nunca finge no entender algo que entiende a la perfección.

—Me alegro —respondió—. Cuánto me alegro. ¿Y cuándo planea irse a su casa?

«Alpha. Beta. Gamma. Delta». Recité las letras despacio para mí, con la mirada clavada en el papel pintado rojo. «Piensa en ello como si fuera un libreto» me había dicho Thaddeus. «Memoriza tus frases y luego recita las letras griegas en tu cabeza antes de decir cualquier cosa. Así es como se miente».

—En cuanto pueda comprarme el billete —dije, en lugar de lo que realmente quería decir: «No voy a marcharme a casa. Necesito el dinero para arreglar un barco para que el dueño me contrate para hacer lo que solía hacer su hermana porque ella murió en el *Moselle*, a diferencia de Comfort y yo, que sobrevivimos pero perdimos lo poco que aún teníamos…». Tragué saliva—. Mañana, si puedo.

—Pues qué maravilla. ¿Y cuánto cuesta el billete?

«Alpha, beta, gamma…».

—Veinte dólares —le dije.

Esperé a que me dijera que era una cifra absurda, que era imposible que un billete de ida en coche de línea costara tanto y qué era lo que realmente planeaba hacer con ese dinero, pero cuando el silencio se prolongó levanté la mirada para ver que la señora Howard sonreía abiertamente a Comfort. Comfort me estaba mirando a mí.

—¿Estás segura de que eso es lo que quieres hacer? —me preguntó Comfort. La voz de dama ingenua había desaparecido.

—¿Qué otra cosa habría de hacer?

—Tiene razón, querida —dijo rápidamente la señora Howard—. Este es el mejor plan con mucha diferencia.

—Pero no tiene por qué ser necesario que se vaya de inmediato. —Comfort miraba a la señora Howard—. Puede esperarse un par de días, Flora, ¿cortarme a lo mejor un vestido o dos? ¿Hacerte a ti algunos arreglos? Para darle a May un poco de calderilla para el viaje.

—Oh, yo estoy dispuesta a darle dinero de más, pon cinco o seis dólares. Pongamos veinticinco dólares. ¡Es tu prima! Cómo la voy a contratar, querida mía, sería absurdo. —No pareció caer en la ironía de que estaba contratando a Comfort para hacerse un circuito de conferencias.

Comfort echó la silla hacia atrás y se acercó a mi sitio para rodearme con sus brazos.

—May, May —dijo, inclinándose sobre mí. Por alguna razón esto me enfadó.

—Bueno, para eso ya es tarde —le dije.

—Lo sé. Lo siento. —Se retiró y me miró a la cara, y yo me descubrí con los ojos clavados en la hendidura de su barbilla. Era pequeña y perfecta, como una diminuta almendra, y por un truco de la luz de las velas parecía elevada más que hundida, una almendra que podría arrancar y llevarme conmigo.

—¿Me odias? —me preguntó.

Pensé en ello.

—No —le dije.

—Niñas —dijo la señora Howard levantándose de la mesa—. Nada de sentimientos, por favor. ¡Donaldson!

Entró antes de que ella hubiera terminado de pronunciar su nombre, como si llevara todo ese tiempo en pie, con el blanco guante sobre el pomo de la puerta, esperando que le llamaran. La señora Howard le dijo que tomaríamos el postre en la salita, y aunque no soy dada a fantasías, cuando los ojos de Donaldson se deslizaron sobre los míos tuve la fortísima sensación de que desde el otro lado de la puerta había escuchado mi mentira y comprendido que efectivamente eso era lo que era. Sentía el estómago tan apretado como revuelto, y en la salita ni miré el postre que él trajo servido sobre una reluciente bandeja de plata, una tarta blanca con dos espesas capas de glaseado de crema.

Más tarde, con mi pequeño fajo de billetes de la señora Howard en el bolsillo, le dije adiós a Comfort. Los billetes estaban tan lisos que me pregunté si alguna de las doncellas no los habría planchado junto con la ropa de cama, y los sentí crujir cuando Comfort me dio un abrazo. Pero ni siquiera con el dinero me sentí victoriosa. En cambio, lo raro era que me sentía incluso más abyecta que al llegar. Tal vez parte de mí pensara que incluso a esas alturas Comfort podría cambiar de opinión y pelear por mí. Pero allí de pie en la puerta, esperando a los caballos, lo único que me dijo fue que le escribiera contándole mis noticias. Cuando eché la vista atrás y la vi en el recibidor, tuve que admitir que pegaba mucho en esa bonita casa, con esos bonitos muebles, y que la señora Howard también debía de pensar lo mismo, porque sus ojos no paraban de vagar hacia ella incluso mientras me decía adiós a mí.

En el cielo de la noche había frescor, y después de ayudarme a subir a la calesa, Donaldson me colocó una manta de lana sobre las rodillas. Y entonces, para mi sorpresa, se aclaró la garganta. Por un momento tuve la sensación de que estaba a punto de decirme algo, ya fuera una reprimenda por mi mentira o tal vez algo compasivo. Pero se limitó a cerrar la puerta, comprobó el cierre y luego levantó la mano para indicarle al conductor que ya nos podíamos ir.

No me asomé a mirar si Comfort estaba observándome desde la ventana. No creía que estuviera.

6

La mañana que el *Teatro Flotante* estuvo completamente reparado y dispuesto a zarpar de Cincinnati, yo llevaba horas levantada y vestida, desde antes del amanecer. Como era demasiado temprano incluso para que su vaca llegara a la puerta de atrás, la señora Nedel me dio para desayunar un codillo de jamón y una porción de bizcocho envuelto en una hoja limpia de papel. La noche anterior me había bajado del desván una agrietada maleta de cuero con correas de cuerda en la que metí toda mi ropa y media docena de pañuelos que me había regalado Elizabeth, con sus iniciales mal bordadas en una esquina; pensé que sería fácil deshacer esos puntos. Elizabeth encontró también una caja de puros vacía que podía usar para mis nuevos utensilios de costura, adquiridos con un dólar del «dinero extra» que me había dado la señora Howard: agujas e hilo, bastidores de bordado que encajaban unos en otros, tijeras en dos tamaños, un dedal, un trozo de tiza para marcas y alfileres. La señora Nedel me había pagado un dólar y cuarto, más otro de los vestidos que ya no usaba, por hacerle unos arreglos, aunque de eso me gasté cincuenta céntimos en reparar el reloj de mi padre.

Cuatro dólares y setenta y cinco centavos, más mis utensilios de costura. Eso era todo lo que tenía.

Afuera en la calle seguía siendo más de noche que de día. El cielo se desplegaba sobre mí como varas de lino gris, y destellaban pequeñas puntas de estrellas donde más delgadas andaban las nubes. Sin embargo en la calle ya había bastante tráfico: carros lecheros, carromatos de pan y unos cuantos comerciantes caminando a buen paso por la acera, con los zapatos ya manchados de ese polvo blanco que todo lo cubre en Cincinnati. Mientras esperaba en una esquina a que pasaran unos carros leí un cartel clavado en el tronco de un árbol. Echando la vista atrás siento que aquel cartel fue casi como un presagio, aunque en su momento no me lo pareció:

FUGADO de quien suscribe en la noche del 22 de marzo, un chico negro bien parecido llamado Philip, asistido por un hombre blanco y alto con una cicatriz que le corre por el lado derecho de la cara. Se cree que el LADRÓN BLANCO vive en Cincinnati; ha QUEBRANTADO LA LEY y arrebatará más esclavos si no es detenido. Si las cortes ordinarias no están por la labor, entonces el viejo juez Lynch no tardará en subirse al estrado.

—Vaya, vaya —dijo un hombre con una gorra de fieltro gris que también se había parado en la esquina—. Eso sí que puede meterle el miedo en el cuerpo a un desgraciado. El juez Lynch, ese sí que les da caza, y nadie más.

—¿Es un juez de Cincinnati? —pregunté.

—Ja, ja, ja —rio el hombre.

Se abrió un hueco entre los carros y crucé sin dedicarle más pensamientos. Ahora ya veía el muelle en la distancia, y el río Ohio, vasto y lleno, el afluente más grande del Misisipi –de hecho, en el encuentro de los dos ríos, según me contaron más tarde, el Ohio era la masa de agua mayor–, que parecía, a su lado, una oscura sombra.

Tal vez piensen que después de vivir la experiencia de la destrucción de un barco yo no querría embarcarme en otro, pero yo no tengo ese tipo de sensibilidad. Además, había diferencias evidentes: en primer lugar, el *Teatro Flotante* era una barcaza, no un vapor, así que no tenía calderas que pudieran recalentarse. Era la corriente la que lo empujaba río abajo, con ayuda de un remo a modo de timón, y al final del camino lo remolcaba un vapor de alquiler. En segundo lugar, a Hugo Cushing no le interesaba romper ningún récord en el recorrido de una ciudad a otra, ni echarle carreras a ningún otro barco, ni arriesgar de ninguna otra manera su vida (ni la nuestra). Era un hombre, como pronto descubriría, para quien el teatro lo era todo. Lo único que quería era llegar a la siguiente ciudad para montar su función. Su compañía consistía en cinco actores y tres actrices. Además de actuar, él también era el director, el empresario, el contable y el propietario, y encima era quien presentaba los papeles de capitán, que valían desde la cabeza del río Allegheny hasta el bajo Misisipi. La mayor parte de la compañía lo llamaba capitán, o capitán Cushing, pero para mí siempre fue Hugo, tal vez por la bandera verde que ondeaba en el asta de proa, *El Teatro Flotante de Hugo y Helena*, que fue lo primero en lo que me fijé.

No había visto a Hugo desde hacía tres días, cuando le di el préstamo de veinte dólares, pero al subir por la pasarela le vislumbré al fondo del barco, enrollando un cabo en un carrete de gran tamaño, preparando el barco para el embarque. En cubierta, ayudándole, estaba Thaddeus con otros dos hombres, los tres de espaldas a mí. Aunque todavía no se había levantado el viento, el barco estaba ligeramente escorado, como un árbol contra una brisa constante. Puse la maleta en el suelo junto a la ventana de la taquilla y me arrebujé mejor en el chal.

A nuestro costado había ya pequeños vapores navegando a resoplidos, soltando humo. A su lado el *Teatro Flotante* tenía más pinta de barcaza: una caja con otra caja claveteada encima. Con todo, la pintura fresca y el reborde verde le hacía destacar de las otras gabarras que se alineaban junto al embarcadero, herrumbrosas embarcaciones de trabajo, con oscuros barriles de cargamento asegurados en cubierta con cabos. El barco de Hugo ocupaba un lugar intermedio entre el comercio y el placer. Estaba pintado de blanco como una tarta glaseada de dos pisos y, como en una tarta, había más cobertura en unas zonas que en otras para tapar las marcas. Tenía dos cubiertas con estrechas pasarelas que llamábamos pasillos, y ventanas cuadradas separadas por intervalos regulares, y en popa un toldo a rayas verde y blanco sobre el porche superior. El teatro y el pequeño despacho de venta de entradas ocupaba la cubierta inferior, mientras que la superior estaba dividida en las zonas de vivienda: la cocina, el comedor y los camarotes, que eran nuestros dormitorios, todo lo cual me pareció tan compacto como el interior de una caja de herramientas, útil sin ser bonito.

Me quedé de pie en la cubierta inferior con incertidumbre, sin querer interrumpir el trabajo de los hombres, pero, al mismo tiempo, buscando una oportunidad para decir: aquí estoy, ¿a dónde debería ir? Normalmente era Comfort la que decía esto cada vez que llegábamos a un sitio nuevo, sonriendo y empleando muchísimas más palabras. Volví a envolverme en el chal y aguardé que se me abriera un hueco. Nadie se percataba de mi presencia. A todo esto, Hugo hablaba en tono fuerte a los hombres mientras tiraba de los cabos.

—A ver, Leo, recuerda mantenerla en el centro del río, el agua empezará a elevarse según abandonemos la ciudad. Pero óyeme bien, a media milla de aquí hay un banco de arena, así que en esa zona mantente a la derecha. Y ten cuidado y ata ese cabo bien fuerte. ¿Lo tienes? Bien hecho. ¡Espera! ¡Empiezan las campanadas!

Ese día se cumplía una semana del hundimiento del *Moselle* y, según los periódicos, al amanecer las campanas de San Jorge doblarían doce veces en honor a los ciento ochenta muertos. El hombre al que Hugo llamaba Leo enrolló el brazo en torno a un largo poste que había clavado en el barro del lecho del río, anclándonos, y luego se quitó el sombrero. Aunque el resto de nosotros nos giramos hacia el este cuando las campanas empezaron a sonar, Hugo se giró hacia el oeste. Eso me dio que pensar. Vi cómo su expresión se suavizaba mientras contemplaba el agua.

El eco del sonido de la última campanada aún resonaba en nuestros oídos cuando se dio la vuelta y me vio. En su rostro volvió a formarse una expresión severa.

—Así que estás aquí, ¿no? Muy bien, pues nada, ahora fuera de cubierta. Tenemos trabajo que hacer.

—¿A dónde tengo que ir? —pregunté.

Se hizo una mínima pausa. Y después, refunfuñando dijo:

—Pues supongo que al camarote de Helena.

—¿Y dónde está?

Pero se había girado y, si dijo algo más, ya no pillé sus palabras. Leo abandonó su poste y anduvo hasta una campanilla que colgaba cerca del palo de popa, y la agitó para indicar que zarpábamos. Aunque Hugo era un hombre alto, Leo le sacaba casi una cabeza, y su piel de bronce (luego me enteré de que era mitad indio semínola y mitad negro) ya brillaba de sudor. Volvió al poste, del que el barco se había alejado ligeramente, lo sacó y empezó a usarlo para llevarnos hacia el centro del río de forma experta.

Mientras, Thaddeus se me acercó con una lata de aceite de lámpara enganchada en el dedo índice.

—Yo te enseñaré dónde está. Solo déjame que vaya a llevar primero esto al teatro. —Llevaba menos de una semana viviendo en el barco, pero se daba los aires de todo un veterano.

—¡Nada de entrar en mi escenario con los pies manchados de barro! —nos gritó Hugo—. ¡Y no andéis tocando nada!

Entramos por detrás del auditorio, que era estrecho pero largo. Había dos filas de bancos clavados al suelo delante de un escenario pequeño, separado del público por un proscenio pintado. El suelo y las paredes del escenario eran blancos (Hugo lo pintaba personalmente una vez al mes) y estaba iluminado por cinco o seis diminutas lámparas de queroseno, las más pequeñas que jamás hubiera visto, colocadas en fila en el suelo marcando la línea del proscenio.

—Caben casi cien espectadores sentados —me dijo Thaddeus mientras caminábamos por el pasillo central entre las dos filas de bancos—. Hay plataformas en la parte de atrás para negros libres. Y detrás del escenario está la sala verde.

Subimos los tres o cuatro escalones del borde del escenario y dimos la vuelta hasta la salita que había detrás, en la que habían apiñado más muebles y palés de los que hubiera creído posible. En una esquina había un sofá y dos sillas de respaldo recto, todo bastante apretado, y en el otro extremo había una cocina provisional: un pequeño horno portátil metido en una caja de arena, una estantería encima con tazas y platos, y un hervidor de agua en el suelo. Alguien había colgado un cuadro sin enmarcar de la actriz inglesa Sarah Siddons, pero aparte de eso las paredes eran planchas peladas de madera que se descascaraban. Por una pequeña escotilla podía contemplarse una loncha de río y poco más a modo de vista, y a ambos lados habían apilado palés de distintos tamaños.

Había dos mujeres sentadas en el sofá: una joven pálida y bonita y una dama mayor con una espesa mata de pelo blanco amontonado en la coronilla. Cuando entramos dejaron de repasar sus textos para mirarnos, y vi que la mujer de pelo blanco era más joven de lo que sugería el color de su cabello, tal vez tuviera solo cuarenta años. Se llamaba señora Niffen.

—Encantada, por supuesto —dijo cuando Thaddeus me presentó—, aunque debo decir que yo podría haber hecho perfectamente el trabajo de la señorita Helena además del mío, y así se lo dije al capitán Cushing, le expliqué que durante todo el año pasado la estuve ayudando a hacerlo todo, las entradas, el atrezo, y además soy bastante buena costurera.

—La señora Niffen es principalmente actriz —me dijo Thaddeus con una sonrisa que parecía trasladar algo que no era exactamente placer—. Y el señor Niffen interpreta a todos los alcaldes y a todos los tenderos.

—Y hace doblete tocando el violín —me explicó la señora Niffen.

Tenía la nariz afilada y los ojos pequeños, y su cara me hacía pensar en una ilustración que vi una vez en un libro de cuentos sobre una rata muy lista. Tenía la piel suavemente rosada y casi sin arrugas, lo que complementaba curiosamente su pelo blanco.

—Yo soy Lydia Foot —dijo la mujer más joven—. Por favor, llámame Liddy. —Tenía una cara redonda y llena, con bonitos ojos que se curvaban hacia abajo y parecían tristes, y una boca agradable que se curvaba hacia arriba y parecía feliz. El contraste resultaba atractivo. He aquí una Comfort más joven: bonita, acostumbrada a representar los papeles principales, y encantadora; me sonreía como si ya hubiera decidido que yo le caía bien, en marcado contraste con la señora Niffen, que parecía arrugar aún más profundamente el entrecejo cada vez que me miraba. Di un paso adelante para estrechar la mano que me ofrecía Liddy y me tropecé con una caja.

—Cuidado —dijo Liddy—. No sé por qué guardamos esos palés. Hay algo que está criando moho en uno de ellos, pero no somos capaces de descubrir lo que es.

La señora Niffen nos aseguró a todos que ella sí sabía lo que se estaba pudriendo y que estaba ocupándose del asunto como era debido, y también que siempre había algo pudriéndose en un barco teatro y que una nunca podía estar del todo segura de lo que era; parecía estar defendiendo las dos ideas al mismo tiempo. Mientras hablaba, el suelo se movió bajo mis pies y sentí que mi cuerpo se hundía y se movía al escorarse el barco hacia delante. Un fuerte olor a barro entró por la ventana parcialmente abierta.

—¡Guau! Eso sí que es un olor —dijo Thaddeus, y de repente me pareció que el estómago se me apretaba y se ponía en posición de alerta.

Durante todo este tiempo el agua había estado empujando contra el barco desde abajo, intentando moverlo, y sin embargo yo me había mantenido de pie como si el suelo fuera tan estable como la tierra arada. Pero ahora me daba cuenta de que no era estable, de que no lo era en absoluto. Al arrojarnos de nuevo hacia la corriente del agua apoyé una mano en la pared. Tragué saliva, y luego volví a tragar. Liddy miró por la escotilla.

—Hoy la cosa está un poco movida —dijo.

La señora Niffen decidió que sería ella quien me enseñaría el cuarto de Helena por razones que no fui capaz de comprender, porque mientras el barco se mecía sobre las aguas picadas, mi atención se desplazó por entero hacia mi estómago, que parecía ascender dentro de mi pecho. Según subíamos las escaleras exteriores el barco cabeceó hacia delante, y mi estómago se desplomó, girándose de forma peculiar. El piso superior estaba formado por una fila de estrechos camarotes que terminaban en el comedor y en la cocina, y cada cuarto era accesible solo desde el pasillo exterior, aunque la cocina también tenía una puerta interior que daba al comedor.

El camarote de Helena estaba al otro lado, en la proa del barco, justo encima de la taquilla. El camarote del capitán Cushing, según me dijo la señora Niffen al abrir la puerta, era el siguiente. Todos los camarotes eran pequeños, de menos de diez pies de ancho, pero al ser el último era un poquito más largo que la mayoría. Dentro había un estrecho catre con dos baúles a los pies formando una larga T, junto con el habitual aguamanil descascarillado, la palangana descascarillada, y el armario bajo de madera de castaño: yo estaba acostumbrada a los muebles de las pensiones, pero aquí todo era tres o cuatro pulgadas más estrecho. Al fondo había una puerta que daba a un pequeño porche exterior que miraba al río, y cerca de la solitaria ventana había un cubo atado a una cuerda para poder sacar del río, como me explicó la señora Niffen, mi propia agua.

—Pensaba pedirle al capitán Cushing que nos trasladara aquí al señor Niffen y a mí, es el camarote más grande después del suyo; me refiero al del capitán. Pero he estado tan ocupada atendiendo a todo lo que normalmente haría Helena, porque claro, alguien tenía que tomar el testigo, y yo soy, de lejos, la persona más atareada que hay a bordo, pronto verás la cantidad de cosas que se me pide que haga, y con tantas cosas como traigo entre manos no he tenido la oportunidad de hacerlo. Pero la habitación es demasiado grande para ti con diferencia, demasiado grande para una persona, me refiero. Claro, aún no has deshecho la maleta.

—No —le dije, posando mi bolsa en el suelo. El estómago me subió a la boca junto con la palabra y me senté sobre el delgado colchón. Me pareció que me cubría el cuerpo una oleada de calor, seguida de un ataque de escalofríos. En el *Moselle* siempre me encontré perfectamente, pero aquel era un barco mucho más grande. El *Teatro Flotante*, tan ligero que cualquier ola lo hacía brincar, cabeceaba en la corriente, y mi estómago se columpiaba en la dirección opuesta. Estaba esperando a que la señora Niffen se marchara, pero ella seguía de pie en el umbral de la puerta, mirando a su alrededor.

—Al señor Niffen y a mí no nos llevaría ningún tiempo cambiarnos.

—¿Cambiarse de qué?

—Cambiar de habitación.

—¿Para ir a dónde?

Me miró con sus rosados ojillos de roedor y frunció deliberadamente el ceño. Luego se percató de que me estaba cubriendo el estómago con la mano.

—¿Estás enferma? Bueno, no me vayas a contar que… —Sacudió la cabeza, pero al mismo tiempo parecía un poquitín complacida—. Eso sí que desanimaría al capitán. ¿Quieres que vaya a buscarle?

«Alpha. Beta. Gamma. Delta».

—Estoy bien. —Me puse de pie para demostrárselo. Error, pero intenté no prestarle atención a mi estómago.

Ella se cruzó de brazos y vio una cosa en el suelo.

—Cielos, aquí está la cajita de carnada del señor Niffen, la que le prestó a Helena, ¡se me había olvidado! —Recogió del suelo una cajita llena de arañazos con una manija metálica—. Me la llevo entonces. Ah, y esta jarrita. Helena me dijo una vez que me la podía quedar. —Cogió algunos objetos más (un apagavelas, un par de guantes, un libro) aduciendo que o bien yo no los iba a necesitar o que eran suyos, y a veces aduciendo ambas cosas. Su rostro, al recorrer la habitación con la mirada, lucía una expresión muy parecida a la que le había visto a los comerciantes del muelle mientras evaluaban los contenidos de los barriles abiertos. Y a todo esto mi estómago se iba elevando y aplanando a medida que el barco avanzaba dando botes. Vi cómo la señora Niffen miraba las sábanas de la cama, pero no era capaz de decir nada. Por un momento pensé que iba a vomitar. Me apoyé contra la pared y me tragué el fuerte sabor ácido que me asomó a la boca.

—Estas las compré en Wheeling —declaró la señora Niffen, recogiendo las sábanas de la cama. Luego le sacó la funda a la almohada. Pero cuando la vi mirando la manta me senté encima para impedir que se llevara eso también.

—¡Bueno! —dijo—. Supongo que puedo prestarte esta hasta que puedas comprar la tuya. Pero ¿ahora qué hacer con los baúles de Helena, con todo su vestuario y demás? Si tuviera una mano libre los repasaría. —No tenía manos libres—. Creo que ahí dentro hay un par de cosas para Oliver. Es el perro de Leo. Sale al escenario, ¿sabes? La verdad es que debería guardar los baúles en mi propio camarote. Déjame que vaya a buscar al señor Niffen para que cargue con ellos.

Tragué saliva.

—No —dije con cuidado—. No lo haga.

—Oh, pero no vas a saber qué hacer con ellos.

—No —repetí.

Se aclaró la garganta haciendo un sonido como de rugido.

—Bueno…

—Adiós, señora Niffen —le dije. Sus ojos se posaron sobre mi mano, que reposaba otra vez sobre mi tripa, y yo la retiré.

—Ahora que hemos zarpado pronto debería sonar la campana del desayuno. Por si quieres algo —añadió con otro gesto fruncido pero medio satisfecho.

Lo que yo quería hacer era tumbarme, pero no pensaba darle la satisfacción de verme mal, o correr el riesgo de que llamara a Hugo y le informara de que de ninguna manera podía yo aceptar un empleo en un barco. Mi independencia habría terminado antes de que hubiera siquiera empezado. Pero por fin se marchó de la habitación sin molestarse en cerrar la puerta tras de sí, y escuché el claqueteo de sus botas bajando por el pasillo.

Sin embargo, a pesar de mi estómago, ahora me había entrado curiosidad por el vestuario de Helena, así que en lugar de tumbarme me deslicé cuidadosamente hasta el suelo y abrí el más pequeño de los dos baúles. Dentro encontré una balda superior con pañuelos, blusas y collares que me llevaron a pensar que este debía de ser el baúl privado de Helena. Encontré el vestuario junto con algún material deportivo (cañas de pescar y aparejos) en el segundo: vestidos poco llamativos, un par de abrigos largos pasados de moda, con adornos hilvanados, unos cuantos chalecos y tirantes que habían arreglado pero estaban a medio coser, y un delantal blanco punteado con insuficiente cinta.

—Helena se llevó algunos de los disfraces de las funciones al *Moselle*. Porque no estaba segura de lo que iba a cantar. Es lo que hacía normalmente.

Hugo estaba de pie en el umbral de la puerta abierta con el sombrero de paja en la mano. Entró y cogió una prenda que yo había dejado a un lado, una chaqueta de tarde a la que se le había descosido una manga.

—Mi hermana no era una gran costurera —dijo, mirando la maga—. Demasiado impaciente, supongo. ¡Bueno! —Volvió a soltar la chaqueta—. He venido a ver cómo te iba. —Su voz sonaba formal y fuerte, antes dándome órdenes que dándome la bienvenida, pero sus palabras eran bastante amables—. Somos una compañía pequeña, pero nos gusta pensar que somos una familia. Por lo menos durante tres meses. Cualquier cosa que necesites, me lo haces saber.

—Voy a necesitar más hilo si he de arreglar estos trajes. La mayoría de ellos va a haber que volver a coserlos enteramente.

—Mujer, tan mal no pueden estar.

—Oh sí, están muy mal. Están muy mal cosidos. Es más, no dan ninguna sensación ni de época ni de lugar, podrían ser todos del mismo periodo. Aquí no hay nada que los distinga. Me sorprende que los hayáis usado en un escenario.

Su voz se hizo más brusca.

—Tampoco son tan importantes los disfraces. Helena solía decir que lo único que hacía falta hacer era darle al público la idea general de una cosa. Corresponde a los actores hacer todo lo demás.

—¡Cómo que no son importantes! ¡Por supuesto que el vestuario es importante! Querrás hacer una representación rigurosa, ¿no? —El barco se escoró de repente a babor y el estómago se me contrajo—. Si me das una lista de las obras que vais a representar me podré formar una idea mejor de lo que hace falta.

—¡No tengo tiempo para escribir una lista! ¡Tengo un barco que capitanear y un actor nuevo con el que ensayar!

—Entonces me sentaré de público en uno de vuestros ensayos para verlo por mí misma.

—De eso nada. Mis ensayos son cerrados —replicó Hugo. Levanté la vista y le miré. Estaba colorado y su acento inglés se había vuelto muy pronunciado—. Al diablo con los trajes. Bastante buena labor hizo mi hermana con ellos. Trabajaba muy duro.

—Pero... —Empecé a levantarme del suelo y me costó más esfuerzo del que me esperaba. Me incliné hacia delante para poner una mano sobre la cama antes de sentarme sobre ella. Durante un momento o dos me miré las rodillas, echando mano de pura voluntad para no vomitar.

—Lo que necesitamos de manera más inmediata son entradas y carteles. ¿Sabes cómo elaborarlos? —Antes de que pudiera empezar a musitar en griego, concluyó—: Bien. Pues te dejo con ello entonces.

Estaba enfadado. No estaba segura de la razón. Sonó la campana del desayuno justo cuando se daba la vuelta para marcharse.

—Y encuentra un poco de jengibre para ponértelo debajo de la lengua —me dijo—. Si no se te da bien navegar, en mi barco no vas a durar mucho.

Cuando se marchó me tumbé en el catre sin sábanas y sin molestarme en quitarme los zapatos, doblando las rodillas contra el pecho. Tenía los brazos fríos pero la cara caliente. Oía voces de gente hablando alto, caminando por el pasillo hacia el comedor y, más cerca, gaviotas cuyos gritos sonaban igual que los crujidos de una mecedora moviéndose muy deprisa, *ñia-ñia-ñia-ñia*, marcando su territorio y buscando pareja. Me dejé caer del catre y conseguí acercarme al cubo, donde vomité. Luego volví al catre y cerré los ojos. El camarote de Helena olía a keroseno y a madera húmeda y a ceniza. Mi camarote, me recordé.

Más tarde, cuando desperté, entraba un chorro de sol por la puerta abierta del porche hasta mi cama, dibujando un diseño en ángulo como el cuadrante de un carpintero. Al mirar por la ventana vi que estábamos amarrados en una caleta tachonada de arces frondosos y altos hierbajos. No sabía si me encontraba mejor por haber dormido o porque el barco ya no se movía, pero me acerqué a la cocina de todas maneras a ver si podía encontrar ese jengibre del que me había hablado Hugo.

El cocinero era un hombre con la cara roja y el pelo en mechones salpimentados. Nunca supe su verdadero nombre porque todo el mundo le llamaba simplemente Chef. Cuando no estaba delante de su horno estaba durmiendo; no tenía camarote propio, sino una hamaca atada en la cocina, que fue donde le encontré.

—Madrugo demasiado como para que me baste con lo que duermo por la noche —me explicó, columpiándose para salir de la hamaca—, con esto de tener que preparar el desayuno para el capitán y los demás que mueven el barco. Así que echo una cabezada cuando puedo.

Encontró un pedazo mustio de jengibre, le recortó un trocito con un cuchillo del tamaño de un gato y me lo entregó.

—¿Dónde está todo el mundo? —pregunté.

—Ensayando. ¿No los oyes?

Los dos miramos hacia la puerta como si así fuera a mejorar nuestro oído, y luego me giré para colocar el oído bueno de ese lado. Después de un momento pude percibir voces ahogadas que venían del piso de abajo.

—Hugo me pidió que hiciera entradas para la función. ¿Cómo las hago? —le pregunté, sosteniendo la viscosa rebanada de jengibre entre el pulgar y el índice. Ahora que lo tenía descubría que no lo quería. Chef lo señaló con la cabeza.

—Venga, métetelo en la boca —me dijo.

Con las entradas no me podía ayudar. Volví a salir, pero antes de llegar a mi camarote lancé el jengibre por la borda. Al hacerlo me fijé en el hombre de la pala, Leo, que estaba sentado sobre una silla de lona en la orilla sosteniendo una caña de pescar. Tenía a su lado un perrito, y eso me dio una idea. Volví a mi cuarto y rebusqué en el baúl de Helena hasta dar con un retal sobrante de seda, y entonces recorté un diseño en un poco de muselina y pegué encima la seda con alfileres. Se mide dos veces, pero se corta solo una. Al público le encanta ver sobre el escenario a los animales con vestiditos, y se me había ocurrido hacer una gola para el cuello del perro. Oliver era el nombre que había usado la señora Niffen. Una vez hecho el diseño podía coser una pequeña gola en menos tiempo del que se tarda en ordeñar a una vaca.

Tener una aguja en la mano me hacía sentirme bien. Cuando la tuve terminada hice un dobladillo de blusa (un dobladillo fino plegado dos veces) y luego extendí la gola sobre mi regazo, pinzando los pliegues con las puntas de los dedos. Estaba satisfecha con ella.

Al bajarme del barco Leo no me miró, pero tuve la sensación de que sabía que yo llegaba, y el perrito giró la cabeza. El olor a pescado y a barro se elevaba por el aire cuando el río lamía la orilla.

—Soy May Bedloe —le dije a Leo, poniéndome otra vez de pie—. Le he hecho una gola a Oliver.

—¿Una gola? ¿De verdad?

—Para el escenario. Tengo entendido que actúa.

Leo se levantó de la silla y sacó algo que parecía un cordel verde reluciente de su cubo de pescar.

—Sienta —dijo Leo, y Oliver se sentó—. Aúpa. —Oliver saltó—. Aúpa, aúpa, aúpa. —Oliver saltó rotando en círculos al mismo tiempo. El rabo se le enroscaba sobre el lomo como si fuera una uña cortada.

Leo le dio el pedazo de tripa de pescado.

—Perro leopardo de Catahoula por un lado. Por el otro, chucho puro.

—¿Crees que podría probarle esto? —le pregunté, sosteniendo la gola en alto—. Quiero tomarle una medida para ponerle bien las ligaduras.

Enrollé la gola alrededor del ancho cuello de Oliver y doblé los extremos hacia atrás, poniendo alfileres donde debía colocar las ligaduras. Luego dije, sin mirar a Leo:

—El capitán Cushing quiere que me ocupe de las entradas, pero yo no sé hacer eso.

—Ajá —dijo Leo.

—¿Sabes dónde podría encontrar una de las antiguas? ¿Algo que pueda copiar?

—¿Una entrada vieja? No lo sé. La señorita Helena las preparaba en la oficina.

—¿Cómo las hacía?

—Vaya, pues no lo sé.

Oliver ladró una vez para llamarnos la atención. La gola se le caía un poco del lado derecho cuando se sentaba sobre las patas traseras. Leo se rio.

—La verdad es que está muy mono.

—¿Eran algo así? —Me saqué del bolsillo un trozo de papel sobre el que había trabajado antes de bajar la escala. Tenía más o menos la misma forma y tamaño que un billete de un dólar, pero era un poco más corto, y le había dibujado una floritura por todo el borde. En el centro había escrito en mayúsculas *Admite Uno*.

Leo me lo cogió de la mano y lo sostuvo ante sus ojos.

—Creo que no tenían este dibujito en el borde. Y además ella escribía más.

—¿Qué escribía?

Leo le dio la vuelta al papel al lado que estaba en blanco y usó mi lápiz para dibujar un garabato en la esquina superior izquierda y otro garabato en el centro. Por el extremo inferior dibujó un largo garabato sin interrupciones de un lado al otro.

—Algo así —me dijo.

Los garabatos representaban palabras. Me di cuenta de que no sabía escribir, y probablemente tampoco leer.

—¿Estás seguro de que no tenían ninguna decoración? —Todas las entradas que yo había visto presentaban dibujitos, o a lo mejor un pequeño emblema del teatro, por ejemplo un sombrero de copa negro. Pero estaban impresas en ciudades, no escritas a mano.

—La señorita Helena no tenía tiempo para todo eso.

—¿Sabes de dónde sacaba el papel?

—Del despacho probablemente. —Movió la cabeza en esa dirección.

El despacho de venta de billetes no estaba cerrado con llave, y una vez que se me ajustaron los ojos a la luz vi que el espacio no era muy diferente al de un cuarto de fregonas. Había una mesa construida a partir del mostrador de la taquilla, y debajo unas baldas donde encontré un libro de papel en blanco y varios tarros de tinta, pero ninguna pluma. Estas resultaron estar en una caja en el suelo, al lado de la caja del dinero.

Coloqué el papel y la tinta en la mesa frente a mí, me senté en el alto taburete, me quité el chal de los hombros y me cubrí el regazo con él. Luego me puse a trabajar. Con el ejemplo de Leo en la mano, escribí las entradas así:

Esta noche, después del ocaso   20 centavos
ADMITE UNO
Vengan a entretenerse en el río: música y comedia y canciones

El teatro estaba justo detrás de la taquilla y mientras mojaba la pluma en la tinta podía oír a Hugo gritando a los actores. Sin embargo, no tomé esto como señal de que fueran un grupo falto de talento. Los directores gritan para dar énfasis, me había explicado Comfort cuando empezó a actuar, y yo había aprendido a ponerle el oído malo a cualquier director que se me acercara.

—En todo momento, sobre el escenario, *deseas* algo —le estaba gritando Hugo a algún pobre cómico—. En el momento en que dejas de desear, el público pierde interés.

Se me ocurrió pensar que si Hugo estaba de cara al escenario, que habría de estarlo si los actores estaban ensayando, yo podía sentarme en las plataformas alzadas del fondo y él no me vería. Ensayos cerrados, me había dicho, pero yo tenía que hacerme alguna idea de qué vestuario necesitaban. Solo había hecho diez o doce entradas por el momento, pero pensé que podía escribir las entradas y observar el ensayo al mismo tiempo si tenía cuidado con la tinta.

—¿Qué es lo que tú deseas en esta escena? —estaba gritando Hugo cuando desatranqué la puerta entre la oficina de venta de billetes y el auditorio. Y luego—. No, a *mí* no me lo digas, lo pregunto por tu bien, ¡es por *ti*!

Había unas cuantas figuras sobre el escenario y él estaba, como yo había supuesto, de espaldas a las butacas. Subí deprisa a la última plataforma, donde coloqué la tinta y el papel y me puse sobre el regazo la caja de plumas para escribir sobre ella. Hugo dio unos pasos de espaldas hacia el banco de la primera fila y puso un pie sobre él, inclinándose hacia delante.

—Venga pues, adelante —dijo.

Cuando los actores empezaron de nuevo, en seguida supe lo que estaban ensayando: la escena del cubo de *Las alegres comadres de Windsor*, que era una de las obras preferidas del público por aquella época. Thaddeus estaba de pie con la pierna echada hacia delante, y sacaba la barbilla al hablar.

—… pero yo os amo —dijo—, a ninguna más que a vos; y vos lo merecéis.

Liddy:

—No me traicione, señor. Temo que amáis a doña Page.

Thaddeus:

—Igual podríais decir que amo caminar junto a la Contraverja[1]…, que es… ¿Frase?

—Que es odiosa para mí… —le sopló Hugo.

Thaddeus:

—Que es tan odiosa para mí como el hedor de la cal.

Hugo:

—¡El hedor de un horno de cal!

Thaddeus hizo un gesto florido con la mano.

—Que es tan odiosa para mí como el hedor de un horno de cal.

—¡Parad! —gritó Hugo. Se subió de un salto al primer banco y se puso de pie sobre él—. ¡Parad! Os lo digo a todos, escuchad, esto es importante. Salid aquí afuera, ¡salid!

La señora Niffen salió de bambalinas seguida de una jovencita con una larga trenza que le serpenteaba por la espalda y cuatro actores varones a los que no había conocido, aunque reconocí a un par de ellos como quienes ayudaron a mover el barco. El más bajo de los actores tenía una gorra en la cabeza para identificarle como niño, pero, aparte de eso, ninguno llevaba ni un trapo que se pudiera llamar vestuario.

---

[1] *Contraverja*, Counter Gate en el original, alude a Gate of the Counter, nombre de la prisión para deudores de Londres (N. del E.).

—Vuestras voces, todas ellas, son terribles —les dijo Hugo—. ¿Ninguno de vosotros ha aprendido nunca la importancia de respirar? ¿Acaso no he hablado de esto antes?

Hubo un breve silencio.

—¿Pinky? —le preguntó Hugo al actor bajito.

—No puedo… Yo no recuerdo que lo hayas hecho —respondió Pinky.

—¡Hay que respirar por la espalda! ¡Ese es el secreto!

—¿Por la espalda? —preguntó Liddy.

—¡Sí, sí, por la espalda, en la espalda hay espacio, pensad en vuestras costillas y buscad el aire ahí! —Hugo gritaba—. Así.

Saltó del banco y se subió al escenario con tanta energía que parecía escapar de todas las partes de su cuerpo a la vez. Luego separó bien las piernas como un guerrero y se giró de forma que me daba el perfil.

—Percy Hotspur en *Enrique IV*. Le acaban de asestar una herida mortal y se está muriendo. Imaginad a un hombre dando su último aliento.

Tomó una larga bocanada de aire que pareció tirar de él en diversas direcciones.

—Oh, Harry —comenzó—, me habéis robado la juventud —dijo los siguientes versos con el mismo aliento y luego inhaló y abrió los brazos—.

—Oh, podría hacer una profecía, pero la mano fría de tierra de la muerte yace sobre mi lengua. —Otra inspiración—. No, Percy, sois polvo.

Por un momento pareció romperse, aunque estaba tan erguido como antes. Entonces, como si hubieran tirado de un hilo, Hugo se salió del papel y se giró para dar la cara a la compañía.

—¿Y bien?

Un largo momento. Luego, ella sola, la señora Niffen empezó a asentir.

—Si, sí, cuánta razón —dijo—. Lo he visto muy clarito. Respirar por la espalda. Muy bien hecho.

—Maravilloso —dijo Hugo—. Me alegro de que fuera usted capaz de verlo. Y ahora, señora Niffen, por favor, explíquele a los demás *por qué* se respira por la espalda.

—Porque… —La señora Niffen miró a los demás actores buscando ayuda, pero ellos le devolvieron miradas vacías—. Porque… —Frunció el ceño y llevó la mirada más allá de él—. Caramba, ¿esa quién es? ¿Es la señorita May esa que está ahí arriba? No sabía que estuviera ahí sentada. ¿Sabía usted que estaba ella ahí sentada, capitán? ¿Este no era un ensayo a puerta cerrada?

Hugo se dio la vuelta. Yo dije rápidamente:

—Tenía una pregunta sobre las entradas. —Y en un momento se puso a dar grandes zancadas por el pasillo hacia mí, como un hombre que de repente pudiera tener ganas de derribar algún asiento al pasar, aunque estuvieran clavados al suelo. En cualquier segundo esperaba que levantara la voz contra mí, así que giré la cara para que solo diera contra el oído malo, pero cuando llegó a las plataformas de atrás, se limitó a tomar de mi mano la hoja de papel recién escrita y levantarla para mirarla a la luz.

—Cielo santo, ¿esto es lo que has estado haciendo? ¿Cuánto papel has malgastado? ¡Esto es terrible! ¡Una basura total! ¿Dónde está la fecha? Da igual que todo el mundo sepa que el barco teatro está hoy en la ciudad, y que el espectáculo será hoy, ellos quieren ver la fecha. ¿Y esto qué es? ¿*Vengan a entretenerse en el río*? —Esto último lo leyó haciendo algún personaje, en son de burla—. ¿Qué tipo de anuncio es este? ¿Dónde está la chispa?, ¿dónde está el acicate de la imaginación? Necesitas algo que atraiga aquí a la gente, ¿lo comprendes?

—Yo podría hacer las entradas, capitán, no me llevaría nada de tiempo —exclamó la señora Niffen desde el escenario—. Yo sé cómo atraer al público. A nadie se le da mejor que a mí atraer al público.

Hugo hizo caso omiso.

—Prueba con esto: Teatro de barco del mejor. O: El entretenimiento del año. O incluso: El mejor espectáculo que hay sobre el Ohio.

—¿Es eso verdad? —pregunté.

—¿Que si es verdad qué?

—¿Es el mejor espectáculo del Ohio?

—¿No me crees capaz de producir el mejor espectáculo *del río Ohio*? —me preguntó a gritos.

El barco se agitó de repente de forma brusca, como si solo con el poder de sus pulmones pudiera levar anclas. Hugo me recordó, y luego se giró para recordarle a todo el mundo, que él se había formado en Londres, que había actuado en Oxford, que había dirigido comedias en el pueblo natal del mismísimo Shakespeare. Que había compartido escenario con los mejores, y tal y cual. Me descubrí observando el nudo de su corbata; me sorprendía que, teniendo en cuenta todos los esfuerzos vocales que había realizado a lo largo de la última hora, siguiese sin mostrar señales de aflojarse. La tela probablemente sirviera para hacer la faja de algún personaje militar. Después de un rato Hugo terminó de desplegar sus logros y me miró expectante.

—El nombre del barco, el *Teatro Flotante*, eso debería ir escrito en la entrada —le dije.

—¿Ah sí? ¿El nombre del barco sí pero la fecha no?

—Al lado de la fecha, tal vez.

—¿Y eso por qué?

Me estaba poniendo a prueba, igual que había puesto a prueba a la señora Niffen en el tema de la respiración. Yo sabía lo que quería decir, pero no estaba segura de cómo explicarlo. Antes, cuando le estaba escuchando dar el discurso final de Hotspur, un ligero movimiento del río hizo que el asiento que había encima de la plataforma se moviera debajo de mí, y me vino a la mente una imagen: un escenario plano rodeado de velas encendidas flotando río abajo. Hugo estaría de pie, dando su discurso dentro del marco de las velas, y el público flotaba a su lado sobre otra barcaza, para verlo. En mi mente el sonido de la voz de Hugo viajaba por el agua hacia las orillas del río, con las planicies del norte a un lado y las ondulantes colinas del sur al otro. Un teatro flotante. Esto no era, obviamente, una representación realista de lo que la audiencia vería una vez que hubieran pagado por sus entradas. Eso yo lo sabía, claro está.

—Es que, bueno…, evoca una imagen —le expliqué.

Se hizo un breve silencio. Hugo amusgó los ojos, mirándome, y entonces dijo:

—Estoy de acuerdo con May.

Desde el escenario, Liddy dijo:

—Siempre me ha gustado ese nombre. Suena a cuento de hadas. Si de lo que estás hablando es de atraer al público.

Desde ese momento en adelante consideré a Liddy mi amiga.

Después, Hugo se giró para mirarla a ella en lugar de a mí. Ella se ruborizó e inspiró profunda y dramáticamente, y alargó la mano para sentir, con los dedos, el final de su espina dorsal, intentando, supongo, respirar desde la espalda; una idea ridícula donde las haya.

7

De dos en dos, como los animales en el arca de Noé, fui conociendo a los actores y a las actrices a bordo. La señora Niffen y Liddy, claro, fueron las primeras, y después del ensayo Liddy vino a verme trayendo consigo a una niña, que era la que había visto sobre el escenario con la trenza castaña.

—Esta es Celia Oxberry —dijo Liddy, entrando en la oficina donde yo me afanaba escribiendo las entradas después de que Hugo me hubiera mandado fuera—. Es sobrina de la señora Niffen. Compartimos habitación. El ensayo ha terminado y hemos venido para llevarte al comedor. Chef normalmente tiene preparado el té.

Celia era una niña flaca y pálida que parecía hundirse bajo el peso de su fino vestido de algodón. Tenía catorce años, según me contó, y vivía allí porque su madre se había vuelto a casar el año anterior y ahora estaba esperando otro niño y el embarazo era difícil, de forma que la madre de su nuevo padre la estaba cuidando, pero como solo había dos dormitorios en la casa, aunque era una casa nueva en el centro mismo de la ciudad… Sus palabras salían apresuradamente de su boca, mientras su mirada permanecía clavada en una esquina del techo. Después de un rato Liddy dijo amablemente:

—Ya es suficiente, Cee, hemos venido a llevarnos a la señorita May para asegurarnos de que coma algo.

Momento en el que yo dije:

—Por favor, llamadme May. —Y Celia me miró a la cara fugazmente antes de posar sus ojos sobre mi hombro.

Jemmy Grieve y Sam Trotter fueron los siguientes. Los encontramos en el comedor zampándose unos bocadillos que se habían preparado ellos mismos con carne fría y el pan recién hecho por Chef. Jemmy (James en la lista del elenco) interpretaba a la mayoría de los villanos, banqueros y gobernadores, según me comentó. Lucía un largo bigote y tenía más o menos mi edad. Sam Trotter era más joven y dijo ser partidario de la comedia ligera, aunque también podía interpretar a villanos, como había hecho una vez la temporada pasada, cuando Jimmy cayó enfermo, con un bigote postizo hecho con pelo de mula. Toda la compañía, excepto Celia y Thaddeus, habían estado embarcados también el año anterior, y algunos también el año anterior a ese.

—Es un buen empleo —me dijo Jemmy—. No hay que correr a coger un coche mientras cargamos con el vestuario y demás, viajando de ciudad en ciudad a representar nuestros números. Tenemos garantizada la temporada completa, sin gastos de viaje ni de manutención. ¡El año pasado, sin ir más lejos, terminé con casi doscientos dólares en el zurrón!

Celia había empezado a prepararse un bocadillo como los de los hombres hasta que vio que Liddy había untado mantequilla en el pan y estaba cortando la carne cuidadosamente en trocitos, así que deshizo el bocadillo e intentó untar la mantequilla en el pan, que ahora estaba grasiento por la salsa de la carne. Pensando en mi estómago, consideré más prudente limitarme a las galletitas saladas.

La siguiente pareja de actores entró llevando entre ambos un hilo de caña de pescar; como en una comedia, uno era alto y el otro bajo. Reconocí al bajo como el actor a quien Hugo había llamado Pinky, que en el ensayo llevaba la gorra de niño.

—Francis Winter —me dijo, presentándose. Levantó el meñique de su mano izquierda, que tenía una sola falange—. Todo el mundo me llama Pinky[2].

---

[2] *Pinky*, además de significar, literalmente, «rosadito», es una forma de llamar al dedo meñique (N. de la T.).

—¿Tuviste un accidente? —pregunté, refiriéndome al dedo que le faltaba.

—Pues claro —respondió—. El accidente de nacer.

El actor alto era el marido de la señora Niffen; más tarde me contaron que cuando hablaba resultaba de lo más encantador, pero que no lo hacía a menudo. En ese momento no dijo nada, solo hizo una ligera reverencia y luego se dedicó enteramente a su comida. Todo el mundo se dirigía a él con cierta formalidad, llamándole señor Niffen, incluida la propia señora Niffen, aunque llevaban veinte años casados. El señor Niffen le dirigía la palabra a su mujer en tan escasas ocasiones como a cualquiera, lo que no importaba mucho, dado que la señora Niffen tenía voz de sobra por los dos.

—El capitán está ahorrando para comprarse un barco de vapor —me dijo Pinky—. Los pequeños cada vez son más baratos. Si le sale bien, el año que viene a lo mejor podemos olvidarnos del Misisipi y remontar a vapor uno de esos afluentes y luego volver a bajar, como el Monongahela y el Green.

—Y el río Kentucky —añadió Jemmy—. Ahí hay buena pesca. El Misisipi en mi opinión está ya demasiado atiborrado de gente.

—¿Y qué hay de ti, May? —me preguntó Liddy—. ¿Tú actúas?

—¿Actuar sobre el escenario? Jamás. —Debí de decirlo con cierta vehemencia, porque todo el mundo levantó la mirada de su plato. Aquí sería donde, si hubiera estado con Comfort, ella hubiera dicho algo así como: «No le hagáis caso a May, dice todo lo que se le pasa por la cabeza», o «A May no le interesan las obras de teatro, el único interés que tiene es coser». Yo me había acostumbrado a que fuera ella quien me explicara ante la gente nueva, pero ahora iba a tener que hacerlo yo sola.

—Yo coso. Toco el piano… —Esperaron que dijera algo más, mirándome a la cara.

El señor Niffen, sentado en la mesa de al lado, no se unió a la conversación sino que siguió comiendo a buen ritmo mientras leía un lado del periódico. Por un momento deseé haberme sentado en su mesa, donde no tendría que hablar.

—Me ha contratado para encargarme de lo que solía hacer la hermana del capitán —dije—. Antes de que saltara por los aires en el *Moselle*.

Liddy me dirigió una mirada sorprendida, y vi que todos los demás lucían expresiones muy parecidas. «Tiende a ser literal», era otra de las frases que usaba Comfort para describirme.

—Sí, lo sabemos —dijo Liddy suavemente después de un momento—. Era nuestra amiga.

Todos me estaban mirando, no de una forma antipática, pero esperando algo. ¿Una explicación?

—Tengo… Puedo ser muy literal —les dije— hablando. Es lo que solía decir mi prima. Digo lo que pienso.

De nuevo se hizo otro breve silencio. Entonces Pinky dijo:

—Supongo que por eso puedo adivinar que no eres actriz, ¡ja, ja!

Sam y Liddy también se rieron.

—¿Qué quieres decir?

—Bueno, nosotros los cómicos no nos distinguimos precisamente por decir lo que pensamos —me dijo Liddy.

—Más bien decimos lo que sea que nos gustaría que fuera verdad —continuó Pinky. Todos se volvieron a reír.

—O lo que *confiamos* que es la verdad, que nunca es lo mismo que lo *pensamos* que es la verdad —añadió Jemmy. Más risas.

Después de ese traspié en la conversación, todo el mundo menos Celia (que nunca hablaba mucho) se puso a contar historias. Liddy guardaba siempre sobre el regazo una bolsita de tela, incluso mientras comía, y cuando reía, su rostro adquiría un atractivo rubor. Los ojos de Celia no dejaban de vagar hacia ella. Los de Pinky también.

—Le encontré en el pasillo con un pescado en el anzuelo —me contaba Pinky, aunque estaba mirando a Liddy—, y le dije: ¿dónde tienes la peluca? Acaban de darte el pie.

Jemmy rio.

—Sabía que me estabas tomando el pelo.

—Pero te pusiste la peluca a toda velocidad, ¿o no? —replicó Pinky.

Podían reírse el uno del otro, y no se tomaban muy a pecho lo que yo dijera. Eso estaba bien. Liddy me preguntó de dónde era y parecía verdaderamente interesada en nuestra granja lechera.

—Yo también soy de Ohio, pero de más cerca de Akron —me contó. Me preguntó si me gustaba nadar y cuando le respondí que sí, me invitó a ir con ella al río por las tardes.

—Le estoy enseñando a Celia a tirarse de cabeza —dijo—. Podría enseñarte a ti también.

Después, al volver a mi camarote, decidí que me gustaba este nuevo plantel de actores. Eran bastante alegres y no parecían escandalizarse demasiado ante lo que mi madre llamaba mi naturaleza directa. A lo mejor no necesitaba que Comfort les explicara cómo era yo. Ese pensamiento, o mi almuerzo de galletas saladas, me hizo sentirme mucho mejor, hasta que abrí la puerta y encontré a la señora Niffen de rodillas en el suelo de mi cuarto examinando el contenido del gran baúl gris de Helena.

—Solo estoy haciendo inventario —me dijo, tardando lo suyo en ponerse de pie.

La puerta de mi cuarto tenía cerradura, pero no había llave que le cupiera. Tenía que hacer algo al respecto.

Estábamos amarrados cerca del pueblecito de North Bend, Ohio, no en el atracadero oficial del pueblo, sino en una curva del río más abajo, donde el amarre salía más barato. El plan era pasar allí tres días ensayando la función con Thaddeus antes de presentarla ante las gentes de North Bend. Eso me daba tres días para organizar el vestuario.

No estaba segura de que se pudiera hacer, dado lo que me había encontrado en el baúl de Helena. También se suponía que tenía que pegar los carteles y anunciar el espectáculo en el pueblo, pero no paraba de darle vueltas para volver al problema de los trajes: tenía que acortar los calzones de Jemmy y hacerle un chaleco a Thaddeus y arreglarle a la señora Niffen la peluca roja, que estaba apelmazada en la nuca. Para eso utilizo un poco de aceite de cocinar y luego froto la peluca con un poco de perfume para difuminar el olor.

También me costó un tiempo acostumbrarme al barco en sí, y no me refiero a mi mareo inicial, que ahora que estábamos amarrados había dejado de ser un problema. El olor de mi camarote, como a madera empapada en aceite de pescado, y el modo en que se colaba la luz de la mañana en mi cuarto, empezando por la izquierda en lugar de por la derecha, que era como entraba en mi anterior habitación, así como la textura de esa luz, que rebotaba en el agua del río adoptando unos tonos plateados; por no hablar de la rugosidad de las paredes, sin empapelar ni pintar, ni siquiera de mala manera como estarían en una pensión; todo esto me llamaba la atención de forma difusa pero desconcertante. Y eso teniendo en cuenta solo mi propio camarote. Cada vez que ponía un pie fuera me abrumaban detalles nuevos: la inclinación del pasillo; la pintura blanca que hacía grumos a todo lo largo de la cubierta superior por el lado de babor; y, cuando bajaba a la cubierta inferior, el acordarme de tener cuidado con que los espacios entre los escalones eran desiguales. De haber podido, me hubiera quedado cosiendo en mi cuarto.

Pero la luz abandonaba mi cuarto después de media mañana, de forma que cosía en el auditorio, donde daba el sol, si se descorrían las pesadas cortinas, durante la mayor parte de la jornada. Afortunadamente, para entonces Hugo ya había dado por cancelada la norma sobre los ensayos a puerta cerrada.

—Pero no digas ni una palabra y por el amor de Dios no aplaudas. Es muy posible que aplaudas cuando hayan hecho algo mal y luego me costará un triunfo que lo cambien.

Yo no quería aplaudir, solo quería coser. Cuando cosía se me olvidaba lo poco familiar y lo extraño; mi mundo se estrechaba hasta comprender solo las puntas de mis dedos, que eran una visión a la que estaba acostumbrada y que me gustaba. Me recordaba que yo seguía siendo la misma persona. Y me compensaba del espacio vacío que sentía junto a mí, que era el de Comfort. De todas las cosas extrañas a las que me tenía que acostumbrar, su ausencia era la más rara de todas.

Cada vez que pensaba para mis adentros: «En una hora voy caminando al pueblo y pego unos carteles», descubría que antes de que pasara esa hora surgía algo nuevo que exigía mi atención: el botón de una capa, o un dobladillo suelto, o Pinky, que me decía que era muy importante que tuviéramos un corbatín rojo y qué podíamos usar para hacerlo. Y así los tres días se convirtieron en dos días, y los dos días se convirtieron en uno, y yo seguía sin haber puesto un pie en el pueblo. La idea de que mi trabajo en el pueblo consistía en hablar con más gente a la que no había visto nunca, con desconocidos absolutos, no ayudaba a resolver la cuestión.

Cuando llegó la mañana del día de la función me levanté temprano y puse los carteles del espectáculo en el macuto de Helena, junto con un fajo de entradas de cortesía que había que regalar. Luego desayuné. Luego le cosí un botón a los calzones de Pinky, y Liddy vino para que le echara un ojo a su capota, y también Sam o Jenny quisieron algo. Cuando por fin enfilé la pasarela –que aquí llamaban pasarela de escenario, otra cosa nueva–, era casi mediodía. Y me estaba bajando del barco solo porque Hugo me había dicho: «Venga, May, vamos, hagamos una última ronda en el pueblo». No le dije que esta última ronda para mí también era la primera.

Subimos por el sendero que Leo había abierto a machetazos entre los sauces: Hugo con su gorro de capitán y yo con mi macuto de carteles y entradas hechas a mano. Leo no sabía leer ni escribir, pero sí que sabía dibujar, y en cada cartel había esbozado una mujer con un largo vestido de vuelo y la boca abierta en forma de redondel, como si cantase. Debajo de los dibujos había escrito:

«De acuerdo, muy bonito», me había dicho Hugo cuando se los enseñé. «Y se trata efectivamente del mejor espectáculo», añadió con orgullo. Yo estaba decidida a que también los disfraces fueran los mejores, y me preocupaba el trabajo que aún me quedaba por hacer: tenía que coser unas jaretas en los puños de la camisa de Jenny a fin de hacer canales para las cintas, y quería añadirle más encaje a la capota de Liddy.

—En algunos de estos pueblos —me estaba contando Hugo— hay una tienda que vende piensos además de comestibles. En esos casos también vas a poner un cartel. —Había atado un retal de seda azul alrededor de su bastón, que se agitaba adelante y atrás con cada paso. Su voz se proyectaba hacia la ancha carretera y su acento inglés, aunque no era refinado, combinaba, en sus tonos precisos, los negocios con el placer.

—Aquí no tienen más que una tienda, Brown's. Me imagino que ya habrás ido. Ahora asegúrate que te subes ahí, a ese risco... —Sacudió la mano en dirección a una elevación medio morada que parecía más una nube que un trozo de tierra—. Pega unos carteles en los árboles más altos para que los granjeros los vean. Verán que hay algo pegado e irán a echar un ojo. ¿Has conocido al juez de paz? En estos pueblecitos hacen las veces de alcalde.

Yo me preguntaba cómo iba a disfrazar el hecho de que no había venido al pueblo en ningún momento y que no había regalado ni una sola entrada, ni había pegado ningún cartel, pero Leo me salvó de eso. Oímos un grito y nos giramos para verle corriendo calle arriba.

—La pala grande se ha rajado, capitán —nos dijo cuando llegó a nuestra altura.

—¿Qué? ¿Qué hacía en el agua?

—Se puede arreglar, pero pensé que querría venir a verlo.

Hugo se tiró del cuello de la camisa con dos dedos y me miró con expresión adusta como si hubiera rajado la pala yo misma.

—Lleva a la señorita May al centro, ¿quieres, Leo? Asegúrate de que pegamos el resto de esos carteles.

Le miré echar a andar de vuelta, metiéndose el bastón debajo del brazo como una fusta de montar. No iba corriendo, pero tenía tanta energía que parecía extraer movimiento del aire mismo que le rodeaba.

—¿Qué le está pareciendo el barco, señorita May? —me preguntó Leo mientras caminábamos. Pasamos por el embarcadero del pueblo, en el que había amarradas varias barcazas, y balas de algodón apiladas ordenadamente en el muelle como una fila de corchos. Le dije que, por el momento, el barco se me hacía más parecido a una pensión.

Leo me miró de soslayo y rio. Tenía una cara ancha e inteligente, y los párpados pesados.

—Amarrado supongo que sí. Y ahora dígame la verdad: usted todavía no ha subido al pueblo, ¿a que no?

Me sorprendió, pero luego caí en la cuenta de que él vería a todo el mundo que subía y bajaba del barco.

—He tenido la intención muchas veces, pero siempre pasaba algo que lo impedía.

—Bueno, pues entonces tiene usted un pelín de trabajo. Traiga, déjeme que coja algunos carteles. Le ayudo a repartirlos.

La calle principal, en la parte alta del pueblo, no estaba adoquinada, y mucho menos asfaltada, y había una acera elevada que discurría a lo largo de una hilera de casas de madera adosadas que hacían las veces de tiendas. Yo estaba acostumbrada a las ciudades que había más al norte, con sus edificios de ladrillos y sus calles de adoquines; esto era como viajar hacia atrás en el tiempo: la oficina de correos seguía siendo una cabaña de troncos. Sin embargo, comparado con los pueblecitos que vería a medida que fuéramos viajando río abajo por el Ohio, North Bend era absolutamente nuevo y moderno.

La tienda de comestibles era un edificio exento retirado de la calle principal. Tenía un pequeño porche con una marquesina roja y una señal en la ventana escrita a mano: *Artículos Brown's*. Leo me contó que Helena siempre le regalaba dos entradas al tendero, el señor Brown, a cambio de un cubo de agua y un poco de harina para pegar los carteles por todo el pueblo. Mientras él esperaba en el porche, yo entré, decidida a acabar con este asunto lo más rápido posible. Ya había pasado el mediodía y el espectáculo empezaría como a las ocho, cuando cayera el sol. Eso me daba solo unas pocas horas para terminar los disfraces. Mientras esperaba que el tendero acabara de empaquetar una caja de clavos para otro cliente, miré alrededor buscando rollos de encaje teñido para ribetear la capota de Liddy.

—Bueno, veamos. —El señor Brown por fin se giró para atenderme. Era un hombre alto con un espeso bigote gris similar a un trozo de mopa pegada a la cara—. Usted no es de por aquí.

—No señor. Soy del barco teatro. He venido a darle un par de entradas de cortesía.

—El barco teatro, ¿es que ya hemos llegado a esa época del año? ¿Dónde están ustedes amarrados? Ni me había enterado de que estaban ustedes por aquí. Y… —dijo examinándome sin cambio alguno de expresión— usted no es la señorita Helena.

—La señorita Helena tuvo un desgraciado accidente. Yo soy May Bedloe. —Alargué la mano—. Esperaba que…

—¿Qué le ocurrió a la señorita Helena?

—Iba a bordo del *Moselle*.

—¿El *Moselle*? ¿El vapor que se hundió? ¿Qué hacía allí?

No había nadie más en la tienda y el señor Brown no tenía ninguna prisa. Después de terminar con el accidente de Helena quiso saber si yo actuaba o cantaba.

—Mayormente me ocupo del vestuario. Y de los carteles. Quería conseguir un poco de harina. Y un cubo. Para pegarlos.

Pero al oirme hablar del vestuario le llevó a hablarme del espectáculo del año pasado, y pasaron otros diez minutos antes de que consiguiera que me diera un cucurucho de papel lleno de harina y un poco de agua.

—Vaya si le gusta hablar a ese hombre —dijo Leo cuando por fin salí, cubo de agua en mano—. Por eso nunca traigo a Oliver cuando vengo aquí, pasa demasiado calor.

Pegamos los carteles en los árboles y en los palos de las vallas cerca de Brown's, echando la pasta con una brocha de pintura, y luego entré en la oficina de correos que era una cabaña y pregunté si podía colgar un cartel en la pared exterior. Después de eso yo ya quería volver al barco.

—La señorita Helena siempre pegaba unos cuantos también en algunos establos —dijo Leo—. Y no se olvide del peñasco.

—Ya no tengo tiempo de seguir deambulando.

Cuando regresamos, todo el mundo estaba en el teatro ensayando, incluso Hugo, que hacía de sir Hugh Evans en la escena de Falstaff, con un corbatín verde y una chistera negra; en eso consistía todo su vestuario. A mí me parecía que la camisa de barco y los pantalones que llevaba le despojaban de cualquier parecido con el personaje, pero esa mañana me había dicho, cuando le pregunté si necesitaba alguna cosa, que él consideraba que un sombrero era vestuario suficiente. Así que el hecho de que hubiera decidido añadir un corbatín me lo apunté como una pequeña victoria.

En la cena hubo el bullicio habitual, con los actores y actrices demasiado nerviosos como para comer (excepto el señor Niffen, que comía siempre de forma lenta y metódica), pero nunca demasiado nerviosos como para no hablar. Los rayos del sol poniente entraban de lado en el comedor y se había levantado un viento que hacía chocar las ramas sueltas de los sauces contra el cristal de las ventanas. «Espero que no llueva», se decían unos a otros. «¿Si llueve vendrán?, ¿tú qué crees?». Algunos decían que sí, otros que no. Era la primera vez que actuaban con Thaddeus, y se habían añadido dos números nuevos, incluyendo la escena de la cesta de la colada. Le dije a la pequeña

Celia que después de la cena la ayudaría con el maquillaje. Según me había contado Liddy, esta era su parte preferida del espectáculo.

—Es una rellenahuecos. No tiene frase, pero le gusta maquillarse de todas formas.

En la sala verde, Celia encontró una lata de Polvo Blanco Imperial Pear y se lo aplicó generosamente, dándole a su cara el tono y la textura de la harina de arroz. Acto seguido la sujeté por la barbilla y le dibujé la raya del ojo con un palillo.

—Ven, May —dijo Liddy, con una caja de pintalabios rosa en la mano—. Déjame hacerte la boca.

—Si solo voy a tocar el piano —protesté—. A mí nadie me va a mirar.

—¿Cómo sabes que no te van a mirar? Y además, estás en el escenario. Tienes que ponerte algo, aunque sea poquito. —Me delineó el contorno de la boca, y cuando se inclinó sobre mí sentí su cálido aliento sobre la mejilla—. Ojalá tuviera las pestañas tan largas y tan bonitas como tú.

Comfort casi nunca me hacía elogios, y desde luego nunca por mi aspecto. La guapa era ella. Cuando Liddy terminó con mi boca, me estudié la cara en un espejo de mano.

Liddy empezó a planchar su vestido de Falstaff, y me agradeció todos los arreglos que le había hecho.

—Nunca hasta hoy había sentido que llevara un verdadero disfraz —me dijo—. Tampoco iba a quejarme, por supuesto, pero sí que creo que marcan la diferencia.

—Mi prima siempre decía que un buen vestuario la ayudaba a creerse el personaje.

Liddy sonrió.

—Tiene razón.

—El sol está detrás de la línea del árbol —dijo Celia desde la ventana. Liddy me miró.

—Será mejor que salgas ahí afuera, May.

Decidí que la primera canción que tocaría sería «O Swiftly Glides the Bonny Boat», y después de ayudar a recoger las entradas subí al escenario para tocarla mientras la gente encontraba sus asientos. Se trataba del piano vertical más corto que había visto, y le habían colocado unos ruedines para poder quitarlo de en medio fácilmente. El espectáculo se abrió con un discurso poético declamado por Hugo, seguido de la jiga «Tambour» a cuenta de la señora Niffen, con el señor Niffen al violín. Lo siguiente era una escena de la farsa ¡*Fui Yo*!, y luego Liddy y Thaddeus cantaban dos canciones juntos. Después del intermedio la señora Niffen cantaba un solo, y luego Jemmy y Sam hacían un número en el que dibujaban una historia con personajes cambiantes en un gran cuadrado de papel blanco. El espectáculo terminaba con la escena de Falstaff, que siempre gustaba al público, especialmente cuando Oliver, el perro, bailaba alrededor de la gran cesta de ropa sucia en la que se escondía Falstaff. Hugo me había ordenado que tocara «algo animado» después del espectáculo, cuando la gente tomaba sus farolillos para volver andando a casa.

Yo estaba satisfecha porque había hecho todo lo que quería hacer, incluso había añadido el encaje a la capota de Liddy. El error que cometí fue creer que el vestuario enmascararía mis otras deficiencias. Esa noche solo vinieron diez personas al espectáculo. Y no fue por la lluvia; las nubes se habían dispersado y la noche era fresca pero clara. Fue solo que no vinieron. Un hombre, al ver que tenía todo un banco para él solo, se estiró cuan largo era y se durmió tapándose la cara con el sombrero. Otro hombre se reía en voz alta y pateaba el suelo al final de cada número, pero en el intermedio se fue. Yo seguí tocando el piano como tenía que hacer, adaptándome a la señora Niffen cuando se dio cuenta de que no llegaba a una nota alta y cambió abruptamente de clave, pero en el intermedio Hugo me informó, con la cara muy colorada, de que después del espectáculo no iba a haber canción colectiva. El hombre dormido se despertó cuando Oliver entró en escena a bailar alrededor de la cesta de ropa, y se puso a hablarle como si fuera su propio perro y no hubiera nadie más en la sala.

—¿Y qué tienes ahí entonces, una rata, eso tienes? ¿Qué tienes? Enséñale al viejo Joe lo que tienes ahí.

Cobrando veinte céntimos por entrada, nuestra recaudación ascendía a dos dólares. Con eso apenas cubríamos el precio del amarre.

Cuando terminó la función, los nueve hombres que quedaban desengancharon sus farolillos de los clavos de las paredes donde los habían colgado y se abrieron paso por la pasarela, por el banco del río y de regreso al pueblo. Desde la ventana del auditorio se veían sus puntos de luz alejándose mientras los actores y las actrices salían al escenario para que Hugo pudiese hacerles comentarios.

—Sam, entraste tarde. Tienes que estar ya en el escenario durante el parlamento de Jemmy.

Su voz era firme y fuerte, no del todo elevada hasta el grito.

—Celia, cariño, no te toques el pelo cuando estás en escena: todos te vemos, y distrae nuestra atención de la acción principal. Y, señora Niffen, fije la clave en la que quiere cantar y cíñase a ella. Vale, eso es todo. Buena función.

Todos estábamos con el ánimo bajo. Aunque Hugo ya nos había despedido, Pinky dijo:

—¿Qué pasa con el aforo, capitán?

—¿Qué pasa con él?

—Con eso no nos da para vivir.

—Tú haz tu trabajo —dijo Hugo en tono arisco. —No te preocupes por el aforo. Yo me ocuparé de eso. —Luego se volvió hacia mí—. Tú. Espera.

—Si vas a cerrar el chiringuito —continuó Pinky—, avísanos con antelación. Y hazlo cerca de un pueblo de verdad, ¿quieres? No en un sitio del que no podamos volver.

—No pienso cerrar el chiringuito —le dijo Hugo, pero me estaba mirando como si quisiera cerrarme a mí si pudiera.

Liddy me dirigió una mirada rápida y luego miró a Hugo y le dijo:

—Capitán, le pedí a May que hiciera muchísimos arreglos a mi disfraz. Probablemente le pedí demasiados, pero los hizo todos. —Parecía que iba a decir algo más, pero Hugo la cortó: —Eso ya lo sé; marchaos ya.

Les miré a todos salir en fila india, algunos hacia la sala verde que había detrás del escenario, y otros por el pasillo central y por la puerta lateral. La señora Niffen tardó especialmente en marcharse y luego se quedó de pie en el pasillo con Celia, sin cerrar la puerta, hasta que Hugo les dijo a voces:

—¡Muchas gracias, señoras, buenas noches!

Cuando estuvimos solos me preguntó qué había pasado en el pueblo esa tarde.

—Hice lo que me dijiste. Le di las entradas gratis al tendero y colgué los carteles.

—¿A quién más le diste entradas gratis?

—¿A quién más? A nadie más.

—¿Y qué hay del peñasco? ¿Subiste?

—No me dio tiempo.

Los dos miramos a nuestra espalda al abrirse la puerta del despacho de billetes y entrar Leo con Oliver.

—He venido a montarme la cama —dijo Leo. Por las noches dormía en un jergón de paja sobre el escenario, que podía enrollarse y esconderse de la vista por las mañanas. Oliver seguía luciendo su gola de la función. «Tengo que rescatar eso antes de que se duerma con ella», pensé.

—Dame aquí un minuto, Leo, si no te importa —dijo Hugo.

Leo volvió sobre sus pasos y silbó para llamar a Oliver. Cuando la puerta se cerró tras él, Hugo hundió las manos en todos sus bolsillos como buscando algo. Estábamos de pie delante del escenario y veía parte de su cara a media luz; había dos pequeñas linternas resplandeciendo al pie del proscenio. Se me estaba soltando el pelo y derramándose por el cuello, y cuando levanté las manos para colocarme las horquillas, él dejó de rebuscar en sus bolsillos para observar lo que yo hacía con una expresión feroz. Volví a bajar las manos sin colocarme las horquillas. Pero me di cuenta de que no podía hacer esas dos cosas a la vez: mantener las manos quietas y esperar en silencio a que él me echara una regañina.

—Desde donde yo estaba sentada el vestuario lucía muy bien —le dije.

Era absolutamente lo peor que podía decir, y lo supe de inmediato. Estaba dedicando demasiado tiempo al vestuario, y no lo suficiente a las otras partes del trabajo de Helena: ¿no era eso lo que estaba a punto de decirme? Pero, aún así, seguí adelante; no lo pude evitar.

—Si tuviera un poquito de cadena, podría hacerle un enganche a la capa de Thaddeus. Me di cuenta de que los lazos se soltaban cuando cantó con Liddy y después de ese número tuvo que sujetarse los dos extremos con la mano para impedir que se le cayera. Y me gustaría hacer una cinta suelta para la gorra de Pinky. Y las mujeres en la escena de Falstaff deberían llevar todas capota, incluida Celia.

Seguí hablando y hablando. Parecía que no podía parar. Cada cosa que comentaba era cierta, pero esa no era la razón por la que seguía, sin apenas tomar aliento, como la señora Howard. A lo mejor pensaba que si hablaba durante suficiente tiempo a Hugo se le olvidaría despedirme. O a lo mejor decía algo que le hiciera pensar que en el futuro podría serle más útil. Me gustaba trabajar con tantos disfraces a la vez, y no solo con el de Comfort. Me hacía sentir que había progresado. Que aquello era un ascenso. No quería marcharme.

—May —dijo Hugo.

Yo no le miré.

—Si te atarás el corbatín con un poco más de holgura te lo podrías quitar en el saludo final y agitarlo con la mano, eso al público le encanta —dije—. Y además…

—May. —Esta vez me tocó el brazo, y ante eso por fin paré. Respiró profundamente, como si se estuviera preparando para alzar la voz y yo giré la cabeza para poner de su lado mi oído malo.

Pero para mi sorpresa habló más bajito que antes—. Es necesario que encuentres a las personas importantes de cada pueblo y que les des las entradas. El juez de paz, el *sheriff*, el dueño de la casa más grande, cualquiera que tenga la menor influencia. Si vienen ellos, los demás los imitarán. Y dales siempre dos, para que puedan venir con sus esposas. Las esposas hablan con otras esposas. Y no seas cicatera con los carteles. Pega muchos y lo más lejos posible, ¿entendido?

Se palpó el bolsillo del chaleco y esta vez sacó un paquete de tabaco.

—¿De acuerdo? —me preguntó.

Yo esperaba algo más.

—De acuerdo —contesté, cuando no vino nada más.

—¡Leo! —exclamó Hugo para que se le oyera fuera—. Aquí hemos terminado.

Salí del auditorio lo más deprisa que pude, con la cara ardiendo de vergüenza y la urgencia de taparme. Al subir por las escaleras camino de mi camarote tuve una fugaz visión de la falda de la señora Niffen barriendo el suelo al doblar la esquina de la cubierta inferior. Sería muy propio de ella quedarse de pie a la puerta del auditorio para poder escuchar cada palabra. Me quemaba la cara de nuevo, esta vez con un punto de ira mezclada con la vergüenza.

Seguía sin sábanas (otro recado que había tenido intención de hacer en el pueblo) así que me envolví en la manta como un bebé fajado. Después de un rato oí a Hugo entrar en su camarote, que era el cuarto de al lado. Escuché el rascar de su pluma al escribir en su cuaderno de abordo y luego oí sus pisadas sobre el suelo de madera hasta la ventana, que chirrió al abrirse. Mi ventana estaba cerrada, pero aun así podía oler el río. Con el tiempo me acabaría acostumbrando a ese olor, igual que a todo lo demás, e incluso llegaría más adelante a echarlo de menos, pero esa noche volví la cara hacia la almohada e inhalé el aroma a plumas y a humo viejo, que era solo mínimamente mejor que el de cieno de río. Pensé en las cajas y baúles que había en la sala verde, que Liddy creía que podían contener vestuario y atrezo. La ventana de Hugo chirrió de nuevo, y luego escuché el crujido de su catre. La señora Niffen probablemente supiera lo que se guardaba en esos baúles, pero antes prefería abrir las cerraduras a la fuerza con una palanca que preguntarle a ella.

8

A la mañana siguiente me desperté con sensación de movimiento. Salí al pasillo para descubrir que el barco ya estaba desanclado y que viajábamos empujados por la corriente, por el centro del río. Debajo de mí estaba Leo, trabajando duro para mantenernos ahí con su pala de treinta pies, y pude ver a Hugo dirigiendo el barco con un largo timón que barría el agua. Tenía puesta su gorra de capitán y un grueso chaquetón de sarga con una ancha raya amarilla; el tipo de chaquetón que había visto a muchos barqueros, pero nunca al director de escena.

—¡Ponla de cabeza al muelle! —gritó.

La parte más ancha del río estaba en Cincinnati y ahora se estrechaba, moviéndose deprisa, con el agua tan densa y oscura como tierra sin arar. Una larga gabarra avanzaba lo más deprisa que podía, con tres hombres por el lado de estribor, que era el que yo podía ver, empujando sus remos con fuerza. Se cruzaron en nuestro camino y nos dejaron atrás. Era muy emocionante estar al aire libre en el barco, moviéndonos con el viento en la cara. Había estado en cubierta muchas veces en el *Moselle*, pero aquí el movimiento parecía producirse mucho más cerca del cuerpo, casi como si estuviera empujando el barco con mis propios miembros. No sentía ningún mareo; tal vez, después de todo, lo de aquel primer día no fuera más que los nervios.

Probablemente llevase allí de pie unos tres cuartos de hora, contemplando el río y a Leo, cuando Hugo amarró la pala y empezó a subir por las escaleras. A medio camino se detuvo y se hizo visera en los ojos con la mano derecha.

—¿Eres tú, May? Échame una mano, ¿quieres? Llama a la puerta de Jemmy, que estamos prácticamente listos para atracar.

Jemmy salió en camisón y calzones. Ese día iban a anclar el barco en la ribera del río que pertenecía a Kentucky, y Sam y Pinky llegaron del otro lado del barco, donde habían estado ocupándose de la pala de estribor. Conforme llegábamos a la orilla, Hugo tocó la campana tres veces.

—¡Venga, Pinky, coge el cabo de fondeo! ¡Leo, a proa! ¡Estate preparado con ese cabo de proa! ¡Sam, acércanos! ¡Venga, Jemmy, ahora, salta! ¡Salta, Jemmy, salta!

Jemmy saltó al agua embarrada con un calabrote de dos pulgadas atado a la cintura, hizo pie, y luego fue vadeando pesadamente por el barrizal hasta estar lo bastante cerca como para agarrarse de la rama de un sauce que colgaba sobre el río y usarla para llegar a tierra firme.

—¡Espléndido! Bien, entonces, Jemmy, ¡ahora átala a ese chopo! —le gritó Hugo—. Ya he sacado el bauprés. ¡Amárrala bien fuerte!

Jemmy empezó a enrollar la soga alrededor del tronco más ancho, con los pantalones y los faldones de la camisa empapados de agua. El barco hizo un movimiento brusco, como un caballo de cuyas riendas hubieran dado un tirón, y yo me agarré más fuerte a la barandilla, que aferraba ya con las dos manos, mientras el barco se mecía en unas olas cada vez más calmadas. Estaba conteniendo el aliento y se me escapaban soplidos, y me di cuenta de que estaba emocionada, casi diría que entusiasmada, por la destreza de los hombres. Hugo subió corriendo a la cubierta superior saltando los escalones de dos en dos y le lanzó a Jemmy una segunda soga, y él encontró otro chopo a la que atarla antes de tirarse al suelo para recuperar el aliento.

Cuando el barco estuvo asegurado, Hugo se acercó a donde yo estaba y dijo:

—Bienvenida a Kentucky. ¿Alguna vez has estado aquí?

Yo negué con la cabeza.

—Jemmy parece agotado —dije, porque seguía tumbado en la orilla, con el antebrazo tapándole los ojos.

—Atracar es un trabajo duro. A Leo se le da mejor, pero él aquí no atraca.

—¿Por qué no? —pregunté.

—No pone un pie en ningún lugar del Sur. Su madre fue esclava en Carolina, ¿comprendes? Se escapó a Florida con su hermano cuando era una niña. Allí fue donde conoció al padre de Leo, el indio semínola.

—Pero ¿qué tiene que ver eso con que Leo no pueda poner un pie en el Sur?

—No he dicho que no pueda; es que no quiere.

El pueblo se llamaba Jacksonville y, como antes, amarramos un poquito más abajo de su embarcadero principal para ahorrarnos unos cuantos dólares. Cuando sonó la campana del desayuno, fui a mi camarote a coger la mochila de Helena con los carteles y las entradas del espectáculo. Mi plan era ir al pueblo inmediatamente después del desayuno. Estaba decidida a hacerlo mejor aquel día.

Pero según iba bajando por el pasillo oí la fuerte voz de la señora Niffen que venía del comedor.

—Lo conozco bien. Tenía una tía que vivía aquí, aunque murió hace unos años de difteria, la pobre. Podría fácilmente vender más entradas que asientos hay. Y no tendría usted que pagarme nada, que con esto de los arreglos, y la bomba nueva y todo tan del revés… En resumen, que me encantaría ocuparme de este trabajo, y sé que va a acabar usted muy satisfecho de cómo…

Abrí la puerta del comedor y vi, tal y como esperaba, que hablaba con Hugo. Estaban sentados en la mesa más cercana, y la señora Niffen ni se molestó en callarse al verme.

—Ah, May, aquí estás, y qué suerte que hayas traído los carteles. Esa es la mochila de Helena, ¿verdad? Dámela a mí. Justamente le estaba diciendo al capitán que yo puedo ir al pueblo a vender las entradas, siempre que las hayas preparado, ¿no? Si no, bien puedo escribirlas yo misma también; sé perfectamente dónde está el papel y tengo mi propia tinta, así que en eso no incurrirá usted en gasto alguno, capitán. Siempre me aprovisiono en Cincinnati; conozco una tiendecita…

Llevaba un gran mandil blanco sobre el vestido, como la esposa de un granjero, y del enorme bolsillo sacó un frasco de tinta con tapón de corcho.

—Siempre llevo un poco encima —explicó.

Yo me pregunté qué más llevaba siempre encima.

—Estoy seguro de que a la señorita May no va a suponerle ningún problema —le dijo Hugo.

—Sin que usted incurra en gasto alguno —repitió la señora Niffen—. Ninguno en absoluto. —Alargó la mano para coger la mochila y yo miré a Hugo con cautela. Haría sin duda lo que fuera que él decidiera, pero se me cayó un poco el alma a los pies al sentirme reprobada.

Y sin embargo dijo:

—Gracias, señora Niffen. Estoy convencido de que hoy la señorita May no va a tener ningún problema.

Se metió un bollo de pan y un huevo duro en el bolsillo y se levantó de la mesa.

—Tengo que ocuparme de los gastos de amarre. Si quieres —esto me lo dijo a mí—, puedes venir al pueblo conmigo.

Me metí un huevo duro en mi propio bolsillo y le seguí.

—¿Por qué quiere hacer la señora Niffen las labores de Helena? —pregunté cuando ya estábamos fuera, tras pasar primero por la cocina a coger un cubo de agua y algo de harina para poder ir pegando carteles antes de llegar al pueblo.

—Sin duda es porque quiere el salario extra —me dijo Hugo.

—Pero si dijo que lo haría gratis.

—Ah, eso. Eso no significa nada. Ese truco lo he visto antes. Alguien ofrece empezar sin cobrar y más adelante te viene con una imperiosa necesidad de dinero.

Bajamos por la pasarela del escenario y empezamos a subir por el banco del río a través de una arboleda de nogales hacia la carretera. Hugo me ofreció el brazo mientras subíamos la embarrada pendiente, con nuestras botas chapaleando a cada paso; y cuando empecé a resbalar, sentí cómo sus dedos se deslizaban hacia mi codo con más firmeza, pellizcando el hueso. Estaba caminando al revés de como suelo caminar, con el oído malo en lugar del bueno del lado de mi compañero, porque pensaba que existía la posibilidad de que empezase de nuevo a hablar del espectáculo de anoche. La noche pasada no había gritado, pero eso no significaba que no fuera a ponerse a gritar hoy, al acordarse de ello. Intenté sacar algún tema de conversación para distraerle; aunque en lo único que podía pensar era en los baúles cerrados con llave llenos de viejos trajes, y en cómo acceder a ellos, pero no quería hacer ninguna mención al vestuario. Por una vez estaba intentando conducirme de forma estratégica. Se me hacía muy incómodo, como la manta de pelo de caballo contra la piel mojada que me dieron después de cruzar el río a nado con Giulia.

—Me preguntaba si no habría llave de mi camarote —dije, dando por fin con un tema—. La puerta tiene cerradura, pero no tiene llave.

—¿Para qué necesitas la llave?

Le miré. ¿Qué quería decir?

—Para cerrar la puerta —le dije.

Se cambió el cubo de mano y se agarró a la rama de un árbol para coger impulso en el último tramo de la subida por el banco. Luego se giró y alargó la mano para tirar de mí también. Su tacto era tan impersonal como si yo fuera cualquier otra cosa que hubiera que mover, como su barco. Eso a mí me venía bien. Comfort solía aprovechar cualquier oportunidad para despertar las emociones de sus compañeros; aquí hubiera dicho algo provocador o habría sugerido que Hugo la había conducido allí solo para poder tomarla de la mano. Yo siempre sentía vergüenza ajena cuando hacía eso. En cuanto noté la pisada segura en lo alto del banco del río, Hugo me soltó y empezó a rascar la suela embarrada de su bota contra la hierba. Yo hice lo mismo.

Se oyó un ruido y levantó la mirada.

—Ajá, ya están aquí —dijo, como si hubiéramos estado hablando de alguien. Seguí la línea de sus ojos: cuatro niños venían hacia nosotros, cabalgando por el prado montados en sus ponis, con las piernas colgando fuera de los estribos.

—Buenos días, señor. ¿Son todos del barco teatro? —preguntó el mayor de los chicos tras frenar a su caballo. Tenía la cara quemada por el sol, la nariz chata y el pelo largo y amarillo, y un acento de Kentucky tan marcado que me costó un momento desenmarañar sus palabras.

—¡Eso es así! Yo soy el capitán. —Hugo alargó la mano. El chico la tomó por un momento, mirándole de arriba abajo como si lo hiciera desde una gran altura, pero el poni era tan pequeño que estaba prácticamente al mismo nivel que los ojos de Hugo.

—¿Y dónde está su gorra de capitán? —preguntó con suspicacia.

—Me la dejé en el barco. Pues sí que eres un chaval alto tú. ¿Qué edad tienes? ¿Doce?

—Casi —dijo el chico.

—¡Más bien casi diez! —gritó otro, que era una copia casi exacta del primero, con su pelo largo y amarillo y su nariz chata, solo que más pequeño.

—Vaya, es fantástico. Y qué ponis tan excelentes traéis. Si bajáis a mi barco, Chef os dará unas zanahorias para ellos. Decidle a mi hombre, Leo, que os enseñe la cubierta superior. Pero primero, parad un momento, dejadme ver. —Hugo se rebuscó en el bolsillo y sacó un puñado de caramelos duros envueltos en papelitos enrollados—. A vosotros os vendrán mejor estos que las zanahorias.

Los ponis acercaron los hocicos a su mano, pero él esquivó las riendas y les dio los caramelos a los niños uno por uno. Una ronda de gracias salió del grupo, pero no hasta que los caramelos hubieron sido pelados y colocados sin daño en el interior de sus húmedas bocas. Una nevada de envoltorios blancos aterrizó sobre la hierba, y los ponis agacharon las cabezas para olisquearlos.

—¿Vendréis esta noche al espectáculo? —preguntó Hugo a los chavales.

—¡Espero que sí, claro!

—¡Sí, señor!

—¡Pa nos dijo que podría ser que a lo mejor!

El cuarto chico se limitó a asentir, moviendo el caramelo por la boca.

—Montamos un espectáculo magnífico. Esta es la señorita Bedloe, que hace nuestro vestuario, ¡el mejor que jamás hayáis visto! Capas y disfraces, lo que se os ocurra. Tenemos suerte de tenerla.

Miré a Hugo con sorpresa, preguntándome si lo decía en serio o si era solo parte de la promoción.

—Decídselo a vuestras familias. Veinte centavos para ellos, pero para vosotros solo diez. Y si llegáis pronto, os dejaré probaros mi gorra de capitán. Creo que a algunos de vosotros casi casi os servirá.

—¡A ti no, Jackie! —dijo el del pelo amarillo a su hermanito, cosa que llevó a Jackie a estirarse para intentar tirarle de su montura, y entonces de repente los ponis echaron a correr juntos por la hierba desigual. Los chicos tiraron de las riendas con la despreocupación que mostraría un lord inglés y los giraron hacia el río. En el borde del prado se apearon y, arrojando las riendas sobre los cuellos de sus ponis pero sin molestarse en atarlos, bajaron a trompicones por el banco del río convertidos en una masa gritona, camino del barco.

—¿Siempre llevas caramelos en el bolsillo? —le pregunté a Hugo.

—Lección primera: nunca subestimes el poder de los niños. Esos chicos van a andar detrás de sus padres y sus madres todo el día, Dios mediante, dándoles la matraca para ir al espectáculo.

Niños, tenderos, oficiales de correos y el juez de paz, en caso de haberlo. Me asombraba que Helena tuviera tiempo de hacer algo más que repartir entradas. No era de extrañar que todos los disfraces parecieran a medio hacer; pero esto no se lo mencioné a Hugo, que silbaba alegremente, con los ojos semicerrados como almendras contra el sol.

Esta era la primera vez que venía a Kentucky, y de hecho era la primera vez que iba a cualquier lugar del Sur, quitando Baltimore. Según entrábamos Hugo y yo en el pueblo, me fijé en algunas figuras de piel oscura en la calle y en los jardines por los que pasábamos: esclavos ocupándose de los asuntos de sus amos. Miré sus rostros con curiosidad. En Cincinnati había todo tipo de rumores sobre los esclavos del Sur: sobre cómo todos andaban encadenados, o cómo en realidad los trataban bien, o sobre cómo el movimiento abolicionista no era sino una trama organizada en Inglaterra para intentar destruir América. Habiendo vivido toda mi vida en el Norte, yo no había visto muchos esclavos. Más cerca del pueblo encontramos un anuncio que colgaba torcido de un árbol:

> *Cualquier ESCLAVO que esté pensando en cruzar el río:*
> *¡CUIDADO! El yanqui no es tu amigo y te mandará a Cuba*
> *cuando llegues, si no te ahogas antes.*

Quien lo hubiera colgado ahí no había usado pasta, sino que se había limitado a pinchar el papel en la rama de un árbol muerto, como si fuera un gancho de carnicero.

—Aprenderás a mantenerte alejada de la pelea por la emancipación —dijo Hugo cuando me vio leyéndolo—. La gente no sabe tratar este asunto sin llegar a las manos. Los ánimos andan encendidos, déjame que te lo diga. Para este vas a necesitar más pasta —me dijo mientras yo empezaba a poner uno de nuestros carteles en el árbol de enfrente.

Pasamos junto a dos esclavos que estaban usando un escurridor de ropa en un jardín, con las caras escondidas de mi vista, y en la carretera pasamos junto a una mujer alta, otra esclava, por la pinta, que conducía a una cabritilla con un trozo de cordel. Cuando la cabra se paró para intentar comerse algo que había en la carretera, la regañó y hubo algo en su voz firme pero amable y en su espalda tan erguida que me recordó a alguien. Unos pasos más adelante me vino la imagen: me recordaba a mi madre. La verdad es que no sé qué era lo que me había esperado. Supongo que, como Hugo, sentía que no era mi lucha, sino más bien la lucha de alguien como la señora Howard y su bien organizada Asociación para la Abolición de la Esclavitud y para la Mejora… la Mejora… No me acordaba de aquel nombre tan largo.

Hugo y yo llegamos a la plaza del pueblo y pegamos nuestros carteles por todas partes para que la gente pudiera ver alguno, me explicó él, viniera en la dirección en la que viniera. La mayor parte de la calle principal consistía en estrechas tiendas de madera, pero, como en North Bend, había todavía un par de cabañas de troncos apretujadas aquí y allá. Más arriba, en la colina, veía campos sembrados y huertas. Jacksonville era el típico pueblecito de la ribera que se sostenía gracias a la agricultura (decir «plantaciones» hubiera sido usar una palabra demasiado grandiosa) y, más recientemente, al comercio fluvial. Paramos en la tienda de alimentación para darle al tendero entradas gratis. Al salir otra vez, una anciana blanca con una cesta de paja en el brazo cogió el programa que le dimos y lo repasó cuidadosamente a través de unos anteojos de cristal amarillento, como si estuviera convencida de que en algún sitio había una falta de ortografía y fuera a ser ella quien la cazara.

—Colguemos aquí el último —dijo Hugo delante de la oficina de correos—. Y luego volvemos.

—¿Y qué pasa con el juez de paz? ¿No deberíamos darle un par de entradas gratis a él?

—Bien hecho —dijo Hugo riendo—. Te acordaste. Ahora no tendré que mandarte de vuelta a la fábrica de cristal.

Le miré, asombrada.

—Eso era una broma —me dijo.

—Lo sé. Es lo que solía decirme a veces mi padre.

—¿En serio? Muy bien, pues me voy a buscar al juez. ¿Por qué no te ocupas tú sola de la oficina de correos? Después de darle al jefe sus entradas gratis, pregúntale si puedes pegar el cartel. Y acuérdate de sonreír.

Yo debí de mostrar una expresión de incertidumbre, porque me dijo:

—Tú solo estira los labios y enseña los dientes.

La oficina de correos era un edificio estrecho de dos plantas con una tienda de artículos imperecederos en la planta superior. Por dentro olía a las lámparas de aceite encendidas que había en la parte de atrás, donde un par de hombres y un chico se afanaban organizando cartas y revistas, y también podía oler a papel y a otro aroma que era como el del interior de los sombreros. En el mostrador no había nadie atendiendo. En un tarjetón blanco manchado, apoyado contra un libro encuadernado en tela, podía leerse: *El jefe de correos Mundy estará de vuelta en 10 minutos*. En el tarjetón no había ni fecha ni hora.

Mientras esperaba al jefe de correos, me puse a mirar los anuncios que ya había pegado a lo largo de la pared junto al mostrador. En Jacksonville, aunque era pequeño, iban a pronunciarse varias conferencias esa semana: *«La naturaleza secreta del sol», por el astrónomo John Findlay, adscrito últimamente a Edimburgo, Escocia, que probará por medio de tabaco chamuscado que el sol es una lente hecha de hielo*; y *«Los rituales de la coronación explicados», para aquellos interesados en la inminente ceremonia de la nueva reina de Inglaterra, Victoria.* Pero nada sobre la esclavitud, ni sobre su abolición.

—Aquí no vas a encontrar a Comfort hablando —dijo una voz detrás de mí.

Me giré y vi a Thaddeus de pie justo a este lado de la puerta con un periódico enrollado en una mano y una manzana a medio comer en la otra. Thaddeus siempre estaba comiendo; era como un niño pequeño en su segunda fase de crecimiento. De su camisa empezaba a sobresalir una barriguita, que él se esforzaba en ocultar, pero yo la había visto haciéndole pruebas de vestuario. Me pregunté cómo habría sabido que yo la había estado buscando.

—No se atrevería a dar una conferencia en el Sur —me dijo—. La gente de aquí la colgaría de un árbol. Caramba, si solo la semana pasada dispararon a un hombre por la espalda no lejos de aquí, y lo único que hizo fue darle comida a una niña esclava fugitiva. Mira esto. —Señaló un cartel que a mí se me había pasado, un anuncio para capturar a un esclavo fugado llamado Hamp. A diferencia de los carteles de los espectáculos que hacía Leo, este estaba impreso de forma profesional, con un dibujo en tinta negra de una mano señalando la recompensa de doscientos dólares en negrita.

—Oscuro, de metro ochenta más o menos, con un chaleco de plumón de cisne. Toca bien el violín —leyó Thaddeus—. Se pagará tanto la información sobre su paradero como su devolución. Quien ayude al fugitivo será ahorcado.

Se metió el periódico enrollado debajo del brazo y el corazón de la manzana en el bolsillo.

—Dame uno de tus carteles —dijo, y lo pegó justo encima del anuncio del esclavo fugado.

—¿Está permitido hacer eso?

—Tienes que empezar a pensar como un hombre de negocios, May. No hay mejor sitio para este cartel. Y ahora, marchémonos.

—No puedo irme mientras no le haya dado entradas al jefe de correos —le dije.

—¿En serio? Enséñamelas.

Le di las entradas y él se acercó al largo mostrador y echó un vistazo. Luego dio dos golpes con los nudillos en la madera.

—¡Eh, tú, ese de ahí! ¡Chico!

El niño que estaba trabajando en la recámara vino al trote, con las manos y la cara cubiertas de tinta de periódico. Thaddeus le preguntó si conocía al jefe de correos.

—¿A quién? ¿Quieres decir mi papá?

—¡Tu papá! ¡Fenómeno! Sí, el jefe de correos Mundy, tu papá. ¿Por qué no sales y vienes aquí a mi lado? ¿Tienes bolsillos?

El niño salió del mostrador por un lado y se quedó parado ante nosotros, palpándose los diversos bolsillos como para demostrarnos los muchos que tenía.

—Sostenme uno abierto, haz el favor. Tengo un regalo.

El niño miró a Thaddeus largamente como si no estuviera seguro de si era amigo o enemigo. Llevaba pantalones oscuros abotonados en la rodilla, calcetines grises de lana de punto muy suelto, remetidos por debajo de las rodillas y unas botas altas que le quedaban tan grandes que debían de ser de su padre, aunque podía entender por qué las usaba: eran de cuero bueno, flexible. Vació uno de los bolsillos de los guijarros, la navaja y el cordel de cuero sin curtir que tenía dentro y lo sostuvo vacío entre el pulgar y el índice para que Thaddeus le metiera en él dos entradas, silbando mientras se deslizaban bolsillo abajo.

—Dos entradas gratuitas para tu mamá y tu papá —le dijo Thaddeus—. Y ahora tú, qué. ¿Te gusta bailar? Esta noche hay unos bailes excelentes en el espectáculo. Y yo canto dos canciones con la dama más hermosa que jamás hayas visto; tiene hoyuelos y bucles dorados.

El niño me miró como si estuviera intentando transformar lo que veía delante de sus ojos en la imagen que Thaddeus estaba dibujando.

—No se refiere a mí —le dije—. Yo toco el piano. —Luego, acordándome de las instrucciones de Hugo abrí la boca ligeramente para enseñar los dientes.

—También tenemos chistes, y una escena muy buena justo al final que te hará reír. ¿Te gustan los perros? Nuestro espectáculo tiene el mejor actor de todo el río Ohio y es canino.

—¿Que es qué?

—¡Es nuestro perro! Ahora ve y dale esas entradas a tu papá lo más rápido que puedas. ¿Tienes hermanos?

—No señor, soy yo solo. Mi madre tuvo un montón de problemas y no creía que pudiera tener un bebé, pero yo soy el ángel que le envió Dios.

Esto lo dijo con absoluta seriedad, enlazando las manos a la espalda.

—¿Y es por eso por lo que te tienen trabajando en la oficina? —bromeó Thaddeus.

El niño seguía solemne.

—Dice mi papá que no se las apañaría sin mí.

Esto detuvo por un momento a Thaddeus. Luego dijo con más seriedad:

—¿Eso te dijo tu padre? Bueno, pues eso es excelente, excelente sin duda. ¿Cómo te llamas, hijo?

—Charles Mundy.

—Charles Mundy, ¿qué tal si te doy a ti una entrada de cortesía también, eh? Si hago eso, ¿tú podrás decirles a todos tus amigos y a sus padres que vengan? Solo diez centavos por niño, diles eso. Puedes enseñarles tu entrada. Pero la tuya es una entrada especial, con una marca especial. —Thaddeus me miró y yo metí la mano en la mochila y saqué otra entrada gratis. Pero cuando se la ofrecí el niño no la cogió.

—¿Y qué pasa con la magia? —preguntó.

—¿Qué pasa con la magia?

—¿Hay algún truco de magia en vuestro espectáculo?

—¡Claaaro! —dijo Thaddeus. Sonrió enseñando sus blanquísimos dientes—. La mejor magia del Ohio. ¿Tú haces magia?

Charles Mundy agarró la entrada que yo le ofrecía y se la metió con mucho cuidado en el bolsillo, sin doblar el rígido papel.

—Me sé un truco, pero necesito pelo de caballo y un peine.

—Vaya, pues nada de ir subiéndote a los árboles con objetos de semejante valor en los bolsillos —le advirtió Thaddeus. Cogió el periódico que había apoyado en el mostrador y lo golpeó de forma juguetona contra su muslo.

—No lo haré, señor —dijo con seriedad Charles Mundy.

Cuando estuvimos afuera, en la calle, pregunté:

—¿Por qué le dijiste que tenemos magia? No tenemos magia.

—May, May, ¿qué te dije antes? —De nuevo ese resplandor de dientes blancos—. ¡Piensa como un hombre de negocios! No querrás una repetición de la actuación de anoche, ¡ese público tan pobre! En cualquier caso, me ha gustado este chico, Charles Mundy. ¡Qué solemne! Nunca en mi vida he sido yo tan solemne; me reía hasta cuando me escondía de mi madre porque necesitaba que cortase leña. ¿Y no es algo maravilloso para que un padre se lo diga a su hijo? «Que no se las apañaría sin él». Es luminoso. Si yo tuviera un hijo, vaya, le diría justamente eso. ¡May! ¿Tienes un lápiz? Me lo tengo que apuntar.

Me pregunté si no estaría escribiendo sus memorias, como tantos otros actores a los que yo conocía. Era una afirmación habitual entre ellos: «Eso lo incluiré en mi libro» o «Esa historia algún día la verás en letras de imprenta». Supongo que ahora la que está escribiendo unas memorias soy yo, pero tengo que depender de mis recuerdos porque, esa tarde, como la mayoría de las tardes, no llevaba un lápiz encima. No se me ocurrió entonces, ni durante mucho tiempo después, que tuviera nada sobre lo que hacer memoria, y no usaba el lápiz para otra cosa que no fuera marcar tela para un dobladillo. Así que Thaddeus se limitó a quitarse el sombrero y a rascarse la cabeza por encima de la oreja como si así pudiera consignar el pensamiento a la memoria.

El sol poniente arrojaba un resplandor carmesí sobre el río, y desde mi taburete frente a la taquilla vi cómo empezaban a llegar los habitantes del pueblo.

Leo había barrido la pasarela del escenario y, de uno en uno, los hombres y mujeres avanzaban por ella vestidos con sus mejores galas, portando farolillos para el camino de vuelta. Yo me quedaba con su dinero y les daba a cambio un papelito grueso y gris, un recuerdo. Un hombre me ofreció un saco de harina de maíz en pago por él y por su esposa y, cuando yo vacilé, Hugo, que estaba saludando a la gente en lo alto de la pasarela, exclamó con su rico acento inglés:

—¡Espléndido! ¡Claro que sí! ¡Y muchas gracias tenga usted!

Había más gente haciendo cola. Iba a ser una buena entrada, pensé yo, con el corazón golpeándome el pecho de la emoción, y tenía razón. Esa noche tuvimos a casi sesenta personas de público, con solo unas pocas filas atrás vacías. La señora Niffen cantó su canción sin cambiar de tono y, con la cadena nueva, la capa de Thaddeus se mantuvo perfectamente en su sitio. Por supuesto hubo otras cosas de las que me di cuenta esa noche: la gorra de Pinky, incluso con la cinta, era demasiado grande para su cara y a veces ocultaba sus expresiones (Pinky era maravillosamente expresivo, cosa que había que aprovechar, no que esconder) y la corbata del señor Niffen no era propia de un tendero. Pero, en general, el espectáculo funcionó a las mil maravillas. La gente abandonó el auditorio riendo y repitiéndose frases unos a otros mientras yo les tocaba el piano. Después de que todos se hubieran marchado y yo hubiera rodado el piano hasta el otro lado, me fui a la oficina para recoger la larga bolsa de seda con el cambio; otra parte de mi trabajo consistía en asegurarme de que Hugo se la llevara a su cuarto todas las noches.

Afuera encontré que los aldeanos seguían haciendo corrillos en la tierra plana del embarcadero. Los faroles se balanceaban en la oscuridad, y oía a los niños riendo con cansada histeria, subidos a los árboles mientras debajo el viento peinaba las hierbas altas. Tenía los dedos cansados de tocar el piano, pero me sentía bien, y el peso de la bolsa del cambio me daba satisfacción. Me enrollé la cuerda en la muñeca y luego estiré las manos y cerré los puños, y luego estiré los dedos otra vez: ejercicios de relajación que me había enseñado un pianista en Nueva York.

—¿Qué es eso? —Oí decir a Hugo—. ¿Quién te dijo eso?

Vislumbré su figura un poco más adelante, de pie junto a un niño pequeño y un hombre alto de traje oscuro. El niño se dio la vuelta y a la luz de su pequeño farol infantil vi que era Charles Mundy. Sonreí y empecé a acercarme a él, pero me detuve al ver que su cara estaba empapada en lágrimas.

—¡Ella me lo dijo! —exclamó el niño, señalándome.

Yo empecé a decir «No fui yo» porque llegado este punto ya sabía de qué iba la cosa, pero Hugo dijo rápidamente:

—May, vamos, la bolsa del cambio. Ábremela, ¿quieres?

Metió la mano y sacó tres monedas de cinco centavos. Le dio una al niño y una al hombre alto (el jefe de correos Mundy, supuse) e hizo que la tercera apareciera debajo de su propio sombrero, en el bolsillo interior de su chaleco y en la enorme bota de Charles Mundy. Tomó la moneda del jefe de correos, pero luego el jefe de correos volvió a encontrársela en la palma de su mano. Pronto el niño empezó a sonreír, y cuando Hugo tosió y echó la moneda y se la sacó de la boca, hasta se rio.

—Tú quédate con esta —dijo Hugo, frotándose la moneda contra el codo y dándosela al muchacho—. No soporto ver la comida después de habérmela comido.

Observé cómo el niño deslizaba su mano libre en la de su padre cuando se marchaban, y luego se soltó para correr hacia su madre, que estaba en un corrillo de mujeres debajo de un árbol. Ella se agachó para ver la moneda que él sostenía en la mano. Luego, balanceando su farol en miniatura, Charles Mundy dejó a sus padres solos para echar a correr, sin que aquellas botas varias tallas más grandes que sus pies dificultasen en absoluto su tarea. Todos los niños, según he podido comprobar, funcionan con cualquier tipo de calzado cuando se trata de correr y brincar de alegría.

Hugo se giró hacia mí. Iba a decirle que no había sido yo quien habló de magia, pero él habló primero.

—Nunca prometas nada que no vayas a cumplir, May. El público tiene que creer que puede confiar en nosotros. Es parte de nuestro trabajo, ¿comprendes?, que la gente sepa qué van a obtener a cambio de sus cuartos. Eso es lo que hace que sigan viniendo año tras año. Tú eres nueva en esto, May, eso lo entiendo, pero tienes que hacerlo mejor. No era consciente de todo lo que no sabes. Tienes que hacerlo mejor que hasta ahora.

Sacudió la cabeza, decepcionado conmigo. Sentí que se endurecía una membrana alrededor de mi corazón. Quería decir que no había sido yo la que le había prometido magia a ese niño, pero me sobrevino una sensación de pesadumbre, junto con la idea de que daba lo mismo; ya había obtenido otra mala nota. Y es más, Hugo podía decirme lo que yo estaba ya pensando: que en cualquier caso, yo debería haber alzado la voz cuando Thaddeus mintió.

Los aldeanos empezaron a subir por el peñasco sosteniendo los faroles delante de ellos. Por el rabillo del ojo podía ver luz en la cocina del barco, y luego otras luces parpadeando en el comedor: alguien estaba encendiendo las lámparas de aceite. Los actores tenían hambre, me imaginé, y, armados con pan y embutidos, estarían sentados alrededor de las mesas, repasando minuciosamente el espectáculo de esa noche, conversando sobre lo que había funcionado y lo que no, cada uno con su opinión, sus voces cada vez más altas cuando bromeaban sobre alguien del público que tenía una risa tartamuda o una tos inoportuna, y luego se pondrían a tomarse el pelo unos a otros. Abajo, en el auditorio, Leo se habría puesto a barrer antes de prepararse la cama y meterse en ella.

—¿Quieres que me vaya? —le pregunté a Hugo. Parecía que los huesos se me ponían rígidos, como si a pesar de mi pregunta pudiera amarrarme al sitio gracias a mi propia solidez. A la luz de la luna no era capaz de escudriñar la expresión de Hugo. Tendría que tomar un vapor de vuelta a Cincinnati, pensaba. O encontrar sitio en una barcaza. Hasta la mañana siguiente tenía que dejar que me quedase, ¿no?

—¿Abandonar el barco? —me preguntó—. ¿Por qué? ¿Quieres marcharte?

—No, no quiero.

Hizo una pausa y por un momento sentí un peso terrible. Pero luego solo dijo:

—Pues entonces está todo bien. Has cometido errores, eso es todo. Todos los cometemos. Pero te diré una cosa que he notado, y es que el espectáculo te importa. Pude apreciarlo anoche, cuando te fijaste con tanto cuidado en lo que funcionaba y lo que no, bueno, hablo del vestuario, claro, de las capas que se caían y demás. Yo no había pensado en nada de eso, para serte totalmente franco, y me sorprendió. Creo que comprendes más de lo que dejas entrever sobre lo que supone montar un espectáculo. Eso para mí tiene más valor que cometer unos pocos errores.

Se podía oír la amabilidad en su voz.

—Sí que me importa —dije, y aunque estaba demasiado afectada como para sonreír, me acordé de abrir la boca y enseñar los dientes.

Algo pasó por sus facciones, la pincelada de una expresión que no supe leer.

—No te preocupes, May. Te habremos puesto a punto del todo más temprano que tarde. —Me tomó del brazo y empezó a caminar conmigo de vuelta al barco—. Además, querrás que te devuelva tus veinte dólares y por ahora no los tengo. Pero si me das esa bolsa de cambio, te daré tu parte de la entrada de hoy, y así puedes ir descontándola de lo que te debo.

9

No tardé mucho en aprenderme las rutinas del *Teatro Flotante*. Hugo y Leo se despertaban un buen rato antes del amanecer para mover el barco antes de que se levantara el viento, y Chef se levantaba incluso antes, a preparar un café oscuro y amargo y a freír unas rosquillas que pasaba luego por azúcar morena. Una vez que quitaban el amarre del barco, Hugo se colocaba en la proa tomándose el café en un cubito de esmalte blanco con tapa, del tamaño de un cazo pequeño, vestido con su chaquetón de sarga color tiza con la raya amarilla, gritando instrucciones.

A mí me gustaba levantarme temprano para ver a los hombres mover el barco, pero iba primero a coger mi rosquilla para comérmela de pie en la cubierta superior, sin meterme por medio. Leo trabajaba en uno de los timones laterales, que es como aprendí a llamar a los remos largos, mientras que Pinky y Sam o Jemmy se ocupaban de los remos del otro lado. Hugo manejaba el barco con una pala corta frontal llamada palo guía. Ocasionalmente anunciaba a gritos los nombres de los bancos de arena a los que nos aproximábamos: «¡Petticoat Ripple!», «¡Owl Hollow Run!», con su tronante acento inglés. Yo no estaba segura de si avisaba a la tripulación o si simplemente le gustaba pronunciar los nombres. Era la cuarta temporada que Hugo pasaba en el Ohio, y era capaz de calcular la profundidad del río con solo ver el color del agua. Contaba en voz alta el número de ganchos (árboles muertos parcialmente sumergidos en el agua) y registraba la cifra en su gran cuaderno de bitácora de cuero marrón al final de cada salto.

Observando a Hugo pilotar el barco me preguntaba a veces si el de capitán no sería otro más de sus papeles teatrales, con su chaquetón de sarga y su jerga fluvial, pero en otras ocasiones tenía la sensación de que mover el barco río abajo todas las mañanas era su parte favorita de la jornada. Guardaba un ejemplar largo y estrecho de *El Navegador* en el bolsillo exterior, con su información detallada sobre bancos de arena, atracaderos, canales y arroyos, así como de todos los pueblos y asentamientos a lo largo del Ohio, y de sus empresas: las talabarterías y las casas de confección, las fundiciones de latón y las destilerías. Yo disfrutaba de la sensación de movimiento cuando avanzábamos con la corriente, y también me gustaba observar el flujo constante de comercio fluvial bajo la luz azul de la mañana, las barcazas camino de Nueva Orleans con barriles de tocino de cerdo y botones y té y melaza y clavos, los vapores con su cargamento amarrado con sogas, o sus pasajeros dormidos, y nuestro pequeño teatro de gabarra plana moviéndose entre todos ellos, siempre en último lugar.

Como el *Teatro Flotante* se desamarraba a eso de las tres de la mañana, para cuando los actores se despertaban solíamos estar ya amarrados en el nuevo embarcadero. El desayuno estaba disponible hasta las nueve. A mediodía almorzábamos, y la campana de la cena sonaba a las cinco. Normalmente actuábamos una noche en cada pueblo, y luego viajábamos durante cuatro o cinco horas durante la madrugada para llegar al siguiente. No parábamos en todos los pueblos, solo en los que eran lo bastante grandes como para convocar a público. Hacíamos una función en Ohio y cruzábamos el río para actuar en Kentucky, pero, estuvieran en el Norte o en el Sur, todas las ciudades y los pueblos tenían más o menos la misma disposición: un embarcadero largo y húmedo antes de llegar a una fila de edificios de madera de dos plantas construidos de cara al agua (tabernas con una o dos habitaciones para huéspedes, tiendas para barcos, almacenes, a veces una tienda de tabacos) y hombres, siempre presentes, sentados en carros de caballos en el ancho camino de tierra junto al embarcadero, esperando para cargar o descargar artículos en las barcazas comerciales. La pista llevaba a una tierra alta donde estaba asentado el verdadero pueblo, aunque muchas veces constara de solo una manzana. Desde mi balcón en la cubierta superior, normalmente era capaz de vislumbrar granjas y huertos en la distancia, verjas de cañizo separando propiedades, y un arroyuelo o dos serpenteando hasta el río.

Todas las mañanas después del desayuno me iba al pueblo con Leo o con Hugo, aunque pasadas un par de semanas a Hugo le pareció que ya estaba lo bastante entrenada como para ir yo sola. Por las tardes, si hacía bueno, nadaba en el río con Liddy. Fiel a su palabra, nos estaba enseñando a Celia y a mí a tirarnos de cabeza.

—Da un saltito con las puntas de los pies, Cee —ordenaba Liddy—. Mira cómo lo hace May. ¡May, has nacido para esto!

Por las tardes Leo se sentaba a pescar y, después de nadar, muchas veces me sacaba la costura fuera para sentarme con él y con Oliver a la orilla del río. Leo se parecía mucho a mí en algunas cosas, tenía sus propios intereses personales, como la pesca, a la que se dedicaba con la misma obstinación que yo a mi costura. La mayor parte del tiempo estábamos sentados uno junto al otro sin hablar, cosa que nos complacía a los dos, pero a veces él me hablaba de Florida, donde se había criado.

—El pantano comenzaba justo en nuestro jardín trasero —me decía—. Supongo que esa es la razón por la que el agua me resulta más natural que la tierra seca.

Cuando se lo pedí, me enseñó a recoger el sedal para sacar a un pez, y cómo limpiarlo y quitarle las tripas. Enrollaba sus dedos largos y ahusados en torno a un cuchillo de filetear y rebanaba el pescado por las branquias.

—¿Estás segura de que no te molesta? A muchas damas no les gusta el aspecto de todo esto.

A mí no me molestaba. Siempre limpiaba las liebres con mi madre cuando quería un estofado: mi padre, aun usando ya bastón, tenía muy buena puntería. Leo hablaba de forma calmada, y siempre me miraba directamente a la cara, cosa que normalmente me ponía nerviosa, pero no así con él.

—Ahora coge tú el cuchillo y prueba con este. Es un eperlano —me decía. Colocó el cuchillo en posición debajo de la branquia—. Hazlo tú a partir de aquí.

Conocía todas las clases de peces y todas las clases de barcazas. Pero me di cuenta de que Hugo tenía razón: Leo nunca abandonaba el barco si estábamos en el Sur. Ni siquiera se sentaba en el banco del río, sino que pescaba desde cubierta. Desde muchos puntos de vista, los pueblos al sur del río tenían exactamente el mismo aspecto que los pueblos al norte, pero existían diferencias, claro que sí. Nunca vi una subasta de esclavos, pero en un pueblo sí que vi unos toscos bloques de piedra delante de un pequeño hotel, sobre los que los hombres y las mujeres eran puestos en pie para que fueran inspeccionados y subastados; las piedras eran tan estrechas que no veía cómo un adulto podría mantener el equilibrio encima de una de ellas. Y una vez vi a un esclavo al que conducían a una cárcel de esclavos, en la que su dueño pagó a un hombre cincuenta centavos para que le diera latigazos por no sé qué fechoría mientras unos niños blancos se peleaban por ponerse en posición junto a la ventana y poderlo ver.

Veía todo esto, pero creo que no comprendía del todo lo que estaba viendo. Ahora, a veces me pregunto si, como cuando nadas, la primera vez que te sumerges en un nuevo medio, no perderás parte del poder de tus sentidos (se te taponan los oídos, cierras los ojos) mientras intentas acostumbrarte a él. Yo estaba aprendiendo un oficio nuevo y aprendiendo a vivir con gente como no lo había hecho nunca. La mayoría de mis pensamientos se concentraba en prosperar en estas dos tareas. Cuando estaba con Comfort siempre alquilábamos habitaciones en pensiones, pero nunca nos mezclábamos mucho con los demás huéspedes. Y aunque pasábamos mucho tiempo en el teatro, normalmente comíamos solas en nuestra habitación para ahorrar dinero. O, si Comfort salía a algún restaurante para comer con un admirador o con compañeros actores, yo volvía a la habitación y comía sola, a veces solo chocolate, y luego me iba a la cama cuando me apetecía.

En el *Teatro Flotante* todo el mundo comía al mismo tiempo, como lo haría una familia, y los domingos empujábamos las mesas de modo que formaran una sola fila larga para poder sentarnos todos juntos. Por ley no podíamos montar ningún espectáculo en domingo, así que no había negocios a los que atender, y todo el mundo se relajaba, contento de quedarse a charlar durante horas en el comedor.

—He aquí todo lo que necesitáis saber sobre barcazas —dijo Hugo una tarde de domingo, tomando café con la grumosa tarta de nueces de pecán de Chef—. Hay que mantenerla todo lo posible en la parte más rápida de la corriente, evitando los afluentes que dan al río, y no amarrarla nunca junto a un banco derruido. ¡Y ya está! Ahora, cualquiera de vosotros puede ser capitán. ¿Qué opinas, May? Ya nos has visto mover el barco bastante. Pronto vas a querer tus propios papeles de capitán.

La señora Niffen frunció el ceño.

—Oh, capitán Cushing, nadie sabe todo lo que usted sabe —dijo—. Por mucho que me pasara veinte años estudiando el río, no podría aprenderme ni la mitad de los datos que usted nos cuenta.

—Leo lleva en este río dos años y ya sabe más que yo —le dijo Hugo—. Pero yo soy capaz de ir desde el fondo del escenario hasta la platea si mantengo la cordura. Por ahora nos hemos mantenido del derecho, supongo. —Sonrió a la señora Niffen y ella le devolvió la sonrisa con incertidumbre, claramente perdida sobre si hablaba en serio o no. Al contrario que yo, ella no le había visto todas las mañanas con su cubito de café en una mano y el palo guía en la otra, conduciendo la pesada barcaza con un solo brazo y haciéndola caer con precisión en la parte exacta de la corriente a la que apuntaba, con el chaquetón manta aleteando a su espalda.

—Pero usted tiene los títulos de capitán —dijo ella, con la voz más apretada.

—¡Eso sí! Claro que cualquier necio que sepa leer podría conseguirlos.

—Ja, ja, ja —rio débilmente la señora Niffen, dirigiendo una mirada a su marido, que le guiñó un ojo. Yo me había percatado de que aunque el señor Niffen no hablaba en demasía, era un experto en el uso de según qué gestos.

Para la tercera semana que pasé en el barco, ya me sentía más capaz. Estábamos a mediados de mayo, y el *Moselle* se había hundido a finales de abril. No había recibido noticias de Comfort, pero, claro, ella no sabía donde yo estaba, y yo no le había escrito para contárselo. Seguía sintiendo su ausencia de vez en cuando, normalmente por las mañanas, cuando solía observarla mientras ella hacía sus ejercicios y yo preparaba el té del desayuno. Pero pronto las tareas del barco y de los pueblos me distrajeron incluso de esos momentos. Todas las noches Hugo me entregaba mi parte de la entrada, normalmente diez centavos, de cara a los veinte dólares que me debía. La mayoría de las noches íbamos bien de audiencia, o al menos lo bastante bien como para que nos mereciera la pena haber parado.

Tenía una sola preocupación que me causaba resquemor: la señora Niffen. Dos veces me la había encontrado en mi cuarto, mirando mis cosas. La segunda vez tenía en la mano el reloj de bolsillo de mi padre que, al haber bajado temprano una mañana para bañarme en el río con Celia y Liddy («¡Prepárate a tener frío, May!»), me había dejado junto a la cama.

—Este reloj se parece muchísimo al del señor Niffen; pensé que podría habérselo prestado a Helena —dijo la señora Niffen, sin devolvérmelo de inmediato. Estaba bastante convencida de que si hubiera regresado apenas dos minutos más tarde ya se lo habría metido en el bolsillo.

—¿Has podido encontrar esa llave? —le pregunté a Hugo esa noche después de la cena.

—¿Qué llave?

—La llave de mi camarote. La señora Niffen no para de entrar cuando yo no estoy.

—Ah, no te preocupes por la señora Niffen, es inofensiva. Bueno, más o menos inofensiva —corrigió—. Solo quiere lo que le pertenezca a otra persona.

Él se rio, pero yo no le veía la gracia.

—Eso a mí no me suena inofensivo.

Al día siguiente cruzamos y salimos del estado de Ohio para entrar en Indiana; al otro lado del río, Kentucky seguía siendo Kentucky. Seguía quedando una semana para que empezara junio, pero el calor del verano parecía haberse asentado deprisa. Después de nadar con Liddy, pensé que podía ponerme a reorganizar las cosas de la sala verde para poder meter también allí los baúles de Helena: seguían apiñados contra mi catre en mi camarote. Cada vez que le preguntaba a Hugo por las posesiones de Helena a su cara parecía salirle una capa de dureza y me daba la espalda, diciendo: «Sí, sí, algo iré apañando». Creo que no es exactamente que estuviera mintiendo, pero después de la tercera vez que lo dijo, me di cuenta de que si algo iba a apañarse, no iba a ser él precisamente quien lo apañara.

Liddy me contó que Hugo y Helena habían estado muy unidos. «Montaron este negocio juntos. Probablemente no sea capaz de ponerse a mirar sus cosas todavía».

Así que, con el pelo aún mojado, salí por el pasillo exterior hasta la puerta trasera de la sala verde a ver si encontraba espacio para meter ahí los baúles. Pero en cuanto puse un pie dentro me di cuenta de que en la sala apenas cabía lo que ya albergaba. Entonces, en cambio, decidí abrir las cajas con una palanca, a ver qué tenían dentro, esperando encontrar vestuario útil, y atrezo, y poder redistribuir el contenido para hacer más espacio.

Descubrí que podía abrir sin llave todas las cajas menos dos. Dentro, ciertamente, había mucha tela enmohecida, que coloqué en dos pilas: la tela que podía cortar y convertir en cuerpos de vestido (Liddy) o en capas de matrona (señora Niffen) o en chalecos estridentes de villano (Thaddeus); y la tela que estaba tan estropeada que había que tirarla. Me decepcionó que no hubiera sombreros, ni nada parecido a un bastón, objetos que deseaba especialmente. A pesar de la pequeña ventana abierta en la pared trasera, el espacio era oscuro, como un armario, y me recordaba al cuartucho junto a la vaquería donde mi padre guardaba sus utensilios de limpieza.

Abrí una de las puertas laterales para que entrase más luz y entonces oí una voz que venía del auditorio. Aunque estaba directamente detrás del escenario, la sala verde tenía dos puertas, una a cada lado, que daban a la entrada derecha y a la entrada izquierda del escenario, donde los actores esperaban que les dieran el pie –técnicamente se trataba de las bambalinas, supongo, aunque el espacio era tan apretado como un ataúd vertical–, y salí a ver de quién se trataba.

Hugo estaba de pie sobre el escenario de cara a un público imaginario.

—En el viejo país —estaba diciendo, con su acento inglés más cerrado—, la magia era un entretenimiento callejero.

Debí de hacer algún ruido, porque se detuvo y volvió la cabeza.

—¿Quién anda ahí atrás? ¿Señora Niffen? Salga aquí un minuto si no le importa.

Cuando salí al escenario vi, con cierta sorpresa, que las cortinas de terciopelo del auditorio estaban corridas para bloquear la luz de la tarde, y había seis pequeños farolillos encendidos formando un círculo en torno a una silla de madera colocada de cara al público. Hugo estaba de pie en el centro de la débil luz de las lámparas, con la mano sobre el respaldo de la silla. Junto a él, también dentro del círculo de luz, había una pequeña mesa con un pañuelo doblado y un vaso de agua.

—¡May! Pensé que eras la señora Niffen. No, no, mejor aún —me dijo según me disponía a marcharme—. Siéntate aquí en esa silla, ¿quieres? Quiero practicar mi charla. Toda esa bobada del hijo del jefe de correos me ha hecho querer volver a probar mi número. Pero se me da mejor con un voluntario vivo.

Me percaté de que se había remetido unos cuantos pañuelos de algodón en los puños de la camisa, y de que cuando gesticulaba con las manos se le movían un poco, pero no mucho. Con seda funcionaría mejor, pensé.

—No soy una voluntaria —dije, quitándome el paño de cocina que me había echado sobre los hombros por tener el pelo empapado—. Más bien soy una recluta.

Mostró la más leve de las sonrisas, apenas un movimiento de la barbilla. Al sentarme en la silla, olí la mezcla de carbonato de sodio y amoniaco en polvo que Leo usaba para limpiar el humo del cristal del farol. Nunca antes había estado sobre el escenario, de cara al público, ya fuera imaginario o de otro tipo, y me aliviaba que en realidad no tuviera delante una fila de hombres tosiendo y escupiendo, que pateaban el suelo si algo les gustaba y abucheaban si no. En los teatros de Nueva York había más distancia entre los actores y quienes los miraban, pero en el *Teatro Flotante* era como si solo los buenos modales (que no siempre eran dominantes) marcaran la línea de separación. Llevaba un vestido marrón, el más sencillo que tenía, algo que jamás hubiera dejado a nadie lucir sobre un escenario porque se diluía completamente contra la madera del fondo.

—En el viejo país —comenzó Hugo de nuevo—, la magia era un entretenimiento callejero.

Sacó una moneda de detrás de mi oreja igual que había hecho unas semanas atrás con Charles Mundy. Me dijo:

—Suelta un grito ahogado como si te hubiera sorprendido.

Solté un grito ahogado como si me hubiera sorprendido.

Mostró la moneda y otras dos más similares al público imaginario, abanicándolas en el hueco de su puño. Adiviné lo que venía después: un viejo truco llamado la Moneda Saltarina, que había visto muchas veces. Sabía lo que el público no podía ver: una cuarta moneda aplastada contra la palma de su mano. Con un ademán flojo (los pañuelos de algodón seguían negándose a aletear), Hugo dejó caer una moneda en su bolsillo y envolvió las otras dos en el pañuelo.

—Los magos actuaban muchas veces en casas particulares de Londres durante la temporada alta. Mi propio padre estuvo una vez en casa de lady Margaret de Kent e hizo aparecer un doblón español en su corsé.

Desenvolvió el pañuelo para revelar que dentro estaban las tres monedas. Se metió una en el bolsillo y luego golpeó el suelo con el pie y la encontró en su bota. Volvió a meterla en el pañuelo con las otras dos monedas y luego sacudió el pañuelo, pero no había nada dentro.

—Me atrevería a decir que usted piensa que meter una moneda en el corsé de una dama es el colmo de la impertinencia.

Me tomó la mano y me la estrechó. Una moneda cayó de mi manga al suelo del escenario.

—Lo mismo le pareció a lady Margaret. Le metió en el siguiente barco rumbo a América.

Volvió a estrecharme la mano y se cayó otra moneda.

—Y aquí me ven, tan feliz de probar suerte con mi oficio en América, y todo porque mi padre encontraba monedas en los lugares más indecentes.

Me dio el pañuelo y yo lo abrí. Dentro estaban las tres monedas. Las saqué para enseñárselas a los bancos vacíos y Hugo se aplaudió a sí mismo.

—¿A tu padre lo mandó aquí lady Margaret de Kent? —pregunté mientras Hugo doblaba el pañuelo y se lo metía en el bolsillo. Empujó la mesa una pulgada más al fondo del escenario y la miró. De dos zancadas se había bajado del escenario y estaba en la primera fila, valorando la mesa desde allí.

—No, claro que no —respondió, saltando otra vez al escenario para volver a mover la mesa. Sus movimientos eran como los de un trasgo, un tipo de duende del bosque de los que solía hablarme mi madre cuando era niña: ahora estaba aquí, ahora allí, con unos andares a medio camino entre el salto y el brinco.

—Mi padre nunca puso un pie en América. Es solo mi charla de escenario. Lady Margaret de Kent no existe.

La cara de repente se me puso muy caliente.

—¿Lady Margaret no existe? ¿Todo eso es mentira?

—No es una mentira. Ya te lo he dicho. Es charla de escenario.

—Charla de escenario —repetí. Un círculo caliente y oscuro pareció empezar a abrirse bajo mis costillas y a irradiar hacia fuera. Qué vergüenza me había provocado el llanto del pequeño Charles Mundy, sin ni siquiera haber sido yo la que mintió; tenía remordimientos por no haber *corregido* la mentira. Pero aquí estaba Hugo incurriendo directamente en una falsedad sin el menor escrúpulo.

—No veo que haya diferencia entre decir que a tu padre lo mandó aquí una dama de Inglaterra que no existe y decirle a un niño que habrá magia en un espectáculo cuando no va a haberla —dije con cierta vehemencia. Pero Hugo solo me dirigió una mirada y luego se acercó a las ventanas.

—La diferencia, May, es que mi número es una especie de ficción y el público lo sabe. Cuando un hombre me da dinero y yo le doy una entrada, hemos acordado algo: yo voy a intentar hacerle creer algo que no es verdad, y él va a intentar creérselo.

Levantó las cortinas de terciopelo enrollándolas y luego ató las cuerdas con cuidado a los ganchos de las paredes, como si estuviera amarrando el barco a un árbol. Entraba el sol a raudales, dando de lado en el escenario.

—Eso son pamplinas —le dije.

—Oh, no, May. Para nada. Recuerda ese momento en el que estás sentada entre el público. Al principio eres consciente de que te encuentras en una butaca acolchada, o en un duro banco, o a lo mejor de pie en el foso, pero, en cualquier caso, hay gente a tu alrededor que, igual que tú, ha pagado por estar en este lugar, y dedicas un poco de tiempo a observarles, a ver cómo van vestidos, con quién hablan y demás, incluso a escuchar lo que dicen. —Se fue a la siguiente cortina y la empezó a subir—. Puede que conozcas a algunos, pero incluso aunque no los conozcas, sabes que sois todos del mismo lugar y que habláis el mismo idioma, y demás. Luego suena la campana y los actores salen al escenario y empieza la escena, pongamos que es una escena campestre, y puede que tenga lugar en Italia o algún otro lugar lejano, y, por un momento, cuando los actores empiezan sus parlamentos, tú sigues siendo la misma, y el pueblo en el que vives sigue estando justo al otro lado de las puertas cerradas del teatro. Pero entonces, con bastante rapidez si los actores son buenos, pasa algo y, de algún modo, caes en mitad de la ficción del campo italiano, y ahí te quedas. Te olvidas de toda la gente que hay a tu alrededor porque la única gente que existe son los actores que hay sobre el escenario, y el único mundo es el que están representando para ti. Te has perdido en la ficción. ¿Después te sientes engañada? No. A lo mejor te ha gustado la representación, a lo mejor te ha parecido detestable, pero lo que no te parece es que sea *mentira*… Es más bien como una ventana. Y tú eres cómplice. Querías mirar por esa ventana, y miraste.

El trasgo ya no era tal; había vuelto el director-profesor. Había once cortinas en cada lado, pero eran tan pesadas y estaban tan llenas de polvo que solo había levantado cinco. Por la noche nadie se daría cuenta del polvo, especialmente si, como Hugo pretendía convencerme, entraban tan de lleno en la historia que sucedía sobre el escenario que para ellos no habría ni cortinas, ni ventanas, ni tan siquiera barco. Pero ¿podía eso ocurrir de verdad? A mí nunca me había ocurrido.

—Yo nunca estoy entre el público —le dije—. Siempre estoy entre bambalinas, ayudando.

—Sí, sí, lo sé. Pero en los otros días, cuando no estás trabajando… —Se fue a la siguiente ventana.

—Yo nunca voy al teatro cuando no estoy trabajando. No me he sentado entre el público en mi vida.

Hugo se detuvo y se giró a mirarme.

—¿Me estás diciendo que nunca has visto una obra de teatro desde el patio de butacas?

—No.

—¿Por qué?

¿Por qué? Buena pregunta. No me gustaba estar sentada mucho rato sin hacer nada con las manos, esa era una respuesta. Otra respuesta era que sencillamente no deseaba hacerlo. Hugo me observaba como si mi cara pudiera contestar a mi pregunta igual de bien que cualquier palabra. Por encima de nuestras cabezas sonó la campana de la cena.

—Bueno, ¿por qué habría de hacerlo? —dije al fin, a la defensiva, cuando vi que no iba a dejar de esperar una respuesta.

Hugo frunció el ceño, y luego rio, y luego sacudió la cabeza.

—Eres un bichillo raro —dijo—. Todo el año viviendo con actores y no tienes interés por ver una obra.

—¿Te interesa a ti el vestuario? ¿La costura?

—No es lo mismo.

—¿Por qué no?

La campana volvió a sonar. Yo estaba molesta porque no había terminado de repasar las cajas de la sala verde y porque Hugo era un hipócrita, a pesar de todas sus bonitas palabras sobre lo que constituía una mentira y lo que no. Pero, sobre todo, estaba molesta porque ahora él sabía que a mí no me gustaban las obras de teatro. No sé por qué esto último me molestaba tanto, excepto porque no quería perder el empleo y sabía lo mucho que el teatro significaba para él.

—Mira esto —me dijo en vez de contestarme. Se acercó a mí y me enseñó otra vez las mismas tres monedas, y luego se las colocó en la palma de la mano.

—Tengo hambre —dije con impaciencia—. No va a quedar pastel.

—Hay unas cuantas cosas que deberías aprender para trabajar en mi teatro. Una de ellas es la suspensión voluntaria del descreimiento. —Hizo que la frase se desenrollara en su boca con toda la fuerza de su acento inglés—. ¿Has leído algo de Coleridge, May?

—No.

Una vez más hizo que apareciera una moneda detrás de mi oreja, luego en uno de mis bolsillos, y luego en el otro.

—Queremos creer que una historia es verdad. Usamos nuestra imaginación para convencernos de ello. No lo podemos evitar. Bien, tú sabes que yo no he encontrado esta moneda en la palma de tu mano —me estrechó la mano—, y sin embargo aquí está, de tal forma que nuestra imaginación nos dice que tiene que ser así. ¡Y qué sensación tan deliciosa, creer en algo que sabemos que es mentira!

—Mi prima siempre ha sostenido que yo no tengo imaginación.

—Si somos capaces de creer en algo que no es verdad —prosiguió Hugo—, las posibilidades se hacen infinitas. Y luego la sorpresa, cuando aparece, ya no asusta, sino que es un placer. Y tú sabes, May, que siempre hay una sorpresa al final.

Ahora me atrajo hacia él lo suficiente como para meter su mano en mi bolsillo, y por un momento pude oler el bálsamo oscuro y denso que se echaba en el pelo, un aroma picante que parecía traer consigo el sabor de un lugar remoto, al que yo nunca podría llegar, ni en barco ni por tierra. Sus dedos encontraron el bolsillo de mi vestido y se deslizaron en su interior, y por un momento sentí el calor de su brazo contra mi cuerpo. Luego me sacó algo del bolsillo y se apartó de mí. Alargó la mano.

—Mira lo que he encontrado.

Era una larga llave de latón. La llave de mi camarote, supuse. Y ante eso confieso que sí solté un grito ahogado de sorpresa y alegría.

—Estaba justo ahí, en tu bolsillo, desde el principio.

En mis viajes con Comfort me habían hecho entrega de muchas llaves: pesadas llaves de hierro y pequeñas llaves finas que bien podrían haber sido alfileres de sombrero, llaves de camerinos o de habitaciones en pensiones, llaves de armarios de atrezo. Mi madre guardaba todas sus llaves en un llavero que cargaba en una cesta. Usó las mismas llaves casi toda su vida, pero mis llaves cambiaban con cada temporada teatral. Algunas caseras nos daban a Comfort y a mí una sola llave para nuestras habitaciones compartidas, y una ni siquiera quiso darnos llave. «Todos mis huéspedes son respetables», nos dijo, «y confío en que ustedes también lo sean».

Me sentía desacostumbradamente satisfecha por tener esta nueva llave, y más tarde, durante la cena, me descubrí reviviendo el momento en que Hugo se había inclinado sobre mí para metérmela en el bolsillo. Me sorprendía la avalancha de sensaciones y el placentero temblor que aún sentía dentro de mí, una emoción que exploraba constantemente como si fuera una picadura; aunque no es que me doliera, sino más bien lo contrario. Se acordó de que yo quería la llave, la había buscado y la había encontrado, y me la había dado de una forma sorprendente, para divertirme, a modo de entretenimiento. Sabía que no era magia, pero aun así me sentía feliz. En la mesa me senté donde me sentaba normalmente, entre Liddy y Celia, pero a cada rato tocaba la llave de latón a través de la tela del bolsillo de mi vestido.

—¿No tienes hambre, May? —me preguntó Hugo desde el otro lado de la mesa. Le miré a los ojos, intentando determinar si él había sentido el mismo placer al darme la llave que yo al recibirla.

Liddy estaba contando una historia de cuando una vez, interpretando a Julieta, se metió tanto en el papel que se bebió el veneno (tinta negra) de verdad, en lugar de fingir que lo hacía, y mientras hablaba Pinky la miraba intensamente. Me di cuenta de que los ojos de Pinky brillaban cada vez que miraba a Liddy, y se me ocurrió que le gustaba la excusa (escucharla contar una larga historia) para poder observar su cara, que realmente era muy bonita, con aquellos ojos inclinados hacia abajo y aquella alegre sonrisa. Llevaba consigo un librito de bolsillo amarillo con cartas dentro, y a veces abría una y la leía por debajo de la mesa. ¿Serían cartas de amor? Me lo preguntaba. Pinky, si la veía leyendo alguna, se ponía un poco colorado. Sus orejas caían hacia delante, pero, quitando ese detalle, era un hombre bien parecido, con una nariz recta y delgada y ojos azul cielo, que se arrugaban cuando sonreía, como los de un irlandés.

—Tal y como yo lo veo, un actor nunca podrá estar lo bastante familiarizado consigo mismo y con sus propias reacciones —dijo cuando Liddy terminó—, ya que todas las noches hay que decir los textos como si fuera la primera vez. Tienes que sentirlo cada noche.

—Es el nuevo estilo, lo que llaman el estilo americano, con mucha emoción —intervino Jemmy.

Sam, sentado junto a Jemmy, asintió.

—Bien fuerte —dijo.

Yo pensaba que Sam estaba un punto por encima del señor Niffen: Sam hablaba, pero no mucho, y casi siempre palabras de pocas sílabas.

Thaddeus se animó con el tema.

—¡Esa es la cuestión! Hacer que tus palabras parezcan importantes y sumir a la audiencia en un laberinto y en una confusión. Edwin Forrest y su banda nunca se limitan a representar sus papeles. Tienen fuerza, ¿comprendes? Y poderío. Yo conocí a Forrest una vez.

—En mi opinión esos tipos van demasiado lejos. Es vociferar sin contenido —dijo Hugo. Sostenía en la mano un trozo de empanada y la agitaba mientras hablaba, de forma que salían despedidas migas de hojaldre.

—Pero atrapan la atención del público —dijo Thaddeus.

—Solo a base de destrozar el idioma. —Hugo agitó otra vez la empanada—. Mucha boca, en mi opinión, y poco arte.

Chef colocó otra cafetera sobre la mesa. —Déjeme que le traiga un tenedor, capitán —dijo.

—No, no —contestó Hugo—. No te molestes. Vengo de una familia de granjeros del norte. De Sheffield. Todos comemos así la empanada.

Yo decidí que esto probablemente sería una broma, porque sabía, por todas nuestras conversaciones cuando íbamos andando juntos hasta el centro de los pueblos, que sus padres habían sido actores de repertorio en Londres. Pero la señora Niffen se inclinó hacia él y dijo:

—Cuánta razón, capitán, cuánta razón. Las empanadas originalmente eran como bocadillos, ¿sabéis? Una gran tradición secular. El hortelano tomándose su descanso. Todos deberíamos comernos la empanada exactamente así —declaró que de ese momento en adelante siempre comería empanada con las manos y animaría a cualquiera a hacer lo mismo.

—¿A que sí, Celia? —preguntó a su sobrina—. Tú y yo comeremos la empanada con las manos como esa buena gente de, eh, Neffield.

Celia, quien, a diferencia de su tía, todavía no se había terminado la empanada, dejó el tenedor en el plato y se ruborizó. Hugo le guiñó un ojo desde el otro lado de la mesa.

Satisfecha con haber dado el tema por concluido, la señora Niffen se limpió la boca con un pico de la servilleta e informó que tenía que irse para «ocuparse de sus labores domésticas», una frase que yo nunca entendía (era su forma habitual de abandonar una habitación), puesto que era Leo quien se ocupaba de la mayoría de las labores: vaciar nuestros infernillos de cenizas todas las mañanas, por ejemplo, y barrer los suelos, y fregar los barriles en los que almacenábamos el agua potable.

Cuando se hubo marchado, esperé un minuto y también yo me fui. Abajo, en el pasillo, tal y como sospechaba, estaba la señora Niffen con la mano sobre el pomo de la puerta de mi camarote. Me miró según me acercaba sin muestra alguna de estar haciendo mal, ni en su expresión ni en sus ademanes. La mano seguía sobre el pomo.

—He estado buscando un libro que se me ha perdido —dijo tranquilamente—. Pensé que tal vez estaría en la habitación de Helena, en uno de esos baúles.

Saqué la larga llave de mi bolsillo, la coloqué en la cerradura de mi puerta, y la giré. Para ser una cerradura de barco, sometida al viento y a la humedad, al calor y al frío, y posiblemente a todos esos fenómenos en un mismo día, estaba sorprendentemente suave. El mecanismo giró con un clic de lo más satisfactorio.

La señora Niffen bajó la mirada hacia la llave y luego la levantó hacia mi cara con sorpresa. Las noches ahora eran más cálidas y su cabello gris plateado se le rizaba alrededor de la frente a causa de la humedad. Su rostro estaba incluso más rosado que de costumbre.

—Ahora esta es mi habitación —le dije—. Y el libro no está aquí. No hay nada aquí que sea suyo, señora Niffen.

Giré el pomo al tiempo que empujaba la puerta con la palma de la mano para asegurarme de que quedaba bien cerrada, y luego devolví la llave a mi bolsillo y regresé al comedor, dejando a la señora Niffen allí de pie sin nada que hacer.

Unos pocos días después de este episodio Hugo hizo un anuncio en el desayuno: quería cambiar el espectáculo a mitad del verano, más o menos en el momento en que el Ohio se encontraba con el río Misisipi, y montar una obra de teatro en tres actos.

—Esto, que yo sepa, no se ha hecho nunca antes en un barco teatro —dijo. Se había puesto de pie para dirigirse a todos nosotros, golpeando primero su taza de agua con una cuchara para captar nuestra atención. El pelo del lado derecho de su cabeza estaba totalmente de punta, probablemente por haberse pasado las manos por él, y al hablar se puso a caminar hacia atrás, hacia las ventanas, sin interrumpir su discurso. Nuevamente me recordó a un trasgo.

—¡Seremos los primeros! Una obra de verdad en tres actos en medio del río. Presentando ante la América profunda el arte dramático más elevado. —Ahora le enmarcaba la luz de la ventana de tal forma que parecía salirle por los miembros más que relucir tras el cristal. ¡Una obra en tres actos! Yo pensaba en todo el vestuario nuevo que iba a requerir.

—Solo tenemos un mes o así, de modo que habrá que ensayar todas las mañanas hasta entonces. Ojo, que tampoco es Shakespeare

—dijo, mirando a Thaddeus—. Nada de parlamentos importantes. Tenemos que acordarnos del público que tenemos: granjeros y tenderos que quieren escapar un rato de sus vidas. Pero, con todo, sí que os dará a vosotros la oportunidad de profundizar en un papel.

—¡Esa es la idea! —dijo Thaddeus. Parecía hinchado de satisfacción.

—Y necesitaremos toda una línea nueva de disfraces —prosiguió Hugo, mirándome. Aunque yo había estado pensando justo en eso, cuando sus ojos se encontraron con los míos fue como si toda la sangre me corriera hasta la punta de los dedos. Quería empezar de inmediato.

—¿Has escogido la obra? —pregunté. Hugo tenía en la mano un libreto impreso en papel extra grande y encuadernado en hule. En respuesta lo agitó como una bandera.

—*Guerra abierta o el tratado singular* —dijo—. *Ruse contre ruse*, en el original francés.

Dos de las ventanas que había detrás de él estaban abiertas y oí el fuerte bufido de un vapor, como una vieja que apretara los labios y luego bufara en señal desaprobación. Hugo lucía una amplia sonrisa. Su entusiasmo pareció recorrer la sala como alguien dándonos a cada uno un golpecito en el hombro. Los actores y actrices parecían tan emocionados como él, excepto el señor Niffen, cuyo aspecto era diferente solo en la medida en que había dejado el periódico para escucharle.

Pinky dirigió una mirada a Liddy, con algo hambriento en su expresión.

—Esa la he visto —le dijo a Hugo—. Es divertida. ¿Quién va a hacer de marqués?

—Tendrá que ser Thaddeus. Y el señor Niffen hará de Sebastian. Liddy hará de Julia, por supuesto, y yo interpretaré al General.

Las orejas de Pinky cayeron hacia delante con decepción, pero el rostro de Liddy estaba verdaderamente resplandeciente.

—Es una idea maravillosa. Pero ¿el público no se aburrirá? —preguntó la señora Niffen, mezclando como siempre un cumplido con una queja de forma que no se podía saber cuál de las dos cosas quería comunicar.

—Es una comedia —contestó Hugo—. Y es corta. —Se puso a brincar arriba y abajo mirándonos a la cara, posando finalmente los ojos sobre la mía. Su sonrisa se hizo más ancha—. ¿Qué opinas, May? ¿Crees que serás capaz de hilvanar un vestuario completo en tres o cuatro semanas?

Sentí que se me escapaba una sonrisa a pesar de que hubiera deslizado la idea de hilvanar.

—Lo puedo intentar.

Estábamos amarrados en Listerville, Indiana, y en cuanto pudimos, Liddy y yo subimos al pueblo a mirar telas. Celia iba unos cuantos pasos por detrás leyendo un libro mientras caminaba. Del río soplaba un viento fuerte y las hojas de los árboles se agitaban de acá para allá como si estuvieran evitando una conversación, como comentó Liddy de forma juguetona.

Estaba de buen humor. Todos lo estábamos. La perspectiva de una nueva obra de teatro y de todos los disfraces que íbamos a necesitar me hacía sentirme feliz e inquieta. Iba a supervisar la producción al completo desde cero, y quería empezar con todo a la vez. Hugo me había dado una lista de los personajes: el marqués, el general, la joven damisela, y demás. La damisela, Liddy, sería lo más fácil.

—Algo en color pastel, claro —me estaba diciendo Liddy—. Juvenil. ¿A lo mejor con un sombrero grande? ¿Tiene lugar en verano?

—No queramos esconderte la cara. ¡Celia, cuidado por donde vas! —Celia acababa de tropezar con una raíz en el camino de tierra. Alargué la mano para que me diera el libro. Era un fino volumen de cuero con el título grabado en letras de oro. —*Canciones a lo largo del río* —leí en voz alta. Liddy giró la cara apartándola de mí, pero no sin que antes me diera la impresión de que se estaba ruborizando. Entonces dijo rápidamente:

—¿Qué tiene ese chico?

Debajo de un gran sicomoro, en una esquina de la plaza del pueblo, había un niñito negro de unos seis o siete años.

—¡Un feliz en una caja! —exclamó el niño al vernos. Anidada en su regazo había una caja de cartón manchada de barro—. ¡Vengan a ver un feliz en una caja! ¡Solo un centavo por mirar!

Cuando llegamos hasta donde él estaba sonrió, enseñando un hueco donde habían estado los dos dientes delanteros; ahora dos pétreas puntitas blancas se empezaban a mostrar. Estaba descalzo y llevaba una camisa que le quedaba larga, con los puños remangados. Tenía los ojos brillantes y amistosos.

—A mí me gustaría ver el aspecto que tiene un feliz —dijo Liddy, abriendo el bolso y sacando un centavo para el niño.

Él se cuidó de mantener una mano sobre la tapa de la caja.

—Se tiene que agachar sobre ella, señora —le ordenó.

Las tres nos arrodillamos en la hierba. Entonces el niño levantó la tapa un par de pulgadas y vi que dentro había un sapo muy pequeño de color arena, con un par de briznas curvadas de hierba en el centro junto a una pequeña piedra gris.

—¿Esto es la felicidad? —preguntó Liddy. Celia metió un dedo, intentando hacer que el sapo se diera la vuelta.

—Un feliz —corrigió el niño—. ¿Ha notado el color tan raro que tiene? Y mire aquí a estos lunarcitos rojos que le bajan por el lomo: es lo que hace que dé suerte.

Un hombre mayor se acercó de repente hasta nosotras según estábamos allí arrodilladas. Era bajito y llevaba buenas ropas y tenía un bigote con las puntas largas y enceradas. Colocado bajo el brazo llevaba un periódico enrollado, y se daba aires de saber lo que es bueno mejor que cualquier otra persona.

—Un feliz en una caja, señor —dijo el niño, vacilante—. Un centavo por mirar.

El hombre se inclinó y levantó la tapa sin pagar. Escudriñó el interior.

—¿Qué es esto? ¿Una rana? ¿Le has pedido a estas señoritas que paguen para mirar a una rana? ¡Pero bueno! ¡Si podrían ver veinte o más con solo acercarse al arroyo! ¡Devuélveles el dinero inmediatamente!

Tenía acento sureño aunque estábamos en el norte, en Indiana. El niño abrió la palma de la mano y el hombre le quitó el centavo. Pero no se la devolvió inmediatamente a Liddy.

—Lo siento, señoritas. A este niño habría que azotarle. Lo haría yo mismo si llevara látigo encima. —Se sacó el periódico enrollado de debajo del brazo como si con eso se las fuera a arreglar llegado el caso—. ¡Imaginen! ¡Pedirle dinero a la gente por ver una rana!

Miré a Liddy, sin saber muy bien qué hacer. Una especie de obstinación le cruzó la cara. Se puso de pie, le quitó la moneda al hombre y se la devolvió al niño.

—Es una rana en una caja —dijo—. Podría ver veinte en un arroyo, pero nunca antes había visto una rana en una caja.

El hombre echó la barbilla hacia atrás, asombrado, y su cara se puso roja de ira. Celia y yo también nos pusimos de pie, apoyando a Liddy una por cada lado.

—Le van a estropear para el trabajo bueno y honrado —le dijo el hombre con un gran vozarrón.

Liddy hizo caso omiso y se dirigió al niño.

—¿Por qué le has llamado Feliz?— le preguntó.

El niño la observó cuidadosamente, como si no tuviera muy claro si debía hablar o no. Se puso de pie sosteniendo la caja pegada al pecho.

—Porque brinca de acá para allá y de feloz, feliz[3] —contestó.

---

[3] El niño ha hecho un juego de palabras ingenuo e intraducible: el sapo es *happy*, feliz, porque *he haps about*, que en su pronunciación sureña es *he hops about*, lo que significa que «brinca» (N. de la T.).

—Hala, venga, a correr —le dijo el hombre con rudeza, pinchándole con la punta del periódico enrollado—. Y no vuelvas por aquí con esos trucos, ¿me has oído?

El niño salió corriendo calle abajo, sujetando la caja con las dos manos delante de él como si fuera una bandeja. Una vez que estuvo lo bastante lejos de nosotros como para sentirse seguro, ralentizó el paso y empezó a avanzar dando brincos.

Pero el hombre de la cara colorada no había terminado con nosotras.

—Si se creen que le han hecho a ese chico un favor, están equivocadas. Bastante duro es ya conseguir que comprendan lo que es trabajar bien y honradamente. Esto es lo que pasa cuando se les da libertad. Malditos liberales. Malditos abolicionistas. Son ustedes, las mujeres —dijo.

—Ah, ¿acaso las mujeres redactaron la legislación de los estados libres? —preguntó Liddy. Se le había puesto la cara igual de roja que la del viejo.

—Bueno, no me sea listilla. Ablandan ustedes a los hombres, eso es lo que hacen. Los ablandan como el sol.

Como las puntas de su bigote, pensé, a las que el sol empezaba a dar un aspecto aceitoso.

Liddy se volvió y le dio la espalda de una forma exagerada, teatral. Cuando estuvimos fuera del alcance de su oído dijo:

—Imaginaos abusar así de un niño pequeño. Un niño pequeño e inofensivo.

Por un momento el viento sopló contra nosotras con fuerza, y Celia se agarró de la mano de Liddy. Liddy era más guardiana de Celia de lo que lo era su propia tía. Todas las noches, antes de la representación, las tres nos reuníamos en la sala verde a ponernos los disfraces y el maquillaje y a hablar del público que podríamos tener para esa función. Ella y Celia me habían invitado a compartir su compañía como si me hubieran estado esperando, y no podía evitar comparar su actitud con la manera de ser de Comfort, sus celos y sus comentarios mezquinos, su forma de mantenerme aparte, que entonces parecía no importarme; en aquel momento no creía que quisiera sentirme incluida. Pero ahora disfrutaba de esos minutos con Liddy y con Celia antes de cada espectáculo. Nunca había visto a Liddy ser mezquina, ni una sola vez, y podía entender por qué Pinky la observaba, esperando su oportunidad. No era solo porque fuese bonita. Tenía un gran corazón, y yo eso lo admiraba. No me sorprendió que Liddy se pusiera del lado del niño.

Pero también era joven. Para cuando llegamos a la tienda ya se había olvidado del hombre del bigote encerado. Algo la hizo reír —a lo mejor fue el viento, o tal vez la idea de su vestido nuevo— y balanceó adelante y atrás su mano con la de Celia.

—Veamos si tienen un poco de tela rosa —dijo—. Para una bonita damisela rosa.

Los aires de importancia que se daba Thaddeus no habían menguado, y esa tarde vino a mí con unas ideas sobre su vestuario que incluían «tantos brillos como puedas poner»; me sugirió una capa dorada. Cuando actuó frente a Comfort en Pittsburgh, Thaddeus llevaba un sombrero de chistera muy alto con una pluma roja, y se preguntaba si yo podría hacerle uno exactamente igual para *Guerra abierta*.

—Creía que la acción transcurría en España —comenté.

—En España o en Francia, pero eso no importa —dijo él. Yo no estaba de acuerdo. Sí que importaba. Si la obra transcurría en España, debía llevar ropa española.

—La idea principal es hacerme destacar —dijo—, como hacías para tu prima. Comfort siempre lucía mejor que… que cualquiera de nosotros. —Yo tuve la sensación de que estaba a punto de decir «mejor que yo». Me miró con curiosidad—. ¿Qué noticias tienes sobre ella?

—Ninguna —le dije—. Recuerda que ella se piensa que me he vuelto a casa.

—¿De veras? Ah, claro, así es —dijo, y me quedé asombrada de que hubiera podido olvidar tan rápidamente nuestra pequeña estratagema. Al igual que Comfort, o que la cigarra de Esopo, Thaddeus no vivía sino en el día a día. Pero, también al igual que Comfort, sus días de interpretar al encantador galán protagonista estaban contados, con ese pelo que ya le clareaba y la incipiente barriga. Decidí hacerle una capa lo más brillante posible.

Sin embargo, más o menos una semana después se dio la circunstancia de que me topé con un anuncio sobre Comfort que me dejó confusa y preocupada. No podía decir que hubiera estado todo ese tiempo buscando noticias, pero sí que es cierto que procuraba leer todas las convocatorias de conferencias que fueran a darse pegadas en las paredes de las oficinas de correos, una costumbre que comencé mientras esperaba al jefe de correos Mundy allá en Jacksonville. La nueva obra de Hugo estaba ya en la fase de ensayos a puerta cerrada, y yo tenía orden expresa de mantenerme lejos del auditorio; cosa que me venía estupendamente bien, dado que me pasaba cada día más tiempo buscando telas y elementos de decoración.

El anuncio lo habían pegado en Birchfield, Indiana, donde habíamos amarrado una mañana de mucho calor y humedad. El río estaba crecido y alto tras una semana de lluvias, y los árboles de pecán que flanqueaban el banco parecían un muro de hojas frescas y verdes. Al entrar caminando en el pueblo con Hugo pude oír el retumbar de truenos en la distancia. Él me tenía cogida del brazo, como solía hacer ahora. Muchas veces teníamos que escalar por senderos empinados para llegar a los caminos de tierra que conducían al centro, y yo agradecía su mano para equilibrarme, aunque supusiera que caminásemos un poco cerca el uno del otro. Ese día Hugo olía a madera recién cortada, y le pregunté si había estado reparando el barco.

—Solo fabricando unos decorados —dijo, y luego cambió abruptamente de tema como si fuera un secreto; con el tiempo descubriría que efectivamente lo era—. ¿Y entonces, May, cómo es que se te da tan bien coser? Tenías que ver a mi hermana sudando con una aguja.

Le hablé de mi madre, contándole que nunca necesitaba regla para que los dobladillos le quedaran rectos, y de mi padre, que era un maniático con las ruedas de queso. Venía de una familia de perfeccionistas.

—Hay que ser perfeccionista —dijo Hugo—, además de paciente, para hacer queso.

Empezábamos a conocer el pasado de cada cual y, para mi sorpresa, me gustaba que me hiciera preguntas sobre mí misma. Hasta entonces había creído ser una persona reservada, como mi madre. Ahora se me ocurre que tal vez fuera solo que anteriormente no había tenido muchas oportunidades de conocer a otras personas, a un vecino nuevo, o a un nuevo cliente; había vivido calladamente, sola con mi madre, y cuando ella murió, viví sola con Comfort. Y Comfort, tal y como ahora empezaba a darme cuenta, se esforzaba mucho en mantenerme alejada de todos los demás. Como a bordo del *Moselle*, se reía de mí y cambiaba de tema si yo llamaba demasiado la atención.

Hugo y yo hicimos primero una parada para pagar las tasas de amarre en la oficina de marina de Birchfield, que era un edificio independiente situado entre la oficina de correros y la guarnicionería. El techo era de hojalata, y hacía más calor dentro que fuera. Mientras Hugo pagaba las tasas me acerqué a mirar los anuncios clavados en la pared de enfrente, sobre todo por estar cerca de la ventana abierta.

—Es el barco teatro, ¿no? —El oficinista sonrió, sosteniendo una pluma para que Hugo estampase su firma—. La mujer y yo vamos a su espectáculo todos los años. ¿Siguen teniendo al perro?

En la calle el trueno volvió a rugir y vi que el viento había doblado muchos de los anuncios. Alisé unos cuantos: uno que anunciaba aceite de esperma y otro que ofrecía ropa de cama de lino marrón francés con descuentos. Al darle la vuelta al tercero vi, en grandes letras mayúsculas de imprenta:

COMFORT VERTUE
La Abolicionista

Aunque estaba preparada para verlo, e incluso había buscado activamente tal anuncio, sentí, no obstante, que me recorría un escalofrío de susto y calor, como si me hubiera topado con algo completamente inesperado. Su nombre escrito con letras tan grandes como un puro a medio fumar la hacía parecer una villana, y mi susto fue aumentando a medida que iba leyendo. No era ni siquiera un anuncio de su conferencia, como había creído en un principio, sino más bien una llamada a las armas.

COMFORT VERTUE
La Abolicionista

Esa invirtuosa actriz de Nueva York, COMFORT VERTUE, perorará mañana por la tarde en la Sala de Reuniones de los Cuáqueros en Viola, Indiana. La presente es una oportunidad justa para que los amigos de la Unión ¡desenmascaren a Vertue como la serpiente que es! Se ha reunido un bote de 50 dólares a cargo de un grupo de ciudadanos patriotas para recompensar al primer individuo que dé de lleno a la dulce dama por encima del cuello con fruta o verdura de su elección para que aprenda lo que les sucede a quienes invaden nuestra tierra e intentan convocar a nuestros hombres para una causa injusta. ¡Amigos, debemos estar vigilantes!

Al leer el anuncio otra vez sentí un pellizco agudo en el oído malo. Invirtuosa: ¿era esa una palabra de verdad? Y Comfort era tan actriz de Nueva York como de cualquier otro sitio, aunque me daba la sensación de que ese apodo le hubiera complacido. Pero el problema real era la fruta o verdura de su elección. Aunque no hiciera nada más, tenía que advertir a Comfort de lo que se estaba cociendo, si podía. ¿Cuántas casas de huéspedes habría en Viola,

Indiana? Tal vez hubiera también pensiones. ¿Le llegaría una carta a tiempo?

—Bueno, pues ya estamos. —Oí que decía Hugo, y el sonido de unas monedas tintineando sobre el mostrador detrás de mí. Rápidamente arranqué el anuncio de su chincheta, lo doblé, y me lo metí en el bolsillo.

—Llegaremos a Green River en un par de días —dijo Hugo cuando salíamos—. Es un lugar bonito, y siempre hacemos buena entrada. ¿Mañana qué es, dos de junio? Vaya, ¿ese día no es tu cumpleaños, May?

—Mi cumpleaños es el tres de junio —le dije.

—Ah, es verdad, es verdad —afirmó Hugo. Tenía un archivador en su oficina con todos nuestros nombres, direcciones de invierno, cumpleaños y familiar más cercano apuntados para caso de emergencia—. Pasado mañana, entonces. Domingo. Ah, pues me viene muy bien, claro que sí. Me viene muy bien.

Yo apenas le estaba escuchando, seguía pensando en Comfort.

—¿Mañana a dónde vamos? —le pregunté—. ¿A Viola?

—O bien a Viola o bien al otro lado del río, a Beswick —respondió—. Todavía no me he decidido.

Sus palabras tenían un ritmo, ese *staccato* inglés tan especial, como si cada cuatro sílabas sonara una bala o una abeja. En la distancia podía ver la bandera del *Teatro Flotante* revoloteando como un pañuelo. El viento ahora era más fuerte, y un forro de nubes oscuras había empezado a cubrir el río.

«Alpha, beta, gamma, delta».

—Siempre he querido visitar Viola —dije.

—¿Ah sí? ¿Y eso por qué?

Sabía tan poco acerca de Viola como acerca de cualquier otro pueblo de la ribera. Rebusqué en mi mente algo que pudiera hacerlo especial.

—Mi amiga nació en Viola —dije.

—¿En Viola? Pero si lo fundaron hace solo diez años, más o menos.

No dije nada. Estaba aprendiendo que la primera mentira no era la más peliaguda; era la que venía detrás.

Hugo sacó un pañuelo y se lo pasó por la frente. Luego se quitó el sombrero de paja, se limpió el nacimiento del pelo y la nuca, y después volvió a doblar el pañuelo formando un cuadrado húmedo y se lo metió en el bolsillo.

—Bueno, a mí me da lo mismo —dijo, volviendo a ponerse el sombrero. Me sonrió—. Vamos a Viola y punto.

10

A la mañana siguiente me desperté temprano, antes incluso de que saliera el sol, antes incluso de que Leo y Hugo se levantaran para mover el barco hasta Viola. Me vestí y me abrí camino en la oscuridad hasta la sala verde, donde había dos planchas de caja caliente, guardadas como tortugas en su caparazón. Liddy y Celia siempre se planchaban los vestidos en el último momento, antes de empezar con el maquillaje, porque Liddy quería que su disfraz tuviera el mejor aspecto posible, y a Celia le gustaba el olor del almidón caliente.

Yo estaba contenta porque la entrada de la noche anterior había sido la mejor hasta la fecha: setenta y dos entradas vendidas, la mayoría de adulto. En la primera fila había una hilera de hermanos parecidos, cinco en total, riéndose con ganas ante cada chiste, emitiendo un renovado aroma a cebollas con cada carcajada. Todos tenían caras redondas y coloradas, con narices anchas, y el hermano mediano se golpeaba la rodilla con la palma de la mano al final de cada número. Era un tipo jovial con una risa profunda que parecía estar disfrutando de cada una de las cosas que le ponían delante. Después, cuando los actores habían saludado y todo el mundo abarrotaba los pasillos para marcharse, se acercó al piano para hablar conmigo.

—No he oído a nadie tocar mejor fuera de Akron —me dijo—. ¿Tomaste clases?

—Sí, así es.

Sostenía su sombrero delante del pecho. El pelo le clareaba, pero estaba bien peinado, y los dientes del peine habían formado surcos rectos sobre su cuero cabelludo.

—Bueno, pues se notan. Muy correcto, sí señor —volvió a decir—. Me llamo Joe Alton. Mis hermanos y yo somos los dueños de un tercio de los barcos que hay por aquí. Los Hermanos Alton, ¡un nombre cada vez más conocido! Exportamos cáscaras de mejillón a Nueva Orleans, donde las convierten en botones. ¡Ten! —Se sacó del bolsillo un pálido envoltorio de papel, tan pequeño como la mano de un niño y me lo dio—. Unas muestras. ¡De botones, no de cáscaras de mejillón! —Tenía una risa fácil, y las mejillas y el cráneo se le ponían del mismo color rojo—. ¿Mañana estarás por aquí? ¿Te apetece que demos un paseo juntos por el río?

Le dije que al día siguiente no íbamos a estar allí, pero él sonrió de todas maneras.

—Pues entonces el año que viene. No te olvides: ¡Joe Alton! Barcos y Botones Hermanos Alton —me dijo.

Abajo, en la sala verde, preparé el fuego y puse la plancha encima de la estufa para calentarla. Luego, subiendo la luz de la lámpara de gas, miré los paquetes de botones que me había dado Joe Alton, que eran de color blanco perla y perfectamente suaves y lisos. Mi plan era coserlos a mi mejor vestido, uno de seda azul marino con lunarcitos blancos, uno de los trajes que me había dado la señora Nedel. Los botones eran del mismo tono de blanco que los lunares, y pensé que se veían muy a la moda, casi como perlas diminutas, solo que más planos.

Desde la ventana veía el cielo oscuro con lazadas de estrellas colgando como intricados encajes cosidos por alguien sin sentido del diseño. A lo largo del río había dos o tres barcos mejilloneros amarrados junto al nuestro. No eran mayores que barcas de remos y tenían sogas cubriéndolos de lado a lado como cuerdas de tender atadas a postes. De esas cuerdas de tender colgaban serpientes de cuerda, a las que los hombres engarzaban los mejillones que sacaban del río para que se secaran. Producían un agradable soniquete cuando el viento los agitaba, que yo escuchaba mientras cosía los botones. Cuando terminé, comprobé que la plancha estaba bien caliente. Saqué una placa de hierro de la estufa y la coloqué dentro de la plancha, luego mojé el vestido con almidón y empecé a plancharlo.

A la luz de la luna pude ver a un par de mejilloneros que salían a tirarse al agua, así que me imaginé que la marea estaba alta. La plancha se quedó fría y cambié la placa de hierro por la caliente que seguía en la estufa, poniendo en su lugar la fría. Unos minutos más tarde oí a Hugo llamando en voz baja a Leo, que dormía, como era habitual, en el colchón colocado en el escenario.

—Ya es la hora, amigo —dijo Hugo.

Cuando mi vestido estuvo planchado, lo colgué con cuidado en el respaldo de la silla mientras me desabotonaba la ropa que llevaba puesta. Podía oír a Hugo afuera, en el pasillo, dando instrucciones, y luego el barco empezó a moverse hacia atrás, alejándose de la orilla. Me quité el viejo vestido y me metí el recién planchado por la cabeza y empecé a abotonar los botones de nácar blanco de abajo arriba desde donde empezaba la fila, en la cintura. Los botones nuevos eran suaves como la seda y más pequeños que cualquier botón que yo hubiera tenido nunca, una delicia al tacto. Me acerqué a la tabla de lavar y palpé el cuello que había tendido allí: el mejor de mis cuellos de encaje, que había lavado la noche anterior antes de irme a la cama. Estaba seco, así que me lo abotoné al vestido mientras me miraba al espejo largo pegado al dorso de la puerta.

En el espejo vi que tenía la cara pálida y una expresión de cierta incomodidad. Sonreí, como intentando consolar a mi reflejo.

—¡Viene río con curvas! —Oí que gritaba Hugo. Eso significaba que venían muchos bancos de arena, por los que habría que navegar en zigzag. Saqué una silla y la puse delante de la ventana y me senté a esperar, colocándome el chal sobre el regazo y una manta sobre los hombros. El barco se hundía de un lado y se balanceaba para evitar los bancos de arena, y por la ventana vislumbraba de vez en cuando la orilla sur, luego la orilla norte, y luego otra vez la sur, en la que los árboles crecían desde el fondo mismo del agua.

Me debí de quedar dormida. Cuando me desperté era totalmente de día y pude sentir el barco saltar unas cuantas veces contra la corriente mientras Leo lo amarraba. Habíamos atracado en Viola. Liddy, en bata, estaba de pie junto a la silla, mirándome desde su altura. Llevaba la larga melena en una sola trenza despeinada.

—¡May! ¿Has dormido aquí toda la noche? —me preguntó.

—¡Oh! —respondí, confusa. Y luego—: No.

—¿Qué haces?

Busqué el chal, que se me había resbalado del regazo. Liddy lo recogió del suelo y me lo entregó.

—He quedado con alguien —le dije—. En Viola. Quería irme al pueblo en cuanto atracásemos. Supongo que me he quedado dormida.

—¿Un hombre? —me preguntó—. No, no pasa nada —prosiguió cuando yo vacilé—. No hace falta que me lo cuentes.

No sé qué me impidió decirle que se trataba de mi prima. Quería que Comfort supiera que yo tenía una nueva vida, pero si subía a bordo del *Teatro Flotante*, o si alguien como Liddy venía conmigo a verla, me daba un poco de miedo encogerme y volver a mi ser anterior, ese que no era capaz de hablar con tenderos ni de repartir entradas. Ese ser que vivía a la sombra de Comfort, como dijo la señora Howard. Me puse de pie y sacudí la manta en la que me había envuelto, y luego volví a colgarla sobre la butaca, diciendo que volvería pronto.

—Ven aquí un momento primero, ¿quieres? —me dijo Liddy.

Me colocó delante del espejo y se puso de pie junto a mí. Su rostro suave parecía seguir dormido, y me hizo acordarme de la cara suave de mi madre, de sus brazos suaves, cada vez más suaves a medida que se iba haciendo mayor. Liddy cogió el tarro de crema de labios de la estantería, encontró un cepillito y pintó algo de color sobre mi boca, muy levemente; no tanto como solía ponerse en sus propios labios para una representación, pero sí un poquito.

—Da un beso.

Froté los labios uno contra el otro y los separé con un chasquido como si descorchara una botella.

—Sí, así estás mejor. Estás guapa —me dijo—. ¿Qué tal un poco de colorete? ¿Solo una pasada? —Asentí. Sacó la esponjita de polvos y me dio un par de toques en la nariz y en las mejillas y en el cuello—. Ahí está. —Se retiró unos pasos de tal modo que ahora mi cara dominaba el espejo—. Eres muy guapa, May —me dijo. Nadie me lo había dicho nunca, y no estaba segura de si Liddy estaría siendo amable sin más. Se fue hasta el sillón y cogió su bolso amarillo, que yo no me había percatado de que probablemente fuera la razón por la que había bajado hasta allí en primer lugar. Los secretos le parecían muy bien; ella también tenía secretos. Sostuvo el bolso contra el vientre.

—Cuando entres en una habitación —me dijo Liddy—, saca el pecho y mete la barbilla. Eso te dará confianza.

El pueblo de Viola estaba muy cerca del río, dando la impresión de no haberle dedicado ni un pensamiento a las crecidas que tenía en primavera. En los establos públicos raspé el tacón embarrado de mi bota contra un adoquín y pregunté por el hostal: me dijeron que había dos. Uno estaba en frente, con un cartel que yo debería haber visto, y el otro estaba un poquito más arriba, cerca de donde los comerciantes tenían sus casas.

En el hostal más cercano no se había registrado ninguna señora Howard. El segundo hostal, llamado El Cuervo Blanco, estaba en una hilera de edificios diseñados para parecer pequeñas mansiones, pero en realidad casi todos albergaban tiendas especializadas. Me resultaba evidente que un lugar así podía atraer a la señora Howard, porque satisfacía la necesidad de ofrecer un aspecto exterior adinerado sin ser demasiado caro, o eso me pareció, porque el hostal, que era pequeño, no tenía establo propio. De la parte trasera venía el cacarear de pollos.

Dentro había un hombre sesteando en una butaca pegada a la escalera. Mi único temor era toparme con la señora Howard, a quien yo no quería ver. Pero tendría que dejar eso al azar. Cuando cerré la puerta tras de mí, el hombre de la butaca se despertó sobresaltado y me miró fijamente como si llevara esperándome todo el tiempo. Vestía una chaqueta de terciopelo azul con botones de latón, bermudas azules y zapatos de vestir con lazos; un atuendo de «lacayo desplazado», como una vez escuché a un actor describir a otro.

—Sí, sí —me dijo el hombre, poniéndose de pie—. ¿Qué se le ofrece?

—Estoy buscando al hostelero —le dije, aunque estaba bastante segura de haberlo encontrado.

El hombre agachó la cabeza con sumisión; otro gesto que me imaginaba que iba a ser del agrado de la señora Howard.

—William Whitlock —se presentó. Sonrió y pestañeó, era un hombre muy dado al pestañeo, y luego se acercó a un mostrador patilargo, cogió una pluma y pasó una página del libro de visitas del hostal—. En mi primer hostal, que luego se incendiaría, solía dormir junto a la escalera, ¿comprende?, por si acaso a alguien se le pasaba por la cabeza escaquearse en la noche. Aquel era un pueblo más salvaje que este, la clientela no era tan fina —fue casi una bendición que se quemara—, y luego el hermano de mi mujer me ofreció un buen alquiler por este lugar. Pero me acostumbré, ¿comprende?, y ahora si no estoy sentado en una butaca no puedo dormir en absoluto. ¿Su nombre?

—No busco una habitación. Busco a la señora Howard de Cincinnati —le expliqué—. Y su acompañante, Comfort Vertue. Yo soy prima de la señorita Vertue.

Levantó la barbilla para mirarme, evaluando la calidad de mi bolso y de mi chal, y luego confirmó que sí, que se hospedaban ahí, que si yo quería que él llamara por mí a su puerta.

«Alpha, beta, gamma».

—Gracias, pero tengo que hacer unos recados primero. Las veré a mi vuelta. Por favor, no las moleste. Me gustaría que mi visita fuera una sorpresa.

Se lamió los labios ya húmedos, no del todo dispuesto a dejarme marchar.

—¿Es usted su prima? ¡Estará orgullosa! Es una magnífica oradora la señorita Vertue, vaya que sí. Ayer nos dio una muestra a mi señora y a mí en el comedor. Viene de Nueva York; supongo que eso ya lo sabe, ¡ja! Allí se formó, según me ha contado. —Bajó la voz—. Claro que, como hombre de negocios, no puedo significarme por un lado o por otro. Hay cantidad de hombres de Kentucky que cruzan en ferri y paran aquí tras concluir sus asuntos. —Pestañeó y pestañeó—. Pero entre usted y yo y las baldosas, yo estoy con usted.

A mí me parecía un hombre que se hubiera puesto del lado que le ofrecieran en ese momento. Tenía los ojos muy pequeños y muy cerca de las orejas y era consciente por demás del arte de congraciarse con su interlocutor. Según me daba la vuelta para marcharme, dijo:

—Oh, vaya, ¿no me ha dicho usted de donde viene? ¿Es de Nueva York? ¿Como la señorita Vertue? ¿Su prima, me dijo?

Ni me molesté en tirar de griego.

—En realidad las dos somos de Oxbow, Ohio —le informé.

Encontré un lugar al otro lado de la calle desde donde observar la puerta del hostal, un pequeño jardín lateral, en ese momento en desuso, pegado a una herrería. Extendí mi chal sobre el tronco de un árbol muy irregularmente talado y esperé a la sombra del edificio. Entraban y salían mujeres de la tienda de arenques que había justo al lado del hostal, y esperaba que la señora Howard hubiera encontrado habitaciones en el lado opuesto del edificio. Comfort era muy sensible a los olores. Su conferencia iba a ser esa noche a las ocho y me preguntaba si nos haría perder clientela. Me descubrí pensando en cómo me preguntaría, al verme, cómo era que estaba aquí y no en Oxbow. Me apetecía contarle que había encontrado trabajo y que me estaba abriendo mi propio camino. «¿Haciendo qué?», me preguntaría ella. Me debatía entre fanfarronear sobre el hecho de que seguía en el mundo del teatro o si debería tratar el tema con sensibilidad, dado que ella ya no era una actriz en activo, aunque no sabía si lo echaba de menos. Pero en cualquiera de los dos casos podía imaginarme perfectamente su sorpresa inicial, que culminaría en un aumento de su aprecio. «Vaya, estoy impresionada», podría decir, incluso. Nunca antes la había impresionado fuera de alguna cosa que hiciera exclusivamente para ella: coserle un vestido nuevo, o encontrarle un mejor asiento en el coche de línea. «Estoy impresionada».

Pero, sin embargo, no pasó nada de eso. Llevaba alrededor de tres cuartos de hora esperando cuando vi a la señora Howard salir del hostal luciendo un traje color yema de huevo, con bolso de seda a juego colgando de la muñeca. Se detuvo un momento, mirando calle arriba. Y entonces, para mi sorpresa, vi a su sirviente, Donaldson, cruzar la calle para reunirse con ella. ¿De dónde había salido? Al igual que yo, la había estado esperando. Me pregunté si me habría visto, y si le comunicaría de alguna manera mi presencia a la señora Howard. Nunca había visto que llevara pizarrín, aunque supongo que fácilmente podría llevar un bote de tinta y una pluma en el bolsillo. Pero era tan distante que casi me hubiera creído que usaba un método de comunicación más antiguo, enviando y recibiendo mensajes por el aire como un espiritista.

Donaldson liberó a la señora Howard de su bolso y la siguió calle abajo, con un paraguas bien cerrado colgando del antebrazo como el bastón de un caballero.

—¡Oh, pero si acaba de escapársele la señora Howard! —dijo William Whitlock pestañeando cuando volví a entrar en el hostal. Esta vez estaba sentado detrás del escritorio. Sacó su rosada lengüecita un poco para lamerse los labios mojados, como una rana o un niño pequeño. Le dije que no pasaba nada.

—Y antes, perdóneme, pero se me olvidó preguntarle su nombre, ¿si me hace el favor?

Estaba empezando a pensar que había muy pocas posibilidades de que mi visita no recibiera comentario por su parte cuando regresara la señora Howard, pero ese era el riesgo que había corrido. Y además, ¿importaba acaso? Whitlock me condujo por las escaleras crujientes, pasando por cuadros de caballos medio encabritados y hombres con chaquetas rojas, colgados allí tal vez en honor de esos hombres de Kentucky a los que había mencionado, y por el pasillo del segundo piso, iluminado solo por una lámpara achaparrada sobre una mesa achaparrada entre dos puertas achaparradas. Whitlock se paró ante una de ellas y, agachándose de tal manera que sus húmedos labios casi tocaron la cerradura, gritó por el agujerito:

—¡Tiene usted una visita, señorita Vertue! Una tal señora de Jasper Sinclair. —Porque ese era el nombre que había dado, el antiguo nombre de casada de Comfort. Eso captaría su atención, pensé.

Se oyó un frufrú y luego la voz bien educada de Comfort dijo en tono cantarín:

—Una señora ¿qué?

—¡Señora de Jas-per Sin-clair! —gritó Whitlock por el ojo de la cerradura. Pasado un momento Comfort abrió la puerta vestida con una bata de seda color mandarina y una expresión de incredulidad. Cuando vio que era yo, elevó las cejas con dramatismo.

—¡May! —dijo.

Por un momento no pudo hacer otra cosa que mirarme. Tenía el pelo suelto y la cara muy rosada; probablemente la hubiera interrumpido justo en medio de las sentadillas que le gustaba hacer todas las mañanas para mantenerse ágil. Un antiquísimo sentimiento de felicidad se infló dentro de mí, un sentimiento de la infancia, casi tan viejo como yo misma. «¿Vamos hoy a visitar a la prima Comfort?», me preguntaba mi madre, y luego echábamos a andar la milla y media que nos separaba del pueblo. Recuerdo la sensación de anticipación emocionada con tanta agudeza como recuerdo el vestidito azul que me gustaba ponerme, con el bolsillo en forma de bellota.

—¡Buenos días, señorita Vertue! —dijo Whitlock, dando un paso atrás, claramente un poco intimidado por ella, y vi que lo tenía comiendo de su mano, como a tantos otros. Recordando las instrucciones de Liddy, saqué pecho y metí barbilla al entrar en la habitación. Era más agradable de lo que había imaginado, con el suelo cubierto de una moqueta decente en rojo y verde, una butaca de felpa cerca de una ventana y una mesita negra redonda con el desayuno servido, con una barra de pan y un cuenco de cerezas del color de cardenales oscuros y recientes.

La cara de Comfort seguía luciendo la misma expresión de sorpresa profunda, y un extremo del cinturón de su bata se balanceaba suelto como una serpiente desde su cadera. No llevaba zapatillas. Le dio los buenos días muy cordialmente a Whitlock y luego le cerró la puerta prácticamente en las narices.

—¡May! —dijo otra vez, girándose hacia mí—. ¡May!

Mi pecho se deshinchó cuando me agarró para abrazarme. Su pelo, recién lavado, olía a limones y a heno. La puerta del dormitorio estaba abierta y vi que había dos camas deshechas arrimadas la una a la otra, con los collares de la señora Howard colgando de uno de los barrotes. Cuando Comfort y yo compartíamos habitación, yo siempre dormía en el sofá o en una butaca en el cuarto de estar, mientras que ella se quedaba con el dormitorio.

Dio un paso atrás para mirarme.

—No me digas que te has metido en un lío.

—No, no, nada de eso —le aseguré.

—¿Cómo has llegado hasta aquí? ¿En un vapor?

—Sí, más o menos. Bueno, en un barco de vapor no. En una barcaza. —Su cuello al aire y sus pies descalzos me estaban inquietando—. ¡Vas a coger frío! —le dije, pero ella no me hizo caso.

—¿Una barcaza? ¿Por qué?

—Una gabarra. Un barco de río. He... —Ahora me estaba liando un poco e intenté dar marcha atrás—. Conseguí un trabajo —dije—. En un barco.

Para mi sorpresa, Comfort se echó a reír.

—¿Qué pasa, que ahora eres estibadora?

—Claro que no. Como costurera. Diseñadora de vestuario. Bueno, eso y otras cosas. —Sentí esa vieja compulsión tan familiar de contar la verdad estricta—. Vender entradas y pegar carteles del espectáculo...

—¿Qué?

—Es un barco teatro —le dije.

Ante esto ladeó la cabeza.

—¿Un *barco* teatro?

—Estamos amarrados en el pueblo. Vi un anuncio de que ibas a hablar.

—¿Estáis amarrados en *este* pueblecito? ¿Al mismo tiempo que yo? —Me miró nuevamente de arriba abajo y una sonrisa descreída invadió sus facciones—. ¡Menuda coincidencia!

—Ah, en cuanto a eso, bueno... —Estaba pensando en cómo había coaccionado a Hugo para que atracásemos aquí, pero ella debió de pensarse que estaba intentando inventarme una explicación plausible, porque ladeó la cabeza y me ofreció una sonrisa cómplice e indulgente. Vi que no me creía.

—Oh, May, May. Has hecho *todo este camino* para oírme hablar. ¡Imagínate!

—No he venido desde Oxbow —insistí. —Ya te lo he dicho. Tengo un empleo en un barco teatro del río. Hago los disfraces. Vamos a hacer una obra en tres actos...

—¡Bueno, pues ahora ya sí que sé que me estás tomando el pelo! En esas barquichuelas del río solo hacen números cortos, ya sabes, cancioncillas y bailes, ¡nada de obras en tres actos! —Ahora me estaba dando lecciones. Ella lo sabía todo sobre los barco teatros, según se desprendía de su tono, mientras que yo no. ¿En serio le resultaba más verosímil que yo hubiera venido desde Oxbow a oírla hablar a ella que el hecho de que alguien hubiera querido contratarme para coser?

—Es verdad —dije obstinadamente.

—Ay, May, me da igual, ¡me alegro de verte, eso es todo! Y qué gracia que hayas venido ahora, ¡justo cuando me hace falta tu ayuda tan especialmente! La señora Howard no sabe coser en absoluto —me dijo en voz más baja, conspirativa—. Estamos parando constantemente en tiendas de costureras. Y justo anoche el precioso vestido que tengo de seda gris se rasgó cuando me lo estaba quitando. Es debajo del brazo y no se ve, pero si pudieras…

Mi momento de feliz reunión había desaparecido. Miré alrededor de la habitación intentando volver a hacer pie, pero todo me resultaba demasiado poco familiar.

—No he venido a coser. He venido por esto —le dije, enseñándole el anuncio que había encontrado en Birchfield.

—¿Qué es esto? —Miró la circular. Al leerla una sonrisa se asomó a sus labios—. Oh, cielos —dijo. Sacudió la cabeza casi riendo, levantó la vista para mirarme y luego la bajó otra vez para volverlo a leer. Después de eso, sí que se echó a reír.

A mí su reacción me dejó perpleja.

—¡Comfort, esto no es ninguna broma! ¡Esos hombres quieren hacerte daño!

—Sí, sí. Lo sé. Estoy jugando a un juego peligroso. Oh, cielos. May, deberías verlo: de verdad que son todo un espectáculo a veces, estos discursos. ¡Cómo gritan algunos de estos hombres! Y cuanto más serena estoy yo, más lo odian. Flora dice que nunca ha visto a nadie tan serena como yo. Después compartimos unas risas sobre todo ello.

—¿Te gusta cuando te gritan y te tiran cosas?

—Nunca me hacen verdadero daño; tiran a dar a la ropa. Pero May, ¡estos hombres! Si pudieras verlos… Pero ya conoces el tipo de hombres que son. Te bombardean completamente con comentarios despectivos, y luego se muestran escandalizados e insultados si les devuelves la bola. Como si ellos tuvieran todo el derecho del mundo a disparar, pero el único derecho que tuvieras tú fuera el de agacharte o el de sangrar. Dicen que estoy asaltando sus principios. Ni una sola vez se les ocurre que yo pueda tener principios también. Para ellos no soy más que una actriz de Nueva York.

—¿Y tienes principios? —le pregunté.

—¡Por supuesto! No sabes la de educación que he recibido de Flora. No tenía ni idea de lo mal que están las cosas aquí abajo. Dicen que los esclavos son felices, ¡pero no lo son! Dicen que al menos tienen trabajo, que comen con regularidad, que tienen una casa. Pero ¿sabes que un esclavo no puede hacer nada contra la desmembración de su familia? Ni siquiera puede elegir quedarse con su esposa si quiere, y pueden vender a sus bebés y separarle de ellos en cualquier momento.

—Eso es terrible —dije, y lo decía en serio. Pero sabía que Comfort seguía pensando en los hombres blancos de sus conferencias.

—Claro que solo vienen a batirse. Se ponen de pie todos juntos en la última fila, con las manos a la espalda. ¡Como si yo no supiera que llevan fruta machacada! Y, ay, mis vestidos. —Volvió a reír—. May, qué suerte tienes de no ver cómo acaban. Te haría muy desgraciada.

Batiéndose con los hombres; me imagino que era un poco como tontear. A Comfort siempre le gustó tontear. Y sin duda la había visto erizarse más de una vez cuando pensaba que alguien se sentía superior a ella. Pero esta reacción suya no me estaba gustando. Pensaba que prestaría atención al anuncio y que me agradecería el haberlo puesto en su conocimiento. Pero lo que hizo fue doblarlo sonriendo y metérselo en el bolsillo de la bata.

—Más tarde lo pegaré en mi cuaderno de recortes —me dijo.

Me miró como esperando la siguiente cosa que yo tuviera que decir, solo que no había una siguiente cosa que decir: el anuncio era todo lo que traía.

—Bueno, entonces —dijo con otra sonrisa—. ¿Qué te parece el calor que hace?

Mi ánimo se hundió aún más. Me estaba hablando como si yo no fuera más que una conocida cualquiera, un encuentro azaroso en la calle, a lo mejor una actriz con la que hubiera trabajado y con la que ahora se alegraba moderadamente de ponerse al día, empezando por sus propias noticias. Me contó que se habían marchado de Cincinnati hacía casi tres semanas; Flora escribía los discursos de Comfort y reservaba los salones de conferencias, y Donaldson las conducía de pueblo en pueblo; «por el circuito», decía Comfort. Mientras hablaba se acercó a la ventana y levantó el estor barato: la niebla de la mañana se estaba disipando y la calle bullía de carros. Estaba haciendo un trabajo importante, educando a la gente sobre las verdaderas condiciones de la vida de los esclavos, me contó, mirando afuera. Luego me dijo una cosa que yo recordaría después.

—No te imaginas las vidas de servidumbre que viven estos hombres.

De nuevo ese tono ligero, como si estuviera pensando en otra cosa mientras lo decía, y me pregunté si no era simplemente una frase que hubiera memorizado. Se sentó en la mesita redonda y empezó a cortar una rebanada de pan. Me fijé en que su cara se veía mayor. Ya no estaba colocando las facciones de modo que pareciera más joven, ni empujando los dientes contra la boca para que sus labios resultaran más turgentes. Ahora tenía la cara más suave, la piel amelocotonada de las mejillas algo más pegada a la mandíbula. En comparación con su figura relajada –seguía sin cerrarse la bata como es debido–, me sentía como un pájaro nervioso que hubiera entrado volando en la habitación por error por una ventana abierta y ahora no pudiera salir. Había otra cosa que quería de Comfort, pero no sabía lo que era. Tal vez solo quisiera su reconocimiento de que me iba bien sin ella. Era independiente, tenía un empleo, estaba viajando exactamente igual que ella. Pero ella no se creía nada de eso. No se ajustaba a su idea de quién era yo, y esa idea estaba primero. Una furia caliente empezó a llenarme el pecho.

Comfort untó mermelada en el pan con la curva de una cuchara, la espolvoreó con azúcar y me lo dio. Flora se había marchado a comprobar los asientos que tenía la sala de conferencias, estaba diciendo. Cortó otra rebanada de pan y de nuevo la cubrió de mermelada y azúcar.

—Me alegro de que vayas a venir a oírme esta noche —me dijo, dando un hambriento mordisco—. Ven lo antes que puedas, para que te sientes delante.

No pensaba ir a oírla hablar –no podía, iba a estar tocando el piano en nuestro espectáculo–, pero no tenía sentido explicárselo. Un estallido de sol entró por la ventana, revelando las manchas de la moqueta, y me arrepentí de haber aceptado la rebanada de pan, porque ahora iba a tener que comérmela antes de poderme ir. Liddy me había dicho cómo entrar en una habitación, pero ¿alguna vez me habría explicado cómo abandonarla? Di un mordisquito, pero la mermelada me resultó tosca y desagradable en la boca. Azúcar sobre mermelada: así le gustaba a Comfort el pan, pero yo el mío lo tomaba solo con mantequilla. Una vez, hacía no tanto tiempo, hacía menos de un mes, calculé, Comfort sabía eso.

11

Después de la muerte de su segundo marido la madre de Comfort, mi tía Ann, probó suerte en la interpretación, pero no se le daba muy bien. Hizo dinero suficiente como para mantenerse a sí misma y a Comfort si vivían de manera frugal, pero nunca fue capaz de ahorrar nada. Sin embargo, la razón por la que finalmente se retiró no fue la mediocridad de su talento –del que aún podía hacer uso, me explicó Comfort, siempre que se mantuviera su atractivo físico–, sino más bien un escándalo ocurrido en una obra en la que trabajaba, cuando una actriz, que ni siquiera era la protagonista, se levantó la falda del vestido por encima de las rodillas al acercarse al borde del escenario a saludar.

En aquel momento estaban en Bristol, Inglaterra, y esta procaz muestra de pierna provocó el cierre de la obra a manos de la policía de Bristol, y una multa para el empresario teatral. En Francia se podían enseñar los tobillos en determinadas circunstancias, me explicó Comfort, e incluso tal vez una rodilla, pero solo a un público formado por hombres. En Inglaterra la cosa no era así. En América la multa habría sido aún mayor y a la actriz la habrían metido en la cárcel.

Me contó esta historia por primera vez cuando yo era una niña y estábamos jugando juntas en el río Tiffin. La segunda vez que me la contó fue la noche de su debut actoral, cuando temblaba de los nervios, aterrorizada de repente por la idea de no ser capaz, después de todo, de actuar sobre un escenario. Solo que esta vez, cuando me contó la historia, me dijo: «No fue otra persona. Fue mi madre. Mi madre fue la que se levantó la falda. Estaba un poco fuera de sí, me imagino. Oh, la verdad es que era una mala obra en cualquier caso, pero esa noche se olvidó algunas frases, y un hombre de la primera fila le arrojó un trozo de pan como si fuera una mona de feria. Eso fue lo que me contó después: que se sintió como el mono de un feriante».

A lo largo de todos los meses de formación de Comfort –los ejercicios de brazos, los entrenamientos de voz, aprender a inhalar por la nariz antes de una carcajada teatral, y demás–, ambas asumimos que tendría más éxito que su madre. «Yo tengo más coraje», fue la expresión que usó Comfort; mientras que yo creía que tenía menos pelos en la lengua, y no le gustaba que nadie más ocupara el centro del escenario, ambas buenas cualidades en una actriz. Pero ahora podía ver que tenía otra preocupación además de la mediocridad: una tendencia a la mezquindad, tal vez, igual que su madre. Comfort decía que su madre siempre supo que no era muy buena.

No obstante, ya era demasiado tarde la noche de su debut. Estábamos de pie en su camerino, que era tan pequeño como un armario, con solo unas pocas tiras de paño que hacían las veces de moqueta. Justo cuando estaba acabando de contarme lo de la tía Ann, agarrándome las manos (las suyas estaban heladas), oímos que llamaban a la puerta y un pequeño rufián que trabajaba de traspunte metió la cabeza.

—Pauline —dijo, que era el nombre del papel de Comfort—, se te llama.

—¿Se me llama para qué? —preguntó Comfort, que nunca antes había oído la expresión.

—¡Pues para el escenario, para qué va a ser!

El chico esperó al otro lado de la puerta a que saliera. Comfort seguía agarrándome de las manos.

—¿Qué pasa si hago algo horrible? —susurró—. No puedo volver a Oxbow y vivir con madre.

La tía Ann seguía viviendo en Oxbow y con los años se había vuelto más rara, con su dieta a base de huevos y su intensa suspicacia, casi odio, contra la jefa de correos del pueblo. Mi madre y yo habíamos vivido en la casa al lado de la suya durante los últimos años de la vida de mi madre, compartiendo un seto, que también se convirtió en motivo de irritación para la tía Ann (por estar demasiado salvaje, o demasiado podado).

—No harás nada horrible —le dije a Comfort—. Nunca has hecho nada ni remotamente parecido a eso.

Pero ahora, andando por el pueblo de Viola, pasando por el establo público y los corrales y llegando a una calle polvorienta que conducía fuera del pueblo (me sentía demasiado agitada como para ir directamente al barco), era yo quien se sentía tan furiosa como para levantarme la falda ante el público. Por primera vez desde que oí aquella historia —ya fuera la historia falsa que me contaron primero de niña, o la historia verdadera que escucharía más tarde— comprendía cómo se había sentido mi tía Ann: había hecho una cosa admirable (dominar sus parlamentos, avanzar por un escenario, mostrar en público su vulnerabilidad), pero, en lugar de recibir elogios, le habían arrojado comida. Comfort no me había arrojado comida, eso era cierto. Pero había sentido muy agudamente la picazón de su desinterés por mis logros, su descreimiento incluso, de que tuviera alguno. ¿Cuántas veces me había tomado el pelo por no ser capaz de mentir? Y sin embargo no se podía creer que hubiera conseguido un empleo sin ella, que pudiera ser tan independiente como ella. Incluso más, porque yo no tenía a ninguna señora Howard que me ayudase.

La carretera serpenteaba cuesta abajo hacia una pequeña hondonada y se estrechaba, haciéndose más polvorienta y llenándose de piedras. Justo cuando estaba pensando en darme la vuelta oí algo que parecía una canción, y cuando la carretera daba una curva vi cuatro o cinco siluetas en fila: hombres negros con unos sombreros de paja con las alas más anchas que había visto nunca, trabajando con sus azadas sobre un terreno escaso y pelado, plantado con alguna cosa. Negros libres. Estaban cantando un espiritual sobre Noé, aunque el hombre con la voz más profunda lo decía de tal modo que sonaba a Noré.

«*Noré* se hizo un arca
De madera de nogal
Los animales vinieron de dos en dos
El elefante y el canguró».

Cantaron el último verso y luego empezaron otra vez por el primero. ¿Y por qué no habrían de hacerlo? Se me ocurrió que yo había hecho exactamente lo mismo allí atrás, en el hostal con Comfort, había vuelto a la misma vieja canción de siempre. Mientras estaba allí parada escuchando, un hombre alto con un agujero en un lado del sombrero de paja dio unos pasos para aceptar un trago de agua de una niña que había aparecido con un cubo. Fue entonces cuando me percaté de una choza diminuta en el extremo opuesto del campo, y me pregunté si todos vivirían allí juntos y, en tal caso, cómo cabrían. «No puedes imaginarte las vidas de estos hombres», me había dicho Comfort. Pero ¿y ella? Siguiendo un impulso, me acerqué al sitio donde estaban de pie el hombre y la niña.

—¿Alguna vez fueron esclavos? —pregunté al hombre. Por las prisas de saber, se me olvidó decir hola primero.

Para mi sorpresa, el hombre me dirigió una mirada fugaz y asustada. Se limpió las sucias manos cuidadosamente con un pañuelo antes de sacarse un trozo de papel doblado del bolsillo. El papel estaba amarillento y parecía suave como un trozo de tela por estar todo el día metido entre su ropa.

—No, señora. Nuestro padre compró su libertad antes de que naciéramos nosotros. Puede comprobarlo aquí.

Me alargó el papel, pero yo sacudí la cabeza.

—Solo me lo preguntaba. Cómo sería. Pero me imagino que ustedes no lo saben. —Nos miramos fijamente por un momento antes de que él desviase la mirada, y por segunda vez esa mañana tuve la sensación de ansiar algo más. La chiquilla seguía de pie junto al hombre, con un cucharón de lata en una mano y el cubo en la otra. Tras un momento hizo un gesto con el cucharón y me dijo:

—¿Tiene usted sed, señora?

Asentí y ella pareció sorprendida, pero rápidamente llenó el cucharón y me lo pasó.

—Gracias —le dije, antes de tomar un sorbo. El agua estaba tibia y sabía a musgo. Le devolví el cucharón.

—¿Está usted con el barco teatro? —me preguntó.

Me estaba mirando ahora con la misma expresión que el hombre, desconfianza y curiosidad mezclada con la fatiga de llevar un buen rato de pie al sol. Supongo que no veían a muchos desconocidos, y simplemente ataron cabos.

—Sí. Nuestro espectáculo es esta noche justo después del atardecer. —Se me ocurrió una idea—. Puedo darles un par de entradas gratis si se lo cuentan a sus amigos. Estamos amarrados en el embarcadero. Pero supongo que ya nos han visto.

La niña miró al hombre. Él me miró a mí y luego dijo:

—¿Se nos permite la entrada?

—En la parte de atrás hay una tarima elevada. —Le di dos entradas. Al entregárselas al hombre, que las observó mientras estaban entre mis dedos un largo momento antes de aceptarlas, me pregunté por qué nunca dábamos entradas gratis a negros libres. Ellos también podían procurarnos clientela—. Las entradas de tarima solo cuestan diez centavos. Aceptamos también batatas, melocotones, lo que tengan. Somos una empresa familiar. El dueño la puso en marcha con su hermana. Díganles a sus amigos que vengan, ¿sí?

La niña cogió una de las entradas y la miró. Llevaba un vestido con un estampado de flores azules y blancas tan desteñido que no era capaz de distinguir el tipo de flores que se suponía que eran. Le quedaba muy corto, pero estaba limpio y planchado. ¿Serían hermanos? ¿Estarían casados? Estaba descalza, y sus pies tenían forma de barcas, estrechos y largos. Tenía los dedos también largos y afilados, y me ofreció de nuevo el cucharón, pero yo dije que no con la cabeza.

Esa noche las tarimas de atrás estaban llenas por primera vez, y me pregunté si Hugo lo comentaría. Distinguí a la chica, pero o bien el hombre no vino con ella o yo no le reconocí con su ropa de domingo. Cuando dieron las ocho, la hora a la que comenzaba la conferencia de Comfort, no pude evitar pensar en ella sobre el escenario, y en los hombres lanzando la fruta o verdura de su elección. Pero era hora de que empezara a tocar la música introductoria, así que intenté no pensar en ella ni en el estado de su vestido. Toqué una versión rápida de «El lobo ha salido», mientras, entre bambalinas, Hugo seguía el ritmo con la cabeza. Le gustaban las canciones rápidas.

—Qué buena entrada tuvimos hoy, ¿verdad? —me dijo después de la función, cuando me dio mi parte. No mencionó específicamente las tarimas abarrotadas, pero yo me sentí contenta de todas formas.

Al día siguiente era domingo. Los domingos no movíamos el barco y todo el mundo se quedaba en la cama hasta tarde y hacía más o menos lo que quería. A mí me gustaba sentarme a la orilla del río con Leo, cosiendo, pero a veces cosía en el comedor, si estaba lloviendo o si afuera había demasiados bichos. La señora Niffen, con su mejor vestido negro y un sombrero de paja cubierto de flores de seda siempre se marchaba al pueblo a buscar un servicio religioso con Celia y Liddy. El señor Niffen practicaba con su violín, lo que era su excusa para no ir a la iglesia con ellas, hasta que desaparecía la visión del pelo blanco de su mujer. En ese momento se tumbaba en algún punto sombreado del río y se colocaba el sombrero sobre la cara para echarse un sueñecito. Hugo, o bien se sentaba con Leo y conmigo, con su propia caña de pescar, o repasaba sus libros de cuentas en el despacho, donde se estaba más fresco.

Ese día, sin embargo, los actores no parecían tan relajados como solían estar los domingos, y aunque la señora Niffen se puso el vestido bueno negro, no llevó a Liddy y a Celia a misa. Tal vez fuera el calor, que era como un enorme peso invisible de ladrillos sobre la espalda y los hombros. El aire estaba quieto y sin nubes. Y el sol era una moneda brillante y afilada en el cielo. Era mi cumpleaños, y me preguntaba si Comfort se acordaría.

Parte de mi ira del día anterior se había disipado, aunque seguía sintiendo el rescoldo de una irritación que se encendía de nuevo si pensaba demasiado en Comfort. Me dije que no volvería al pueblo –Comfort probablemente ya se hubiese ido, en cualquier caso–, pero me descubrí sacando el bolso y contando las monedas que había dentro. Necesitaba más hilo azul, y tampoco me quedaba mucho hilo blanco. Pero luego me acordé de que, al ser domingo, todas las tiendas estarían cerradas. Guardé el bolso. Un ratito después pensé: «A lo mejor a Oliver le apetecería dar un paseíto». Estaba durmiendo bajo el toldo de la ventana de la taquilla, acurrucado en un mordisqueado rectangulito de sombra.

—Oliver —llamé. Oliver no se movió—. ¡Oliver, demos un paseo!

Hugo vino del otro lado del barco con la cara muy colorada por el calor y la camisa remangada.

—¿Dónde vas? —me preguntó al verme con el chal echado sobre un brazo. Pero antes de que pudiera contestar, me dijo:

—Tengo que escribir unas cartas, ¿te importa hacerme las cuentas de anoche? Y ya que te pones, si no te importa, repasa también los cálculos que he hecho de toda la semana. Pero ¿te importa llevarte el libro de contabilidad al camarote? Necesito el despacho.

Era algo que solía hacer Helena, llevar el libro de contabilidad, pero esta era la primera vez que me pedía a mí que lo hiciese. A lo mejor estaba empezando a confiar en mí. La señora Niffen estaba apoyada contra el guardarraíl como si estuviera esperando que llegara una brisa fluvial antes de irse a misa, y esperé a que dijera lo bien que se le daban los números y lo dispuesta que estaría a echar una mano. Pero solo se atusó la melena plateada y apretó los labios. Cuando me giré a mirar a Hugo, me dio por pensar que acababa de guiñar un ojo. Rápidamente empezó a frotarse ese ojo con el pañuelo.

—Estos insectos, no hay nada más molesto —dijo—. Te vuelan directamente a la cara, ¿eh?

Se estaba comportando de forma extraña, pero no tuve idea de que algo realmente no estuviera yendo como era debido hasta unas cuantas horas más tarde, cuando me tomé un descanso de los libros para ponerme un té. No había nadie en el comedor, y la habitación misma estaba desprovista del permanente olor a café y a pan caliente. Volví a la cocina; Chef no estaba en su hamaca y el horno estaba frío como un muerto. Entonces tuve un breve momento de inquietud, y por primera vez desde que estaba a bordo pensé en el *Moselle*. Pero cuando me acerqué a la ventana, vi que estaba todo bien: nuestro barco seguía amarrado al embarcadero y estábamos a la misma altura que la hilera de barcazas y gabarras amarradas junto a nosotros. Me reprendí a mí misma allí de pie mirando afuera. Era obvio que si estuviéramos escorándonos lo notaría. Me limpié las palmas de las manos húmedas en el vestido.

Justo entonces Hugo metió la cabeza por el hueco de la puerta del comedor.

—¡May! ¡Ahí estás! ¿Qué te parece dar un paseo?

—¿Un paseo? ¿No es casi la una? —Era la hora a la que solíamos almorzar los domingos. Miré el reloj de mi padre. Era casi la una y media.

—Hay un par de ciruelos subiendo por la ribera; quiero coger algo de fruta para Chef. Está preparando... —Sus palabras se fueron apagando, y me dejó ir a mí delante por el estrecho pasillo.

—¿Una tarta de ciruelas?

—¡Sí! —dijo Hugo.

Al pie de las escaleras me tomó del brazo y me condujo hacia la pasarela con algo más de fuerza de la que parecía necesaria. Tenía la sensación de ser un caballo que llevaran al mercado, y no me gustó. Intenté retirar mi brazo.

—¿Dónde está todo el mundo? ¿Dónde está Chef? El horno está frío.

—Oh, están durmiendo, durmiendo, ¡todos durmiendo! —dijo Hugo.

—Pero ¿qué está pasando aquí? —Del auditorio me llegó un revuelo de movimientos. Era como si estuvieran trasladando mi piano. Una de las ruedas del piano estaba suelta y yo no quería que nadie más que Leo o yo lo moviera.

—Oh, no es nada, espera —dijo Hugo mientras yo abría la puerta del auditorio.

Pero llegó demasiado tarde, yo ya estaba dentro, y cuando mis ojos se ajustaron a la luz me sorprendió ver a Liddy en escena luciendo el disfraz de damisela de la obra en tres actos, que yo acababa de terminar de coser solo la noche anterior. Estaba ayudando a Chef a mover mi piano. Nunca antes había visto a Chef sobre el escenario.

—¿Qué estáis haciendo? —pregunté.

Liddy se dio la vuelta justo al tiempo que Thaddeus, que también llevaba parte del vestuario que le acababa de hacer, salía al escenario. Miré a Hugo buscando una explicación. Él amusgó los ojos y luego decidió sonreír. Extendió los brazos.

—¡Feliz cumpleaños! —dijo.

—¿Qué?

—¡Feliz cumpleaños! ¿No es hoy tu cumpleaños?

Liddy se bajó del escenario.

—¡May! —dijo—. ¡Menuda sorpresa te tenemos preparada! ¡Siéntate, siéntate! No, aquí arriba en primera fila. Justo en el centro. Nos has pillado preparándonos, pero no pasa nada. Lo único es que has llegado un poco pronto.

—Un poco pronto ¿para qué?

—¡Tu obra de cumpleaños!

Les costó un minuto de explicaciones: iban a representar su nueva obra para mí, o al menos los dos primeros actos. Una obra de cumpleaños, para mí.

—Helena y yo siempre tuvimos obras de cumpleaños cuando éramos pequeños —me dijo Hugo—. Lo más divertido era intentar mantener al otro lejos de los ensayos. O intentar averiguar dónde eran los ensayos, si eras tú el que tenía el cumpleaños. —Sonreía con fuerza, muy satisfecho de sí mismo—. Practicábamos por las mañanas cuando tú te ibas al pueblo. Si no necesitaba a Liddy o a Celia, ellas te acompañaban para que estuvieras allí un buen rato.

Yo seguía confundida. ¿Una obra de cumpleaños? Todo el mundo me estaba sonriendo. Yo nunca le daba demasiada importancia a mi cumpleaños, y toda esa atención me estaba dando vergüenza, pero también un poco de alegría. Después de la muerte de mi madre la mayoría de mis regalos de cumpleaños habían venido de Comfort, cosas pequeñas que a ella ya no le hacían falta: un perfume o un chal –una vez un chal que yo misma le había cosido–, y normalmente con uno o dos días de retraso. Sentí que me atravesaba una sensación cálida, casi líquida, como si acabara de tomar un sorbo excesivo de vino.

Después de que Liddy me acomodara en mi asiento, Hugo se levantó para hacer una breve introducción a la obra –Thaddeus, en el papel de un joven marqués español enamorado de la hija de un general–, y luego se bajó del escenario con tan poca ostentación como un gato.

—Jemmy va a hacer de general por mí para que yo pueda tener una visión general y además hacerte algo de compañía —dijo, sentándose a mi lado. Podía sentir el calor de su hombro y un poco del resto de su persona: no era un olor, ni el tacto, pero, como todos los artistas escénicos, emitía una presencia que iba más allá de su ser físico. Me miró y volvió a sonreír. ¿Por el placer de la inminente obra? ¿O por la sorpresa misma? No lo sabía, pero me descubrí devolviéndole la sonrisa; una sonrisa de verdad, no solo un enseñarle los dientes.

Thaddeus salió a escena luciendo el jubón verde que le había terminado esa misma mañana, y me satisfizo ver que los lazos de terciopelo marrón parecían rayas en la tela, que había sido justamente mi intención. Se paseó arriba y abajo del escenario por un momento mirando a su alrededor, con su criado, el señor Niffen, a su lado. Luego empezó:

—Este es mi lugar natal, la ciudad que me vio nacer, y a pesar de mi cariño por la capital, mi querido Madrid, tengo por seguro que prefiero este sitio a cualquier otro punto del mundo.

Sebastian (señor Niffen):

—Sí, mi señor, vinisteis aquí a tomar posesión de la hacienda de un adinerado tío, recientemente fallecido. Pero si yo no estuviese enamorado, y si el objeto de mi pasión no estuviera viviendo en esta misma ciudad, yo no estaría feliz en ella.

—Dame la mano, Sebastian, por una vez eres mi igual.

—¿Cómo así, señor? Explíquese.

—Por estar enamorado, como yo lo estoy.

El señor Niffen, o más bien Sebastian, retiró la mano y dijo orgullosamente:

—Sí, señor, pero no todos somos iguales en el amor, por más que vos lo digáis. Siempre seréis mi superior; pues yo nunca podría amar a más de una mujer. Y, sin embargo, yo he visto a su señoría amar a dieciséis, y todas al mismo tiempo.

Aquí me reí.

Sebastian prosiguió.

—Y a todas tan bien, que era imposible saber a cuál de ellas amaba más.

Volví a reír.

Los dos actores se acercaron al borde del escenario y se pusieron a discutir, aunque uno fuera amo y el otro criado. Unas cuantas ventanas de babor estaban abiertas, y la cálida brisa traía olores familiares, a algas, barro, pescado y a corteza mojada, en lento proceso de putrefacción, de todos los troncos de árbol parcialmente sumergidos en el agua. Yo estaba sentada en primera fila, con el chal en el regazo y las manos sobre él, viendo cómo se desarrollaba la obra. Al principio los dedos me bailaban un poco, buscando algo que hacer, y, naturalmente, observaba críticamente todos los disfraces que salían a escena la primera vez que aparecían, pero después de un rato se me olvidaron. Me percaté de que la peluca de la señora Niffen estaba torcida, pero debió de arreglársela entre bambalinas porque eso también se me acabó olvidando.

Tal vez sí que fuera raro el no haber visto nunca una obra desde el lado del público. Cuando estás entre bambalinas como estoy siempre yo, puedes ver a los actores salirse del personaje en cuanto abandonan el escenario, y cómo se vuelven a poner la toga al regresar a escena. Ves las lazadas a la espalda de cada uno de sus disfraces, y los sitios en los que a la peluca se le ha caído un poco el pelo. Estás tan cerca que puedes ver cómo sale volando la saliva de su boca cuando dicen sus frases. Y nunca pierdes la sensación de que lo que están diciendo es falso. Yo, al menos, nunca la perdía. Siempre que esperaba a Comfort entre bastidores, sosteniéndole un vaso de agua y un pañuelo, porque se acalora mucho con las candilejas, podía sentir toda la urgencia de los actores sin tener nunca yo misma esa sensación. Tal vez fuera solo esa pequeña distancia, ese compartir el espacio con ellos entre bambalinas pero sin poner nunca un pie en el escenario con ellos, lo que mantenía mi descreimiento en su sitio. O tal vez estuviera tan ocupada anticipándome a lo siguiente que Comfort pudiera necesitar que no prestaba suficiente atención a la obra en sí.

No lo sé. Lo único que sé es que, sentada en la primera fila del auditorio, viendo cómo Thaddeus se transformaba en un hombre enamorado y al señor Niffen diciendo sus frases como si lo único que desease en este mundo fuera hablar y ser oído —un hecho que yo sabía que era del todo falso—, algo se modificó en mi cerebro y me entregué a ellos. Fue exactamente como Hugo me había dicho que sería. Quería saber lo que iba a suceder a continuación, y durante un breve tiempo dejé de pensar en cualquier otra cosa.

Jemmy sustituyó a Hugo en el papel de General y Pinky salió con un disfraz de anciana, como una criada llamada Cecilia, con un vestido largo que era un camisón de lo menos favorecedor (no era obra mía) y una anticuada cofia.

Marqués:

—Ese aire severo que os dais se compadece poco con vuestra hermosura dulce y cautivadora.

Cecilia (Pinky con voz aguda pero gruñona):

—¿Qué queréis decir? Soy vieja y fea y, más aún, gracias al cielo, tengo el peor genio de cualquier mujer sobre la faz de la tierra.

Hugo y yo nos reímos, y cuando me volví a mirarle, él me guiñó el ojo. ¿Por qué era tan gracioso ver a un hombre bien parecido disfrazado de mujer fea? Pero lo era. Hasta Leo participó, porque al final del segundo acto salió al escenario y, con la mirada baja y fija en sus botas, recitó con su maravillosa voz grave:

Y así os entregamos nuestro regalo en este día
En honor de May, nuestra excelente amiga
Nos gustaría disfrutar más tiempo de su presencia
Pero aún no nos sabemos el tercer acto de esta comedia.

Aplaudí hasta que me picaron las palmas de las manos. Al mismo tiempo una orgullosa calidez pareció cruzarse entre Hugo y yo. No tenía ni idea de que Liddy, y Thaddeus y el señor Niffen —los actores principales de la obra— fueran tan buenos. Hugo también estaba contento con ellos. Aplaudimos con muchas ganas y esta vez no aparté mi oído bueno del ruido. Pero me di cuenta de que los actores no nos estaban mirando a nosotros mientras saludaban; tenían la mirada puesta más allá de las tarimas, y las sonrisas que lucían eran profesionales. Se me pasó por la cabeza la idea de que eso era algo para lo que les habían entrenado: saludar hasta la ultimísima fila. Pero Hugo se giró para mirar y en un momento paró de aplaudir y se puso de pie. Y aunque yo paré de aplaudir cuando lo hizo él, el sonido del aplauso prosiguió, seguido al momento por la potente onda de la voz de una señora mayor, confiada, una mujer tan orgullosa de su propia voz como cualquier actriz de formación.

—¡Bravo! —exclamó la señora Howard.

Comfort estaba sentada a su lado, aplaudiendo también, y sonriendo. Las dos estaban sin sombrero y Comfort tenía el chal doblado en rectángulo a su lado. Parecían bastante cómodas allí puestas, con la espalda erguida, enseñoreadas en la más alta de las tarimas. ¿Cuándo habrían entrado? La señora Howard llevaba un oscuro vestido morado y no me habría sorprendido encontrar una capa de armiño a su lado, o un cinturón de eslabones de oro alrededor de sus vastas caderas; pero cuando se puso de pie, el vestido resultó ser solo un traje de diario entallado. Comfort se puso de pie a su lado. ¿Por qué habían venido? Hugo avanzó por el pasillo hacia ellas y yo le seguí. Por lo rígida que tenía la espalda se podía adivinar que estaba enfadado.

—¿Quiénes son ustedes? —comenzó en voz alta y brusca, la voz de un inglés rudo—. ¿Qué hacen en mi barco? ¡Hoy no hay función! ¡Esto es un ensayo a puerta cerrada! ¿Quién les ha dado permiso? —Y más cosas por el estilo.

La señora Howard bajó a encontrarse con él en el pasillo, con Comfort pegada detrás, y los cuatro nos paramos los unos frente a las otras. De la señora Howard emanaba un olor como a iglesia: misales polvorientos, madera demasiado engrasada, y sudor. Esperó pacientemente a que Hugo se desfondase, con los labios esbozando una sonrisa leve pero provocadora, que parecía de algún modo diseñada para trasladar su sensación de superioridad incluso mientras recibía una reprimenda. Dijera Hugo lo que dijera, la señora Howard sabía más que él, eso era lo que aquella sonrisa venía a decir. De vez en cuando Comfort dirigía una fugaz mirada a la señora Howard, como miraría una esposa muy joven a un marido cuya manera de ser aún está empezando a conocer, calibrando su reacción a esta diatriba.

Pero cuando Hugo paró, por fin, diciendo:

—¿Y bien? ¿Y qué tienen que decir entonces? ¿Por qué están aquí?

Fue Comfort la que habló primero.

—Caramba, pues he venido a ver a May, claro. Mi prima. ¡Qué obra tan encantadora! Usted debe de ser el director, el señor Cushing. Ha estado muy bien representada, sí señor, muy bien. Como tal vez May le haya contado, yo también fui actriz en su día —lo dijo como si su día hubiera sido muchos años atrás y no solo hacía unas pocas semanas. Alargó la mano hacia Hugo—. Sé reconocer un trabajo de calidad cuando lo veo.

—Capitán Cushing —la corrigió Hugo, sin tomar su mano. No me miró, pero fui consciente de cómo su atención viraba hacia mí.

—Yo no las invité —le dije—. Ni siquiera quiero que estén aquí.

—¡May! ¡May! —Comfort se burló de mí. Se giró hacia Hugo con una mirada seductora que yo conocía muy bien—. Tendrá usted que perdonar a mi prima, es muy directa.

—No hace falta que me explique nada de May —dijo Hugo ásperamente, y se inclinó más hacia mí como si fuera él quien me conociera profundamente y la intrusa fuera mi prima.

—Ayer vino a nuestras habitaciones…

—Pero no para invitarte a venir aquí —dije yo—. Apenas si te lo conté. No querías saber nada.

—¡Que yo no quería saber nada! Por supuesto que quiero saber. Estoy encantada de que estés trabajando en un teatro. —Me dirigió otra mirada que reconocí: «No digas nada más».

—De acuerdo, pues ya la han visto —dijo Hugo—. Les agradecería que se marcharan.

Comfort se ruborizó. No estaba segura de si estaba sorprendida por la reprimenda o porque el estilo de su encanto no estuviera teniendo efecto alguno sobre Hugo.

La señora Howard decidió tomar el relevo.

—Comfort tiene toda la razón: la actuación fue muy divertida. Para ser una obra, ya sabe, ese tipo de cosa. Un entretenimiento ligero. —El estilo de su encanto, por otra parte, contenía, como siempre, una punzada insultante. Respiró profundamente, como si fuera a emprender un largo discurso, pero Hugo llegó primero.

—Es domingo —dijo—. Podrían amonestarme por montar una función en domingo. Cómo se atreven a entrar y sentarse sin más.

La señora Howard habló por encima de él:

—Mi querido señor, dejamos un dinero en la ventana de la taquilla, justo allí en el alféizar, más que suficiente para cubrir dos entradas. Y si…

Hugo la interrumpió:

—¡Que dejó dinero! ¿Una función pagada? Podrían cerrarme el teatro por algo así, ¿es que no lo sabe? ¡No solo me amonestarían, me podrían cerrar! ¡Es domingo! ¿Es que no sabe que es domingo?

—Por supuesto que lo sé. Esta misma mañana fuimos a misa, y le dije al reverendo que teníamos pensado hacerle una visita… y, ya sabe, el interés de alguien como yo sin duda otorgará mucha mayor respetabilidad a su… —Miró en derredor al auditorio y vi a través de sus ojos lo estrecho que era, y que las banquetas no estaban fijadas en hileras perfectamente rectas— … a su encantador teatrillo.

—¿Se lo dijo al reverendo? —Hugo dio un paso atrás y por un momento casi pensé que la iba a abofetear. El corazón me latía a toda prisa. Nunca le había visto tan colorado. Se abrió paso entre los bancos y se acercó a una ventana, apartó la cortina y se asomó.

—Si se lo dice al condestable… ¡Es usted una mujer *muy* necia!

Creo que nunca, en todos los días de su vida, alguien había llamado necia a la señora Howard. Tardó un momento en conseguir que le entrara en la cabeza, y observé con gran interés cómo el morado de su corsé pareció filtrarse por su escote y subirle por el cuello hasta las mejillas. Al mismo tiempo una vena de su sien se hinchó de furia y su boca se fue abriendo despacio como la de un bebé disponiéndose a llorar.

—¡Es usted un impertinente! —ladró.

Pero Hugo había educado su voz en el teatro de Covent Garden y era perfectamente capaz de gritar más alto que ella.

—¡Fuera de aquí!

Miré a Comfort con sentimientos encontrados, intentando no reírme. No es que pensara que fuera gracioso, exactamente; o tal vez solo un poco. Comfort me devolvió la mirada airadamente como si todo fuera culpa mía. Pero no era culpa mía.

—¡Vaya, May! —dijo—. Podrías interceder por nosotras.

—¿Por vosotras? Pero bueno, la compañía entera podría meterse en un lío por culpa vuestra. Tú precisamente deberías saberlo. —Estaba pensando en su madre, y ella me entendió. Se le puso la cara muy roja.

—¡Nadie podría tomarnos por un público de verdad! —contestó enfadada—. ¡Solo somos dos! ¿O es que normalmente esa es la entrada que tenéis?

Esto lo dijo ya dándonos la espalda, girándose para marcharse, levantando el sombrero de modo que los lazos carmesís volaron hacia arriba y luego bajaron. Quería recordarle que fue ella quien escogió a la señora Howard. El sombrero que agitaba aquí y allá era nuevo, el vestido era nuevo, y estaba inflada por todas las comidas buenas que le servían en la segunda mejor porcelana que poseía la señora Howard. En cuanto a mí, pronto subiría las escaleras para cenar sopa hecha con caldo de pescado, de lo que fuera que Leo hubiera podido pescar ayer, algo negro y espinoso, recordé, que yo misma le había limpiado. Pero me bastaba con sopa. De hecho, me gustaba. Me gustaba estar del lado ganador. Hugo, decidí, era el lado ganador.

La señora Howard cerró la boca y se puso el sombrero, pero seguía teniendo manchas de rubor en la cara y mostraba una expresión tan cercana al escarmiento como pudiera lucir en toda su vida. Se clavó con violencia un largo alfiler en el sombrero, como un duelista medieval atacando el aire ciegamente, y luego posó sus fieros ojos sobre mí.

—May, ¿te importa que hable contigo un momento? —Cada sílaba era un golpe.

—Oh… —dije, preparándome a negarme.

—Será solo un momento —me dijo—. Tengo una noticia sobre tu familia.

Hugo le lanzó dardos con los ojos a la señora Howard cuando esta pasó a su lado, y ella levantó la barbilla con altivez. Yo no tenía más familia que mi tía Ann y un par de primos en Alemania a quienes no había visto nunca, pero me pudo la curiosidad y después de un momento la seguí, sin mirar a Hugo.

Afuera había nubes rodando rápidamente sobre el río, como pasa a veces. Un par de gansos picoteaban el pie de la pasarela mientras Comfort los contemplaba desde la barandilla, con el sombrero todavía en la mano. No se giró para mirarme. La marea estaba bajando.

—A ver, querida —le dijo la señora Howard—, tú adelántate y ve con Donaldson. Estará esperando en la carretera.

Me quedé mirando la espalda de Comfort. Tenía el cuello del vestido torcido y no del todo limpio. Vi lo fácilmente que podría caer de nuevo en el viejo modelo, ponerme a cuidar de su ropa y sentir que de esa manera formaba parte de una cierta vida. De su vida. El día anterior había vuelto al viejo modelo, pero hoy, aquí, en el barco de Hugo, me sentía más fuerte. Lo que tenía ahora era mejor. Comfort nunca iba a darme todo esto. Antes de ese verano ni siquiera sabía que lo había deseado.

—Adiós, May —dijo Comfort con la voz angustiada, girándose por fin para mirarme—. Espero que puedas venir a alguna de mis conferencias. Te haré una lista de las ciudades que vamos a visitar.

Tenía la cara pétrea, seguía enfadada, pero vi que estaba haciendo un esfuerzo, así que yo también cedí un poco.

—¿Cómo fue la conferencia de ayer? —le pregunté.

—Un melocotón espachurrado me dio en el hombro.

—¿El vestido no tiene arreglo?

—Oh, espero no ser tan frívola como para preocuparme tanto por el estado de mi vestimenta. —Un último insulto hacia mí.

La observé caminar con cuidado por la pasarela y subir por el embarrado sendero que se alejaba del río, sorteando las verdes salpicaduras de gūano de los gansos. No había dicho nada de mi cumpleaños. Cuando me di la vuelta, Florida se estaba poniendo un par de guantes color manteca, y sin abrochárselos se giró para agarrar las monedas que había dejado en el alféizar. Me fijé en que no era tanto como nos había hecho creer: solo cuatro monedas de diez centavos.

—Tu capitán se piensa que me está enseñando una lección. —Abrió su monedero y dejó caer dentro las monedas—. Bueno, pues lección aprendida.

Se giró para mirarme.

—Ese hombre te meterá en líos, May. —Vi cómo volvía a tironear del guante; vi también que las puntas de los dedos de cuero estaban muy sucias—. Dime una cosa, ¿dónde fuiste exactamente cuando saliste de mi casa? ¿Viniste directamente a este barco?

—Necesitaba un empleo y lo encontré.

—Ese dinero que te di no era más que un préstamo, ¿sabes? Estoy esperando que me lo devuelvas.

Eso no fue lo que me dijo cuando me prestó el dinero. Me planteé decirle que el color de guantes que había escogido era justamente el peor, junto con el blanco, para disimular las manchas, pero en ese momento salió Leo del despacho. Ni miró a la señora Howard.

—¿Está usted bien, señorita May? —me preguntó.

Le dije que estaba bien.

—Arriba hay una celebración. No tarde mucho, ¿de acuerdo? —Me sonrió, ignorando aún a la señora Howard, que se dio cuenta de ello.

—Estamos aquí perfectamente, joven. La *señorita Bedloe* se reunirá con ustedes en unos instantes.

Supongo que pensaría que «señorita May» era una muestra de excesiva confianza para un marinero, pero Leo hizo caso omiso de la reprimenda por implicación. Solo se llevó la mano al sombrero y volvió al despacho.

—¿Cuál era esa noticia que tenía? —le pregunté a la señora Howard con impaciencia.

—Exactamente eso que te he dicho. Que espero que me devuelvas el préstamo que te hice.

De acuerdo. Así que nada de noticias sobre mi familia; aquello no era más que un truco para sacarme hasta aquí.

—Usted me dijo que ese dinero era un regalo.

—Se suponía que era para que llegaras hasta tu casa. Lo empleaste para otro propósito completamente diferente. No sé para qué lo usaste, pero eso significa menos para mí que cómo piensas devolvérmelo.

Desde la cocina venía un olor cálido y harinoso: pastel. Pastel de cumpleaños. Por debajo del claqueteo de cubiertos en el comedor se oían voces, y supe que todos me estaban esperando. De repente me sentí cansada de la señora Howard. Fui a rodearla para subir por las escaleras.

Me puso una mano en el brazo.

—Espera un momento. ¿A dónde vas?

—A traerle el dinero. Tengo casi diez dólares. Puedo ir enviándole el resto, un cuarto de dólar a la semana.

—Cuarenta semanas —calculó—. Es mucho tiempo para estar esperando. —Me percaté de la astuta expresión que se asomó a su cara, o tal vez fuera una expresión que estaba allí siempre. Al mismo tiempo se levantó viento, como suele pasar en los ríos, y ella se colocó una mano sobre el sombrero, sin dejar de observarme. En la obra que acababa de ver, *Guerra abierta*, se hacen apuestas. «La mitad de mi hacienda por la mitad de la vuestra», le dice el marqués al general, «si puedo llevarme hoy a Julia para casarme con ella con su consentimiento». La señora Howard mostraba esa misma actitud, haciéndose fuerte contra el viento. La actitud de alguien a punto de hacer una apuesta. Me abracé a mí misma como para sujetar todo mi cuerpo y que no se moviera del sitio.

—Se me ha ocurrido una idea mejor —me dijo.

12

Hay un punto de bordado que utilicé una vez en un vestido de Comfort llamado de tela de araña, que en realidad no es más que un pespunte complicado, pero muy llamativo. Se empieza haciendo dos o tres puntos largos que más tarde estarán escondidos por el bordado terminado, y luego se colocan los hilos cruzándolos, formando un círculo imaginario, como una línea de radios. Cuando todos los radios están en su sitio, y pueden ponerse tantos como se quiera, se atan en el centro. Lo difícil viene a continuación: tejer otro hijo debajo y alrededor de los radios para hacer espirales. Estas espirales hay que hacerlas muy juntas, y los bordes tienen que estar parejos y destacar. La primera vez que hice uno pensé, una vez terminado el diseño, que era menos una tela de araña que un sol dorado con los rayos torcidos. Pero yo desde luego que me sentía como una araña mientras lo hacía, entretejiendo el hilo.

El día de mi obra de cumpleaños, contemplando a Liddy sobre el escenario con el disfraz que acababa de terminar de coserle, vi que al conjunto le hacía falta algo más. Y conforme la señora Howard esbozaba el plan que tenía para que yo le devolviera el préstamo, me vino la solución: la tela de araña.

—Verás como será muy fácil para ti, que vas viajando río abajo —me decía la señora Howard—. Nadie sospechará nada.

Yo no contesté. Su propuesta me inquietó, y cuando me siento inquieta, me gusta pensar en algo complicado para distraerme.

Visualicé una hilera de esos solecitos bordados del tamaño de un dólar de plata en el ancho cuello italiano del disfraz de Liddy. Pero la tela de araña requiere una aguja de tapiz con un cabezal largo y plano, que yo no tenía.

—Te enviaré una nota con nuestro itinerario —me dijo la señora Howard—. Más adelante podremos hablar de los detalles, en un entorno más privado. —Se llevó un dedo a la nariz, en señal de secreto.

—¿Qué pasa si digo que no? —le pregunté según ella empezaba a caminar por la pasarela.

—No vas a decir que no —dijo sin girar la cabeza—. Eres una chica compasiva.

Yo no estaba segura de serlo. Al igual que Comfort, pensaba más que nada en mí misma. Después de que la señora Howard se hubiera ido fui al comedor y Chef sacó una tarta glaseada y dos pasteles de fresas con nata para celebrar mi cumpleaños. Hugo apareció con una botella de licor de albaricoque y comimos una y otra porción de tarta y fuimos sorbiendo el dulce licor y hablamos sobre la obra. Las mesas estaban todas apiñadas en el centro y nadie tenía prisa por marcharse. Debería haber sido una tarde feliz, relajada, pero para mí no lo fue. Estaba sentada en un extremo de nuestra larga mesa improvisada, y tenía en las sienes una sensación como de haberme hecho una coleta demasiado prieta. Me preguntaba si no me iría a dar jaqueca.

—¡May, una sonrisa! ¿A que te sorprendiste? —me preguntó Thaddeus. Me miró de soslayo, como evaluándome—. Un buen regalito de cumpleaños, ¿a que sí?

—Te vi reírte —me dijo Liddy. Me apretó el brazo.

—Estuvisteis muy bien —contesté, intentando apartar mis preocupaciones. Quería decirle a Liddy lo mucho que había disfrutado; su cara resplandecía como la de una niña pequeña. —Te creí completamente.

Ella rio.

—¡Vaya, pues ese es un gran cumplido!

—Pero ¿no estabas sorprendida, May? —volvió a preguntar Thaddeus—. Por lo menos dinos que fue una sorpresa. Dinos que no tenías ni idea de lo que andábamos tramando.

Tenía las mejillas rosadas del vino, y se inclinó hacia delante por encima de la mesa.

—Fue todo idea del capitán Cushing.

—Había que ensayar el acto completo, en todo caso —dijo Hugo bruscamente, pero sus ojos sonreían.

—Gracias —concluí. Les aseguré a todos que era una sorpresa muy linda.

—¿Eso es todo lo que vas a decir al respecto? —preguntó Jemmy—. ¿Muy linda?

—Ha sido estupendo. Lo he disfrutado. —Y lo había disfrutado, pero ellos querían más—. Me olvidé de que estaba viendo una obra de teatro. —Miré a Hugo, que me dirigió una sonrisa pequeña, cómplice, una sonrisa solo para mí, aunque estuviera mirándonos todo el mundo.

Leo me trajo un regalo: un alfiletero con forma de barco de vapor.

—De parte de todos nosotros —dijo—. Lo encontré hace varios pueblos. —Era precioso, como del tamaño de mi mano, aunque la tela blanca se ensuciaría en nada de tiempo. Me guardé de decir esto último, no obstante, limitándome a darle las gracias con toda la emoción que fui capaz de mostrar, que era bastante. Por un momento, dándole vueltas al alfiletero en mis manos, me olvidé de la señora Howard.

—¿Qué te pareció mi disfraz, eh, May? —me preguntó Pinky—. Se lo robé a la señora Niffen. —Se colocó la mano junto a la boca y explicó, en un susurro teatral—: ¡Es su camisón!

—¿Y quién te dio permiso para revolver en mis baúles? ¡Eso querría saber yo! —replicó la señora Niffen, con la mirada clavada en su marido. El señor Niffen, naturalmente, siguió comiendo tarta sin levantar la vista.

—Pero ¿sabes? —le dije a Pinky—, en realidad no parecías una mujer.

—Ja, ja. ¡Ja, ja, ja! —Pinky reía como si yo hubiera hecho un chiste.

No paraba de dirigir miradas furtivas a Liddy, que parecía no darse cuenta, pero vi que esta noche no estaba sacando ninguna carta de su bolso para leerla por debajo de la mesa. Tenía la cara ruborizada, reluciente. Casi diría que se la veía feliz con su interpretación y con la obra en general. Tenía una cara exterior, aunque sea difícil explicar lo que quiero decir con eso: tal vez que parecía una persona sin secretos, aunque, por supuesto, los tuviera. En ciertos aspectos me recordaba a Comfort, pero cuando Liddy me miraba, era como si me viera como alguien a quien estaba empezando a conocer, no como alguien a quien conociera por dentro y por fuera, que era como me miraba siempre mi prima. Pero Comfort no me conocía por dentro y por fuera, y volví a caer en los pensamientos sobre la señora Howard. ¿Quebrantar la ley era lo mismo que mentir? Eso me preguntaba. Porque eso era lo que la señora Howard me estaba pidiendo que hiciera.

El señor Niffen sacó su violín y se puso a tocar para nosotros entre sorbos de licor, y cuando se acabó sacó una petaca, y cuando la petaca se quedó vacía, dejó el violín y se sentó con las largas piernas estiradas y el sombrero sobre los ojos. Pero incluso con el sombrero tapándole parcialmente la cara, aun podía ver su leve sonrisa, como de satisfacción consigo mismo, tal vez por recordar tantas frases, pensé, porque había regresado a su laconismo habitual y no había dicho ni cinco palabras en total desde el final de la obra. Leo le dio a Oliver su propio trozo de tarta y luego se sentó con el perrito en el regazo, los dos escuchando el violín del señor Niffen hasta que Oliver dejó escapar un ronquido jadeante. Entonces Leo nos dio las buenas noches y se llevó a Oliver abajo. Poco después Hugo le pasó un brazo por los hombros a Liddy y le dijo:

—Y entonces cuándo vamos a conocer a este pretendiente tuyo, ¿eh? —Y más tarde aún, Celia, que no estaba en absoluto acostumbrada a tomar licor, y mucho menos dos medios vasos, se cayó de la silla y Pinky tuvo que llevarla al catre. Pronto Liddy fue detrás, y yo dije buenas noches al mismo tiempo, aunque no me fui directamente a mi camarote.

—¿Nadamos mañana? —me preguntó Liddy.

—Claro —respondí—. Si hace bueno. —Luego dije una cosa que llevaba años oyendo decir alegremente a los actores entre ellos, sin haberlo dicho yo misma jamás: «Buena función esta noche», y lo dije en serio.

Me parecía entonces, y ahora, que esa frasecita, salida de mis labios casi sin proponérmelo, cimentaba más que ninguna otra cosa mi sensación de ser uno más de la compañía. Me había esforzado en adaptarme y en vivir con ellos –*con* ellos, no *junto* a ellos– en ese barquito, y lo había conseguido. Pensé en el momento en el que Hugo y yo habíamos aplaudido juntos al final de la obra, antes de que irrumpiera la señora Howard. Esos breves momentos de felicidad. Pero entonces entró la señora Howard rugiendo.

Liddy sonrió ampliamente y bostezó, y la vi meterse en su camarote. Cuando la puerta se cerró tras ella bajé silenciosamente la escalera y me quedé parada en el lado de babor, donde, bajo la luz violeta, apenas vislumbraba el otro lado del río. El barco se mecía suavemente con la marea y, debajo de mí, los gansos siempre presentes dormían hechos una masa de plumas, muy apretados unos contra otros. Desde donde yo estaba, Kentucky no parecía tan lejos. Si a Hugo le daba de repente por mover el barco, Leo podría usar el palo para ponernos al otro lado en media hora con el agua en calma. Oí el suave salpicar de algún bicho de la noche nadando en busca de comida, intercalado con el crujir de los álamos.

—Viene lluvia. —Oí que decían detrás de mí. Hugo se acercó a la barandilla a mi espalda y se quedó parado tan cerca de mí que pude oler el licor y la tarta y el aroma del lino húmedo de su camisa.

—Me encanta ese olor —dijo.

Por un momento me quedé confundida –¿cómo podía él saber que yo estaba pensando en su camisa?–, antes de darme cuenta de que se refería a la lluvia que venía. Contemplé el río.

—¿Entonces, has tenido un buen cumpleaños? ¿Te ha gustado mi obra?

Mi obra. Me gustaba que lo sintiera como algo tan personal.

—Me has convencido. —Me refería a las obras de teatro en general, y él lo comprendió.

—Sabía que lo conseguiría —dijo con una sonrisa en la voz.

Nuestras manos estaban en la barandilla, casi tocándose, mi mano derecha junto a su izquierda. Del comedor salió una risa fuerte y repentina, cuando alguien empezó a tocar, no muy bien, el violín del señor Niffen. Cuando Hugo se giró sobresaltado por el ruido, su dedo rozó el mío ligeramente y pensé otra vez en la sensación que tuve cuando me metió la llave en el bolsillo. Como si pudiera leerme el pensamiento, Hugo dijo:

—¿Qué tal te está funcionando esa llave? ¿Se han producido más incursiones?

Sonreí.

—Está haciendo su trabajo a las mil maravillas.

Él rio, y esta vez sí que me tocó la mano a propósito, con la suya. Pero me cubrió los dedos tan brevemente que no tuve tiempo de sentirme incómoda.

—Bueno, te voy a dar las buenas noches, May. Me alegro de que tuvieras un buen cumpleaños. No dejes que te moje la lluvia —me dijo.

Le miré marchar subiendo las escaleras, con el corazón, extrañamente, latiéndome muy deprisa. Luego volví a echar la vista hacia Kentucky. Ya no lo podía ver. Después de un momento me acerqué al auditorio y abrí la puerta.

Aunque estaba demasiado oscuro para verlo, sabía que Leo debía de estar tirado en su colchoneta desenrollada sobre el escenario, con Oliver a su lado. Había apagado todos los farolillos, pero aún flotaba en el aire el olor a cristal caliente y a aceite de lámpara.

—¿Quién está ahí? —preguntó Leo con la voz espesa desde el suelo del escenario.

Cerré la puerta tras de mí.

—Lo siento. Te he despertado. Soy May.

—¿Qué necesita, señorita May?

—Nada. Solo tengo que hacerte una pregunta. —Vacilé un momento—. Me estaba preguntando: ¿cómo de difícil es cruzar el río? Quiero decir, si vas remando.

—¿Qué quiere decir? ¿En una barca de remos?

—Eso es.

—No es difícil. Depende de la marea —me dijo—. ¿Por qué lo pregunta?

«Alpha, beta, gamma, delta».

—Por nada.

—No cruce este río remando a no ser que sepa nadar. ¿Usted sabe nadar?

Le dije que sí.

—Bien. Eso está bien. Ahora, tengo que levantarme muy temprano mañana. ¿Necesita algo más?

—No —respondí—. Nada más. Gracias otra vez por mi obra de cumpleaños y por mi precioso alfiletero.

Afuera había empezado la lluvia: goterones duros, pesados, que podía oír caer sobre la superficie del río. Subí a tientas las escaleras con la mano izquierda sobre la barandilla, mientras las gotas de lluvia rebotaban en mi cabeza. El punto de tela de araña, recordé, tenía una variación en la que se cosía flojo con el hilo grueso, sin rellenar. Seguía haciéndote falta una aguja gruesa para deslizar el hilo a la contra debajo de los radios, pero si ponías cuidado en espaciarlos con regularidad, no parecía tanto un sol como una trampa.

En el siguiente pueblo, Delmore, que estaba del lado de Kentucky, no tenían agujas de coser tapices. Y tampoco tenían agujas de coser normales con el ojo lo bastante grande. Al día siguiente volvimos a cruzar a Indiana, donde tuve más suerte. La mañana era húmeda y cálida, y nubes como de tiza trazaban dibujos sobre el cielo azul. El almacén general estaba situado en el primer conjunto de edificios pasado el embarcadero, y el propietario encontró una caja de agujas de tapicería en la trastienda. También me sacó un muestrario de hilo de seda: una de las bobinas era de un dorado precioso al que no me pude resistir. El amarillo daba mala suerte sobre el escenario, pero el dorado no se consideraba amarillo.

Había unos cuantos anuncios clavados en la pared junto a la puerta, pero nada sobre esclavos fugitivos. Al pagar comenté:

—¿Llegan aquí muchos fugados?

La tendera me clavó la mirada, pero no dijo nada. Era muy pálida, con poco pelo, y al trasluz –estaba delante de la ventana, con la caja sobre una mesa– parecía muy joven. Igual no me comprendía.

—Me refiero a esclavos fugitivos —insistí.

Ante eso apretó los finos labios y de repente me pareció mayor. Cerró la tapa de la caja con un crujido fuerte.

—Sé a lo que se refiere. ¿Es usted una abolicionista?

—Solo me lo preguntaba.

—Porque por aquí no somos partidarios de los abolicionistas. Necesitamos el gasto que nos hace Kentucky.

Al igual que el hostelero, William Whitlock, se planteaba la cuestión de la esclavitud en el contexto de la economía. Yo no estaba segura de qué manera encajaban las dos cosas, así que se lo pregunté.

—Ay, de verdad. Qué gente. ¡Es sencillo! —Sostenía el cambio de lo que le había comprado en la mano, sin dármelo, y me miró de arriba abajo como si yo fuera una mentecata—. Si esos granjeros les estuvieran pagando salarios a todos los hombres que les trabajan el campo, no tendrían dinero para venir a mi tienda y comprarme a mí lo que vendo. No solo eso. Si dejan marchar a sus esclavos, ¿quién va a trabajar los campos?

—¿Quién trabaja los campos ahí en el Norte? —pregunté.

—May.

Miré y vi a Hugo de pie en el umbral de la puerta. No parecía enfadado, pero tampoco estaba sonriendo.

—¿Ya has hecho tus compras? —me preguntó—. Te acompaño de vuelta.

Cogió el paquete envuelto en papel de seda que contenía mis agujas de tapicería y mis hilos, y me abrió la puerta. Estaba empezando a entender mejor sus estados de ánimo, y me había dado cuenta de que cuando estaba excitado –enfadado, apasionado, temeroso de la seguridad del barco– su acento inglés se volvía más pronunciado.

Ahora era muy pronunciado.

—May —me dijo según emprendíamos camino por la estrecha vereda de tierra—. Te quiero contar una historia. No, no —prosiguió cuando yo empecé a protestar—. Es una historia bastante corta, no es más que esto: cuando mi padre era un niño, en Inglaterra, una vez vio barcos de esclavos en la costa de Dover. Era bastante jovencito entonces mi padre, y estaba de vacaciones, y según corría por la orilla con su hermana recogiendo conchas o no sé qué tontería, su hermana vio los barcos, tres grandes bestias golpeando contra las olas allá en mar abierto, pero no tan lejos como uno habría imaginado que estarían. Y mi abuela dijo: «Esos de ahí son barcos de esclavos. Ahí llevan hombres negros en la bodega, en lugar de honestas balas de lino inglés». «¿Qué son honestas balas de lino inglés?», le preguntó mi padre. «Algo que se puede vender», le dijo. «Y no hombres».

Hugo empezó a golpear su bastón contra las espigas de cebada silvestre que crecía al lado del camino. El río corría rizado por debajo, como leche espesa de color verde.

—Mi padre nunca se olvidó de eso. Nos habló a mi hermana y a mí de esos barcos muchas veces. Le causaron una gran impresión.

—Tenía curiosidad, eso es todo. Por eso lo pregunté.

—Eran un espectáculo deplorable aquellos barcos. Eso lo comprendo. Algo descomunalmente malo. Más que malo: injusto y contra Dios. Pecaminoso. Sí, sí que lo creo, creo que es pecaminoso. Pero la trata inglesa de esclavos se acabó, ¿sabes? La ley acabó con ella. No tuvo nada que ver ni con mi padre ni con mi abuela.

¿Qué podría haber hecho mi padre, en cualquier caso, un niño de seis años?

—Yo tengo veintitrés años.

—Nosotros no seremos quienes cambiemos las leyes —me dijo—. Estamos aquí para ofrecer un poco de entretenimiento a las personas, a estas personas que trabajan duro, ¿lo entiendes? Darles un rato de asueto. Ellos no quieren contemplar los barcos de esclavos, igual que no quería hacerlo mi padre.

—Algunos sí quieren.

—Vienen buscando un descanso de todo eso. Nosotros no debemos involucrarnos.

Le miré de soslayo. Parecía tener la mandíbula muy apretada. Estábamos llegando a los primeros barcos amarrados en la orilla, la mayoría ya descargados y preparados para un cargamento nuevo. Por una vez el *Teatro Flotante* parecía digno y en calma, con peso sobre el agua.

—¿De dónde sale ahora esta curiosidad? ¿Es por esa mujer? —me preguntó Hugo mientras bajábamos al barco.

Yo sabía de qué mujer me estaba hablando. Pensé en mentir, e incluso empecé a recitar el alfabeto griego mentalmente, pero al final solo dije:

—Sí.

—No te enredes con ella, May —me advirtió Hugo con el acento más cerrado que tenía. Dio un paso a un lado para dejar que subiera yo primero por la pasarela del escenario, y sus ojos se amusgaron al mirarme—. Traerá problemas.

«Eso es exactamente lo mismo que Florida me dijo sobre ti», pensé yo.

Unos días más tarde recibí una carta de Comfort dirigida a entrega general, Anderson, Indiana. Traía una lista de los pueblos en los que la señora Howard había contratado conferencias, la mayoría lugares a lo largo del río Ohio hasta llegar a Misuri.

Siento que acabáramos de mala manera, pero dice Flora que no hay que culparte a ti. Fue simplemente un malentendido, y realmente, si lo piensas, el verdadero villano fue el capitán Cushing. ¡Con qué rudeza se comportó! Y no le dio tiempo a Flora de explicarse, como habría hecho un verdadero caballero. Cuídate mucho, Rana, y coge el primer vapor para salir de ahí si te molesta.

Me fijé en que no ponía *Ven a mí si te molesta*. En tinta marrón había una posdata de Florida:

May, nos vamos a hospedar en el Gladwell Arms de New Paul, Indiana. Después de eso iremos al Creekside Inn de Roseville. Siempre estoy en mis aposentos a la hora del té.

Entendí esto último como una convocatoria. Pero no sabía lo que le iba a decir. Yo nunca había quebrantado la ley y no estaba segura de si podría hacerlo incluso queriendo. Podía imaginarme perfectamente soltando algo imprudente, por mucho alfabeto griego que recitara. En lo que no paraba de pensar era en que pedírmelo había sido una tontería por parte de la señora Howard, pero ya sabía lo que pasaba cuando se la llamaba tonta.

Mientras releía la carta, Thaddeus se acercó a donde yo estaba, sentada en el comedor.

—¿Es de tu prima? —me preguntó—. Tenía muy buen aspecto el otro día, he de decir. —Llevaba en la mano un par de pantalones y me pidió si se los podía arreglar.

—Me están empezando a quedar un poco apretados. Demasiados trozos de la tarta de nuez pecán de Chef, me imagino.

Al igual que Comfort, Thaddeus venía a mí con todas sus pequeñas necesidades; no era capaz ni de coserse un botón, como sí hacían Hugo o Pinky. Pinky hasta se arreglaba los rotos de las camisas. Bajamos a la sala verde, donde tenía mis cosas de costura, y mientras caminábamos por el pasillo no pude evitar echar la vista al río, como si fuera a ver aparecer navegando hacia nosotros a la señora Howard en cualquier momento, aunque por lo que yo sabía solo viajaba en coche. Mientras, Thaddeus seguía charloteando:

—Y digo yo, ¿no te dijo Comfort nada sobre mí? ¿Sobre mi interpretación? ¡Cómo nos reíamos juntos de los demás actores en Pittsburgh! ¿Te acuerdas de la anciana señora Goulder? Intentando siempre elevar la voz, pobrecita. Y su hermano, ¡más ciego que un topo! No deberían haberle dejado ni acercarse al escenario. Bueno, caramba, esos viejos actores, ya sabes, son como los caballos viejos, no hay forma de que arranquen ni rogando ni dando, ¡ja, ja! O eso dice el dicho. A mí poco me falta, supongo.

—No tenía aspecto de creer eso ni de lejos—. Pero los peores —dijo, abriendo la puerta de la sala verde y sujetándola para que pasara yo— son los que se creen que están por encima de ti. De segunda fila. Eso dijo de mí un fulano, solo porque él había sido suplente de Kemble. —Sus ojos se posaron en la carta que aún tenía en la mano—. ¿Comfort no hizo ningún comentario sobre la obra?

Me daba la sensación de que a Thaddeus le hubiera gustado leer la carta personalmente, y aunque no podría decir que fuera en ese momento cuando sentí mi primer escalofrío de peligro, sí que me di cuenta de que ahora tenía secretos de verdad. No podía dejar que nadie viera la carta, por muy cuidadosamente que estuviera redactada, de forma que abrí la caja de cigarros que seguía usando para mis utensilios de costura y mientras sacaba alfileres metí dentro la hoja de papel.

—Yo no creo que seas de segunda fila —le dije, aunque de ese tema no sabía gran cosa. A Comfort era algo que también le preocupaba mucho, por más que la mayoría de las veces recibiera unas críticas estupendas. Echando la vista atrás estoy segura de que esto se añadía a las prisas que se dio para aceptar la oferta de la señora Howard y abandonarme para que me buscara la vida yo sola. Thaddeus era igual de pragmático. Observé la costura central trasera de los pantalones que me había dado y empecé a sacar el hilo.

—Sí, bueno, por lo menos no son labores de campo —prosiguió Thaddeus—. Eso sí que no sería capaz de soportarlo. Supongo que uno de estos días voy a tener que buscarme una viuda rica con quien casarme. Alguien cuyo difunto marido tuviera una buena bodega. Pero lo que realmente me gustaría sería vivir en el campo con algo de dinero a mi nombre y un buen par de perros de caza. De joven tuve una perra que nunca se apartó de mi lado hasta el día en que mi padre le dio una patada en el estómago cuando llevaba bebidas más botellas que un galeón. Annie se llamaba. Todavía sueño con ella.

¿Qué haría Thaddeus, me pregunté, cuando terminase la temporada de verano? Y, ya puestos, ¿qué haría yo? Saqué un alfiler de mi nuevo alfiletero en forma de vapor y lo clavé en ángulo en la cinturilla del pantalón. Bueno, no pensaba preocuparme por eso ahora; la señora Howard y su propuesta era lo único que me cabía en la cabeza. Y como era una mujer tan grande –o «con problemas de carnes», como decía delicadamente siempre Pinky– me parecía apropiado que no cupiese nada más.

Pero no hubo oportunidad de reunirse con la señora Howard en el futuro inmediato, porque paramos en tres pueblos consecutivos del lado de Kentucky, y Comfort y ella no salían del Norte. En el Sur nunca daban conferencias, como había predicho Thaddeus allá en Jacksonville, y ahora tenía la lista hecha por Comfort para comprobarlo. Así que durante un tiempo estaba a salvo de tener que tomar una decisión.

Cuando finalmente atracamos en New Paul, Indiana, llegamos demasiado tarde para encontrarnos con la señora Howard, que ya se había adelantado. En cambio me pasé la tarde cortando sábalo para Leo, porque le gustaba usarlo de cebo. Me preguntaba si no podría evitar a la señora Howard completamente. Pero razoné que entonces probablemente fuera ella la que viniera a buscarme, y el *Teatro Flotante* era fácil de encontrar; de hecho, nosotros anunciábamos nuestra presencia.

Unos días después de atracar en Carney, Kentucky, un pueblo que o bien estaba moribundo o bien ya estaba muerto, dependiendo de tu nivel de optimismo, y para nada un lugar en donde uno fuera a terminar de decidir su propósito, eso fue exactamente lo que ocurrió.

No había chiquillos para recibirnos en el amarradero y, yendo hacia el pueblo, vimos solo a un par de mujeres de compras con sus cestas. Vimos un escaparate tras otro entablado y abandonado. Hasta el estiércol de caballo que había en medio de la carretera estaba viejo y seco, cuarteado por el sol. El jefe de correos le contó a Hugo que habían encontrado carbón a diez millas al sur, y que entre que la ribera se había inundado el pasado otoño y que la cosecha de tabaco había sido mala por tercer año consecutivo, la mitad de los hombres capaces se habían marchado a la mina. Pero incluso sin esta explicación yo ya hubiera sabido que la entrada iba a ser baja. El pueblo parecía un ojo muerto, sin una mente detrás.

—Maldito carbón —dijo Hugo cuando saliamos de la oficina de correos—. Me lo contaron ya el año pasado, pero no hice caso. Si tuviera mi barco de vapor, podríamos ir y volver en un día. ¿Cómo dijo que se llamaba el otro pueblo? Esos mineros se merecen una función. ¿Cuánto llevamos ganado, May?

—Ciento dos dólares con cincuenta centavos, menos lo que te gastes hoy.

—Para finales de agosto, si Dios quiere, me dará para el vapor. Pero no si nuestros públicos se meten todos tierra adentro antes de entonces.

Nos abrimos camino hacia un conjunto de edificios agrícolas donde Hugo, empeñado en llegar a cada uno de los individuos que aún siguieran por allí, quería pegar carteles. Después de poner unos cuantos, Hugo se fijó en un viejo almacén de tabaco en un pequeño promontorio en la distancia, que claramente llevaba años sin usarse.

—Deberíamos coger un bote de pintura. Pintar nuestro nombre allí arriba para que todo el mundo pueda verlo. Con eso sí que se correría la voz. A lo mejor lo veían hasta los mineros.

—¿Y al granjero no le importará?

—Le daremos un par de entradas gratis. Puede que nos dé la pintura, además, o un poco de cal.

Sobre nuestras cabezas se enredaban las nubes como serpientes oscuras e hinchadas. Podía sentir el viento que se levantaba y empujaba la falda de mi vestido contra mis piernas como si intentara detenerme, pero, con todo, Hugo siguió avanzando por la esponjosa pradera que en su día había sido una plantación de tabaco. Algunas de las viejas plantas seguían luchando por vivir, sin acostumbrarse al abandono. Sus finas hojas tenían los bordes amarillos y se extendían más cerca del suelo que del sol, y los tallos húmedos encontraban aberturas debajo de mi falta, mojándome las medias. El almacén de tabaco, largo y grisáceo, que se inclinaba a un lado, parecía más dilapidado cuanto más nos acercábamos, y me pregunté por qué Hugo no renunciaba a su plan. Pero, al igual que yo, una vez que escogía un camino tenía que recorrerlo hasta el final.

—Yo no veo vivienda por ninguna parte —comenté.

Mientras Hugo inspeccionaba la parte de atrás, yo fui por delante para mirar adentro. El establo estaba construido sin ventanas y con una sola puerta, que se había desenganchado de sus goznes y estaba apoyada contra la pared exterior. No sé qué me llevó a dar un paso más y entrar, porque las vigas del techo estaban medio podridas y los muros de tablones desparejados, con sus nudos como ojos oscuros, parecían fantasmas mirándome con desaprobación. Un viejo olor a tabaco y a madera mojada se mezclaba con los aromas terrosos de a saber qué criaturas salvajes que vivieran allí ahora.

Si el pueblo que habíamos dejado atrás daba sensación de desolación, este lugar parecía más bien desesperado. Oí a Hugo entrar detrás de mí. Estaba a punto de dar un paso atrás cuando me fijé en una cosa que estaba en el extremo más alejado, una pequeña estructura construida con troncos tallados toscamente y en la que habían encajado una ventana de barrotes, una especie de celda para animales; pero era demasiado estrecha para un caballo y demasiado alta para un cerdo. Cuando me acerqué a mirarla mejor, vi que había anillas de hierro atadas a una de las anchas vigas de madera.

Hugo me siguió. Le oí inhalar rápido y contener el aliento.

—Mira los hierros. Jesús y María. Eso es una jaula de esclavos.

—¿Una qué?

—Deben de haberlos encadenado aquí mientras esperaban para venderlos en el mercado.

Por un momento no le comprendí. Luego sí. Algo frío se me posó sobre los hombros, y oí un ruido como de una escoba que barriera adelante y atrás entre mis orejas. Ahora, cuando echo la vista atrás, lo contemplo como mi primer momento de comprensión real. Los fantasmas en los nudos de la madera y las paredes oscuras, podridas, sin ventanas, pasaron de ser detalles a ser un escenario, y sentí que solo mirar aquellos grilletes me convertía de alguna manera en un testigo culpable de todas las oscuras acciones que habían sucedido allí. La celda era demasiado pequeña para que una persona pudiera tumbarse dentro; de hecho, los grilletes tal vez estuvieran demasiado altos como para que se pudiera sentar. Vi que había un par de grilletes más pequeños en una parte más baja de la gruesa viga que dividía la celda en dos.

—Para engrilletar a los niños —dijo Hugo.

El silencio en aquel establo de pronto se hizo abrumador. Las pequeñas anillas de hierro estaban fabricadas para ceñirse a las muñecas más pequeñas, y las esquirlas de óxido que las salpicaban eran del color de la sangre, oscura y seca. Vislumbré un segundo par de grilletes pequeños amarrados al otro lado de la viga. Maniatados, a los niños los tenían de espaldas el uno al otro. Había un montículo de heces humanas muy viejo y muy reseco, sobre la tierra prensada, y yo me acordé de aquel niñito negro con su sapo llamado Feliz. Intenté con todas mis fuerzas no imaginármelo allí.

La cara de Hugo estaba medio en sombras. Yo quería decirle: «¿Sigues creyendo que debemos esperar la ley?». Solo que tenía miedo de su respuesta. Después de todo, él era inglés. No sabía si eso le daba licencia para retirarse del tema.

—No parece que lo usen ya. Por lo menos podemos contar con eso. —Alargó la mano como para tomarme del brazo, pero yo me di la vuelta; no podía hablar.

Mientras volvíamos por el campo de tabaco, Hugo azotaba las plantas moribundas con su vara. No pintamos nada en ese establo, ni buscamos a quien quiera que fuera su dueño. Lo único que deseaba hacer era dejarlo atrás, e iba andando por delante de Hugo, escuchando el ruido de sus azotes.

Esa noche, como él había predicho, solo un puñado de personas vinieron a la función: ocho hombres, seis mujeres y dos niños. Las pálidas mujeres tenían caras demacradas, pero estaban recién lavadas, y los hombres se sentaron con los sombreros en el regazo. Después de la función, se limpiaron el ala del sombrero con la palma de la mano abierta y luego le ofrecieron el brazo a sus esposas. Eran todos tenderos o granjeros. A lo mejor alguno de ellos era el propietario de ese establo. Con todo, no podía evitar la idea de que, a pesar de su escaso número, tenían exactamente el mismo aspecto que cualquier otro público para el que hubiésemos actuado, tanto al norte como al sur del río.

13

La señora Howard empezó a desempaquetar una extraordinaria cajita de color bronce, japonesa, según me dijo, que contenía un servicio de té en miniatura: una jarrita de agua caliente del tamaño de un bote de afeitado, colador y tarro de té de plata igualmente pequeños, dos tacitas de plata sin asa, una jarra de plata para la leche, una tetera de plata, y un calienta teteras de lana en forma de casita campestre del periodo isabelino. Yo observaba con asombro cómo iban saliendo todos los elementos, sintiéndome como una muñeca en una fiesta del té.

—La tetera fue una invención inglesa —estaba ella diciendo—, aunque está basada en un cacito que los chinos usan para beber vino caliente. Este juego lo llevo siempre conmigo cuando viajo.

Estábamos en sus habitaciones de Kenilworth, Indiana. Comfort estaba sentada cerca de la ventana con un bonito vestido en verde bosque, y nada más entrar yo me dijo:

—¡Oh, Rana, qué contenta estoy de que hayas venido! —Al oírlo una sensación agria se expandió por debajo de mis costillas. Habría querido que me dijese eso en Viola, pero no lo hizo, y ahora era demasiado tarde. Vino a abrazarme, pero yo me quedé con los brazos caídos a los costados. La señora Howard se dio cuenta.

—Niñas —dijo con su voz de trueno—, empecemos de nuevo en un tono más amistoso. Lo hecho, hecho está. Hoy es otro día, ¡un hermoso día! —exclamó, aunque el día era nublado y húmedo—. Ahora, veamos, ¿dónde están mis cosas del té?

Una vez que las cosas del té estuvieron puestas sobre la mesita que teníamos delante, me parecieron demasiado numerosas y grandes como para caber en la cajita japonesa; pero, al haberlas visto salir de allí, sabía que era posible, a pesar de las apariencias. De la misma manera, ese día la señora Howard parecía generosa y amigable, una imagen que no reflejaba la verdad que yo conocía.

Cuando Comfort bajó en busca de agua caliente pregunté:

—¿Así que todo esto es una estratagema? ¿Lo de las conferencias de Comfort? ¿Lo que realmente hacen ustedes es ayudar a fugitivos?

—No, no es una estratagema precisamente, no, una estratagema, no. Dos pájaros de un tiro, ya sabes. Pero es una buena tapadera, a su manera, una tapadera muy buena.

—¿Lo sabe ella?

—¡Por supuesto! No obstante, es posible que yo haya exagerado un tanto su importancia.

La señora Howard era una mujer astuta, pero yo eso ya lo sabía. Se inclinó hacia delante, con las cadenas plateadas batiéndose contra su pecho, y sus ojillos azules escudriñándome.

—Entonces, May, hablemos ahora de lo que tú puedes hacer por nosotros.

No les aburriré con el largo preámbulo en el que se regodeó la señora Howard antes de llegar al meollo del asunto sus buenos veinte minutos más tarde. Me contó historias de fugitivos y de sus escapadas a medianoche, de cómo en dos ocasiones el propio Donaldson había burlado a quienes pretendían convertirse en sus captores (una vez espantó a sus caballos e hizo sus botas trizas mientras dormían). Al principio de esta narración Comfort entró con el agua caliente y en seguida se volvió a marchar, esta vez con su cesta, para ir a una tienda. Yo bebía té en la tacita en miniatura de la señora Howard, que contenía unos tres sorbos de líquido, y me ofrecieron, pero decliné, galletas de mantequilla, uvas rojas, el último trozo de un pastel de guindas y un plato de lonchas de trucha ahumada.

La señora Howard comió un poquito de todo, pero la comida no ralentizaba su discurso. Cuando abrió la boca para meter en ella un trozo de pastel más grande de lo normal, no obstante, aproveché la oportunidad que esa breve pausa me brindaba.

—¿Cuánto voy a tener que hacer para pagar veinticinco dólares? —Llegado este punto ya estaba cansada y quería que me diera las instrucciones que me hacían falta y marcharme.

La señora Howard se cambió el trozo de pastel de carrillo y dijo sin tragar:

—¡Querida mía, no seas tan mercenaria! Las buenas obras no se venden.

—Pero eso es exactamente lo que usted me pidió que hiciera —le recordé—, allá en el barco. Sin embargo, si ha cambiado usted de opinión… —Me puse de pie, sabiendo que no iba a dejarme marchar tan fácilmente.

Bajó la voz.

—Si pudieras entregar unos paquetes —dijo—. Eso sería todo.

—Cuando dice «paquetes» ¿está hablando de personas? —pregunté con mi voz normal.

Ella me mandó callar y luego se puso de pie y se acercó a la puerta. Tras escuchar un momento, la abrió de repente. No había nadie.

—Debemos tener cuidado —dijo, volviendo a la butaca—. Te he contado esas historias a modo de advertencias. Tenemos que cuidar lo que decimos.

—Creo que a estas alturas usted ya sabe que eso para mí es difícil.

—Confío en ti, querida.

—No es una cuestión de confianza.

—Tú solo entrega unos cuantos paquetes según vas viajando río abajo —me dijo—. Puede que sean paquetes pequeños. Ya me entiendes.

—¿Niños? —Me acordé de los pequeños grilletes de la celda de esclavos—. ¿Qué tengo que hacer con ellos?

—Recogerlos en el Sur, claro está, y llevarlos al otro lado del río. Donaldson te estará esperando con el coche en la carretera; le localizas y le das el paquete. Eso es todo. De ese momento en adelante, él se ocupa.

Yo tenía más preguntas, pero estaba sonando la primera campanada, señalando que la cena se serviría abajo en un cuarto de hora.

—¿Cómo sabré cuándo hay alguien esperando que les cruce? —pregunté.

—Yo me ocuparé de que te enteres.

Se puso de pie y empezó a sacudirse las migas de la pechera del vestido con manotazos hacia los lados.

—Pero ¿hacia dónde *remaré*? —pregunté—. ¿Y cómo sabré dónde encontrar a Donaldson?

—Se te dirá cuando llegue la hora —dijo la señora Howard organizándose las cadenas del cuello—. Cuanto menos sepas, mejor.

—¿Mejor para quién?

—Bueno, pues para todos, querida mía. Ninguno de nosotros sabe gran cosa. Esta operación se monta por piezas. Tú eres una de las piezas. —Empezó a sonar la segunda campanada—. ¿Y, ahora, dónde está tu prima?, me pregunto. Tú no te quedas a cenar, evidentemente; creo que la pensión no admite invitados. Además, realmente ahora ya no deberían vernos juntas.

Cualquiera habría pensado que eso para mí sería un consuelo, pero no lo fue.

Los diseños que estaba bordando en el disfraz de Liddy eran lo bastante complicados como para captar mi atención durante diez minutos seguidos. Pero cuando pasaban esos diez minutos, o cuando se me acababa el hilo y tenía que desenrollar uno nuevo, o girar la tela para atar el extremo, o sostener el vestido en alto para asegurarme de que la línea del bordado estaba recta, entonces mi mente regresaba velozmente a la señora Howard y a sus pequeños «paquetes».

Por un lado, no quería saber demasiado, porque si alguien me preguntaba cualquier cosa, corría el peligro, por más griego que supiera, de desembucharlo todo. Por otro lado, no me gustaba emprender ninguna actividad sin contar con instrucciones específicas. «Empuja el hilo hacia arriba, enrolla el hilo alrededor del punto, empuja la aguja hacia abajo. Paso A, paso B, paso C». Así era como me gustaban a mí las instrucciones. «Marca la tela a una dieciseisava parte una pulgada. Empieza la puntada y mide otra vez; si está en línea tira del hilo hasta ponerlo bien tenso y empieza con la siguiente puntada».

Pasaron varios días y entonces fue domingo. Por la tarde me senté afuera, como solía hacer, en una de las sillas de lona de Hugo, al lado de Leo, que estaba pescando desde el embarcadero, mientras que Hugo estaba sentado en otra silla a mi lado. El *Teatro Flotante* estaba amarrado detrás de nosotros, con el pequeño bote de remos amarrado a su vez al palo de popa, meciéndose levemente contra el musgo de la orilla del río. Anoté mentalmente que el cabo estaba amarrado en un gancho del palo de proa. ¿Me las apañaría para desatar el nudo y luego, lo que era más importante, volverlo a atar? ¿Iluminaría la luna lo suficiente como para ver lo que me hacía? ¿O debería llevar un farol? No sabía nada de la señora Howard desde que me despedí de ella en Kenilworth. Esperar era menos peligroso de lo que sería no esperar, pero la incertidumbre no me gustaba.

—¿Eso es para la señorita Liddy? —me preguntó Leo, desenganchando un pescadito marrón que se agitaba intentando volver a la vida. Lo metió en un cubo diferente para que yo le quitara las tripas y lo limpiara cuando estuviera lista para tomarme un descanso de mi labor. Le dije que sí lo era.

—Es bonito. Le va a gustar.

Hugo llevaba un sombrero de ala ancha, y se lo colocó en ángulo para alargar la sombra que le hacía sobre la cara. Sostenía un ejemplar de *Guerra abierta* en una mano y una caña de pescar en la otra. Leo sacó una lombriz del otro cubo y cebó su anzuelo mientras Oliver le ojeaba con interés.

—Si todo va bien, estrenaremos la obra en Paducah o en Florence —dijo Hugo—. ¿Tú cómo vas? —me preguntó. Se refería a los disfraces. Había empezado a interesarse por ellos y hasta se atrevía a hacer algunas sugerencias—. Estaba pensando que tal vez el general debería llevar charreteras. Eso le señalaría como caballero militar.

—Lo mismo estaba pensando yo. Y una faja ancha; eso es fácil de hacer.

—De un color llamativo. Rojo o dorado.

—El dorado haría juego con esto. —Levanté el vestido de Liddy con los bordados dorados.

—Sea dorado, pues —dijo Hugo. Se arrimó a mirar los bordados con más detenimiento.

—Qué bonitos. A lo mejor podrías añadir un punto azul en el centro —sugirió—. Para atraer al ojo.

Sonreí para mí. Si Comfort se hubiera tomado tal interés en mi costura nunca le habría metido plumas rascadoras en los disfraces, por mucho que se burlase de mí. Me alegraba que se fijara en mi trabajo, aunque no sentía tentación alguna de seguir su sugerencia, puesto que el lunar azul estropearía del todo el diseño. Hugo volvió a su obra, y cuando agachó la cabeza pude ver la línea morena de su cuello justo debajo de su pelo oscuro y espeso. Por las mañanas, después de atracar el barco con Leo y subir a lavarse la cara y las manos, y a escribir en su cuaderno de bitácora, volvía oliendo un poco a talco. Y, además, su espuma de afeitar emitía un aroma dulce y untuoso, aunque no todas las mañanas se afeitaba. A veces esperaba hasta justo antes de la función de la tarde, después de echarse la siesta y de almorzar, y en esos días me daba la impresión de que el pelo de su barba tenía su propio olor, tosco pero no desagradable, como a agujas de pino. Estaba orgulloso de ser un trabajador del río y orgulloso de sus títulos de capitán, y también estaba orgulloso de su teatro. Si Leo no encalaba el suelo a su satisfacción, él se arrodillaba para repasarlo personalmente. Y entonces olía a la cal del encalado.

Saqué el hilo del ojo de la aguja y deshice un punto que no estaba lo bastante suelto.

—¿Te has dado cuenta de lo llenas que han estado esta semana las tarimas? —le pregunté a Hugo—. He estado repartiendo entradas gratuitas.

—¿A negros libres?

—Les pido que corran la voz entre su familia y sus amigos. He calculado que nuestras ganancias netas han subido un veintiocho por ciento desde la semana pasada. —Quería recordarle que las matemáticas se me daban bien, por si acaso estaba pensando en dejar que la señora Niffen se hiciera con las cuentas.

—Espero que no lo hayas hecho en los estados esclavistas —me dijo Hugo—. No vendrá ningún blanco si hay negros entre el público.

—¿Y por qué no?

Hugo dejó su caña de pescar en el suelo y se limpió las palmas de las manos en los pantalones. El libreto se cayó en el embarcadero a sus pies.

—Estoy de acuerdo, no está bien. Pero es lo que hay. —Recogió el libreto, se metió la caña de pescar debajo del brazo, y dobló la esquina de la página por la que iba. Luego se sentó sobre el libreto para que no se volviera a mover y empezó a enredar con la caña. Oliver estaba olisqueando el cubo de cebo y Leo le espantó chasqueando los dedos.

—Ser esclavo ¿cómo es? —le pregunté a Leo.

Hugo, a mi lado, se removió incómodo en su silla de lona.

—Usted sabe que yo eso no lo sé —me dijo Leo.

—¿Tu madre no te contó ninguna historia?

Hugo volvió a moverse.

—A ver, May… —me advirtió. Pero Leo solo se encogió de hombros.

—Encontró una vida mejor. No mires atrás a lo que pasó, eso me decía siempre.

Hugo se aclaró la garganta, un ruido que era al tiempo rugido y susurro. Se quitó el sombrero y pude ver sus ojos, que al sol parecían húmedos y desenfocados.

—Escucha, May, Leo nunca fue… Leo es un hombre libre, ¿sabes? —Me miró con una expresión que no supe leer—. No deberías estarle preguntando esas cosas. Esas cosas no se le preguntan a nadie.

—¿Por qué no?

En el río un largo barco de vapor lanzó dos silbidos agudos. Al pasar vi su lenta rueda lateral levantar el agua blanca y centelleante y luego bajarla a toda prisa. Leo no quería hablar sobre su pasado, eso lo entendía. Pero ese día sentí la compulsión de seguir hablando. Nadie parecía ser capaz de contarme lo que yo quería saber. A lo mejor no estaba haciendo las preguntas adecuadas.

—¿Por qué nunca vas a los pueblos del Sur? —le pregunté cuando hubo pasado el vapor.

Leo probó la cuerda.

—Ahí hay esclavistas. Me podría cazar uno y convertirme en esclavo.

En ese momento Hugo se agitó aún más.

—No pueden hacer eso: ¡existen leyes! —dijo—. Eres un hombre libre, Leo, eso lo sabes. Naciste así. —Hizo una pausa y continuó—: Y no es que yo quiera que vayas a los pueblos del Sur. Si no te sientes cómodo, pues entonces, faltaría más… Pero deberías saber que no corres ningún peligro.

Leo volvió a encogerse de hombros, pero tenía razón. Diez años más tarde leí en un periódico que había hombres intentando redactar leyes nuevas que permitirían a un hombre blanco hacer exactamente eso que Leo temía: agarrar a un hombre negro y devolverle al Sur como esclavo, independientemente de que hubiera sido antes esclavo o no.

Leo enrolló el carrete para sacar a otro pez marrón, idéntico al anterior, y soltó una maldición. Estaba buscando un pez gato grande que había visto esa mañana.

—Te destriparé todos esos —le dije, señalando el cubo del pescado— en cuanto termine este trocito.

Leo volvió a cebar su anzuelo.

—Es que sé que ese pez gato anda por ahí abajo.

Pero Hugo todavía no había terminado conmigo.

—No te entiendo, May —me dijo—. Llevamos por aquí más de un mes y ahora, de repente, quieres saberlo todo sobre la cuestión esclavista. ¿Por qué antes ni te la planteabas?

—No lo sé. Así soy yo.

—Espero que no andes en correspondencias con esa mujer, la abolicionista. —Me examinó los ojos con la mirada—. Es una abusona, May. No dejes que te dicte los pensamientos. Eres lo suficientemente independiente como para que no te importe lo que te diga.

—No me está dictando los pensamientos. Me puso a pensar. Y ahora no paro de pensar.

Hugo empezó a decir algo y luego se detuvo. Recogió su cuerda de pescar vacía y se quedó mirando el cubo que había sobre el embarcadero.

—Coges el hilo de algo y luego no lo puedes soltar.

No estaba segura de que eso fuera una pregunta.

—¿Es eso malo? —pregunté.

Hugo y Leo se miraron. Luego Leo se puso deliberadamente a trajinar con su caña, sin responder.

—No —dijo Hugo. Pasado un momento añadió—: Bueno, no lo sé. Puede serlo.

Esperé a que dijera algo más. Respiró profundamente y luego posó en el suelo su caña de pescar.

—Supongo que siento cierta responsabilidad —dirigió a Leo una mirada fugaz— por vosotros dos. Por todos. No quiero que tú,

May, ni nadie, se haga daño. Como capitán, ya me entiendes. Siento que debo... —Se le fue el hilo. Contempló el agua, donde un par de chavales bajaban flotando sobre una balsa improvisada, uno con un sombrero torcido hecho con papel de periódico.

—Maldita sea —dijo—. Hace demasiado calor afuera. Me vuelvo al barco.

Yo había vuelto a apretar demasiado el punto, y me doblé sobre la labor para esconder la cara mientras lo aflojaba, porque podía sentir que estaba luciendo en ella cierta expresión, algo que no quería que él viera. Se sentía protector, dijo. Oír eso me produjo una especie de sensación de globo, un placer hinchado, en expansión, justo debajo de la piel. Al mismo tiempo, sin embargo, era consciente de desear algo más, algo más singular y para mí sola. Escuché sus pisadas bajando por el embarcadero y subiendo a la cubierta del barco. Cuando oí el portazo del despacho, levanté la vista. Oliver ya estaba acurrucado en la silla de lona en la que había estado sentado Hugo hacía un momento. Leo seguía de pie en el mismo sitio, contemplando el agua, con las dos manos alrededor de la caña. Los árboles muertos atrapados en el barro de la orilla botaban un poco, como con la expectativa de ganar la libertad, pero estaban bien pegados, y así seguirían hasta que no llegara un empleado del gobierno a apuntarlos en una lista para su posterior eliminación.

Leo empezó a recoger su caña y me dijo:

—Mi madre me contaba que por navidades siempre le daban ropa nueva de la Casa Grande. Cofias y así, o botas y zapatos. También les daban melaza y azúcar y harina. A cada familia le daban un cubo.

Una brisa cálida se elevó del río, revolviéndole el pelo hacia un lado. Con la melena suelta parecía más indio y menos negro.

Alisé la tela sobre el regazo con los dedos.

—Eso no suena mal —le dije.

—Cuando la castigaban, el patrón la metía en un saco de patatas, la colgaba de un castaño y la azotaba con un palo. Una vez me dijo que antes cruzaría a pie un río de sangre y agua que le llegara hasta el cuello que volver a ese lugar.

Entonces le miré, pero él tenía la vista fija en el agua vidriosa como si esperase vislumbrar en ella los bigotes del pez al que perseguía. No se me ocurría qué decir. Como con los grilletes de talla infantil de aquella jaula de esclavos vacía, lo peor es abandonarte a la imaginación. El fondo del Ohio era cenagoso y oscuro, como les gusta a los peces gato. Allí abajo seguro que se estaba fresco. Los peces se mantenían bien escondidos.

Me acerqué al cubo y cogí un pescado para destriparlo e írselo limpiando. Esto, por lo menos, sí podía hacerlo por él. Cuando me estaba poniendo de rodillas sobre el embarcadero, Leo dijo:

—Cruzar este río a remo no es difícil. Que sepas que mi bote se escora un poco a la derecha, pero anda perfectamente.

Ante eso levanté la cabeza y me lo quedé mirando. ¿Sabía de mis planes? ¿Habría escuchado la conversación que mantuve con la señora Howard? Por primera vez se me ocurrió que se podía haber quedado en la oficina después de contarme lo de mi celebración de cumpleaños, en lugar de volver a limpiar el escenario, que es lo que solía hacer después de una función, y lo que yo había asumido que habría hecho. Pero si se hubiera quedado en el despacho, podría haber oído la proposición que me hizo la señora Howard. ¿La habría oído? Su cara, de este lado, no traslucía nada.

14

No recuerdo si fue esa noche o la siguiente cuando empecé a tener pesadillas con Giulia, la chiquilla italiana del *Moselle*, solo sé que fue unas noches antes de hacer mi primera travesía en el bote de remos. En mi sueño Giulia se agarraba a mí mientras yo cruzaba el río nadando. De repente algo se me agarró a la pierna y empezó a tirar de mí hacia abajo. Al intentar arrancármelo a patadas, aparté mi atención de Giulia y cuando finalmente me liberé descubrí que estaba sola. Mientras peleaba, Giulia se me había soltado y se había ahogado.

Me desperté sobresaltada, pero el horror y la desolación y la sensación de fracaso absoluto se quedaron conmigo como un reborde de humo amargo alrededor del corazón. ¿Por qué había confiado en poder mantener sus bracitos alrededor de mí? ¿Por qué no la agarré más fuerte? Era solo un sueño, pero seguía sintiendo el peso de la culpa incluso después de lavarme la cara, vestirme y caminar por el pasillo hasta el comedor para desayunar.

A medida que fueron pasando los días la gente empezó a darse cuenta de que había algo diferente en mí, aunque yo intentase con todas mis fuerzas comportarme igual. El problema era que no sabía lo que significaba «igual». A diferencia de los actores que tenía a mi alrededor, a mí nunca me dio mucho por estudiar mis propios hábitos o características. Cuando Pinky decía: «May, últimamente no vienes a vernos atracar el barco. ¿Estás bien?», me daba cuenta

232

de que había estado durmiendo hasta más tarde de lo habitual debido a las pesadillas, que me despertaban todas las noches, y resolví levantarme antes al día siguiente. Cuando Liddy me dijo: «¿Esta mañana no desayunas? ¡Ya van tres días seguidos!», me puse una loncha de jamón en el plato. Cada día esperaba que alguien apareciera y me diera un papelito con mis instrucciones. Al principio me imaginaba que sería Donaldson, puesto que era él quien se reuniría después conmigo y se llevaría a los niños. Pero claro, por otra parte, al ser un hombre negro, resultaría más conspicuo. Tal vez fuera entonces un desconocido, alguien a quien no hubiera visto nunca pero que estuviera involucrado en este asunto. Un abolicionista. Resultó que en eso acerté. Podría venir a alguna de nuestras funciones, pensé, y en eso también acerté.

Hugo me dijo:

—May, ¿este reloj es tuyo? Lo he encontrado en el comedor.

Tenía el reloj de mi padre en la palma de la mano, con la cadena enrollada en los dedos. Podía sentir su mirada en mi cara mientras lo cogía de su mano. No recordaba habérmelo quitado.

—¿No estarás padeciendo otra vez mareos, no? Últimamente te veo un poco flaca.

—No, fue solo esa vez. —Me sorprendió que supiera que el reloj era mío, y se lo dije.

—Solía tener uno igual, pero alguien me lo birló en Surrey. Una buena pieza.

—Era de mi padre.

Sonrió.

—Ah, el caballero de la fábrica de cristal.

También me sorprendió que se acordara de eso. Le estaba creciendo la melena oscura, y tenía un aspecto robusto y saludable por haber pasado ya una semana tras otra de pie en cubierta, diciendo a gritos los nombres de los bancos de arena y mandando a los hombres empujar de este lado o de aquel. ¿Qué pensaría del peligro en el que le estaba metiendo, en el que estaba metiendo a toda su compañía? Por no hablar de su barco. Bueno, yo sabía lo que ocurriría: la sonrisa desaparecería y me pediría que desembarcase con el acento más pronunciado que nunca.

No llegaríamos a Paducah hasta pasadas varias semanas, y los actores seguían interpretando sus números cómicos y sus canciones con el acompañamiento del piano, que tocaba yo. No podía evitar repasar los bancos con la mirada mientras tocaba, preguntándome si alguna persona de las que estaban allí sentadas sería la que me diría que tenía que salir esa noche en medio de la oscuridad a buscar a un par de niños y llevarlos sanos y salvos de vuelta a la otra orilla. Había un hombre con un sombrero chambergo que no se quitó en toda la función, como si fuera a tener que marcharse en cualquier momento; ¿sería él?

Durante el intermedio, la señora Niffen me dijo:

—Esta noche estás dando el pie tarde. No es propio de ti. —Me miró largamente, como si hubiera albergado sus sospechas sobre mí y ahora se estuvieran confirmando—. ¿Estás enferma? ¿Quieres que te releve? En la siguiente mitad tengo un papel sin frase. Celia me podría sustituir.

Yo me había empezado a sentir más tranquila en su presencia, pero ahora me recordé a mí misma que tenía que tener mucho ojo. Me relevaría al piano y a cualquier otra cosa si pudiera.

—Estoy bien —le contesté. Repetí para mí las letras griegas, pero no se me ocurrió ninguna mentira que pudiera decirle para explicar por qué daba tarde el pie—. Bien, sin problema —dije.

Había un hombre con la mirada huidiza y una perilla bien recortada al estilo Van Dyke, y otro hombre que no paraba de mirar a su espalda... Podía ser cualquiera de esos hombres, o cualquier otra persona. Intenté mantener la atención concentrada en tocar, pero sentía los dedos como huesos, rígidos, y todas las melodías me sonaban ridículamente ligeras y alegres, incluso las tristes.

—Mañana me gustaría hacer un ensayo general de la obra nueva —me dijo Hugo después de la función mientras me ayudaba a retirar el piano a su sitio fuera del escenario—. ¿Los disfraces están todos terminados? Claro que ya me he dado cuenta de que te gusta hacer cambios a medida que avanzamos… refinando tu arte, ¿no es así?

Yo no consideraba que la costura fuera un arte, y así se lo dije. Pero me alegraba de que se hubiera dado cuenta. Tenía los puños de la camisa remangados, dejando ver el suave y oscuro vello de la muñeca, y al empujar el piano ajustó el movimiento para tener en cuenta el ruedín irregular, y su brazo reposó brevemente sobre el mío.

Después de que se bajara del escenario de un brinco ordené mis partituras. El auditorio estaba vacío, pero, como de costumbre después de un espectáculo, permanecía en el ambiente la sensación de todos aquellos cuerpos cálidos. A alguien se le había caído un pañuelo rosado de encaje y lo cogí. Luego me fui al despacho para ocuparme de las ganancias de esa noche, meter todo el cambio en la larga bolsa de seda y dársela a Hugo.

Cuando salí a buscarle, me golpeó una bocanada de aire veraniego, cálido y húmedo. El público se marchaba andando a casa, la mayoría de ellos sin molestarse en encender sus farolillos, dado que había una luna llena luminosa, pero seguía habiendo unos cuantos haciendo corrillos en el embarcadero. Pude ver a Hugo hablando con una pareja junto al borde del agua, y cuando la mujer me vio, dio un paso adelante, sonriendo.

—¡Mi pañuelo! —exclamó, al verme con él, y se acercó caminando hacia mí, separándose de los hombres—. Le estoy muy agradecida. —Tenía el cuello largo, y la nariz larga, y llevaba los rizos apretados como dos salchichas a ambos lados de la cofia. Me aposté que serían artificiales, y brillaban de tal modo que me dieron ganas de tocar uno a ver si estaba mojado.

Le ofrecí el pañuelo. Cuando lo cogió de mi mano nuestros dedos se tocaron, y ella me dijo en voz baja:

—Eres la amiga de la señora Howard, ¿verdad? —Mi corazón dio un brinco y luego empezó a galopar. Lancé una mirada a donde estaba Hugo, demasiado lejos como para oírnos. La mujer estaba de espaldas a él, tapándole. A propósito, como me di cuenta en seguida.

—Sí. Soy May Bedloe —dije rápidamente. Luego pensé: «¿Para qué le habré dicho mi nombre?». Yo no sabía cómo funcionaba esto, pero daba igual, creo que habría podido decir cualquier cosa, con tal de que empezara por «sí». Ella venía a dar información, no a recibirla.

—Habrá un paquete esperándote esta noche al otro lado del río —dijo.

Después de que mi padre falleciera y mi madre vendiera nuestra lechería no se dieron muchas ocasiones para que yo saliera por la noche. Desde luego no en Nueva York con Comfort, ni tampoco en Boston o en Baltimore. Pero a veces, sin embargo, de niña, si mi padre tenía que ocuparse de alguna de las vacas o comprobar cómo iba madurando una remesa de quesos, yo le acompañaba hasta el establo a la luz de la luna. La noche, o supongo que debería decir la oscuridad exterior, nunca me dio miedo. De niña albergaba la extraña fantasía de que la oscuridad era más honesta que la luz del día, que los arbustos y los árboles y las criaturas que los habitaban eran por la noche más ellos mismos, y que la sombra cenicienta sobre la hierba era en realidad su verdadero color, más que el tono brillante que adoptaba de día. Incluso el río oscurecido que pasaba bramando, ahí debajo de nuestra casa, asumía su personalidad más cierta al correr a toda prisa por nuestra granja. Tal vez por la noche me sentía más como una espectadora, y supongo que ese papel me resultaba cómodo. Recuerdo el olor de las flores de onagra, que florecen después del atardecer, mientras iba detrás de mi padre camino del establo.

Al meterme en el bote de remos de Leo esa noche y esperar a que dejara de mecerse a causa de mis movimientos, fui muy consciente del color profundo que desciende cuando cae el sol, y de todos los ruidos de la noche: las cigarras, los suaves golpes de viento, el crujir de los árboles. El ruido me aliviaba, porque enmascaraba el sonido de mis remos empujando el bote lejos del embarcadero, y el salpicar del agua desplazada al remar. Leo tenía razón: el bote se escoraba un poco a la derecha. El agua que me rodeaba centelleaba como piel de foca, una extensión oscura y lisa que de vez en cuando reflejaba la luz de la luna y luego rápidamente la absorbía. A medianoche se suponía que yo debía estar ya en medio del río, donde haría una señal y recibiría otra a cambio. Esa fue toda la instrucción que recibí de la mujer del pañuelo rosa; nada de una carta con puntos A, B y C.

Tenía que remar de espaldas, por supuesto. Durante mucho tiempo pude aún ver las rechonchas chimeneas del *Teatro Flotante* que subían de cada dos camarotes –mi camarote compartía chimenea con el de Hugo–, cada una de ellas como un cuellecito culminado en un sombrero chino, pero sin cara. Parecían estar esperando algo. Tiré de los remos hacia atrás, y luego hacia atrás otra vez, haciendo un suave silbido en el agua como el de unas tijeras cortando tela, y cuando me pareció que estaba más o menos en el centro del río, giré el barco para ponerlo de cara a Kentucky y saqué el reloj de mi padre.

El aire cálido se posó palpablemente sobre mis hombros como una corta capa de fieltro mientras esperaba que pasaran los últimos minutos. Cuando fue exactamente medianoche, saqué de debajo del banco del bote el farol que me había traído y lo encendí. Luego conté hasta sesenta y lo apagué.

Tenía el vestido húmedo y se me pegaba a la piel por el sudor nervioso. Bajo el redondo melón de la luna, que seguía luminosa, justo podía vislumbrar la orilla del lado de Kentucky, aunque la tierra en sí no fuera más que una larga sombra negra. Conté hasta sesenta, volví a encender la linterna y luego la apagué. Seguía sin recibir una respuesta en forma de luz desde la orilla. El agua daba lametazos a mi alrededor y oí a un pez dar un coletazo contra la superficie. La corriente estaba arrastrando la barca río abajo, y tiré de los remos para corregir el rumbo. No estaba segura de si debía regresar o seguir adelante cuando por fin vi un destello de luz que parpadeó una o dos veces antes de prender. Sesenta segundos más tarde se apagó.

Girando la barca de nuevo distinguí la copa de un árbol en la ribera norte que estaba, pensé, más o menos en frente del sitio de donde había venido la luz, y remé en dirección opuesta en línea recta. Si hubiera tenido a alguien conmigo me hubiera podido indicar, pero estaba yo sola, y empezó a dolerme el cuello de mirar tantas veces hacia atrás. Cuando sentí por primera vez el pedregoso lecho del río estaba convencida de estar muy lejos de mi destino. No había ni pueblo ni embarcadero en esta parte del río, nada en absoluto a lo que amarrar la barca, puesto que aquí los árboles no llegaban tan abajo como para tocar el agua, así que no me quedó más remedio que salirme y poner el bote en tierra tirando de él. Los altos árboles que tenía delante ocultaban la luna y el raspar de la quilla contra el suelo de guijarros se oyó demasiado, distinto de los demás ruidos además de amplificado.

Pensé en dar una voz pero había oído que había vigilantes por el río. Mientras intentaba volver a distinguir en la penumbra la esfera del reloj apareció una figura entre los árboles, y pese a que era exactamente lo que estaba esperando, al verla mi cuerpo saltó hacia atrás del susto. Era un hombre blanco que llevaba una cesta grande y estaba solo. Probablemente quisiera asegurarse de quién era yo antes de sacar a los niños. Era más bajito de lo que imaginaba que sería, y vestía como un mozo de granja. Cuando se acercó pude comprobar que olía a ganado y a paja.

—¿La amiga de la señora Howard? —preguntó. Yo contesté afirmativamente—. ¿Este es su bote? —Volví a asentir y luego dije que sí. Me salió un susurro de voz, que no era lo que pretendía.

—Aquí tiene —dijo. Me entregó la cesta, que tenía dentro un revoltillo de ropa. Cuando se retiró vi que tenía una escopeta remetida en los pantalones.

—Habrá una luz en el otro lado —dijo— una vez que amarre el bote. Camine por la carretera hasta que la vea.

—¿Dónde?

—En algún punto de la carretera.

—¿Qué carretera?

Me miró sacudiendo la cabeza.

—No lo sé, ¡la principal! —Hasta el susurro sonaba exasperado—. Usted no deje de mirar bien a su alrededor.

—¿Cuántos niños?

—¿Qué quiere decir?

—Ya ve lo pequeño que es el bote.

Por un momento se mostró confuso. Luego miré la cesta de ropa. Tiré del extremo de unos pantalones y vi la carita apretada de un bebé dormido.

—Pensaba que…, me hicieron pensar que serían niños.

El hombre se encogió de hombros.

—Si oímos que viene un bebé, nos ponemos en contacto con la madre. Ella nos manda llamar cuando llega el momento. Es fácil decir que el bebé nació muerto. La mayoría de los capataces de las haciendas hacen la vista gorda; en general, lo que quieren es que sus mujeres vuelvan al trabajo. O a lo mejor se lo creen. No lo sé. Claro que algunos ni saben que hay un bebé en camino. Las mujeres lo esconden.

La cabeza del bebé no era mucho más grande que mi puño. Tenía el pelo húmedo todavía. Cuando le pregunté la edad que tenía, el hombre miró el reloj. Ocho horas, eso me dijo.

—Ay, sí. Casi me olvido. Mire aquí. —El hombre echó a un lado las ropas que había al fondo de la cesta y sacó un biberón hecho de arcilla, en forma de barquito vertical, con una tetina en la punta hecha de piel de cabra. Yo ya había visto antes estos artilugios, una vez en Oxbow y otra vez en un teatro de Nueva York: una joven actriz le entregó uno a su marido para que se lo diera a su bebé mientras ella estaba en escena. Recordaba cómo el marido acunaba al bebé con su cabecita en el hueco del codo, y pensé que la áspera tela de lana del abrigo rascaría esa piel tan sensible, pero el bebé chupó la leche sin pausa. Después eructó mucho y el hombre rio como si aquel fuera el mejor de los chistes. No era actor el padre, sino que movía los decorados y trabajaba de carpintero general.

—Lo llaman tetina de alimentación —me había explicado el padre—. Lo malo es que por este chisme pasa el aire y eso le hace eructar. Pero es mejor que nada, ¿a que sí?

Después de meter el biberón otra vez entre las ropas, el mozo de granja me enseñó el bote de leche que también llevaba ahí escondido. Luego empujó la barca para meterla en el agua y me sostuvo la cesta mientras yo me metía dentro.

—Si alguien te pregunta, esto que llevas es la colada.

—¿En mitad de la noche?

Echó una mirada atrás, a la línea de árboles. Cualquiera podría estar ahí escondido, observándonos. Metí la cesta debajo del banco de delante, junto al farol, y cuando volví a mirar el mozo ya estaba vadeando de vuelta a la orilla. El bote de remos de Leo, liberado de su agarre, empezó a mecerse un poco río abajo. Coloqué los remos en sus asideros mientras el mozo levantaba el brazo para decir adiós sin mirar atrás.

Remé lo más rápido que pude, manteniendo el oído bueno pendiente de Kentucky. Estaban empezando a entrar nubarrones espesos, tapando la luz de la luna, pero el río en sí estaba en calma. Nos encontrábamos aproximadamente en la mitad del recorrido cuando empezaron a salir extraños ruidos de la cesta, como de un cerdito tosiendo. Levanté los remos por un momento, pero los ruidos no pararon. Aunque no parecían lo bastante fuertes como para llamar la atención, eso podía cambiar en cuanto llegásemos más cerca de la orilla, así que palpé por el fondo de la cesta hasta encontrar el pequeño biberón y el tarro de leche.

El tarro tenía el fondo tibio por la ropa y la parte de arriba fresca por el aire de la noche. Sostuve el biberón recto y vertí dentro un poco de leche, y luego intenté dar de comer al bebé mientras yacía ahí entre camisas y pantalones. Eso resultó ser imposible. La leche se le derramaba por la mejilla, y él lloraba con su llanto tosido todavía más fuerte, girando la cara para acá y para allá de forma que no podía mantener la tetina en su boca. Tenía que sostenerle la cabeza quieta, así que retiré los remos, los metí en la barca y saqué al bebé de la cesta. Tenía los labios como frambuesas oscuras y me recordaron a unos caramelos que había comido de niña, y cerraba con fuerza los ojitos húmedos. Tenía los mofletes hinchados y una frente lisa, curvada, que conducía con elegancia hasta sus pelo oscuro y húmedo y su cráneo redondeado. Sujeté con cuidado su cabecita y volqué la leche en su boca, y pronto empezó a chupar y a tragar acompasadamente.

Mientras, nos íbamos deslizando cada vez más y más hacia el oeste, movidos por la corriente. Cuando levanté la mirada, las nubes habían tapado la luna del todo y ya no veía ninguna parte del norte en absoluto. Por un momento sentí una presión de pánico en el pecho al darme cuenta de lo rápidamente que podía perder la orientación y remar de vuelta a Kentucky. Puse al bebé otra vez en la cesta de forma algo más brusca de lo que pretendía y lo tapé y aseguré bien el biberón. El tarro de leche estaba vacío. Ahora el río iba un poco más crecido y el viento era más potente.

Recordé que, antes de detenerme para ocuparme del bebé, el viento soplaba a la derecha de mi cara, así que le di la vuelta al bote con un remo hasta sentir la misma sensación. Las nubes se adelgazaron por un momento, lo bastante como para ver la silueta de la luna, y al mirar por encima de mi hombro vi lo que me pareció que era la luz del palo mayor del *Teatro Flotante*.

No lo era, pero remé hacia ella de todas maneras hasta que la luz parpadeó y se terminó apagando, y avancé hasta donde pensaba que estaba. Para entonces había mirado atrás por encima del hombro con tanta frecuencia que comencé a sentir en el músculo de la nuca una gran quemazón, y con cada tirón de los remos sentía que el hueso del brazo izquierdo se movía hacia delante y hacia atrás en su glena como un mazo en un mortero. Pero finalmente llegamos a la orilla y, con las últimas fuerzas que me quedaban —o eso me pareció en aquel momento—, saqué el bote del río con el bebé dentro.

Había atracado en un prado muy mojado y muy crecido: podíamos estar perfectamente en una jungla africana, de tantas plantas húmedas y verdes y de tal variedad de insectos como había, todos ellos hambrientos. Un enjambre de mosquitos me golpeó la cara como un comité de bienvenida en cuanto cogí la cesta y di un paso hacia los árboles, pero con las manos ocupadas no podía espantarlos. Cuando bajé la mirada, vi que el bebé dormía con un brazo fuera de las ropas y una mano sobre la cara, como un anciano molesto ante el mundo, intentando apartarlo de sí mientras dormitaba.

Tenía el oído bueno aún pendiente del río, y, felizmente, no oía voces ni ruidos de remos. Pero el *Teatro Flotante* no se veía por ninguna parte, como tampoco se veía ningún otro barco. Empecé a buscar una carretera. Tras haber dado unos pocos pasos, no obstante, no creí que fuera capaz de cargar con la cesta ni un instante más —tenía los brazos agotados de remar—, así que la dejé en el suelo y con una camisa me hice un cabestrillo. De niña, una vez vi a una india bajita que llevaba así a su criatura, aunque en su momento lo que me había llamado la atención había sido el bordado de cuentas del bajo de su vestido, y sus pies anchos y descalzos en pleno octubre. De quienquiera que hubiera sido esa camisa, era alguien con los brazos largos, cosa que agradecía; pude atar las mangas con un nudo en la nuca. Luego envolví al bebé en el cabestrillo de la camisa y apreté el costado cálido de su cuerpecito nuevo contra mí, sujetándole por la espalda. Remetí el tarro de leche vacío y el biberón en el cabestrillo y luego con la mano libre cogí la cesta, que ya me resultó lo bastante ligera, y me la colgué del brazo por el largo asa.

Sentí que me apañaba, aunque fuera por los pelos.

Estaba tan oscuro que mis ojos no distinguían más que sombras. Los hierbajos y arbustos que empezaban a crecer en el borde del banco del río parecían extenderse indefinidamente por la oscuridad. Tropecé y puse los brazos bajo el cabestrillo para mantenerlo en posición. Podía sentir el culete redondo del bebé colgando como una pelotita, y puse la mano bajo la curva de su espalda, subiendo hasta su cabeza dura y diminuta. Luego comprobé el otro extremo del cabestrillo buscando el biberón: ahí seguía. Pero ¿dónde estaba la carretera?

—¿Qué hay?, ¿quién está ahí? —Sonó una voz profunda y zumbona.

Me sorprendió tanto que solté un ruido corto pero agudo antes de poderlo evitar. Una sombra delante de mí se movió y reconvirtió en un hombre alto que llevaba un sombrero de piel hecho a partir de algún animalillo entero: la cabeza peluda caía sobre una de las orejas del hombre y el rabo sobre la otra. En aquella oscuridad no podía distinguir si era un mapache o una comadreja. El hombre iba armado con un rifle de caza abierto sobre un brazo, y un saco de patatas lleno de algo cazado le pesaba a la espalda. Al acercarse a mí noté que traía olor a pólvora y a hojas mojadas.

—Vaya, pues es una dama. Hola, señora. ¿Qué tiene usted ahí? —me preguntó con una voz que parecía al tiempo amistosa y malvada. Tenía un fuerte acento sureño, pero mucha gente a ambos lados del Ohio hablaba como él; bien podía ser del Norte. Aun así, no podía asumir que fuera a ayudarme.

—Un bebé —le dije—. Está enfermo.

—¿Respira?

Dio un paso hacia mí, como si quisiera comprobarlo por sí mismo. Estaba flaco como una habichuela, y un poquito torcido a la altura del cuello, como lo están algunas habichuelas. No sabía cuánto sería capaz de ver a la luz de la luna, pero el bebé era sin duda un bebé negrito, cosa de la que podría darse cuenta si lo miraba muy de cerca.

Di un paso atrás.

—Estoy buscando a un médico —le dije—. Estoy intentando encontrar la carretera.

—¿Eres una de esas gentes que viven en el río? ¿Tienes una chabola en un barco o algo así?

Le dije que sí.

—¿Y dónde tienes el barco amarrado? En mi tierra espero que no.

—No lo sé. Está un rato más atrás.

Él soltó una carcajada.

—No te preocupes, esa tierra no es mía. —Vaya, pensé, con que un cazador furtivo—. Eres una mujer nerviosa —me dijo—. Qué haces saliendo por aquí sin saber a dónde vas.

Se quitó el sombrero cogiéndolo por el morro del animal, y se frotó la frente con el antebrazo. Luego volvió a ponerse el sombrero, ladeado.

—Tú sigue el camino que llevas. Arriba, cuando des con la carretera, gira a la izquierda. Verás una valla a la derecha, y después de eso llegarás al sendero de burros del doctor. Eso te conduce hasta su casa.

Lo que tenía que hacer era girar a la derecha para volver hacia el *Teatro Flotante* y, con suerte, hasta quien estuviera esperando al bebé en la carretera cercana, pero le di las gracias y empecé a andar, esperando que con eso llegásemos al final de nuestro encuentro. No era el final. Me siguió a través de los arbustos, y cuando los árboles clarearon y apareció la carretera, me dijo:

—Ahí es, señora. Siga por ahí como un cuarto de milla. —Me giré para verle señalar al oeste. Luego volvió a quitarse el gorro.

Podía sentirle allí de pie, mirándome caminar, y cuando la carretera dio una curva, di un paso a un lado, fuera de su vista, para ponerme a escuchar con el oído bueno. Y efectivamente, oí el leve claqueteo de sus botas avanzando por la carretera en dirección a mí. Agarré al bebé más fuerte en su cabestrillo y seguí andando. La única cosa buena de ese cazador furtivo, quien quiera que fuese, era que me mantenía en tal estado de miedo nervioso que no podía caer redonda de puro agotamiento, aun sabiendo que iba a tener que volver sobre cada paso que estaba dando, y luego caminar aún más para regresar al *Teatro Flotante*.

Leo se levantaría a eso de las tres a soltar el barco. Tenía que volver antes de esa hora. No sabía cuánto habría avanzado río abajo en el bote llevada por la corriente. Al ir andando por la carretera, evitando como buenamente podía en la oscuridad los profundos surcos dejados por las ruedas de los carros, y las piedras que parecían aparecer entre ellos por pura malicia, fui consciente del balanceo de mi propio caminar, que me recordaba al de mi catre, mecido suavemente por la corriente. El bebé se podía despertar en cualquier momento y querer más leche, pero no había más. El estómago me rugía, preguntándose por qué llevaba tantas horas en pie sin comprender que, por derecho, debería estar cerrado por ser de noche.

Por fin —tal vez fueran solo unos minutos pero a mí me pareció una hora—, un bajo muro de piedra gris se alzó en el lado derecho de la carretera, con unos árboles detrás cuyas ramas sobresalían por encima. Llegué a una valla, tal y como había dicho el furtivo, y luego un sendero para burros. Giré la cabeza otra vez para poder escuchar con el oído bueno. El furtivo seguía caminando detrás de mí. Una débil capa de nubes pasó por encima de la luna, pero al final del sendero pude distinguir un largo tejado en punta detrás de una hilera de delgados árboles frutales. Mi idea era acercarme lo suficiente a la casa para que el furtivo ya no pudiera verme, y luego esperar a que se marchara.

Pero al llegar al final del sendero para burros vi que las luces estaban encendidas dentro de la casa. A través de las ventanas solo tapadas a medias por cortinas podía ver a dos personas moviéndose por las habitaciones: un hombre y una mujer. Y cuál sería mi suerte que la mujer echó un vistazo desde la ventana de la sala principal al pasar, y aunque estoy segura de que no me pudo haber visto en la oscuridad, se paró, se acercó más a la ventana, y luego retiró la cortina para ver mejor.

Di un paso atrás en el camino y un palo se partió debajo de mi pisada. Un perro al que no había visto en el porche se puso de pie y empezó a ladrar, y yo sentí que el bebé se movía contra mí.

La mujer fue hasta la puerta principal y la abrió.

—¿Hay alguien ahí?

Contuve el aliento y mecí al bebé, con una mano sobre su cabeza y otra en la pelotita que era su culete, mientras el perro seguía ladrando. No podía ver ninguna cuerda, pero vi que el perro tiraba de algo; me imaginé que estaría atado en el porche.

Un minuto más tarde salió un hombre y mandó callar al perro. Debía de ser el doctor; llevaba un pesado maletín de doctor. Ahora el bebé empezó a lanzar débiles maullidos y yo di un paso atrás y me escondí detrás de un manzano. La mujer entró en la casa y volvió a salir con un sombrero, que el doctor se puso en la cabeza. Tenía al caballo atado a un poste en el jardín, ya ensillado.

Caí en la cuenta de que se disponía a bajar a caballo por el sendero, así que me adentré más en los manzanos para ocultarme. Los troncos no me llegaban ni a la cintura y se dividían en muchos dedos largos de ramas flacas, ninguna de las cuales era lo bastante ancha como para esconderme de verdad. Pero la noche aún estaba oscura, y yo intentaba permanecer muy quieta. El aire debajo de los árboles se sentía húmedo y espeso, como si el azucarado líquido de los capullos de las manzanas se elevara y solidificara allí. Podía oír mi propio pulso latiéndome en los oídos.

La mujer había salido del porche y la oí hablar con el doctor mientras él se subía al caballo. No tenía el acento sureño del furtivo; me pareció que era más bien de Nueva Inglaterra. Mecí al bebé y le metí el meñique en la boca para que chupara. El doctor espoleó al caballo para que empezara a andar despacio y la mujer lo observó marcharse con los brazos cruzados sobre el estómago. Al pasar, me fijé en lo erguido que iba y el buen asiento que lucía a caballo. El perro empezó a ladrar de nuevo.

Cuando oí que el caballo empezaba a trotar ya en la carretera exhalé, sin darme cuenta de que había estado conteniendo el aliento. Pero la mujer ahora estaba mirando los manzanos, fijándose en un punto un poco a la izquierda de donde estaba yo de pie.

—¿Hay alguien ahí? —volvió a exclamar. Tenía la voz grave y segura, sin miedo. Adiviné que pertenecía a una persona educada, y sin duda provenía de Nueva Inglaterra, tal vez de Boston.

Podía imaginarla recitando poesía delante de un aula llena de niños de escuela; a nadie se le ocurriría enredar bajo la autoridad de esa voz. Quiso la suerte que, mientras seguía buscando entre los manzanos, el bebé se sacó mi dedo de la boca y empezó a llorar, con las mismas débiles arrancadas de antes, como una criaturilla salvaje que tosiera para sacarse algo que tuviera en el fondo de la garganta.

Subió hasta el porche y desató al perro. Luego se quedó allí de pie sosteniendo su correa.

—Venga, vamos, fuera de mis árboles —ordenó—. ¿Qué pasa, tienes hambre?

Apoyé la mano en la nudosa rama de un árbol, que parecía que alguien hubiera estado mordisqueando. El problema es que no sabía distinguir a mis amigos de mis enemigos.

—Estoy oyendo a tu bebé —dijo la mujer.

Tenía acento de Nueva Inglaterra, eso era verdad. Y su marido era un doctor. De repente estaba muy cansada y lo sentía en las sienes, una palpitación pesada que me animó a conceder la derrota.

Al salir caminando de entre los árboles debí de parecerle a ella lo que ella me pareció a mí: una figura oscura cuyos detalles emergían despacio al acercarme a la luz de la casa. La mujer no era alta pero se mantenía muy erguida. Cuando se giró a coger la lámpara que había al otro lado de la puerta, vi que tenía el pelo recogido en una larga trenza que le caía por mitad de la espalda, despeinada por haberse quedado dormida con ella. Al volverse sostuvo la lámpara en alto para mirarme a la cara, y luego reparó en el cabestrillo improvisado con el bebé.

—¿Estás aquí buscando al doctor? —me preguntó.

—No, señora —dije—. El bebé llora solo porque tiene hambre.

—¿Y entonces por qué no le das de comer?

—No toma el pecho. ¿Tiene usted leche que le pueda dar? Tengo un biberón.

Hubo un momento de silencio, y luego dijo:

—Espera un poco.

No me pidió que entrara ni ató al perro. El perro y yo nos miramos el uno al otro con suspicacia. Era más grande que Oliver, con el pelo corto y marrón y un ladrido profundo y rasposo –un poco como la voz de su dueña–, y parecía criado para cazar ratas: era ágil y fibroso y probablemente rápido. Le di al bebé un dedo para chupar, pero con ese truco ya no se la pegaba. Saqué su botellita y la calenté entre las manos.

Después de un momento la mujer salió con un pequeño tarro de leche. Pero cuando retiró el lado del cabestrillo para ver al bebé se quedó mirando su cara. Tenía los ojos abiertos y húmedos, y los pequeños labios color frambuesa abiertos y estirados. Por un momento no hizo nada. Luego con el dedo índice tiró suavemente de la manta para apartarla de su barbilla y ver más. Después de un momento dio un paso atrás, aún con la leche en la mano.

No sé por qué la dejé mirar al bebé; había tenido cuidado con el furtivo. Pero estaba cansada y no pensé con suficiente rapidez. Y su acento era del Norte. Y su marido era médico. La mujer me miró y luego miró a su perro y luego volvió a mirar al bebé. Cogió la correa del perro y la sostuvo. Su cara tenía la forma de una hermosa pera pálida, y los pómulos finos como el hielo.

—Fuera de mis tierras —dijo tranquilamente. No parecía enfadada. Tenía demasiada serenidad para eso.

—Yo no quería venir aquí —le dije.

—Fuera.

—No he hecho nada malo —le contesté, bajando las escaleras del porche de lado para no darle la espalda al perro. Bueno, claro que había hecho algo malo, pero no estaba pensando en cómo había terminado con este bebé en brazos, sino en que no tenía nada de malo pedirle leche a la mujer de un doctor. Eso no tenía nada de malo.

Me observó cruzar el jardín mientras el bebé lloraba sin parar, con la mano sosteniendo la correa del perro muy floja, como si estuviera decidiendo cuál sería el mejor momento para soltarlo. Yo no paraba de darme media vuelta para mirar atrás, casi esperando ver al perro echar a correr detrás de mí, incluso después de pasar la línea de manzanos, cuando ya no podía ver ni la forma de la mujer ni la del perro.

El bebé fue llorando, con sus sollozos débiles de recién nacido, por toda la carretera. Como no tenía otra cosa, le di mi meñique una y otra vez hasta que al final, agotado de tanto llorar, se durmió con mi dedo en la boca.

Al furtivo, gracias a Dios, no lo vi por ninguna parte. Los matojos de arbustos a mi derecha ocultaban el río de la vista, pero en cambio podía oírlo gemir y moverse como si fuera una conversación mantenida tras una puerta cerrada. La luna se rindió y se dejó tapar por completo por las nubes, y la oscuridad pareció hacerse, al tiempo, más profunda y más cálida a medida que iba andando por la alta berma de la carretera. Estaba más que cansada; era como si yo fuera algo inanimado y me estuvieran moviendo mediante poleas, por medio de palancas. Sentía la cabeza como la de una marioneta de madera. Cuando por fin llegué hasta el *Teatro Flotante*, vi que había una lámpara encendida en el auditorio, cosa que significaba que Leo estaba despierto, pero todavía no había salido a cubierta, como tampoco Hugo. Había un oscuro carro en la carretera, justo por encima del embarcadero.

Al acercarme, el conductor se bajó. Era Donaldson. No dijo nada, por supuesto, cuando le entregué al bebé junto con la cesta. El bebé se despertó y empezó a llorar otra vez, y le dije a Donaldson que tenía hambre, pero que no me quedaba leche. Donaldson sacó una botella de debajo del asiento y llenó el biberón. Pero antes de dárselo al bebé, se sacó del bolsillo un tubo cilíndrico no más ancho que mi pulgar y lo sacudió, dejando caer una gota de líquido sobre su dedo índice, y luego metió el dedo en la boca del bebé. El tubo de cristal tenía un envoltorio de papel marrón que reconocí de las boticas: opio. Después he sabido que se trata de una práctica común para mantener callados a los bebés de los esclavos, pero en ese momento, aún exhausta como estaba, me dejó estupefacta.

Donaldson me dirigió una mirada llena de intención: mi parte del asunto había terminado. Sabía que no volvería a ver al bebé, sus labios de frambuesa y su llanto tosido. Esperaba que se encontrara a salvo, y esperaba que Donaldson tuviera mucha leche para él. Mientras volvía andando al *Teatro Flotante*, pude oír el débil crujido de las ruedas del carro que empezaban a girar y se alejaban de mí por la carretera. Me fui directamente a mi cuarto, agradecida de no encontrarme ni con Hugo ni con Leo. Hasta que no me quité las botas y me tumbé en el catre, todavía con el vestido puesto, no se me ocurrió que esa noche había mentido en muchas ocasiones sin usar el griego ni una sola vez. Había mentido al cazador furtivo y había mentido a la mujer del doctor sin ni siquiera pensar en ello. «Mira lo que consigue el miedo», pensé.

15

Si fuera por Leo, los niños de calzón corto serían los culpables de todos los males de este mundo. Se subían a los árboles de la ribera al ver llegar nuestro barco y soltaban chillidos y alaridos y arrojaban manzanas de pura excitación. Se probaban el «gorro de captán», como ellos decían, y lo dejaban caer en el suelo embarrado. Permitían a sus ponis vaciar las vejigas justo al lado de la pasarela del escenario, dejando charcos sulfúricos por donde iban a caminar las damas. A medida que el día se transformaba en noche se iban portando peor, intentando colarse en la función sin pagar o importunando a nuestros clientes después con mejunjes de curandero para eliminar las pecas o los lunares, o prometiendo alivio contra ojos legañosos, intentando cobrar diez centavos por dosis. Eran vagos, traviesos, irrespetuosos, ignorantes… Leo les dedicaba incontables insultos, atizándoles con ellos uno a uno. A veces se acobardaban ante su gran envergadura y salían corriendo, pero no siempre. Una vez, el año anterior, según me contaron, en mitad de una representación, unos sinvergüenzas cortaron los cabos de amarre del barco y el barco navegó río abajo a la deriva durante media milla. El público se lo tomó bien y recorrió a pie aquella distancia de más hasta sus casas después de la función, pero Leo se puso furioso.

Naturalmente, culpó a los muchachos de la desaparición de la barca de remos.

—La desamarraron, se la llevaron a dar una vuelta de placer y la abandonaron a que se pudriera en cualquier lado. Lo único que me pregunto es por qué Oliver no ladró.

Estaba hablando con Hugo en la barandilla. Les podía oír desde mi camarote, incluso con la puerta cerrada. Seguíamos en el mismo amarre que el día anterior; Hugo no quería marcharse sin la barca. ¿Y si Leo alquilaba una mula y la iba a buscar? Sugirió Hugo.

—Tal vez esté solo un poquito río abajo. Subida a la orilla o en el barro.

—Así que hoy también me toca hacer eso ahora —se quejó Leo.

—Ya lo sé. Pero es una buena barca. Comprar otra me va a salir caro.

—Esos chicos son chicos malos. No deberías haberles dado nunca entradas.

—Oh, venga, Leo. —Hugo se rio—. No sabemos quiénes lo hicieron. ¿Quieres que de ahora en adelante no deje entrar nunca a ningún chaval a una función?

Leo refunfuñó algo que no pude oír.

—Tengo la sensación de que la encontraremos —prosiguió Hugo tranquilamente—. Conseguiremos una mula para que la arrastre de vuelta. Puedo ir yo mismo buscando por el río si tú no la encuentras.

No, Leo dijo que lo haría él. Aunque hiciera tanto calor, él lo haría.

En el comedor los actores parecían solo moderadamente interesados en la barca perdida.

—Igual se desamarró sola en mitad de la noche —dijo Pinky—. ¿No oísteis el viento que hizo? —Dirigió su atención a las tortitas y a los huevos que estaba repartiendo Chef.

—¿Un viento que desamarre una barca? —Jemmy se reía mientras le echaba melaza con un lento movimiento en espiral a todo lo que tenía en el plato, incluidos los huevos—. ¿Y si fuera un fantasma, eh? ¿O uno de los sauces de la ribera? ¿Con esas ramas largas como dedos?

Pinky no le prestó atención, sino que empezó a trincharse las tortitas con el canto del tenedor.

—A ver, May, escucha. Estaba pensando, para el disfraz de Cecilia estoy usando ese viejo camisón. ¿Y si le rasgo un poco el dobladillo? ¿Crees que quedaría más dramático? —Pinky y los demás me habían empezado a consultar cada detalle de su vestuario, y naturalmente yo estaba encantada de hablar sobre eso tanto como quisieran. Pero aquel día me sentía cansada y llena de remordimientos.

—Te tropezarás con él en escena —le dije—. Pero un rasgón no es mala idea. Mejor quizá usa la manga.

—La manga. Qué bueno, qué bueno. ¡Gracias, May! Dime —añadió, al verme apartar el plato y ponerme de pie—, ¿no te vas a comer eso?

Me sentía fatal porque Leo tuviera que molestarse en ir en busca de la barca de remos que yo había perdido, y decidí que tenía que ir con él a recuperarla. Además, yo era la única que sabía dónde buscarla. El problema era que no sabía cómo decirle dónde estaba sin delatarme. En el pueblo, a Leo y a mí nos mandaron donde el fabricante de ataúdes, que a veces alquilaba su mula si en ese momento no había nadie que necesitase enterramiento. Estábamos de suerte: el fabricante de ataúdes estaba ocioso y nos dejó usar su mula, una bestia chaparra de color gris con largas pestañas, por diez centavos.

La mula estaba acostumbrada a tirar, hasta el camposanto, de un carro con un ataúd cerrado con clavos, mientras su amo tiraba de ella con una cuerda corta y la familia del muerto iba andando detrás. Con Leo y conmigo la mula no paraba de detenerse y bajar la cabeza, confundida por aquel giro en los acontecimientos. Ese no era el camino al camposanto y la mula lo sabía.

Íbamos caminando por un sendero de cochinos que corría en paralelo al río y que nos había enseñado el fabricante de ataúdes. «Si hubiera conocido este camino anoche», pensé, «la cantidad de trabajo que me podía haber ahorrado». Miré el reloj de mi padre. Sabía que la noche anterior había caminado unos treinta minutos, y eso era todo en lo que me podía basar. Seguía siendo temprano, pero el aire se estaba calentando y humedeciendo, convirtiendo la mañana en un día de calor pegajoso.

—Nos hemos metido en un lío nada bonito —refunfuñó Leo. No paraba de quitarse el sombrero para limpiarse la cabeza con el pañuelo.

Del agua venía un olor acre como a flores marchitas en un jarrón, y aparté la nariz. Me seguían doliendo los hombros y el cuello de la noche anterior, e incluso bajo la fuerte luz del sol me sorprendía bostezando. La mula se paraba cada pocos metros para intentar comerse las cotulas del camino, hasta que Leo le dio una palmada en el trasero. El caminito bajaba más cerca del río, y llegamos a una barquita que hacía las veces de chabola, amarrada a un álamo con ropa y sábanas colgadas a secar. Una pandilla de niños flacos vadeaban en el agua alrededor de la barca, y Leo los miró con el ceño fruncido. Un par de ellos llevaban camisas con nada más que agujeros recortados en la tela para sacar los brazos.

—Los chicos son un problema —le dije cautelosamente a Leo al pasar—. Pero las chicas no están tan mal.

—Hmm. —La mula se paró y Leo volvió a atizarla para que anduviera otra vez.

—Y los bebés… —¿Qué eran los bebés?, me pregunté—. Son monos, ¿verdad?

—Hay gente a la que les gustan, supongo.

—Claro, que los bebés esclavos…, bueno, eso sencillamente está mal, ¿no crees? —Tenía metidas en el bolsillo dos rosquillas envueltas en un pañuelo que me había llevado del comedor antes de irnos, y ahora las saqué y le di una a Leo. Le pegó un buen mordisco a una y masticó.

—¿Bebés esclavos chiquititos? —le animé, con la esperanza de obtener una respuesta.

Se metió el resto de la rosquilla en la boca, la masticó un par de veces antes de tragársela, y luego se limpió las manos en los pantalones.

—No pienso cruzar este río contigo —me dijo—. Ni por la noche ni tampoco por la mañana.

Me paré y le miré, pero él tiró del ronzal de la mula y siguió andando. Le dije:

—¿Cómo lo has sabido?

—Por Dios, señorita May, no soy bobo por los dos lados. Y ahora dígame dónde ha acabado mi bote.

—¿Lo sabe Hugo?

—Por mí no.

—Pero ¿lo sabe?

Leo se encogió de hombros.

—Supongo que no.

—Necesito ayuda, Leo. Me están dando bebés. No puedo dirigir una barca de remos con un bebé en el regazo.

—Yo no pongo un pie en ese lado del río, eso usted lo sabe.

Yo ya había pensado en esto.

—¿Y si tú te quedas en el agua? Puedo vadear yo sola, recoger al bebé, traerlo en brazos, y volver vadeando hasta la barca a encontrarme contigo.

Pero según hablaba, él ya estaba sacudiendo la cabeza: no, no, no. Se me cayó el alma a los pies. Necesitaba ayuda, la noche anterior me había demostrado por lo menos eso, y sabía que podía confiar en Leo. Pero él no pensaba hacerlo.

—Lo más que haré será hacer la vista gorda cuando vea a alguien enredando con mi barca de pesca en mitad de la noche —me dijo—. E iré a buscarla para traerla de vuelta una mañana de calor, usando una mula cabezota. Es todo lo lejos que estoy dispuesto a llegar.

Volvió a palmear el flanco de la mula.

—Este calor me va a matar —le habló a la mula—, y me imagino que a ti te parecerá bien, a que sí, porque de ese modo pronto podrás llevar a rastras mi propio cuerpo, que es lo que te gustaría. Y entonces, ¿mi barca dónde está? —Esto último me lo dijo a mí.

Saqué el reloj de mi padre.

—Casi hemos llegado —le dije.

Mi siguiente idea fue pedírselo a Thaddeus. No había oído al señor Niffen hablar lo suficiente como para conocer su opinión, ni sobre la esclavitud ni sobre ninguna otra cosa, y aunque había tenido más conversaciones con Pinky y con Jemmy, ellos charlaban sobre todo de interpretación y de lo que opinaban sobre la comida de Chef y de la fluctuación en el precio de los puros.

Después de que Leo y yo regresáramos con el bote de remos, Hugo movió el *Teatro Flotante* al otro lado del río, hasta un pueblecito de la orilla de Kentucky, y esa noche actuamos allí para un público reducido. Normalmente nunca hubiéramos parado en un amarre tan pequeño, pero no había nada mejor. Después de contar las ventas de entradas calculé que, por culpa de mi locura, habíamos perdido unos buenos tres dólares.

A la mañana siguiente seguimos nuestro rumbo río abajo como siempre y atracamos en Fairview, Indiana, un pueblo de tamaño considerable con molino harinero, curtiduría y dos almacenes mirando al río. Aquí podíamos esperar una audiencia más abundante, nos dijo Hugo en el desayuno, «así que nada de perder el tiempo»; una referencia, supuse, a la mediocre actuación de Jemmy y de Sam la noche anterior.

—Hacer reír a un público de doce personas es difícil —dijo Jemmy en voz baja.

—Estábamos actuando ante una sala vacía —dijo Pinky.

Sam, como era costumbre, contribuyó con su propia sílaba a la conversación:

—Eso.

Thaddeus no vino a desayunar esa mañana. Le encontré en su camarote con una dosis de aceite de ricino y trementina en la mano que me dijo le había dado Chef. Tenía las manos amarillas y la cara aún más amarilla.

—Una chirla mala que me comí ayer —me explicó—. Tengo que arreglarme por dentro para tenerme en pie esta noche.

Estaba sentado en el borde del catre con un cubo entre los pies. Se había quitado los zapatos, y había puesto el sombrero sobre el asta de la cabeza de un alce disecado que había encontrado en una tiendecita de curiosidades de Ohio y por el que había pagado una buena cantidad. La cabeza era tan vieja que los ojos habían sido sustituidos por canicas amarillas, que le daban a la pobre criatura pinta de juguete de niño, y la piel de un lado del cuello estaba tan raída que parecía tela marrón. El alce miraba al río, como si se estuviese planteando cómo cruzarlo sin patas ni cuerpo, y si lo observabas desde determinado lugar parecía que te estaba clavando la mirada.

Yo siempre le daba la espalda, y eso hice también en esta ocasión.

—¿Puedo traerte alguna cosa? —le pregunté—. ¿Un trozo de pan o unas galletas saladas?

Thaddeus gimió. Incluso enfermo y en calcetines seguía vistiendo con su habitual estilo de pisaverde, con un llamativo corbatín azul alrededor del cuello.

—Te voy a traer un poco de limonada con soda —le dije—. Eso te vendrá mejor para el estómago que el aceite de ricino.

Volvió a gemir y se puso las manos sobre las orejas para sujetarse la cabeza. No estaba en condiciones de decir que sí a nada, era evidente. Le ayudé a tenderse en el catre, con la cara mirando al cubo que estaba en el suelo, y me acordé de lo vago que era. Después de marcharnos de Cincinnati nunca más volví a verle ayudar a mover el barco por las mañanas, probablemente porque dormía hasta más tarde que nadie, y mientras dormía llevaba la cara untada de cremas como una mujer; esto lo había descubierto una vez que le fui a ver antes de que se hubiera levantado, porque quería que se probara un chaleco que le había terminado de coser. Ahora, viéndole tendido sobre la cama, me di cuenta de lo improbable que era que yo pudiera convencerle para levantarse en mitad de la noche para realizar un esfuerzo físico, como es remar en una barca.

—Esta vida del río es demasiado ruda y esforzada —dijo Thaddeus, mirándome con los ojos acuosos—. Oh, May. Lo que realmente necesito es encontrar una rica benefactora como ha hecho tu prima. O una viuda joven de campo. ¿Te acuerdas de esa idea? Y mi pareja de perros de caza. Sí, cómo me gustaría eso.

Ahí fue cuando se me ocurrió la idea del dinero. Thaddeus siempre se había gastado más de lo que ganaba, y a menudo se quejaba de ello. Vestía demasiado bien para los ingresos que obtenía, y se compraba artefactos ridículos por capricho, como la cabeza de alce.

Después de llevarle la soda con limonada volví a mi camarote y escribí la siguiente carta:

> *Querida señora Howard:*
> *Espero que esté usted bien. Necesito más dinero. ¿Podría enviarme usted un poco, por favor?*
> *Con diez dólares me basta.*
> *Suya, muy sinceramente,*
> *May Bedloe*

No quería decir demasiado. Ella sabría para qué lo quería, razoné. Después de repasarla, y sintiéndome satisfecha, la cerré y me la metí en el bolsillo para echarla al correo.

Poco después, Hugo me acompañó al pueblo caminando. Aunque todavía no era mediodía, el cielo parecía asado, quieto, y ya hacía demasiado calor para el chal, que doblé en forma de rectángulo y me coloqué debajo del brazo como si fuera un libro. Hugo estaba de buen humor, avanzaba silbando mientras caminábamos. Hablaba continuamente sobre *Guerra abierta*, que ya estaba casi lista.

—Para el estreno queremos el teatro a reventar. Después de eso tendremos que depender del boca a boca para ir tirando. Nadie hace una obra completa en el río. Nadie. Vamos a ser los primeros.

Era un refrán que no paraba de repetir –que íbamos a ser el primer barco en montar una obra en tres actos–, y yo veía que esto le complacía casi más que cualquier otra cosa de toda la empresa. Esa mañana olía a masa de pastel; él había estado ayudando a Chef en la cocina mientras yo hablaba con Thaddeus. Era un olor reconfortante. Pasamos junto a dos hombres afanados en clavar planchas de madera sobre la estructura de leños de una casa, y justo detrás de ellos había un gran castaño que salía recto de la tierra sin una sola rama en quince o veinte metros.

El castaño era tan grande que pudimos pegar tres anuncios alrededor del tronco. Mientras nos ocupábamos de esto, dos caballeros que pasaban se pararon para hablarnos de una familia de mapaches que vivía en el hueco del tronco. Eran conocidos afectuosamente como los Shakentales, y eran como las mascotas del pueblo.

—La señora Shakentale salió tarde ayer noche a buscar bayas —nos informó el más alto de los dos, pronunciando mal la r de tarde. Aunque estábamos en Indiana, tanto él como su amigo hablaban con un fuerte acento de Kentucky. Llevaba un sombrero de paja bajo, y la forma de la copa reflejaba la larga forma de su nariz.

—Nuestro querido doctor Early deja un cuenco de papilla de maíz todas las noches junto a su puerta de atrás, pero me imagino que últimamente con esto no le ha bastado. Estamos pensando que a lo mejor viene de camino otra camada.

Soltó una carcajada y su cara se reconstruyó con sus propias arrugas mientras su compañero asentía con total solemnidad.

—No olviden que esta noche hay función —les gritó Hugo cuando ya se iban. Fue entonces cuando vi a Liddy caminando por la acera con un pequeño parasol lila que no le había visto antes, del brazo de un señor muy tieso que ladeaba la cabeza para escuchar lo que ella decía.

Hugo también los vio.

—Apuesto a que ese va a ser el amigo por correspondencia de Liddy —dijo, y tenía razón. Cuando Liddy nos vio se acercó a nosotros y nos presentó a aquel hombre como el doctor Martin Early; el mismo hombre que todas las noches daba de comer papilla de maíz a los mapaches.

—Muy honrado —dijo el doctor Early estrechando la mano de Hugo. Hablaba sin rastro de acento local y era un hombre bien parecido, con un buen penacho de cabello castaño y largas patillas. Me fijé en que tenía las orejas muy grandes, pero llevaba el pelo largo y así las cubría, en parte.

—Vi su función cuando atracaron en Cincinnati el mes pasado —le dijo a Hugo—. Una excelente función, decididamente excelente; lamenté mucho que terminara. Después le dije a la señorita Liddy que podría haberme sentado allí entretenido otras tres horas por lo menos.

Lucía corbata a rayas y un chaleco blanco perfectamente planchado mostrando la cadena del reloj. Sus botas estaban hechas del mejor cuero, y el sombrero era tan blanco que parecía emitir su propia luz.

—Me han dicho que desde entonces el elenco ha cambiado —prosiguió el doctor Early—. Sentí enterarme de lo de su hermana.

Hugo inclinó la cabeza, reconociendo su pérdida. Miré el pañuelo negro que llevaba aún en el bolsillo de la chaqueta. Solo tenía uno, que yo supiera, y todas las noches lo lavaba y todas las mañanas lo doblaba en forma de triángulo para volver a metérselo en el bolsillo.

Se hizo un breve silencio. Luego le pregunté al doctor cómo conseguía mantener tan blanco el sombrero.

Liddy rio y alargó la mano para apretarme afectuosamente el antebrazo.

—Esta es mi amiga May Bedloe. Te he hablado de ella: es nuestra propia diseñadora de vestuario. Siente mucha curiosidad por cualquier cosa que tenga que ver con la ropa.

—Ah, los trucos del oficio. Bien, pues se lo diré: lavarlo repetidas veces con azufre. Así es como se consigue.

Sus ojos oscuros se arrugaban cuando hablaba, y cada vez que la miraba, las mejillas de Liddy se ruborizaban de placer. Empezó a mostrarse agradable conmigo, preguntándome por el vestuario y expresando su interés por verlo esa noche.

—Voy a traer al alcalde y a su mujer —nos dijo—. La mujer del alcalde, concretamente, es muy aficionada al teatro, y arrastra al pobre hombre a Cincinnati con tanta frecuencia como hay luna nueva. Digo «pobre hombre» solo porque se marea mucho en el barco, ¿saben?, aunque recientemente han adquirido un carruaje nuevo y en esta época del año las carreteras no están tan embarradas como su reputación nos haría pensar. Claro que el alcalde es más feliz cuando el teatro viene a él, como hoy. ¿Pararán en mi casa a tomar un té? Está a un paso.

Liddy se mostró muy contenta cuando Hugo dijo que estaría encantado. Yo pensé en la carta que tenía para la señora Howard en el bolsillo de mi vestido, pero podía esperar. Tenía curiosidad por ver qué tipo de hogar mantenía ese hombre. Parecía desacostumbradamente cosmopolita, y hablaba como un político al que oí una vez en Filadelfia, con una voz bien entonada que daba la sensación de escucharse a sí misma e informar al mismo tiempo. También vestía como si estuviera en Filadelfia, con su blanco chaleco y su sombrero blanco. Tenía el don de un hombre de ciudad para usar ropas finas sin ostentación. Y sin embargo el pueblo en el que vivía apenas si se estaba terminando de asentar. Me preguntaba por qué habría escogido vivir aquí.

Dejamos atrás la plaza del pueblo y cruzamos un arroyo por un estrecho puente, que tenía apenas el ancho suficiente para que pasara un carro. La casa del doctor estaba hecha de leños, muy apañada y bien construida, con cortinas azules en las ventanas, levantada aisladamente en una pequeña elevación sobre un prado talado. Una vez dentro, el doctor Early cogió el parasol de Liddy y mi chal y los puso en una silla de respaldo alto apoyada contra la pared. La sala principal era amplia pero algo oscura, puesto que tenía solo dos ventanas por delante y una por detrás. Hacía las veces de despacho, cocina y estudio, nos explicó el doctor Early. Él mismo había construido la cabaña, aunque admitía que le habían ayudado con el tejado, y las tablas del suelo se las habían traído en barco de Cincinnati. La habitación se veía abigarrada, con una mesa llena de especímenes –reptiles e insectos conservados en cristal–, además de un surtido de lancetas y una pila de cuencos para hacer sangrías encajados unos en otros. Colgados de clavos en la pared había instrumentos tanto para curar como para cocinar. Una puerta cerrada conducía a su habitación, supuse, y hasta ahí llegaba su casa.

Nos sentamos en unas sillas de caña y le observamos montar un fuego y hervir agua para hacer el té. Mientras esperábamos, sacó un gran cuenco blanco lleno de zarzamoras espolvoreadas de azúcar y nos animó a comer, sin parar de hablar en ningún momento de su práctica médica, de curas nuevas que estaba probando con coñac francés y raíz de angélica. Me hizo pensar en un perro amigable que se cree un erudito.

Parecía que a Hugo le estaba resultando un sitio interesante, porque se levantó de la silla mientras el doctor se afanaba en esto y lo otro y empezó a ir de mesa en mesa, observando durante mucho rato todos los especímenes, con las manos agarradas a la espalda.

—Es un gran placer tratar con otro hombre instruido —dijo—. Es muy raro gozar de tal oportunidad. —Ante eso me descubrí sintiéndome un poco celosa. ¡Conque «otro hombre instruido»! Yo solo había asistido durante un año a la escuela secundaria, pero sabía perfectamente que Hugo solo había cursado hasta octavo antes de irse a trabajar en el teatro de su padre.

Cuando el té estuvo hecho, el doctor Early liberó una mesita auxiliar lacada de un revoltijo de tarros y botellas con tapa, y colocó allí las cosas del té y lo que quedaba de un bizcocho que él mismo había preparado la noche anterior.

—Me temo que en el desayuno me he comido la mayor parte —nos dijo.

—Delicioso —dijo Hugo, dándole un mordisco. Le guiñó un ojo a Liddy cuando el doctor se dio la vuelta—. Un hombre de talentos variados.

—Yo no necesito dormir mucho —dijo el doctor Early, limpiando cuatro tazas de té con un paño y luego llenándolas. Las tazas eran muy bonitas, en rojo y verde, con un dibujo de tréboles y madreselva—. Cinco horas todo lo más. Y necesito algo en lo que ocuparme estando aquí solo, tan lejos.

Miró a Liddy y ella, por lo que fuera, se ruborizó.

—Además de tus mascotas —le recordó—. Los Shakentales.

Miré a mi alrededor como si pudiera verlas. Pero en cambio mi mirada se cruzó con el ojo de canica roja de una pequeña rata almizclera disecada, de pie junto a la puerta de atrás. ¿También era taxidermista el doctor? Descubrí que a mí no me caía tan bien como parecía caerles a los demás, aunque no sabía exactamente por qué. Algo en la facilidad de su trato, en su deliberada falta de fanfarronería, solo conseguía subrayar sus muchas habilidades. Yo sentía que esto era a propósito.

—Así que están viajando por el ojo del caimán, ¿verdad? —dijo—. ¿Qué les está pareciendo?

—¿Qué es el ojo del caimán? —preguntó Liddy.

—Bueno, es como llaman por aquí al río Ohio. El estado de Kentucky tiene forma de cabeza de caimán, ¿sabes?, y dicen que los barcos en esta parte del río Ohio están bajando por el ojo del caimán.

—Estamos en Indiana— señalé—. No en Kentucky.

El doctor Early rio.

—Solo por muy poco.

Hugo me sonrió.

—A May le gusta ser precisa.

—Una característica muy buena. Solo quería decir que no hay tanta diferencia como se podría pensar. Yo soy originariamente de Louisville y estudié medicina en Jefferson College en Filadelfia. Esas dos ciudades, aunque están separadas por cientos de kilómetros, no eran tan diferentes, o a mí no me lo pareció. Nueva York, sin embargo, es otro tipo de animal completamente. Bueno, como todas las grandes ciudades. Nueva York, Viena, Londres.

—Yo personalmente he pasado gran parte de mi vida en Londres —le dijo Hugo.

—Solo tres años —puntualicé yo.

Hugo frunció ligeramente el ceño.

—Te refieres a cuando dirigí el Teatro de Covent Garden. Eso es cierto. Pero —dijo, girándose hacia el doctor Early— iba y venía de Londres a las provincias con mis padres antes de aquello. Mis padres eran de Londres.

—Veo a lo que se refiere con eso de ser precisa. Es bueno para mantenernos alerta —me dijo el doctor Early guiñándome un ojo.

Tomé la decisión de no decir nada más. Empezaba a sentirme de mal humor y deseaba no haber ido a su casa. Tenía que enviar una carta y seguía queriendo darle un par de entradas gratis al tendero. El té era sabroso y sabía a fresco, y las moras tenían el punto exacto y perfecto de maduración. No sé por qué me sentía tan molesta. Tal vez fuera por el calor pegajoso de la habitación. Como si pudiera leer mis pensamientos, el doctor Early se levantó y abrió la puerta de atrás, luego cruzó la sala y abrió la delantera.

—Lo principal en lo que pensé cuando diseñé esta cabaña fue que hubiera dos formas de salir en caso de incendio.

—Muy inteligente, muy inteligente —dijo Hugo.

—Pero desearía haber incluido más ventanas. —El doctor Early me sonrió mostrando dientes afilados, blancos y regulares—. Se recalienta un pelín, ¿no le parece, señorita May?

Un hombre cortés, pero a mí no me gustaba.

Fue Liddy quien vio el piano contra la pared más alejada, encajonado entre dos mesas bajas, una que servía de biblioteca y otra con pilas de platos y tazas y platillos, todos con el mismo dibujo de tréboles y madreselva.

—¿Por qué no nos cantas algo? —preguntó el doctor Early cuando Liddy empezó a proferir exclamaciones sobre lo bello que era el instrumento.

Liddy se ruborizó otra vez.

—Bueno, si May me quisiera acompañar...

El piano era, en efecto, una hermosura vertical, construido en madera color caramelo con globos redondeados y viñas frondosas grabadas en relieve en las patas. Sin embargo me imaginé que aquí, tan lejos, sin un músico que se encargara de él, estaría desafinado sin remisión. De nuevo, como leyéndome la mente, el doctor Early dijo:

—Yo mismo afino ese artilugio. Espero no haberlo hecho terriblemente mal.

Por alguna razón, la verdad es que sí deseaba que estuviese terriblemente mal, pero cuando probé un par de notas con el dedo índice sonaron perfectamente. ¿No había nada que ese hombre no pudiera hacer? Hojeé un montón de partituras que había sobre la tapa del piano. Y aquí puedo decir que, aunque no fuera consciente de estar buscando nada en particular, en ese momento lo encontré. Entremezclados con las partituras musicales había carteles impresos; y al leer la primera, una caliente oleada de desagradable reconocimiento me inundó, seguida de repulsión.

¡RECOMPENSA DE CINCUENTA DÓLARES! Fugada el 27 de mayo, mi Mujer Negra de nombre Emily. De diecisiete años, bien crecida, de color negro, con voz quejumbrosa. Se llevó con ella un vestido de calicó y otro azul y blanco; una capota a cuadros roja con cuerda; un chal a rayas y zapatillas. Pagaré la recompensa mencionada más arriba si la apresan cerca del río Ohio en el lado

Ciertas palabras habían sido rodeadas con un círculo: *diecisiete años*, *capota a cuadros*, *setenta y cinco dólares*.

El doctor Early era un cazador de esclavos. De esto debía de sacar el dinero para sus especímenes y para sus tazas de porcelana, desde luego no de sus remedios de raíz de angélica, ni de alguna que otra sangría que le hiciera a algún tendero. Respiré profundamente y un olor acre me llenó la nariz, algo falso y antinatural, tal vez proveniente de todos sus tarros y botellas. Podía ser que aquella peste llevara en la habitación desde el principio, pero yo solo me di cuenta entonces. Miré por la pequeña ventana de atrás hacia el bosque de rastrojo que había más allá del prado talado del doctor Early. Probablemente tuviera su propio sendero hasta el río Ohio. Bajaría por él en medio de la noche a vigilar, y se quedaría hasta por la mañana. Ya había admitido que no necesitaba dormir mucho. A lo mejor tenía un lugar escondido especial, como un puesto de caza de ciervos, desde donde observar a quien cruzara desde Kentucky.

—Mira esto —dije, entregando el cartel a Liddy.

Los dedos de Liddy al agarrar la hoja de papel me parecieron tan pequeños como los de una niña, y tardó mucho en leerlo. No levantó la vista, pero un leve rubor se asomó a su cuello. El doctor Early se acercó a mirar lo que tenía. Ella cogió el siguiente cartel que yo sostenía en la mano y le dio el primero a Hugo. No buscó mi mirada, ni la de nadie más.

*mencionada arriba la pagaré por dicho chico si es apresado dentro
del estado y encarcelado para que pueda ir a por él. También pagaré
por la captura de cualquier ladrón blanco que le pueda haber ofrecido ayuda, y para ese desgraciado truhan me reservo la adminis-
tración de mi propia justicia.*

Le pasé unos cuantos carteles más y, después de leer tres o cuatro, Liddy levantó la mirada hacia el doctor como si estuviera intentando verle con más claridad, o quizá solo quisiera verle como le
veía hacía diez minutos.

—Bueno —dijo Hugo con fuerte acento inglés—. Es decir.
Claro que no puedo opinar...

—Sí, sí, tiene toda la razón, es un asunto local —dijo el doctor.
Aún sonreía, pero en su mirada había algo afilado—. Algo que
su gente resolvió hace mucho tiempo —me imaginé que con «su
gente» se refería a los ingleses— y desearía que nosotros también lo
hubiésemos resuelto. Es cansino, la verdad. Pero es la ley, ¿y qué le
vamos a hacer? No se puede romper la ley, ya se sabe. —Se giró
hacia Liddy—. Bien, querida, yo lo siento por esas pobres criaturas
tanto como tú, y esa fue la razón primigenia por la que ofrecí mis
servicios.

Empezó a hablar largamente de la diferencia entre las condiciones en el Norte y las condiciones en el Sur, y sobre cómo la
esclavitud era algo deplorable, pero que la ley era la ley. Además, en
su caso estaba recaudando dinero con el único propósito de ayudar
al enfermo, fuera rico o pobre. Y él era muy bueno con los negros,
prosiguió: algunos hombres blancos los capturaban de la forma
más humillante y dolorosa, pero él personalmente nunca llevaba
látigo, y era mucho mejor, de lejos, que los encontrara él y no otra
persona...

Siguió hablando y hablando y yo quería taponarme los oídos.
Estaba observando a Hugo tan intensamente como el doctor
Early observaba a Liddy, intentando calibrar su reacción, pero, al
igual que Liddy, en el rostro de Hugo prácticamente no había

expresión alguna. Pensé, y no por primera vez, en lo práctico que podía resultar ser actor, y tener todas tus expresiones físicas bajo control. Yo tenía muchas ganas de sentarme, y cuando lo hice sentí que la carta que tenía para la señora Howard se doblaba torpemente en el bolsillo de mi vestido. Se me había olvidado. La saqué y la sostuve, con el lado de la dirección boca abajo, sobre mis rodillas.

—Tengo que echar esto al correo —dije cuando por fin el doctor Early hizo una pausa—. Me voy a ir yendo.

Puse los carteles otra vez sobre la tapa del piano, todos menos el del trabajador Stephen, que había doblado y metido en mi bolsillo cuando no me miraba nadie. Quería volver a leer eso del ladrón blanco. Arrestar y condenar: ¿me haría eso a mí el doctor Early si me pillara en la barca? La ansiedad me picaba en el pecho. Por supuesto que lo haría. Le iban en ello cien dólares.

En la calle, Liddy echó a andar un poco por delante de Hugo y de mí. No dijimos palabra mientras atravesábamos el prado del doctor Early, y tampoco al cruzar el puente de madera y entrar en el pueblo. Al acercarnos al árbol de los Shakentales, vi que estaba desierto. No había nadie en la plaza, y todas las contraventanas de todas las tiendas estaban cerradas contra el sol.

—¿Por qué me enseñaste esos anuncios? —me preguntó Liddy de repente, enfadada, sorteando el árbol.

Yo estaba sorprendida. ¿Estaba enfadada conmigo?

—No lo sé. Pensé que querrías verlos.

—¡No *quiero*! ¡No *quería*! No tiene nada que ver ni contigo ni conmigo.

Yo no estaba segura de si pensaba en serio que eso era verdad o de si estaba esforzándose por creerlo. Hugo le dirigió una mirada rápida a ella y luego a mí.

—Bueno, a ver, es un tema difícil —comenzó cuidadosamente.

—Martin no está infringiendo la ley —interrumpió Liddy. Tenía la cara contraida por la ira.

—¿Crees que lo que está haciendo es honorable? —pregunté.

—Ya oíste lo que dijo. Si no lo hace él, lo hará otro, y será alguien menos compasivo.

Nos separamos en la oficina de correos, y miré a Hugo y a Liddy caminar de vuelta al barco sin mí. De repente me sentí agotada por la señora Howard y por todo lo asociado con ella. Liddy era mi amiga. Yo no sabía lo que estaba haciendo. No sabía por qué lo estaba haciendo. Primero había aprendido a mentir, y ahora aquí estaba, infringiendo la ley. No sabía qué pensar sobre ningún aspecto del asunto, pero le mandé la carta a la señora Howard de todas maneras, esperando que me adelantara algún dinero antes de mandarme a salir en la barca otra vez.

Esa noche soñé que estaba en el *Teatro Flotante* con Giulia. Estaba hundiéndose, pero nos manteníamos de pie en el auditorio como si hubiéramos echado raíces. Sabía que tenía que sacarla del barco, pero parecía que no iba a poder abandonar la sala. Mientras veía descender las paredes, sintiendo que los tablones del suelo se inclinaban bajo mis pies, razoné para mis adentros que el agua pronto entraría por la ventana y entonces podríamos salir nadando por ella.

Durante los siguientes días Liddy me evitó. Dos veces se levantó y se fue del comedor justo cuando entraba yo, una vez con la chuleta en el plato a medio comer, y me di cuenta de que estaba presentándose temprano a las comidas. Ya no quedábamos para nadar por las mañanas, y la pobre Celia se sentaba con Leo y conmigo en el banco del río contemplando desconsoladamente el agua. Leo se ofreció a enseñarle cómo recoger la caña para pescar, pero ella arrugó la nariz, así que le di un pedazo de lino basto, una aguja grande y algo de hilo de bordar para mantenerla entretenida.

La señora Niffen se percató de nuestra desavenencia y se aprovechó cuanto pudo de la situación, como siempre. Cada vez que la veía se aseguraba de mencionar el nombre de Liddy, y si era posible me preguntaba si la había visto. Ante esto yo solo podía responder que no. Después de la tercera o cuarta vez comentó con astucia:

—Vaya, no has visto nada a Liddy últimamente, ¡a que no! Estoy empezando a pensar que ustedes dos han discutido. —Por supuesto, por cómo se comportaba, yo ya sabía que se había enterado de todo.

«Alpha, beta, gamma».

—No —le dije.

Estiró los labios formando el tipo de sonrisa que dibujaría un niño, dos líneas anchas conectadas en los extremos, como una barca. Por un momento pareció todo nariz y dientes puntiagudos, y, excepto por la cremosa melena blanca, se asemejaba a un zorro.

—Gracias a Dios. Con lo unidas que están ustedes dos.

Me dio la impresión de que el corazón se me desplomaba un poco más abajo dentro del pecho al oírla decir eso, puesto que su forma de abordarme trasladaba claramente que quería decir justo lo contrario. Yo no había tenido muchas amigas en mi vida, pero tenía a Liddy por una de ellas. Y, al no tener muchas amigas, tampoco conocía las reglas de discutir y hacer las paces, en caso de que existieran tales reglas. Ojalá que sí.

Al día siguiente, en lugar de sentarme afuera junto a Leo me llevé la costura al comedor, donde hacía más fresco, y me senté cerca de una ventana con vistas al banco del río y al pueblecito de... ¿Cuál era su nombre? Aunque esa mañana había estado allí con mis carteles y mis entradas, no me acordaba. Habíamos ido a tantos pueblos en un lapso tan pequeño de tiempo que todos se me parecían, con sus almacenes de fachadas lisas y sus varaderos, sus carros de caballos esperando en la polvorienta carretera cerca del embarcadero. Hasta la diferencia entre el Norte y el Sur se me hacía mínima. El hecho de que algunas personas hubieran caído de un lado del río o del otro parecía arbitrario, y podían cruzar al otro lado sin modificar sus intenciones. Tal vez disculparan la esclavitud o tal vez no, pero en general, según estaba descubriendo, podían vivir perfectamente con el asunto. Solo personas horrendas como la señora Howard eran lo bastante pendencieras como para intentar desencadenar algún cambio. Era, en efecto, una matona, sobre eso no cabía duda alguna. ¿Cualquier cambio para bien que se produjera en el mundo era resultado del matonismo practicado con éxito? Me lo planteaba. Desde luego tenía la impresión de que todo lo malo que pasaba era por eso.

Terminé la última de las telas de araña diseñadas para el disfraz de Liddy y extendí el cuerpo con los dedos sobre la mesa limpia para mirarlo, pensando que en un momento iría a plancharlo, aunque no me apeteciera especialmente porque hacía mucho calor. Justo en ese momento Hugo asomó la cabeza por la puerta del comedor, me vio, y entró. Se asomó a la cocina preguntando:

—¿De qué es hoy la sopa? —Y oí que Chef le decía que de picatostes de maíz y estofado.

—Riquísimo —dijo Hugo. Luego se acercó a mí—. Bueno, bueno —me dijo, mirando el vestido decorado desplegado sobre la superficie de la mesa—. ¿Ya está terminado del todo, entonces?

Se inclinó para mirar más de cerca los pequeños diseños bordados.

—Me gusta cómo te han quedado. Tenías razón al no incluir el punto azul. —Me sorprendió que se acordara de esa sugerencia. Dio un paso atrás y se frotó las manos, y me percaté de que las tenía grises y polvorientas: probablemente viniera de llenar las cestas de madera para la chimenea de cada uno de los camarotes. Eso significaba que había estado en mi cuarto, y de repente me pregunté dónde habría dejado la carta de la señora Howard, que me había entregado un niño pequeño esa mañana con diez dólares en el sobre. Dinero para pagarle a Thaddeus por ayudarme a cruzar el río. Me recordé a mí misma que tenía que tener cuidado con las cosas que me dejaba por ahí.

—¿Has visto a Liddy? —me preguntó Hugo.

—¿Por qué todo el mundo me pregunta eso todo el rato? —contesté con irritación.

—Oh, vamos, May, no te ofendas. Es difícil, cuando tenemos buena opinión de una persona, de un hombre así, instruido, un doctor, descubrir que…, y especialmente alguien, en el caso de Liddy, que, bueno, es su pretendiente. Tenemos que hacer algunas concesiones. Vosotras dos sois amigas.

—Es *ella* la que no me habla a *mí* —señalé.

—Eso no va a durar —me dijo Hugo, pero ¿cómo podía él saber eso? Pensé en lo fácil que sería planchar en el disfraz de Liddy una puntita de cálamo de pluma, como solía hacer con los vestidos de Comfort cuando ella me molestaba. Pero no quería hacer eso. Toqué su disfraz, alisando el cuello con las puntas de los dedos. Mi madre solía decir: «Tengo el cerebro en los dedos», por la cantidad de veces que tocaba lo que estaba cosiendo. Pero ella tenía la mente aguda en toda ocasión, y un sentido muy claro del bien y el mal. Recuerdo lo horrorizada que se mostró cuando vino un hombre al pueblo, diciendo ser un agente de tierras, vendiendo parcelas en Misuri que no tenía derecho a vender. Nadie le compró ninguna, gracias a Dios, pero al día siguiente de que se marchara llegó un *sheriff* a caballo preguntando por él, y así fue como nos enteramos.

«¿Por qué querría alguien indisponerse así contra otra persona?», le preguntó mi madre a mi padre. «¿Contra un desconocido, contra alguien que no le ha hecho ningún mal?». «Es por dinero», respondió mi padre. «Dinero rápido». «Bueno, pues pronto estará en la cárcel por ello», dijo mi madre, aunque nunca supimos si su predicción se hizo realidad.

Dinero rápido. También el doctor Early quería eso. El hecho de que pudiera conseguirlo manteniéndose dentro de la ley ¿hacía que aquello fuera correcto? La pregunta me daba dolor de cabeza.

—¿A ti no te parece mal también lo que está haciendo el doctor Early? —le pregunté a Hugo.

—Deplorable. —Separó las manos—. Es deplorable. Pero ¿qué puedo hacer yo? Y, aparte de eso, yo dirijo un negocio.

Mi irritación volvió a crecer, y aparté de él mi oído bueno.

—Eso es exactamente lo mismo que dice todo el mundo. —Recogí el disfraz, decidida ya a bajar a plancharlo por mucho calor que hiciera.

16

Creo que de toda la operación fueron varias las cosas que excitaron a Thaddeus desde un principio. Una era que estuviera asociado a lo furtivo, y la emoción de tener un secreto. También la idea de interpretar un papel en la vida real parecía atraerle, como le pasaba a Hugo con su abrigo manta y su lenguaje de barquero. Tanto Hugo como Thaddeus —tal vez todos los actores— se animaban ante una actividad que pudiera combinar el teatro y la vida real, si fuera posible. No podían resistirse a interpretar un papel. No creo que en ningún momento Thaddeus se planteara mucho el aprieto en el que se veían los bebés.

—¿Cuándo vuelves a salir? —me preguntó en voz baja, inclinándose hacia delante en la baranda. Estábamos en la cubierta superior, de forma que yo podía ver a todos los que teníamos debajo. Seguía habiendo niebla en el río, pero el frescor de la madrugada se estaba acabando. Leo había terminado de amarrarnos en el nuevo atraque hacía apenas una hora, y la mayor parte de la compañía seguía desayunando. Pillé a Thaddeus saliendo de su camarote.

Nos quedamos de pie, juntos, en la baranda, contemplando el flujo constante de gabarras y vapores que pasaban. Thaddeus sujetaba en una mano una de las monedas de la señora Howard, frotándola de cuando en cuando con el pulgar.

—No lo sé —le dije—. Hasta el último momento no me lo dicen.

—¿Y cómo te enteras?

—La última vez una mujer se quedó atrás después de la función. Ella me lo dijo.

—¿Alguien del público?

—Supongo que la próxima vez podrán encontrar otra manera.

—Uno pensaría que te lo advertirían con algo más de tiempo y no solo un par de horas —dijo Thaddeus, mirando un vapor de limpieza que se afanaba en sacar la madera muerta del río. Un capitán blanco con una gorra azul del gobierno dirigía a un equipo de negros, algunos de los cuales estaban usando largos ganchos para mover los troncos hinchados por el agua, mientras que otros los levantaban y los metían en el barco. El capitán tenía las manos agarradas a la espalda, mientras que los hombres oscuros hacían el trabajo duro. Me pregunté si no estaría empezando a verlo todo en blanco y negro.

—Son recién nacidos —le dije a Thaddeus—. Eso se avisa con poco tiempo.

Thaddeus sacó el pie de la barandilla inferior. Sus rizos rubios al sol parecían casi blancos, y tenía arrugas finas alrededor de los ojos. Tuve una repentina visión de Thaddeus de viejo.

—¿Qué pasa si nos pillan?

Pensé en el cartel en el que se mencionaba al ladrón abolicionista.

—La cárcel, o algo peor. Una multa seguro.

—Yo nunca he estado en la cárcel —comentó Thaddeus. Pero lo dijo como si la idea le produjera emoción más que miedo. El barco de limpieza doblaba ahora la curva que había más adelante tirando de motor. El río parecía ligeramente más limpio, pero no mucho.

—Hay una brújula en la sala verde —reflexionó Thaddeus—. Es de atrezo, pero podría sernos útil. Si aún funciona.

Justo en ese momento Liddy salió del comedor, me vio, vaciló y luego se acercó a nosotros por el pasillo. La vi sacar pecho al caminar, como si fuera a entrar en una habitación. Thaddeus se metió con cuidado en el bolsillo del pantalón la moneda que tenía en la mano.

—Quiero que sepas, May —comenzó Liddy con voz tensa—, que he roto mi amistad con el doctor Early. Así que ya no tienes por qué preocuparte por eso.

—¿Has roto? —Llevaba el más viejo de sus vestidos, y el pelo sin cepillar. Que hubiera vuelto a dirigirme la palabra me producía alivio, pero ella no tenía buen aspecto—. ¿Por lo de la caza de esclavos?

—Sí, por eso. No puedo estar con alguien que persigue a hombres y mujeres.

—Y niños —dije sin pensar.

—¡No te pongas a darme lecciones! —me espetó, girando la cabeza.

—No quería decir… No, lo sé…, Liddy… —Perdí fuelle. Era importante expresarme bien, pero no sabía en qué consistía eso. Intenté pensar en lo que había oído decir a otras personas para cerrar una discusión, por si acaso esto fuera eso; esperaba que sí. «Fui tonta», había oído decir a Comfort, pero eso no me parecía relevante, y en cualquier caso no creo que lo dijera de verdad. «Estaba equivocaba. Lo entendí mal. Espero que me perdones».

Yo solo quería volver a contar con la amistad de Liddy.

—Lo siento —le dije, pero tampoco eso era adecuado.

—¿Qué es lo que sientes tú?

—Desearía no haber encontrado nunca esos carteles. —Esto lo decía de todo corazón.

Su cara se relajó un tanto.

—Lo sé. ¡Oh, May! Bueno, al final es todo lo mismo. Me hubiera enterado, supongo. Es decir, por supuesto que me habría enterado.

Pensé en lo que había dicho Hugo.

—Un hombre así, y pretendiente tuyo… Es que era sorprendente.

Liddy estaba de acuerdo. Su bonita boca que viraba hacia abajo se torció hacia abajo aún más. Era sana, honesta y abierta; así era su carácter, por eso le resultaba fácil hacer de ingenua. Sentí que no era una chica que debiera enfrentarse a nada difícil. A nadie le gusta la historia de la ingenua que se quiebra.

—¿Volvemos a ser amigas? —Observé su cara con ansiedad.

Ella amagó con estrecharme la mano y luego se paró.

—Sé que no te gusta dar la mano, pero finjamos que acabamos de hacerlo.

Thaddeus nos estaba mirando con los pulgares enganchados en los bolsillos del pantalón y una expresión divertida en la cara, como si estuviéramos en un escenario, como parte de una obra montada para entretenerle a él.

—Me da que Pinky escribe unas cartas preciosas —sugerí a Liddy, y ella se ruborizó.

—¡Ja, ja, ja! —Thaddeus se reía como un desalmado—. Y ahora, a por el siguiente.

—Así habla el libertino —le espetó Liddy, y a mí me pareció que era buena señal. No estaba quebrada, solo estaba creciendo. Me recordé a mí misma que no hay ser sobre la tierra capaz de evitar los problemas. Comfort se aferró a sus papeles de ingenua mucho más allá del momento en que le resultaban apropiados, y eso no le hizo ningún favor, más bien al contrario. Ahí dentro, en alguna parte, había una lección para mí, me parecía, pero en ese momento no fui del todo capaz de comprenderla.

Dos noches más tarde recibí el siguiente mensaje. Esta vez estaba recogiendo el dinero en la ventanilla de entradas y, envuelta en un billete de un dólar, había una nota:

Esta noche. Señal a las doce y cuarto.

Me la quedé mirando un momento, sin comprender lo que quería decir. ¿Se suponía que yo tenía que enviar una señal, o tenía que recibirla? Levanté la mirada, pero quien me la hubiera dado

–un hombre; no recordaba más que eso– ya se había marchado sin recibir su cambio. Cuando vino Celia a relevarme a la taquilla, estaba tan aturullada que me disponía a irme con el taco de entradas en la mano todavía. Pero, una vez que me senté al piano, las manos llevaron a cabo el trabajo al que estaban acostumbradas, y la función salió notablemente bien. De hecho, el público aplaudió y pateó tanto al final que Liddy y Thaddeus salieron a cantar una canción de forma improvisada:

«Cuando las garras del amor se te clavan con fuerza
Y por tu amado suspiras sin fin
El tiempo es un viejo y sin bastón no camina
Pasa cojeando despacio, ¡ay de ti!».

Era una antigua balada que nunca me había gustado. ¿Cómo iba a ir el tiempo con bastón? El tiempo era tiempo. Pero al público le encantaba. Mientras cantaba, Thaddeus contemplaba a Liddy como si ella personificara toda la dicha conocida en este mundo, y ella levantaba los ojos hacia él con el mismo espíritu. A mí me maravillaba que pudieran fingir de forma tan convincente. La canción era muy lenta, y yo intenté acelerar el ritmo para irles llevando hacia el final. Hugo estaba de pie entre bambalinas al otro lado, y frunció el ceño y sacó la barbilla como diciéndome: «¿Qué estás haciendo ahí? ¡No aceleres el ritmo!». Pero yo quería dar por terminada la función.

Hice saber a Thaddeus lo de la nota cuando vino a darme su disfraz, que le planchaba todas las noches. Se animó tanto que me preocupó que alguien le fuese a preguntar por la buena noticia que parecían haberle dado. De hecho Pinky sí dijo algo en ese sentido cuando entró un minuto después con su propio disfraz en la mano.

—¿Qué pasa, viejo amigo? ¿Viste a una de tus novietas entre el público?

—Entre el público hay siempre una novieta —respondió Thaddeus—. Ven y tómate algo conmigo; hoy le compré a un irlandés una pinta de ron jamaicano. Me contó que siempre viaja con un par de cajas para pagarse las comidas.

—Tipo listo —dijo Pinky—. El ron es mejor que la moneda local de cualquier sitio.

Esperaba que Thaddeus no bebiera demasiado ni que pasara mucho tiempo con Pinky. Pero cuando fui a su camarote un ratito antes de las once estaba esperándome sentado en el catre con un aspecto completamente sobrio. Llevaba una capa y un sombrero oscuro con la copa algo aplastada, y tenía las botas en una mano; en la otra sostenía la brújula de la sala verde. Le relucía la cara con la emoción de un niño.

—Me he estado preguntando una cosa —dijo en voz baja mientras bajábamos por la pasarela del escenario—. ¿No será esta la verdadera razón por la que querías un empleo en este barco? ¿May Bedloe, abolicionista secreta?

—Calla —contesté yo.

Dado que esta vez no estábamos atracados en un embarcadero sino solo atados a un conjunto de árboles, la barca de remos estaba subida al banco del río. No estaba amarrada tan fuerte como antes, y me resultó fácil deshacer el nudo. Pero la verdadera sorpresa llegó cuando estábamos en el agua y encontré una bolsa de papel debajo del banco delantero con una manzana y un bocadillo de jamón dentro. Sonreí, complacida por aquel gesto. «Leo», pensé, pero ¿cómo sabía que hoy iba a salir?

Thaddeus sacó los codos enérgicamente de debajo de la oscura capa y se puso a remar de espaldas. El ruido de las cigarras se fue desvaneciendo a medida que nos alejábamos de la orilla, y el agua golpeaba la barca suavemente a intervalos regulares. Yo llevaba en el bolsillo un pequeño vial de morfina que había adquirido hacía varios días, por si lo necesitaba para el bebé.

Cuando nos hubimos separado lo suficiente del banco del río, encendí el farol que sostenía en el regazo. Mi estómago era una pelota apretada, igual que mi corazón, pero el río parecía vacío excepto por nosotros. Con todo, no podía evitar pensar en el doctor Early, y en otros como él, vigilando, esperando la oportunidad de hacer dinero rápido. Nadie me devolvía la señal.

Después de un momento Thaddeus dijo:

—Intentaré remar hasta la orilla. Podemos esperar allí.

—Se supone que debemos esperar aquí hasta que recibamos una señal.

Consultó la brújula, dando unos golpecitos con el dedo en la esfera de cristal para que se moviera la aguja, y luego empezó a remar de nuevo hacia el sur. A medida que nos acercábamos a la orilla de Kentucky empezó a comprobar la profundidad del agua con un remo, y cuando tocó el fondo dijo:

—Lo tengo.

Metió los remos y luego preparó las dos jarras que Leo usaba a modo de anclas: las llenaba de agua del río, las tapaba, y luego las dejaba caer, amarradas a sendos cabos, por los costados de la barca. Meciéndonos un poco con estas anclas echadas, Thaddeus se sacó del bolsillo interior un bote de cerveza, desenroscó la tapa y me lo ofreció. Tomé un largo sorbo y se lo devolví, luego partí el bocadillo en dos para compartirlo con él.

Dándole un mordisco dijo:

—Ahora dime sinceramente, May. ¿Es esta la razón por la que tenías tantas ganas de conseguir un empleo con el capitán Hugo? ¿Para bajar navegando por el río liberando esclavos?

—Por supuesto que no —contesté—. Fui sometida a un chantaje.

—¡Un chantaje! —Thaddeus rio y luego silbó—. Vaya, May, tú y yo somos más parecidos de lo que pensaba.

—¿Por qué? ¿A ti también te están chantajeando?

—No, no. Es solo que no te tenía por una mujer de principios, y efectivamente no lo eres.

—Yo tengo principios —le dije.

—Está claro, está claro. —Dio otro sorbo a la cerveza.

—No miento —le recordé.

—Eso no es un principio, es una tara. ¿Se te habría ocurrido hacerlo a ti sola? Esa es mi pregunta.

Yo no tenía respuesta. La débil luz de la luna centelleaba de forma desigual sobre el agua como un velo. Seguía sin haber ninguna señal, ningún sonido, exceptuando los ruidos de la noche. La última vez todo había sucedido muy deprisa. Después de un rato Thaddeus cogió un cabo y empezó a practicar nudos.

—Hacía mucho tiempo que no remaba en una barca de noche —dijo.

Eso me hizo acordarme de una cosa.

—Thaddeus, ¿de verdad que tu padre era constructor de barcos? —le pregunté.

El rio.

—No. ¿Por qué?

Le recordé que había ayudado a Hugo con el barco al principio de subir a bordo.

—Dijiste que tu padre era armador. También te he oído decir que tu padre era dramaturgo.

—Mi padre ha sido muchas cosas en las historias que yo he contado, pero lo cierto es que no era más que agricultor —dijo Thaddeus—. Cultivaba sobre todo avena. También pescaba un poquillo, y a veces yo salía con él al Chesapeake. Señor, cómo lo odiaba. Para cuando cumplí diez años ya tenía decidido que mi futuro estaba en las bellas artes.

Podía imaginármelo perfectamente sentado detrás de un establo con un papel y un cabo de lápiz.

—Escribiendo poemas, sin duda —dije.

Thaddeus se encogió de hombros.

—Resultó que se me daba mejor recitar versos ajenos que componer versos propios. Mi padre no perdió tiempo en decirme que nunca tendría éxito como poeta. Claro que el teatro como profesión tampoco le gustaba mucho más. ¿Sabes?, creo que disfruté diciéndole que quería ser actor. No podía haberle decepcionado más, me dijo. A lo que yo respondí: «Déjame ver si puedo ayudarte con eso».

—Tú no le hablarías así a tu padre.

—¡Oh, sí! Si nos hubieras visto no hubieras creído que fuéramos familia. Tenía la nariz más larga que has visto en tu vida. Cuando murió mi madre me criaron mis hermanas; cuatro en total, que me adoraban, pero él no. Una constante decepción, eso es lo que decía de mí.

Pero hablaba con ligereza, como si no pudiera molestarse en dedicar tiempo a algo que fuera mínimamente fastidioso. Luego se bebió lo que quedaba de cerveza y se limpió los labios con la capa. Las cigarras volvían a sonar con fuerza ahora que habíamos llegado a una orilla, y nuestra barquita subía y bajaba sobre el agua. La marea estaba un poco más agitada que cuando salimos. Levanté la mirada. Estaban entrando nubes desde el este.

—Ahí está la luz —dijo Thaddeus. Giré la cabeza para ver relucir durante un instante un pequeño destello de farol que se apagó enseguida.

Decidimos que Thaddeus se quedase con la barca mientras yo iba a recoger al bebé. Igual que la vez anterior, un hombre blanco vestido con ropa de mozo de granja –aunque no el mismo hombre; este era más recio y más alto– salió de entre los árboles con una cesta. Y, como la otra vez, el bebé estaba durmiendo. Pero cuando levanté el farol para mirarle, la cara del niño no parecía tan húmeda como la del último.

—Esta llegó ayer —dijo el hombre—. Qué mal rato pasamos escondiéndola durante todo el día. Una suerte que duerma tan bien, o nos habrían descubierto seguro. Mi patrón piensa que he salido a beber, así que ahora tendré que salpicarme con alcohol. —Supuse que se refería al granjero para el que trabajaba. Comprobé que había biberón y leche, y luego cogí la cesta con una mano, me recogí las faldas con la otra y fui vadeando con cuidado de vuelta a la barca. Tenía las botas caladas, y por la mañana iban a apestar a barro del río.

Thaddeus me sostuvo la cesta mientras yo me encaramaba a la barca.

—Qué cosita —comentó, mirando la cara de la bebé, y le conté que el anterior había sido todavía más pequeño—. A mí los bebés me gustan, ¿sabes? —me dijo, y por cómo miraba al interior de la cesta, le creí—. No esconden nada. No saben. —Cuando me hube acomodado me devolvió la cesta y comprobó las chumaceras antes de girar el bote.

—Viene mal tiempo —me dijo, tirando de los remos.

Dirigí la mirada hacia el río. En los pocos minutos que había tardado en ir a recoger a la bebé, la corriente se había picado. El agua nos empujaba más al oeste de lo que queríamos ir, y a Thaddeus le estaba costando lo suyo mantener el rumbo. Pasados unos minutos, acalorado por el esfuerzo, dejó de remar para quitarse la capa y de repente el viento nos empujó muy fuerte río abajo, como si fuera una mano que hubiera estado esperando justamente esa oportunidad. Ahora podía ver relámpagos pequeños en forma de tenedor, al este. El viento me arrancó el gorro y el pelo me atizaba alrededor de los ojos. El cielo se ponía peor por segundos.

Comprobé cómo estaba el bebé, que seguía durmiendo. A pesar de los esfuerzos de Thaddeus, nos estábamos moviendo en dirección oeste tanto como en dirección norte. Encajé la cesta del bebé debajo de la bancada y me di la vuelta para sentarme a su lado, cogiendo uno de los remos con las dos manos, y después de unos pocos tirones, Thaddeus empezó a contar en voz alta para que encontrásemos un ritmo juntos.

—Uno. Y dos. Uno. Y dos. Eso es, May.

Juntos remamos con fuerza, intentando llegar a la orilla. El cielo ahora estaba muy oscuro y los relámpagos se acercaban, pero la lluvia aún no nos había alcanzado. A cada rato el viento amainaba un momento como si estuviera conteniendo el aliento, y cuando volvía a levantarse, nos salpicaba agua en la cara y en el pecho. En un momento dado, el viento inclinó la barca peligrosamente y una oleada de agua entró por un lado.

—¡May, coge el cubo! —gritó Thaddeus.

Encontré el cubo, tiré el cebo de Leo por la borda y empecé a achicar agua, echándola al río mientras Thaddeus se encargaba de los dos remos. La barca ahora me parecía más pequeña y construida a partir de los más delgados retales de madera que cupiera imaginar. En cualquier momento se volcaría y se hundiría, o los maderos se rajarían y todo el invento se partiría por la mitad. La bebé seguía encajada en la cesta debajo de la bancada. Mientras yo miraba que estuviera bien, entró más agua, y me arrodillé en el fondo usando el cubo como si fuera una pala. No podía ver ni el *Teatro Flotante* ni ninguna otra cosa a lo largo de la ribera. Pero cuando miré una segunda vez vi un destello de luz que se quedó fijo, tal vez en uno de los barcos mejilloneros: alguien que buscaba algo en la tormenta.

—¡No puedo leer la brújula! —gritó Thaddeus por encima del viento.

—Veo una luz. Gira un poco más a la derecha.

Para entonces el agua en el lecho de la barca ascendía a solo un par de pulgadas. Me volví a levantar para ayudar a remar. No sentía los hombros y tenía empapada la espalda del vestido. Temblaba de frío y de miedo y esperaba que la bebé estuviera bien. Podía ver la silueta de su cesta aún derecha debajo de la bancada, pero apoyada en una pulgada de agua. ¿Se mojaría la niña? A cada momento giraba la cabeza para comprobar nuestros progresos.

—¡Demasiado a la izquierda! —grité.

—Uno. Y dos. Uno. Y dos.

Se le estaba rasgando la voz de tanto gritar. Sobre nuestras cabezas centellearon más relámpagos, delgados como ramas.

—¡Es el *Teatro Flotante*! —grité.

—¿Qué?

En la ventana del despacho había una luz encendida. Leo. Debió de asomarse y darse cuenta del mal tiempo; me pregunté si encendería siempre un farol cuando llovía para marcar la presencia del barco, o si la luz era por nosotros. Cuando golpeamos el lecho del río, Thaddeus y yo brincamos al agua, yo con la cesta, Thaddeus con el cabo de la barca. La bebé ya estaba despierta y llorando. Saqué la botellita de opio del bolsillo mientras Thaddeus empezaba a arrastrar la barca, inundada de agua y pesada, al banco del río. Estaba dejando que la niña chupara la gota que me había puesto en el meñique cuando vi a Donaldson bajando por el cortado del río prácticamente a cuatro patas, casi cayéndose. Nunca antes había visto a Donaldson hacer algo poco digno, y eso me sorprendió tanto como cualquier otra cosa que estuviera pasando. Pero enseguida se irguió de nuevo y ayudó a Thaddeus a subir la barca. Las ropas de Donaldson eran tan pesadas que el viento apenas las arrugaba, y no llevaba sombrero. Estaba demasiado lejos como para que yo viera la expresión de su cara, pero la podía imaginar: severa y respetable incluso después de estar a punto de despeñarse por una ribera de barro. Un sirviente haciendo lo siguiente que había que hacer sin quejarse.

A todo esto, yo tenía el vestido empapado y las manos y los brazos temblando de fatiga. No era capaz ni siquiera de sostener la cesta como es debido. Pensé en subir hasta la carretera para poder sentarme con ella en el escalón del carruaje, pero en seguida supe que no sería capaz de conseguirlo, así que me quedé donde estaba, mecida por el viento. Cuando por fin terminaron de asegurar el barco, Donaldson vino a por la cesta y se abrió camino cuesta arriba hacia la carretera, sujetando el asa de la cesta con una mano y agarrándose a las ramas bajas de los árboles con la otra para ayudarse a subir. Justo cuando empezaba a caer la lluvia, Thaddeus y yo llegamos a la pasarela del escenario y subimos corriendo por ella con las botas chapaleando. Para mi sorpresa vi, a la luz del farol del despacho, que el rostro de Thaddeus relucía de excitación.

—¡Menudo equipo hacemos! —dijo cuando llegamos a la cubierta techada. Sacudió tras él la capa mojada.

Yo no comprendía su reacción, pero no iba a quedarme ahí de pie charlando. Ahora llovía en serio y el ruido era como de caballos galopando sobre nuestras cabezas, con el chapoteo separado de elocuentes gotas sobre la madera de la cubierta. Se acalló momentáneamente como esperando una señal, y luego reunió sus fuerzas y se dejó caer con furia total. Me levanté las faldas anegadas y bajé las escaleras hasta mi camarote de dos en dos. Lo único que quería era quitarme la ropa mojada y meterme debajo de una manta. La lluvia golpeaba el barco, haciendo tanto ruido que espantaba la propia idea del miedo, y yo me envolví en mi manta como si fuera un sudario, y me dejé caer en la cama del revés, con la cabeza en los pies y los pies sobre la almohada. Pero estaba demasiado cansada como para darme la vuelta. Me dolían los brazos y los hombros, y la columna de tanto girarme. Remetí los pies debajo de la almohada para calentarlos, y en menos de dos minutos, con el barco balanceándose y crujiendo en la tormenta, me dormí.

Una cosa es flotar sobre un agua que está lisa como una sábana, montando de vez en cuando una ola pequeña como si una mano hubiera tirado de la tela para darle una sacudida antes de alisarla de nuevo. Y otra cosa muy distinta es tener a un hombre gritando por encima de los chillidos del viento para achicar el agua que cae a toda velocidad al fondo de una barca que se agita sin parar de lado a lado. Algo sí tenía claro: reclutar a Thaddeus había sido un acierto. Sola, con aquella tormenta, yo no habría sido capaz de manejar la barca, y hubiéramos volcado y nos habríamos ahogado, tanto la bebé como yo. Hubiera sido mucho pedir ser capaz de atravesar el río a nado dos veces con una criatura. Aquella noche tuve una pesadilla tan intensa que me despertó el ruido de mis propios gemidos de desazón, que me salían de la garganta, a pesar de que cuando abrí los ojos no me pude acordar, exactamente, de lo que estaba soñando.

Todavía era temprano, pero yo no quería volver a dormir. Podía sentir el barco moviéndose en el agua, así que me vestí, me envolví en dos chales y salí al pasillo. El sol aún no se había levantado y el cielo seguía amoratado por la tormenta, aunque había dejado de llover y el aire estaba quieto. Debajo de donde yo me puse, Hugo estaba de pie en cubierta, con su tacita de café de esmalte, y le observé levantar la tapa, soplar el café, y dar un sorbo. Le grité unas instrucciones a Jemmy o a Leo y cogió la pala timón. Gracias a la tormenta el río estaba atascado con más ramas y maderos que nunca. No obstante, un vapor ya estaba resoplando a nuestro lado, con las luces destellando en proa y en popa, y otro más no muy rezagado.

El fresco aire de la mañana se colaba entre los dos chales y se me metía por los omóplatos. Comparado con la barca de remos, el *Teatro Flotante* era pesado y sólido y perfectamente seguro, pero yo conservaba aún una parte del miedo que había pasado la noche anterior, como una capa de gasa húmeda y fría pegada a la piel. Quería la seguridad de una mano fuerte, una confianza que por el momento me faltaba. Cuando Hugo depositó el remo en su sitio –satisfecho con el lugar que ocupaba el barco en la corriente–, fui a coger unas rosquillas del comedor y bajé las escaleras para ir a verle.

Le di los buenos días y una de las rosquillas. Al mirar hacia atrás pude distinguir la barca de Leo amarrada al palo de popa y flotando detrás en nuestra estela, como siempre.

—Qué sorpresa verte esta mañana —dijo Hugo.

Le miré rápido, preocupada por lo que estaba queriendo decir con eso. Era verdad que había dormido muy poco, pero esperaba que él no supiera la razón.

—¿Y eso por qué?

—Últimamente no vienes mucho por aquí. Pensé que a lo mejor se había acabado la magia.

—¿Qué magia?

Él sonrió.

—Me refería a la emoción de ver cómo el barco se separa de la orilla. A lo mejor «emoción» tampoco es la palabra adecuada. Contigo hay que tener cuidado, ¿verdad? Me gusta cómo me obligas a ser exacto.

—Me sigue gustando veros mover el barco —le dije, pero no le ofrecí ninguna explicación sobre por qué no había venido a verlo últimamente, ni por qué sí había salido a verlo hoy. Decir que me perseguían las pesadillas sin duda no haría otra cosa que provocar más preguntas.

Hugo se apoyó contra la barandilla conmigo mientras se comía una segunda rosquilla de las que había traído. Espolvoreada sobre el agua la luz era de un violeta oscuro, prueba de que el sol estaba saliendo, y en el aire había un regusto mineral, a rocío. Se me había olvidado lo agradable que era sentir la suave brisa del movimiento sobre la cara. El tráfico del río estaba creciendo. Pesados vapores escupiendo humo adelantaban a gabarras y a largas barcazas cargadas de barriles. Sentía una especie de intimidad con ellas, puesto que todos empezábamos el día juntos, todo el mundo rumbo al oeste, todo el mundo con la esperanza de gozar de buen tiempo y prosperar.

Me acordé de mi primer día en el *Teatro Flotante*, que parecía haber sucedido hacía cien años.

—¿Por qué te pusiste de cara al oeste en Cincinnati? —le pregunté a Hugo.

—¿Qué quieres decir?

—Cuando sonaron las campanas por las víctimas del *Moselle*. Todo el mundo se puso de cara al este, hacia el amanecer, pero tú te giraste hacia el oeste.

Observé un costado de su cara, que se contrajo un poco. Seguía mirando el agua. Finalmente, respondió:

—Por mi hermana. Por Helena.

La niebla de la mañana se estaba levantando y empecé a distinguir una estrecha isla cerca de la ribera opuesta, o tal vez fuera un banco de arena. Esperé a que prosiguiera.

—A Helena le encantaba viajar hacia el oeste —me explicó—. Le encantaba ir hacia el oeste y odiaba regresar. —Le daban igual los pueblos apenas habitados, me contó, o la falta de cultura. Ni teatros, ni bibliotecas de préstamo, ni una sola taza de té en condiciones que te pudieras tomar entre Pittsburgh y San Luis.

—Pero a Helena le encantaba. Adoraba la vida del río. Le gustaba mirar a los pájaros y le gustaba pescar desde el pasillo. Todos los veranos competía con Leo sobre quién pescaría el pez gato más grande. Mantenían una apuesta de un dólar.

Estaba aprendiendo a disparar, y el agosto pasado había alcanzado a tres patos en vuelo; le parecía poco deportivo disparar a algo que estuviera en el agua. Su sueño era comprar una cabañita en el campo donde ella y Hugo pudieran pasar los inviernos, me dijo, en lugar de en ese hotel de Pittsburgh. Estaban ahorrando dinero para eso.

—¿No estabas ahorrando dinero para comprar un barco de vapor pequeño?

—Eso es, primero el vapor. Con un vapor podríamos hacer el doble de dinero, porque podríamos hacer el doble de funciones. Seis semanas bajando por el Ohio y seis semanas remontándolo. Cambiaríamos el programa al pasar por Cairo, cuando diéramos la vuelta. A lo mejor podíamos remontar el río Illinois. Sin duda queríamos remontar el Wabash, y el White, y el Green.

Tenía la cara sombreada por una barba fina que se le espesaba en la barbilla.

—¿Era ese también tu sueño? —le pregunté— ¿Una cabaña en el campo?

Leo le gritó a Jemmy para que empujara fuerte hacia el banco del río, y Hugo se asomó, pero no añadió ninguna orden. El barco avanzaba ya a buen ritmo, aumentando la velocidad.

—Bueno, supongo que no —dijo al fin—. Pero tampoco me parecía mal. Parecía un buen plan. Conocíamos a un hombre en Golconda. Criaba caballos justo a las afueras del pueblo, venía todos los años a ver nuestra función. Pensé que Helena y él se entendían… Le escribí para contarle lo ocurrido, claro. Edward Case. No hubo respuesta. A lo mejor fueron imaginaciones mías. Pero quizá con él hubiera sentado la cabeza, o con algún otro; y en cuanto a mí, bueno, lo que yo realmente quería hacer era montar un pequeño teatro en alguna parte, con una compañía permanente. Hacer obras de verdad, en tres actos. Pero en un teatro que diera al río, ¿entiendes?, para que los pasajeros de los vapores pudieran entrar a ver el espectáculo.

—Y que Helena pudiera pescar.

—Y que Helena pudiera pescar —asintió. Un golpe de viento subió desde el agua y sopló contra su abrigo manta de tal forma que pareció que se encogía de hombros—. Bueno —dijo. Y eso fue todo.

Podía imaginarme fácilmente a Helena, porque lo que él contaba sonaba parecido a como era Hugo, todo movimiento y energía: disparando a los patos, pescando, riendo con Leo. Recordé su enérgica conversación con el violinista después de terminar de cantar en el *Moselle*. Y luego estaba yo, sentada, cosiendo, tan quieta que cabría en una caja. Nunca he pensado mucho en ser alguien diferente de quien soy, y para ser franca tampoco lo pensé mucho entonces. Pero sí que veía cómo la energía de Helena podía resultarle excitante a un hombre, a Edward Case. De la misma manera que el movimiento y la energía de Hugo me resultaban excitantes a mí.

Ese pensamiento me cogió por sorpresa, pero en cuanto lo pensé, supe que era cierto. Me gustaba eso de él. Me gustaba su intensidad y el extremo cuidado que ponía en su barco. Me gustaba cómo se le rizaba un gran mechón de pelo castaño en la frente, y su olor a madera, y el rasgado de sus ojos, y cómo se le cerraba el acento cuando le podían las emociones. Me vinieron a la cabeza un aluvión de detalles, y por un momento sentí un par de latidos muy fuertes de mi corazón contra las costillas. Cuando bajé la mirada, vi que me estaba pellizcando el interior de la muñeca, algo que no había hecho desde hacía muchísimo tiempo.

Hugo estaba mirando río abajo, es decir, al oeste, y por un momento me quedé mirándole a la nuca. Sentí la extrañísima urgencia de tocarle. Quería decirle: «Estoy infringiendo la ley. Tengo miedo. Necesito tu ayuda». El hecho de que no soltara todo aquello en el mismísimo instante en que lo pensé me da la medida de todo lo que había aprendido en esas pocas semanas.

—Vaya, mira, ¿qué hace levantada tan temprano? —se preguntó Hugo. Seguí la línea de su mirada y vi que Liddy, con el pelo cayéndole todavía en despeinada trenza por la espalda, estaba de pie en la barandilla de la cubierta superior mirando al río. Levantó el brazo para saludar a alguien, y Hugo y yo miramos hacia donde se dirigía el saludo. Un pequeño vapor de pasajeros rojo y negro nos estaba adelantado justo en ese momento, y vi a un hombre de pie en la cubierta superior de cara a Liddy, con el brazo derecho levantado a modo de saludo. El vapor lanzó tres veces su agudo silbido. Al tercer silbido, el hombre se quitó el sombrero y lo agitó. El sombrero era de un blanco reluciente.

—Es el doctor Early —dije.

17

Todo lo demás sucedió en menos de una semana. Mirando después el calendario tuve que comprobar y volver a comprobar las fechas, porque al principio no me lo podía creer. A veces tu vida se mueve despacio y a veces gira como una rueca de hilar bajo la guía de una mano muy experimentada, la mano de una mujer que no tiene por qué ser necesariamente amable. Recuerdo tener esa semana una sensación como de congelación en el pecho, y aunque hice planes y diseñé estratagemas e intenté, empleando mis mejores razonamientos, encontrar una escapatoria para todos los implicados –bueno, casi todos los implicados–, al mismo tiempo albergaba la sospecha de que la razón no iba a servir de nada en este mundo contra esa rueca tan rápida. Pasara lo que pasara, al final sería gracias a la buena suerte o por culpa de lo contrario, y no como resultado de mis esfuerzos.

Pero, con todo, yo lo intenté.

El vapor de pasajeros del doctor Early atracó en un muelle algo mayor unas millas más allá de donde amarrábamos nosotros ese día, de modo que el doctor Early tuvo que alquilar un caballo para que le trajera de vuelta con nosotros, o, para ser precisos, de vuelta con Liddy. Mientras, Liddy tuvo tiempo de recogerse el pelo y desayunar con nosotros y contarnos todo lo que había pasado.

Él había renunciado a cazar esclavos fugitivos, y ella se había reconciliado con él. Le había enviado una nota dos días antes a la que ella no había respondido, aunque era una nota muy bonita («No pude evitar leerla una vez roto el sello», dijo Liddy). Luego, para su sorpresa, apareció la noche anterior para ver nuestra función («¿No le visteis en la última fila?», preguntó), y se mostró muy apenado porque ella cantara ese último dueto de amor con Thaddeus, por más que supiera que no había nada entre ellos. Después la esperó fuera y ella consintió en pasear con él, y mientras caminaban a lo largo del río el doctor Early le aseguró a Liddy una y otra vez que nunca más volvería a tener nada que ver con esclavos, si eso la molestaba, y que su intención era tenerla siempre a su lado. En resumen, que se declaró.

—Yo no le vi sentado entre el público —dije, aunque recordaba que en aquel momento estaba nerviosa porque esa noche iba a tener que salir, de forma que no levanté mucho la mirada del piano.

—¿No? ¡Yo le vi enseguida!

Le brillaban los ojos. Estábamos reunidos en el comedor, y mientras nos contaba su historia Liddy sacó tímidamente la mano de debajo de la mesa para enseñarnos su anillo.

—¡Eso es una perla! ¡Y bien grandota! —exclamó Celia. Estaba botando de la emoción. Había dos pequeños diamantes flanqueando la perla, y cuando Liddy agitó la mano, los diamantes centellearon.

Chef nos puso a todos, incluso a Celia, un dedo de whisky para celebrarlo. Cuando me estaba sirviendo, lancé una mirada hacia Hugo, que estaba en frente de mí en el otro extremo de la mesa. Sonreía con los demás, todos menos Pinky, cuyo rostro parecía un gurruño de papel desechado.

—¡Por Liddy! —dijo Hugo, levantando la tosca taza blanca de café en la que le habían servido el whisky—. Por la buena fortuna y por muchos días felices en el futuro.

El doctor Early llegó no mucho más tarde, montado en un gran caballo ruano, luciendo su limpísimo sombrero de un blanco impecable y un traje color paja. Jemmy y Sam subieron al banco del río a ver el caballo, mientras que la señora Niffen y Celia y yo acompañábamos a Liddy a ver al doctor. Por mi parte, me producía curiosidad ver cómo el doctor Early justificaba sus acciones, si acaso lo hacía. Venía con un regalo para Liddy: un saquito de cuero muy mono que le había comprado, nos contó mientras ataba al caballo a uno de los árboles, a un nativo que había montado una tienda entre dos castaños enormes.

—Guardaba los artículos allí mismo, en los huecos de los troncos —nos explicó el doctor Early—. Resultaba todo muy compacto y cómodo. No me extrañaría que durmiera allí dentro también.

Jemmy y Sam, una vez examinado el caballo, se fueron a pasear mientras el doctor Early desataba el regalo de Liddy de la parte de atrás de la silla de montar. El saco, hecho de piel de ciervo curtida y cosido con tendones teñidos de azul, era muy bonito. Pero más sorprendente aún era lo que tenía dentro: una diminuta cría de mapache del tamaño de la mano del doctor Early.

—Es una de las de la señora Shakentale —le explicó a Liddy, ofreciéndole la criatura, sosteniéndola con los dedos por debajo de la tripa—. Te la domesticaré. Será tu mascota.

—¡Qué monada! —Liddy levantó los ojos mientras cogía al animal, ruborizándose. Me di cuenta de que se había cambiado de vestido después de desayunar, y le había añadido un lazo verde manzana a su peinado.

—Para celebrarlo —dijo el doctor Early.

Liddy se puso aún más colorada y le pasó el mapache a Celia, que le estaba rogando que se la dejara coger. El doctor Early parecía más alto y más ancho escuchando a Celia alabar las patitas y el rabo de la criatura.

—¿De modo que ya no anda usted persiguiendo a fugitivos? —le pregunté cuando Celia hizo una pausa.

Su mirada se centró en Liddy.

—Oh, sí, he renunciado a todo eso definitivamente.

—¿Qué le llevó a cambiar de opinión?

Ahora sonrió y me miró a mí. Liddy también levantó la mirada, y él se le acercó un poco.

—Cuando pareció darse la circunstancia de haber perdido a esta querida niña —dijo, tomando su brazo y colocándolo debajo del suyo—. Me di cuenta con toda claridad de lo que quería: colgar mi sombrero de soltero. Ninguna otra cosa me importaba.

Miré su sombrero blanco y él me pilló mirándolo.

—Ja, ja, ja —rio—. Me caes bien, May. Eres muy directa. Y espero poder convencerte de gustarte ahora a ti también.

—¿No basta con gustarle a Liddy? —le pregunté.

Su sonrisa se desvaneció por un momento, pero rápidamente la recuperó.

—Ja, ja, ja —rio, como si yo estuviese de broma.

La señora Niffen dijo rápidamente:

—Oh, doctor Early, usted nos gusta muchísimo a todos. Muchísimo, de verdad. Y estamos todos muy felices por Liddy. Pero nadie puede estar más feliz que yo. Yo soy la más feliz de todos. Siempre le digo al señor Niffen que a nadie le gusta más que a mí que una pareja se entienda. Nadie obtiene de ello más alegría que yo.

—Bueno, tal vez yo pudiera discutirle eso en este caso —dijo el doctor Early, pero la señora Niffen no estaba escuchando.

—No, no, no, yo soy, más allá de toda duda, la más feliz de todos. —Se palpó la bolsita hinchada que tenía debajo del ojo con un dedo como para inspirar una lágrima o esperando que se derramase alguna—. Liddy es como una hija; quiá, no, una hija no, ¡aún no soy tan vieja!, más bien, digamos, una joven prima para mí. Mi prima joven favorita.

—¿Y qué hará usted para complementar sus ingresos? —pregunté—. Para sus pacientes. Para sus medicamentos experimentales. Ahora que ya no se dedica a cazar personas por dinero.

—Oh, siempre encontraré alguna manera de hacer dinero, por eso no te preocupes.

—A lo mejor podría usted hacer pasteles y venderlos —le dije.

Un momento de silencio. La señora Niffen y Liddy me miraron con expresiones horrorizadas. Solamente Celia no prestaba atención, atareada como estaba con la cría de mapache.

—Recuerdo que su bizcocho estaba muy bueno —dije.

Entonces Liddy rio.

—Oh, eso es, ¡May solo estaba de broma!

La señora Niffen recogió el hilo.

—Sí, qué gracia, un hombre haciendo pasteles.

—Hay muchísimos hombres que son pasteleros —les dije.

El doctor Early volvió a colocar el brazo de Liddy sobre el suyo y levantó la mirada al cielo, despreocupado del asunto. Hasta las nubes parecían abrirse para él.

—¿Tal vez deberíamos ir a dar una vuelta antes de que empiece el calor?

—Oh, sí —dijo la señora Niffen—. Déjeme ir a por mi chal.

Mientras se apresuraba de vuelta al barco, el doctor Early y Liddy se miraron el uno al otro y sonrieron. Hasta yo comprendí que querían estar solos. Celia, mientras, seguía con la cría de mapache en brazos. La criatura no debía de tener más de un día o dos. ¿En serio que no era demasiado joven, pregunté, para que la separasen de su madre?

—Bueno, May —me explicó el doctor Early en tono profesoral—, según mi experiencia es mejor cogerlos directamente y darles tú mismo de comer. Por el arraigo, ya sabes. Sin madre será tan mansa como quieras. No sabrá cómo ser salvaje. —Pensé en los bebés de esclavos con los que había cruzado el río. No se me ocurría criatura alguna sobre la faz de la tierra a la que fuera a irle mejor sin una madre, y así lo dije. Pero el doctor Early solo sonrió ante mi comentario como si no fuera más que un reflejo de mi ignorancia.

—¿Qué nombre le pondremos? —preguntó Liddy, acariciando la nariz del pequeño mapache. El animal era llamativamente dócil; tal vez estuviera aturdido por haber sido arrancado de su familia y el subsiguiente largo viaje metido en aquel saquito. A mí no me gustaría tener de mascota un animal del bosque con semejantes garras, pero Liddy parecía encantada.

—¿Bigotes? —sugirió Celia— ¿Rayito?

Me di cuenta de que no le estaba quitando ojo al doctor Early, y él respondía a mi mirada con facilidad, cómodamente. La mirada afilada que le vi allá en su cabaña había desaparecido. Estaba haciendo todos los esfuerzos posibles por caer bien, y en este sentido me recordaba un poco a Thaddeus. Thaddeus seguía arriba en su camarote, durmiendo. Se había perdido toda la emoción de la mañana.

—¿Qué tal Granuja? —pregunté.

El doctor Early me miró y sonrió, mostrando sus hermosos dientes. Todo en él era tan limpio que era difícil acordarse de que era doctor y de que con regularidad tenía que ver con fiebres y con pútridas llagas, que colocaba sanguijuelas sobre brazos desnudos y vendaba úlceras infectadas. Tenía el aspecto, entonces y siempre, de alguien que acabara de frotarse de la cabeza a los pies. La señora Niffen bajó por la pasarela del escenario con su chal, preparada para irse de paseo.

—Granuja —dijo el doctor Early. Puso el otro brazo en posición para que la señora Niffen se agarrase a él—. Me gusta.

A Hugo no le hizo ninguna gracia tener un mapache de mascota en su barco, y obligó al doctor Early a atar a Granuja durante la función de esa noche. La pobre criatura amarrada rascó el suelo con cierta inquietud, pero el doctor Early se limitó a reír.

—Saldré cuando el capitán no esté mirando y te meteré en mi bolsillo —le dijo a Granuja, pero luego se olvidó de ella igual que todos los demás.

Al día siguiente vino con nosotros a nuestro nuevo amarre, anunciándonos su intención de seguir el espectáculo durante algunos días. Fue entonces cuando se sembraron en mí las primeras semillas de ansiedad: ¿podría haberse enterado de alguna manera de a qué me dedicaba yo por las noches? ¿Me seguiría? Me dije a mí misma que mis preocupaciones eran una tontería y no tenían base. Eran ilógicas. No era más que mi conciencia inquieta creando problemas. Quebrantar la ley, romper cualquier regla, era algo que no casaba con mi naturaleza. Era como hacer un dobladillo torcido a propósito. Pero una vez que empecé a sospechar del doctor Early, descubrí que no podía parar.

Solo Pinky compartía mi antipatía por el doctor Early, pero en su caso era por celos. Esa noche el doctor Early se sentó en primera fila con el blanco sombrero sobre el regazo. Seguía el ritmo de todas las canciones golpeándose el sombrero contra la rodilla, y después de la función se quedó un rato para estar con Liddy, que bajó del escenario con el disfraz puesto para hablar con él. Aunque era una despejada noche de verano, me alegré mucho de que no se me acercara nadie a decirme que esa noche tuviera que salir con la barca. No me fiaba del doctor Early.

Cuando por fin el teatro se vació, empujé el piano a un lado del escenario y salí afuera. Durante un rato me quedé de pie en la ribera respirando la cálida brisa de la noche, que olía al barro del río y a los pesados árboles verdes de la orilla. Las gentes del pueblo permanecían por allí con sus faroles, intercambiando cotilleos y riendo. En la oscuridad casi completa un círculo de mujeres parecía un conjunto de árboles bajitos, y cuando reían se sacudían un poco.

Nadie me prestaba ninguna atención y me sentí, por primera vez desde hacía semanas, triste y sola. Deseaba tener a alguien a quien confiarle mis preocupaciones, como Hugo o Liddy. No quería hablar con Thaddeus porque no quería inquietarle; no me podía arriesgar a que cambiara de opinión sobre ayudarme. Y Leo ya me había dejado claro que no quería saber nada. Me vino a la cabeza un poema que me había enseñado mi madre: *Allen gehört, was du denkst; dein eigen ist nur, was du fühlest.* Lo que tú piensas pertenece a todos, lo que sientes es tuyo solo.

Leo estaba sentado un poquito separado de mí con los brazos cruzados encima del ancho pecho, mirando a unos chicos de pantalón corto que jugaban en el banco del río o se subían a los castaños que sombreaban el barco. Dos de los más audaces se acercaron a la pasarela del escenario y tiraron una o dos veces del nudo, como probándolo antes de que Leo los espantara. Su grito los excitó lo indecible, y se subieron muertos de risa a los árboles, sacudiendo las ramas al encaramarse a ellas.

Oí la voz de Hugo elevándose por encima de las risotadas:

—Paducah es el lugar donde la estrenaremos. ¿Cree que nos seguirá hasta allí?

—Mi objetivo es seguirles hasta Misisipi antes de dar la vuelta.

Mi estómago se contrajo. Ese que hablaba era el doctor Early. Rastreé el sonido de sus voces hasta dar con dos figuras de pie en el borde del embarcadero, un poquito por delante de donde estaba yo. Hugo era más alto y su voz tenía más autoridad. Estaban contemplando el agua. Vi una línea de humo que ascendía delante de ellos por el aire y caí en la cuenta de que cada uno de ellos sostenía un cigarro puro.

—Será dentro de tres paradas —le dijo Hugo. El aroma del tabaco llegó flotando hasta mí—. Después de eso la representaremos a todo lo largo del Misisipi.

—¿Cómo me dijo que se llamaba?

—*Guerra abierta*. Un gran éxito hace no tanto en Londres.

—Me apetece mucho verla. Ah, aquí está.

Una figura de falda larga, Liddy, se acercó a ellos.

—He desatado a Granuja —dijo—. ¿Has traído algo que darle de comer?

Desde detrás de mí oí la voz queda de Leo.

—No está bien capturar a un bicho salvaje como ese a no ser que te lo vayas a comer —dijo.

Vino y se quedó de pie a mi lado, y juntos contemplamos el río y a Hugo, el doctor Early y Liddy, que estaban más cerca del borde del agua. Yo estaba de acuerdo, y así se lo hice saber.

—Tuve que atar a Oliver adentro —dijo Leo— de lo excitado que está con esto. Escucha.

Desde dentro del barco se podía oír, bajito, un aullido.

—Pobrecillo.

—Tú dile al capitán que el doctor tiene que llevarse al bicho consigo cuando se marche.

Le prometí que lo haría.

—Una cosa más. Un hombre al que no conocía me vino mientras estabas todavía adentro. Mañana por la noche esperan otro a medianoche.

—¿Otro?

—El hombre dijo que usted lo entendería.

Giré la cabeza para mirarle, y al hacerlo mis botas resbalaron sobre la gravilla. Leo me cogió del brazo para que recuperara el equilibrio.

—¿Cómo supo que hablar contigo era seguro? —le pregunté en voz baja.

Leo se dio un golpecito con el dedo en la mejilla.

—¿Usted qué cree?

—Pero ¿acaso sabe dónde vamos a amarrar mañana?

—Eso fue lo que me preguntó primero.

—Leo…

—Y hasta aquí llega mi implicación en esto. Ahora, buenas noches, señorita May. Tengo que ocuparme de Oliver. Asegúrese de decirle eso al capitán.

Por un momento pensé que se refería a la noche de mañana, pero entonces me di cuenta de que había vuelto al tema del mapache. Observé su gran envergadura alejándose en la oscuridad. Cuando llegó hasta los castaños levantó la mirada y gritó: «¡Bu!» con todas sus fuerzas. De las ramas salieron grandes risas.

—Váyanse ya para sus casas, que es tarde —dijo Leo a los chicos que estaban en el árbol—. Venga, vamos. Les estoy vigilando.

Esa noche me mantuvieron despierta dos búhos llamándose el uno al otro, y cuando por fin me dormí, tuve peores sueños que nunca. Una y otra vez, de formas variadas, era incapaz de salvar a Giulia. Cada vez que me quedaba dormida lo intentaba de nuevo y fracasaba. Por fin renuncié a dormir y me puse a leer un libro a la luz de una vela.

Cuando sentí que el barco empezaba a moverse me vestí y salí al pasillo. En el aire había un calor extraño para ser el amanecer, y observé cómo se levantaba la niebla del agua y reptaba subiendo por los lados del barco. No había ni rastro de Liddy, y el doctor Early se hospedaba en una posada del pueblo. Su plan era seguirnos a caballo hasta nuestro siguiente amarre.

La travesía de esa mañana fue rápida y estuvo llena de dificultades. Casi inmediatamente después de dejar la orilla llegamos a un tramo malo del río, con muchos bancos de arena y mareas bajas repentinas. Jemmy y Sam tenían mucho trabajo que hacer, empujando los remos con todas sus fuerzas, intentando seguir en la corriente. Yo permanecí en la cubierta superior, intentando no molestar a nadie.

—¡Battery Rock! ¡Battery Rock![4]—gritó Hugo, corriendo al remo mayor. Leo debía de saber qué significaba eso, porque nos condujo a otro canal del río, y a medida que se adelgazaba la niebla vi un frente perpendicular de rocas que salían de una lengua de tierra a la derecha. Todo el mundo menos Hugo se giró a mirar. Las rocas adquirieron la forma de un castillo de piedra enorme, y casi esperaba que salieran del peñasco unos duendes dando brincos.

—¿Qué es esto? ¡No estamos en un viaje de recreo! ¡Todos los hombres a sus puestos! —gritó Hugo a Jemmy y a Sam.

La tierra se alisó al hundirse en el río y pareció seguir de esta manera, al parecer medio sumergida, durante casi una milla. Luego apareció ante nuestra vista una nueva fortaleza natural: una pared recta de piedra caliza lisa contra el banco del lado

---

[4] Battery Rock es un acantilado calizo situado en el condado de Hardin, en el estado de Illinois. Se trata de un elemento famoso del paisaje de la zona que jugaría un papel relevante durante la guerra de Secesión (N. de la T.).

norte, con estratos horizontales como las rayas de un animal. Debía de medir cien pies de altura o más. Sobre su cumbre plana crecía una pequeña arboleda de cedros rojos, y podía ver algunas de sus raíces colgando entre las fisuras como si estuvieran buscando sustento en las profundidades de la roca. Varias aves de presa volaban en círculos por encima de los árboles. El aire de la mañana aún era cálido, pero daba la impresión de que la escena que tenía delante de los ojos era más propia del frío, con aquella bruma rizándose sobre la roca y el oscuro y pesado plumaje de las aves sugiriendo fauna de un clima más fresco. Un poco más allá, río abajo, la piedra caliza se abría formando una cueva oscura en forma de cerradura. Delante de su gigantesca boca había un viejo con dos perros que saltaban intentando comerse algo que el hombre les mostraba, sosteniéndolo justo fuera de su alcance. Yo estaba lo bastante cerca como para ver el abrigo raído del hombre, y el pelo amarillo y sucio de los canes de los que se burlaba sin piedad. El barco adquirió velocidad y luego la volvió a perder, y el ladrido de los perros parecía subir y bajar de tono con nuestro movimiento. Aparté el oído bueno y vi que los pájaros oscuros nos estaban siguiendo.

Entonces me sobrevino una sensación extraña, como si hubiéramos entrado en un mundo secreto y oscuro. Nos arrastrábamos por el lado norte del río y los bancos parecían querer aplastarnos, mientras que el propio río regurgitaba barro. Pasamos junto a un cúmulo de castaños blancos desteñidos, muertos pero aún firmes, y Hugo atracó el barco justo detrás. Mientras Leo nos amarraba, la niebla subió flotando y se convirtió en una tira sucia de gasa en medio del cielo.

Para cuando todo el mundo se levantó una hora más tarde, las aves de presa no se veían por ninguna parte y la niebla se había disipado al calor del sol. Con todo, no era capaz de sacudirme la incómoda sensación creada por la pared de roca y la cueva y aquel hombre sucio maltratando a sus perros, todo unido a la difícil noche que había pasado.

Nadie más pareció darse cuenta. En el desayuno, el sol entraba a raudales en el comedor y el día había encontrado una agradable máscara: sin viento, cálido pero no demasiado caluroso, y un cielo azul con solo una o dos nubes en forma de bola de algodón. Nadie comentó el fuerte olor a agua estancada y barro que entraba por la ventana abierta.

Cuando Chef sacó más café, Hugo se puso de pie para hacer un anuncio.

—Disculpadme todos, sentaos un momento, por favor. Solo un momento, damas y caballeros, si hacen el favor. ¿Estamos todos? ¿Thaddeus? Thaddeus, ahí estás, buen hombre. De acuerdo, vamos a ver. Tengo un par de cosas que decir. Vamos a atracar en Paducah en un par de días y ahí es donde quiero estrenar *Guerra abierta*. Estáis todos preparados; hacen falta solo un par de ajustes y cambios y lo tendremos todo listo. Me gustaría encontrar hoy un rato para ensayar y hacer mañana un ensayo general con vestuario. Y si podemos, igual dos.

—¿Por qué en Paducah, capitán? —preguntó Pinky—. Nunca hemos atracado allí. No nos van a conocer.

—Es un pueblo grande, más grande que los pueblos a los que solemos ir, pero por eso lo elegí. Quiero que el teatro esté lleno la noche de nuestro estreno.

Paducah estaba al otro lado del río, en Kentucky. Tenía dos periódicos y una destilería y su propia caja de ahorros. También tenía una larga hilera de tiendas allí mismo, delante del río, lo que significaba que no todo el mundo era agricultor. Los comerciantes tienen más dinero en efectivo. Hugo quería que solo sobrasen localidades de pie, nos dijo; quería que todos y cada uno de los actores hicieran una gran interpretación, y quería montar la mejor función que Paducah hubiera visto jamás.

—¡Así se correrá la voz por todo el río!

Miré a mi alrededor. Todo el mundo estaba escuchando a Hugo con la misma expresión resplandeciente en la cara, y al mismo tiempo sus cuerpos parecían hincharse o hacerse más altos.

Este fenómeno también lo había observado en Comfort. Hasta sus rizos parecían más firmes cuando se imaginaba sobre el escenario. La noche del estreno siempre era un mar de actores excitados y actrices que se conducían como si en su interior cupiera el mundo entero, cosa que en cierto sentido era verdad: el mundo de su obra.

—Nuestro amigo el doctor Early conoce a algunas personas allí, él será nuestra avanzadilla —prosiguió Hugo. Al oír el sonido del nombre del doctor Early, Pinky lanzó a Liddy una mirada de codicia y desaliento. Pero Liddy tenía la vista clavada en Hugo, y el rubor le subía por el cuello.

—May, voy a necesitarte aquí en el barco, para que te ocupes del vestuario y del atrezo y mantengas a todo el mundo a la orden. —Intercambiamos una sonrisa y me sobrevino una fuerte emoción, el sentimiento de que estábamos juntos en esto. Hugo y yo éramos casi como unos padres, vigilando a esos actores felices y a su perro.

—Mientras —prosiguió Hugo, mirando a los actores—, ¡vuestro trabajo es montar el mejor espectáculo que estas gentes del río hayan visto jamás!

Un estallido de hurras y de gritos llenó la sala. A Hugo parecía complacerle aquel ruido, que siguió hasta que Chef rompió la excitación recordándonos que el desayuno había terminado y que si podía todo el mundo, por el amor de Dios, quitarse de en medio ya. Echaron las sillas hacia atrás rozándolas contra el suelo, y los cubiertos tintinearon contra los platos como huesos, mientras los actores hablaban en voz alta, con sus tonos entrenados, sin apenas escucharse unos a otros, pero elevando la voz cada vez más alto porque nadie los escuchaba a ellos.

—¡Recordad, a las dos de la tarde, todo el mundo en el teatro! —gritó Hugo mientras iban saliendo en fila india.

La única que seguía preocupada era yo, sabiendo que esa noche tenía que salir con la barca. Más tarde, mientras pegaba los carteles del espectáculo en el pueblo, pasé junto al poste de azotar, un elemento habitual de estos pequeños pueblos de la ribera. Una vez vi a un hombre junto a uno de estos postes tras recibir una tunda de azotes, con la camisa rasgada a la altura de los hombros por la punta de una fusta para caballos. ¿Cuál sería el castigo en este pueblo por ayudar a esclavos fugitivos? Eso me preguntaba yo. Pero sabía, con todo, que esa noche iba a salir, a no ser, razonaba, que hubiera una tormenta y fuera demasiado arriesgado hacerlo. Pero el día seguía claro y en calma, con pocas nubes y la más suave de las brisas. Cuando pasé por allí, no había nadie atado al poste de azotar.

Pero en mi camino de regreso al *Teatro Flotante* vi a Leo de rodillas al borde del embarcadero pescando algo del agua con una red. Al principio pensé que tal vez fuera el pez gato que llevaba persiguiendo todo el verano, pero era demasiado grande para ser eso. Al acercarme vi pelo de animal, mojado y sucio. El cuerpo seguía parcialmente sumergido, pero cuando la cabeza se adelantó dando unos botes vi que era uno de los perros de caza amarillos a los que aquel hombre maltrataba delante de la cueva por la que habíamos pasado esa mañana.

Tenía los ojos abiertos y su pelaje estaba surcado por arroyuelos de hierbajos enredados y llenos de barro, que se le metían por la boca. Cuando Leo tiró de él para acercarlo, el cuerpo se giró revelando un enorme verdugón en la tripa. Su muerte era demasiado reciente como para que oliera a otra cosa que no fuera a barro, pero esa peste ya era bastante. Leo me dijo que me fuera al otro lado, que él se encargaría de todo, pero me di cuenta de que se me habían llenado los ojos de lágrimas y no me podía ir. Algo me hizo mirar al muelle y, efectivamente, allí estaba el viejo del abrigo raído, de pie, mirándonos. El otro perro se encontraba sentado erguido a su lado.

De repente me sentí enfadada.

—¡Este perro es suyo! —le grité. Leo se esforzaba en sacar del agua la red con el perro dentro.

—¡No lo es! —respondió el viejo gritando. Tenía la voz como si en la boca llevara un puñado de gravilla del río, y del bolsillo del abrigo vi que le asomaba el cuello de una botella.

—Tenemos que enterrarlo antes de que den con él los cuervos —me dijo Leo, colocando el cuerpo en el suelo y luego intentando liberar la red que se había quedado debajo. Tenía los pantalones empapados, y se arrodilló para desenredar una de las orejas del perro de las cuerdas de la red.

—¡Tiene usted que enterrar a su perro! —le grité al viejo.

—Incluso aunque fuera mi perra, que como ya le he dicho no lo es, yo diría que lo que le pasó fue que se acercó demasiado a la orilla del río.

—¡Por culpa suya! —grité—. ¡Fue usted quien la incitó!

En lugar de responder, el viejo escupió en mi dirección. Yo fui a acercarme a él, pero Leo me puso una mano en el brazo.

—Pero ¿a que tú le viste? —le pregunté—. En la cueva.

—Meterse con un vejestorio malvado no puede traer nada bueno, señorita May. Yo mismo puedo enterrar a esta pobre criatura.

El vejestorio malvado, como lo llamaba Leo, se estaba ahora frotando las manos como si las tuviera frías, sin mostrar remordimiento alguno. Por un lado del abrigo se le había descosido el dobladillo, y me fijé en que llevaba dos botas distintas. Era viejo y pobre y un borracho, pero eso no lo disculpaba. Se giró sobre sus talones y llamó silbando al perro que le quedaba.

Mi ira seguía caliente.

—¡Mataste a tu propia perra! —le grité—. ¡Tu propia perra! —Pero el hombre no hizo ningún gesto que revelara que me había oído. Fue tambaleándose por el muelle con aquellas botas desparejadas mientras que el segundo perro, todo costillas y pelaje apelmazado, le seguía al trote. Me descubrí pensando en cómo una criatura podía ser capaz de seguir vinculada a un amo tan claramente empeñado en su propia destrucción.

—No pasa nada, señorita May —dijo Leo—. La pobrecita ya no siente sus propias penas.

Yo no era supersticiosa, nada que ver con cómo son los actores, pero no podía evitar una sensación de que se acumulaban los malos presagios. Esa noche flotaba en la brisa un aroma dulce e intenso a jazmín, y la puesta del sol fue todo un espectáculo que parecía resplandecer en verdes y azules y dorados y rojos, todo a la vez. Todo el mundo lo comentó: «El final de una gloriosa velada de verano» o «La puesta de sol más hermosa que he visto en toda mi vida». Hasta Thaddeus, estando luego solos más adelante en la barca, seguía haciendo comentarios sobre lo perfecto que había sido el día, tanto por su belleza y temperatura como por la excelencia de la cena de pícnic que Chef había desplegado para nosotros en el banco del río, con pollo y huevos duros y empanada y un cubo de limonada fría. Yo era la única que se percataba de que estábamos comiendo entre hierba campana y matorrales, y que sentía que la belleza de la jornada era falsa.

Si yo hubiera sido cualquier otra persona me habría acusado a mí misma de tener demasiada imaginación. Pero la perra muerta, en concreto, no paraba de salir a flote en mi imaginación. Además de eso, el doctor Early no vino a la representación esa noche, como se esperaba. Tampoco vino después, cuando los actores estaban sentados por el comedor, comiéndose el pollo que había sobrado y charlando, y tampoco envió una nota para explicar su paradero.

—No hay de qué preocuparse —nos dijo Liddy—. Puede que le hayan llamado para atender a alguien que haya enfermado. En cuanto se enteran en cualquier sitio de que eres médico… —dijo, y se encogió de hombros, dándole vueltas al anillo de compromiso que llevaba en el dedo.

Pero yo no podía evitar pensar que era demasiada coincidencia que le hubieran llamado la misma noche que a mí me habían avisado para ayudar a un bebé esclavo a cruzar el río.

Esa noche Thaddeus remó despacio en la barca, tomándose su tiempo, mientras yo me esforzaba por escuchar cualquier ruido que se pudiera oír por encima de nuestros remos chapoteando en el agua. De vez en cuando levantaba la mirada hacia el denso surtido de estrellas sobre nuestras cabezas. Thaddeus tenía ganas de hablar, pero, presa de la ansiedad, yo no paraba de mandarle callar, hasta que finalmente se dio por vencido.

—Aquí fuera no puede oírnos nadie —refunfuñó.

—Podría haber alguien en una cueva, o en la orilla. Por encima del agua el sonido viaja lejos, ya lo sabes.

Resopló haciendo ruido con los labios como para espantar mis monsergas, pero se puso a remar el resto del trayecto sin hacer más comentario.

Por fin dimos la señal con el farol, y casi inmediatamente nos hicieron una señal de vuelta. Realmente no había razón para que se me encogiera el estómago. El doctor Early había visto la función ya tres veces; ¿por qué habría de asistir a todas y cada una de las representaciones? Y desde luego no había ninguna prueba de que anduviera por ahí cazando esclavos fugitivos ni a cualquiera que les ayudase. Además, si de alguna manera hubiera logrado atrapar al hombre que se estaba llevando al bebé, ¿por qué se ocultaría esperando cazarnos a nosotros? Me dije a mí misma que probablemente ya estuviese en el siguiente pueblo, convenciendo allí a sus residentes para que se despidieran de sus monedas de cinco y diez centavos a cambio de dos horas de entretenimiento teatral.

Para entonces ya comprendía lo mucho que estas gentes del río ansiaban variedad y entretenimiento, y lo felices que les hacía colaborar como público. Incluso la función de esa noche podía considerarse un éxito, aunque hubiera quince hombres por cada mujer y no cupiera imaginar una audiencia más zafia. Escupían, atufaron la sala, y no se quitaron el sombrero de la cabeza en las dos horas que duró el espectáculo. Ni se habían molestado en lavarse la cara, y soltaban bromas a gritos a los actores sobre el escenario. Pero, con todo y con eso, se reían donde había que reírse, y daban palmas y pateaban el suelo al final de cada acto. Les gustó especialmente Oliver, con su pequeña gola, y le pidieron con alaridos que saliera a bailar una y otra vez hasta que Hugo apareció extendiendo los brazos, pidiéndoles que comprendieran que el perro necesitaba dormir más que los actores, puesto que era la estrella de la función. Esto hizo que todo el mundo riera aún más fuerte, pero ya se pusieron de pie, agarraron sus farolillos y fueron desembarcando entre empujones. Una vez que se hubieron ido, el teatro siguió oliendo a whisky, y me di cuenta de que muchos de los hombres se habían pasado todo el tiempo bebiendo de sus petacas. Mi único consuelo fue que el viejo del perro de caza no acudió. Probablemente no le sobraran veinte centavos.

Guiándose por la luna, Thaddeus llegó a unos metros de la orilla y echó el ancla. El agua lamía la barca con languidez, haciendo un ruido pacífico, como para demostrar que todos mis recelos no podían ser más que fantasías temerosas: nada malo podía ocurrir en una noche tan tranquila y suave. La luna, de un pálido amarillo, relucía en lo alto, ligeramente deforme, como una rueda de queso de las de mi padre después de que un comprador cortara una loncha para catarlo, y el agua estaba más lisa de lo que la hubiera visto jamás.

Thaddeus estiró las piernas y esperó que yo hiciera el trabajo de empaparme y recoger al bebé. Seguía sin poder ver a nadie en la orilla –quien estuviera viniendo a nuestro encuentro había vuelto a apagar el farol en seguida–, pero oí un llanto rápidamente sofocado, que sonaba a criaturita. Todavía tenía el estómago del revés cuando me recogí las faldas y fui vadeando por el agua y escalando el banco. Al subir a la tierra seca, sin embargo, me resbalé y me raspé la palma de la mano contra una roca. Me quemó sin que terminara de sangrar, pero no pude cerrar el puño en el resto de la noche.

Una tos. Me giré en esa dirección. Ahora podía ver a una figura unos metros más allá bajo unos árboles. Pero cuando vi a otra figura de pie a su lado, se me subió el corazón a la garganta y me quedé paralizada. Había dos hombres allí de pie en vez de uno.

—Qué hay —dijo uno de ellos, y empezó a andar hacia mí.

Ahora tenía la expectativa absoluta de ver emerger el sombrero blanco del doctor Early, y la insultante sonrisita de su cara mientras sostenía unos grilletes para encadenarme. Pero el sombrero de aquel hombre era marrón. No era el doctor Early. El otro hombre, que tampoco era el doctor Early, se quedó detrás del primero, cargando con la cesta del bebé. El bebé hizo otro sonidito, como una tos, y el hombre que llevaba la cesta le chistó. Una nube larga y traslúcida tapó la luna, escondiendo sus detalles, pero en sus ademanes, especialmente en los del primero, se adivinaba una considerable agitación.

Ojalá pudiera explicarles cómo me sentí mientras estaba allí mirándolos, uno detrás del otro, pero no lo recuerdo. Pillada, supongo. Aunque no fuera el doctor Early quien me hubiera pillado, yo sabía que estaba pillada; me había metido yo solita en la trampa que llevaba todo el día sospechando que estaba tendida para mí. Esperé a que uno de los hombres sacara una pistola, aunque en verdad no hacía falta pistola alguna: yo estaba dispuesta a rendirme voluntariamente. Había quebrantado la ley, y la respuesta a eso era el castigo. La única cosa sobre la que no estaba segura era si debía advertir a Thaddeus de la situación con un grito o si ellos pensaban que yo era la única, y un grito de advertencia solo serviría para alertar a los cazadores de esclavos de la verdad.

¿Qué harían conmigo? Con los fugitivos eran brutales: una vez que los esclavos eran devueltos y entregada la recompensa, a esos desdichados hombres y mujeres los azotaban, o posiblemente los linchaban, como advertencia a los demás. Conmigo tal vez la ley fuera piadosa: una multa onerosa y seis meses de cárcel. Pero eso solo si tenía suerte y me arrestaban. Si no me arrestaban, podía colgarme una turba, arrancarme la ropa, quemarme primero la piel con antorchas, por si acaso. Si no me arrestaban era porque querían que el caso fuera juzgado por el viejo juez Lynch. Ahora eso ya lo entendía.

—¿Estoy bajo arresto? —le pregunté al primero de los hombres cuando se me acercó.

Las nubes pasaron por delante de la luna. Podía oír el agua del río lamiendo la grava de la orilla detrás de mí, como el aleteo repetido de un pañuelo.

—Todavía no —dijo—. Pero lo más probable es que ya nos anden buscando, y aquí estoy yo en mitad del bosque sin motivo.

Si me encuentran sospecharán de mí seguro... Ay —y soltó un juramento.

—¿Quién sospechará? —le pregunté—. No le entiendo.

—Y que no lo dejaba, no me dejaba marchar. De verdad que pensé que no llegábamos, con todo este lío...

—¿Qué quiere decir?

—La chica. Que no lo quiso dejar.

—¿Qué chica?

Y fue entonces cuando me di cuenta de que el hombre bajito que estaba detrás de él no era un hombre en absoluto, sino una chica. Una chica negra. Sosteniendo la cesta, mandando callar al bebé.

Cuando salió de detrás del mozo de labranza me la quedé mirando, intentando discernir los rasgos de su cara. Para ser un hombre era bajito, pero al ser chica era alta. Y a la pobre luz de la luna ahora podía ver que llevaba un vestido. De hecho parecía llevar puestos varios vestidos. Ella también tenía la mirada clavada en mí, y luego depositó la cesta en el suelo. Cuando se irguió, vi que tenía el vestido húmedo debajo de los pechos.

—Tú eres la madre —dije. No parecía tener más de catorce años.

—Se negaba a dejar al bebé —repitió el mozo—. No me dejaba marchar. Como nos cojan es culpa suya. Como nos cojan a todos... —volvió a maldecir, no exactamente a la chica pero más o menos.

La chica no dijo nada.

—¿Cómo te llamas? —le pregunté.

—Lula —me dijo el mozo.

—¿Ella no puede hablar?

—Ella puede hablarle a un cochino hasta conseguir que se meta él solito en la sala de ahumados. Que se negaba a separarse del bebé, me dijo, y que se negaba a quedarse atrás. Una y otra vez me lo dijo, sin parar. Hablando por los codos hasta que ya no podía más con el ruido. Pero supongo que ahora ese problema lo tiene usted. —Echó un vistazo a su espalda, entre los árboles—. Le deseo buena suerte.

—Espere, ¿me está diciendo que quiere que la lleve conmigo?

—Ya se lo he dicho, le dije, tenemos que hacer primero nuestros propios planes. Tienes que esperar primero a que alguien te haga un plan a *ti*, le dije. Pero ¿acaso me escuchó?

Lula habló por primera vez.

—Yo no pienso esperar —dijo—. Ya he esperado bastante.

—Pero ¿qué voy a hacer yo con ella? —le pregunté al mozo.

—Lo mismo que hizo con los demás. Lo mismo que acabo de hacer yo. Entregársela al siguiente de la fila.

Ese era Donaldson.

—¿Y qué pasa si él no la acepta?

—La aceptará. ¿Qué otra cosa va a hacer? —soltó unas cuantas maldiciones más—. Ahora deje que me marche.

—Usted intentó no llevársela —señalé.

Un rápido espasmo le recorrió los brazos y los hombros, bien por impaciencia o bien por miedo.

—Yo lo único que sé es que para mí es el final, así que si no la acepta, se queda sola. A mí van a empezar a buscarme muy pronto; tengo que volver. —Y, con eso, se marchó sin siquiera tocarse el sombrero o mover la cabeza para decir adiós. Echó a correr, con las piernas un poco arqueadas, de regreso al bosque, alejándose para siempre. Era difícil imaginarse cómo le habrían reclutado para esta labor. ¿Por principios o pagando?

Lula puso la cesta en el suelo y se giró para mirarme de frente, como si su propia determinación de que haría lo correcto fuera a inducirme a hacer lo correcto. ¿Y por qué no? Con el mozo le había funcionado. Pero no le faltaban nervios tampoco, porque cuando un búho o algún otro bicho cambió de postura sobre una rama cercana y esta crujió, ella pegó un brinco y yo la vi.

—¿Cómo vamos a cruzar el río? —me preguntó en un susurro.

—Tengo una barca de remos. Hay un hombre esperando. Pero no estoy segura de si debo llevarte conmigo.

—¡Me tienes que llevar! Si me encuentran, me matan.

—Al otro lado del río la cosa no está mucho mejor. Puede que te manden de vuelta.

—Es el Norte, ¿no?

—Sí, pero la gente no siempre es… —Pensé en la mujer del médico que me había echado de sus tierras—. Algunos de ellos bien podrían estar viviendo en el Sur.

—¿Qué vas a hacer, llevarte a mi bebé y dejarme a mí para que me den de latigazos y me maten?

Las nubes se habían alejado y la luna moteada alumbraba el río. Podía ver la punta del sombrero de Thaddeus a una corta distancia, abajo, en el río. Había movido la barca a una calita poco profunda cerca de unas grandes piedras lisas. Yo no sabía qué hacer.

—¿Qué nombre tiene tu bebé? —le pregunté, atascada.

—William.

—¿Qué le pasó al padre?

—Por ahí anda.

—¿También se fugó?

—Fue uno de los hijos. El mediano. —Descubrió la cara del bebé. Sus grandes ojos oscuros me miraron sin pestañear y tenía las pestañas rizadas y espesas. Su piel era muy clara.

Uno de los hijos. Uno de los hijos de su amo, a eso se refería.

—¿Cuántos años tienes? —le pregunté.

—No lo sé.

Volvió a tapar al bebé y me miró. Estaba esperando a que le dijera sí o no, pero yo no sabía qué decirle. Como una niña, empecé a tener la sensación angustiosa de que, puesto que ya había quebrantado una regla, ahora estaba condenada a ir rompiendo las reglas por siempre jamás, que había sucumbido a lo más bajo de mi naturaleza, que despreciaba cualquier ley que se entrometiese en mis propios deseos. Y mi deseo, en ese momento, era salvarla. Pero eso suponía quebrantar la ley. Claro que yo ya había quebrantado la ley otras veces, trasladando a esos bebés. Y sin embargo esto parecía peor.

La miré, a ella y a la cesta que estaba a sus pies. Tenía razón: me di cuenta de que no podía dejarla sin más.

—De acuerdo —dije por fin—. Pero hoy es un día de mala suerte. Deberías saberlo.

—Todos lo son —me contestó.

Cuando empezamos a caminar hacia la barca, Lula, que sostenía ahora la cesta contra el pecho, tropezó y estuvo a punto de caerse hacia delante.

—¿Estás enferma? —le pregunté.

—Me están sangrando los pies.

Tenía las botas cubiertas de barro reseco. Hasta los cordones parecían rígidos, cubiertos de glaseado marrón.

—Como no tenía zapatos, el hombre me dio estas botas. Me quedan pequeñas.

—¿Te las quieres quitar?

Bajó la vista para mirárselas.

—Igual luego no soy capaz de volver a ponérmelas. El izquierdo no lo tengo tan mal. Debe de ser más pequeño o algo.

—Ven. —La tomé del brazo—. Eso es, tú apoya tu peso en mí.

Thaddeus había posicionado la barca del tal modo que pudiéramos meternos en ella desde las rocas, sin tener que vadear el agua. Cuando llegamos al lado de la barca, cogí la cesta del bebé de manos de Lula y se la di a Thaddeus, que nos estaba mirando a las dos con los ojos muy abiertos. Rápidamente volvió en sí y ayudó a Lula y luego a mí a meternos en la barca, que se meció violentamente al sentarme junto a la chica. Me di cuenta de que el corazón seguía golpeándome el pecho, y de que no tenía equilibrio.

—Esta es Lula —dije en voz baja—. Se viene con nosotros.

Lula, que se había mojado el borde del vestido al meterse en la barca, se separó el dobladillo húmedo de las piernas y miró a Thaddeus con curiosidad. Él se tocó el sombrero y después, tal vez mudo de asombro por primera vez en su vida, separó el bote de la orilla sin decir palabra.

Aunque con cada palada de agua mi corazón daba un salto, el cruce fue tan tranquilo como el de ida. Con todo y con eso, al final ya me dolían los ojos de esforzarme por ver en aquella noche tan oscura. Como a mitad de camino, en el río, Lula se agachó para coger a su bebé y ponérselo al pecho para darle de comer, desabrochándose la pechera de vestido, y luego desabrochándose el vestido que llevaba debajo de ese. Caí en la cuenta de que tendría solo dos vestidos en este mundo, y no quería dejar uno de ellos atrás. Eso era algo que yo podía entender muy bien. Mientras amamantaba al bebé, Thaddeus siguió remando, pero giró la cabeza como si de repente fuera muy importante observar algo que llegaba del este. Me pregunté qué pensaría de esta nueva situación, pero tenía demasiado miedo de hablar por si acaso el mozo nervioso tuviera razón: ya habían descubierto que Lula había desaparecido, y la gente estaba subiendo y bajando por el río, tal vez incluso navegando por el río, buscándola. No me atrevía a encender el farol para comprobar nuestra dirección, y me preocupaba cualquier ruido que no fuera producido por nuestros propios remos.

Pero al llegar a la otra orilla atracamos sin problema. Aunque no había pasado mucho tiempo de la medianoche, la sensación era que la parte más oscura de la noche se nos había echado encima, esa hora a la que todas las criaturas de la tierra están tranquilas y en silencio. Thaddeus colocó la barca de forma que quedara exactamente igual a como Leo la había dejado: los remos cruzados en el fondo, las anclas de botella bajo la bancada. Cuando miré a mi espalda, el río no era más que una larga sima de oscuridad.

—Ya estamos en el Norte —susurró Lula. No estaba segura de si me lo estaba preguntando.

—¿Has estado alguna vez en el Norte?

Ella asintió.

—Una vez, con mi señora.

Thaddeus había terminado de amarrar la barca.

—¿Y ahora qué? —preguntó, señalando a Lula.

A mí me parecía que una multitud en la carretera no era buena idea, así que le dije que yo me ocuparía de todo de ese momento en adelante, y que él debía marcharse a su camarote. Mis palabras le trasladaron la idea de que yo sabía lo que estaba haciendo y que no necesitaba su ayuda, pero en realidad yo no sabía qué esperar. «Dásela al próximo de la fila», era lo único que el mozo me había dicho.

Lula no me dejaba cogerle la cesta ni siquiera cuando íbamos caminando por el sendero rocoso hacia la carretera, donde se tropezaba con la gravilla y, como antes, me tenía que conformar con tomarla del brazo. Una vez que llegamos a la carretera vi el carruaje en el otro extremo de una curva, medio oculto por la sombra de un castaño. Sin la cubierta de las nubes la luna brillaba mucho y si venía alguien por la carretera, con lo plana que era, podría vernos desde una gran distancia. Contuve el aliento para escuchar mejor, poniendo el oído bueno del lado de la carretera, pero lo único que oía era el tamborilear de mi propio corazón en las sienes. Al acercarnos al carruaje, Donaldson se bajó del asiento del conductor y unió las manos delante de él. Pero cuando vio a la chica, las separó, y por un momento no hizo otra cosa más que mirarla.

—Este es Donaldson —le dije—. Está aquí para llevarte a la siguiente etapa. —Luego hice un gesto señalando a Lula—. Esta es la madre del bebé, Lula.

Estaba lo bastante cerca como para escucharle inspirar profundamente antes de extender las manos para coger la cesta. Ella se la dio con facilidad, cosa que me sorprendió. A lo mejor era porque, a diferencia de mí, él era negro. Donaldson metió la cesta en la cabina junto al asiento del conductor, pero cuando Lula amagó con subirse, se giró y le cerró el paso.

—Es la madre del bebé —le volví a explicar. Y luego, con más valentía—: Tiene que irse con él.

Él sacudió la cabeza.

Sentí que se me caía el alma a los pies.

—Podría ir adentro. Puedo ir y coger una alfombra o una manta o algo para taparla.

Pero él sacudió la cabeza otra vez.

Para entonces ya había colocado un pie en el peldaño y se volteó ligeramente hacia nosotras, pero no lo suficiente como para dejarle a Lula hueco para colarse y subir. Sacudió la cabeza una tercera vez antes de que a mí se me ocurriera algo más que decir.

Se me cayó el alma a los pies aún más, como para dejar espacio a la avalancha de miedo ansioso que llegó un segundo después. La luz de la luna le daba de espaldas, de forma que no pude distinguir la expresión de su cara, pero me atrevería a decir que probablemente Donaldson no mostrara ninguna. Subió el siguiente peldaño y se metió en el asiento del conductor.

—¡Espera! —dije, más alto de lo que era mi intención. Lula miraba la carretera nerviosamente. —¿Vas a volver a por ella? —le pregunté— ¿Qué tengo que hacer con ella?

Donaldson tenía las riendas en la mano. El caballo pisó fuerte con la pata trasera, queriendo echar a correr, sin duda, y volver al establo a pasar la noche. Yo esperaba al menos un gesto de Donaldson, alguna indicación de lo que iba a ocurrir a continuación.

—¿Qué hago? —le pregunté otra vez.

Donaldson me miró. Movió la cabeza, pero yo no sabía qué quería decir con eso. Agitó las riendas.

—¿Qué le pasa? —preguntó Lula. El caballo emprendió la marcha por el camino.

—Es mudo.

—¿A dónde va? —Empezó a correr tras ellos, pero con los pies tan mal no podía correr mucho. Consiguió dar un manotazo a un costado del carruaje, pero este no aminoró la velocidad. Pensé que iba a intentar subirse en marcha, pero en vez de eso le dio una voz a Donaldson:

—¡Se llama William! —No le gritaba, ambas estábamos demasiado nerviosas para eso, pero su voz tenía fuerza y urgencia. El carruaje ya estaba empezando a adelantarla—. ¡Diles que se llama William!

Las ruedas crujieron rápidamente carretera abajo y después de un minuto Lula dejó de correr y se quedó allí parada mirándolos. Cuando llegué hasta ella vi en su cara una expresión conmocionada y exhausta, demasiado agotada incluso para llorar, y oí cómo unas hojas se levantaban y temblaban en alguna arboleda cercana.

—Harán un plan —le dije, acordándome de lo que había contado el mozo de labranza—. Lo harán. Harán un plan para ti y volverán.

—Pero ¿qué pasa con mi niño? Tengo que alimentarle. ¿Por qué no ha querido llevarme?

—A lo mejor el siguiente sitio, a lo mejor el escondite, es demasiado pequeño para cualquiera que no sea un bebé. —Me lo estaba inventando, especulando, y me sentía rara. Me rendí—. No lo sé. —Toqué el hombro de Lula con suavidad y le di la vuelta. Ya no había ningún lugar a donde ir más que de vuelta al barco. Lo primero que había que hacer era sacarla del medio del camino y curarle esos pies sangrantes.

—Por favor, no… —Le subió un sollozo por la garganta que enmarañó el resto de su frase, pero yo comprendí lo que quería decir: «Por favor, no me dejes».

—No te preocupes —yo intentaba consolarla—. Me ocuparé de ti. Y ellos harán un plan y volverán. Solo tenemos que esconderte durante esta noche. Y a lo mejor también mañana. Parte de mañana.

Ella me agarró del brazo, susurrando algo que podría haber sido «gracias» o «¿puedes?». Sin la cesta, la mano le colgaba vacía y sus hombros parecían muy delgados. Mientras cojeaba a mi lado me dio miedo de que sus pies finalmente no dieran más de sí y que tuviera que cargarla en brazos, pero la cosa no llegó a tanto. Conseguimos recorrer la carretera y bajar por el sendero hasta el barco.

Pero me había olvidado de Thaddeus. Estaba de pie en la barandilla del barco, terminando de fumarse un cigarrillo mal liado, y yo tenía la sensación de que no se había ido a su camarote a propósito. Miró a su alrededor al oír nuestros pasos sobre la pasarela y entonces, después de un momento, arrojó la colilla de su cigarro por la borda. Un búho empezó a ulular y luego se calló en medio de su llamada. La sensación que desprendía el silencio era como de algo escondiéndose. Thaddeus me miró con la cabeza ladeada, haciendo una pregunta, conteniendo el aliento.

—No digas ni una palabra —ordené.

18

Intenté pensar en un lugar donde esconderla.

Mi habitación contenía solo lo básico imprescindible: un catre, un palanganero, y una hilera de ganchos de latón en una pared de los que colgar mi ropa. Mis mantas eran demasiado cortas como para taparla si se escondía debajo del catre, que era el único lugar evidente.

La sala verde era una posibilidad, aunque los actores y las actrices entraban y salían de allí durante todo el día para comprobar su vestuario o para hacerse una taza de té a solas. Pero en la sala verde había cajas de embalaje, alguna de las cuales tal vez fuera lo bastante grande como para esconder dentro a Lula, aunque estuviera húmeda y llena de moho. Podía forrarla con una sábana o una manta. Tendría que hacerle agujeros para que le entrara aire. Permanecer un día o dos en una caja, después de todo por lo que había pasado, me pareció que sería capaz de soportarlo. Pero ¿y durante las representaciones? Había visto a Pinky o a Sam mover las cajas para usarlas como asientos mientras esperaban que les dieran el pie, o incluso mirar dentro a ver si encontraban algún elemento de atrezo que se les hubiera perdido. Podían pasar toda suerte de cosas. Y no había llave en la cerradura, mientras que en mi cuarto sí la había. ¿Podría quedarse en la sala verde durante el día y luego venirse aquí arriba mientras todos los demás estuvieran cenando en el comedor? Pero el plan me pareció demasiado arriesgado. En un barco tan pequeño como el nuestro no había garantía alguna de privacidad, ni siquiera durante las comidas. La gente se olvidaba un pañuelo, o quería un chal, o de repente se acordaban de una carta que querían leer en voz alta, y se pasaban por su camarote a recogerla. Podrían vernos subiendo por las escaleras: una niña esclava fugitiva y yo. Eso sería el fin.

Me llevé a Lula a mi camarote, sin saber qué otra cosa hacer, y ella miró a su alrededor en aquel pequeño espacio, miró el catre y el palanganero y los ganchitos de latón en la pared iluminados solo por la luz de la luna que entraba por la ventana. Cerré las cortinas de un tirón y luego bajé la persiana que cubría la ventana en la mitad superior de la puerta del balcón. Después, le limpié con cuidado los pies ensangrentados y llenos de ampollas con el trapo que usaba para lustrarme las botas, de forma que sus pies empezaron a oler a betún. Tenía arcos delicados, curvos, y los dedos largos. Le di un par de medias limpias a modo de vendajes, y luego mojé la punta de un trapo limpio en la palangana, lo escurrí, y le lavé la cara.

—Gracias señorita —dijo Lula cuando hube terminado.

—Llámame May —le dije, pero ella ya había empezado a llorar, con callados hipidos, y tal vez no me oyera.

La hice recostarse en el catre, tapándola con la manta hasta la barbilla y tocándole la frente como solía hacerme mi madre a mí. Luego me tumbé en el suelo a su lado, usando un chal de manta y otro de almohada, y escuché sus sollozos rápidos, callados, ahogados, deseando ser capaz de encontrar algo que decir que la pudiese ayudar o, de alguna manera, aligerar su mente. Después de un rato los sollozos desaparecieron y se quedó dormida.

Agotada como estaba, me quedé despierta mucho rato estudiando el techo, intentando pensar qué hacer. No cabía duda de que lo había estropeado todo. Por otro lado, no podía evitar sentir que, desde luego, culpa mía no era. Cualquiera hubiera hecho lo mismo. Decidí escribirle a la señora Howard por la mañana. Seguía teniendo el itinerario de Comfort, que había metido en un libro de versos que me había prestado Liddy. Para entonces Donaldson probablemente ya hubiera informado a la señora Howard sobre Lula en todo caso. Qué afortunado era para mí que estuvieran siguiendo el río Ohio, al igual que nosotros. ¿O no era cuestión de suerte? Por primera vez me pregunté si estábamos haciendo la misma ruta a propósito. Cuando la señora Howard se dio cuenta de que yo estaba viviendo en un barco que viajaba río Ohio abajo, a lo largo de la división natural entre el Norte y el Sur, quizá lo viera como una oportunidad que no debía desaprovechar. Tal vez empezara a planificar su viaje alrededor del nuestro. Podía imaginarme a Donaldson dejando instaladas a la señora Howard y a Comfort en una posada y luego conduciendo por la oscura carretera paralela al río a esperar que yo le llevara los bebés rescatados; los «paquetes», como la señora Howard los había llamado. Una oscura serpiente empezó a enrollarse a mi alrededor: una sensación de resentimiento, de haber sido utilizada. Ella me había querido quitar de en medio, y luego esperaba que yo la ayudase. ¿Iba ella a ayudarme ahora a mí? Yo no sabía nada sobre cómo llevar a una esclava fugitiva a un lugar seguro. No sabía en quién podía confiar.

Mientras yacía allí, angustiándome, Lula empezó a gemir en sueños, y entonces de repente gritó:

—¡No me toque! ¡Usted a mí no me toque!

Me incorporé rápidamente y la tomé de la mano, que era muy pequeña. Tenía los dedos fríos. La hice callar y me agaché para decirle al oído que ahora estaba a salvo. Tumbada boca arriba con las dos trencitas extendidas sobre la almohada, parecía más joven aún de catorce años. Tal vez lo fuera. Pero había tenido un bebé hacía apenas dos días, una niña dando a luz a otro niño. Un sabor a carne vieja me subió a la boca. Me pregunté si habría tenido una pesadilla sobre el padre; uno de los hijos, según había dicho. Cuando le acaricié la frente, Lula no abrió los ojos pero sí paró de gemir. Unos segundos más tarde oí que crujían las maderas del suelo por fuera de mi camarote y el corazón me dio un brinco. Alguien llamaba a mi puerta.

—May —dijo Hugo en voz baja—. ¿Estás bien?

Me aclaré la garganta, esperando que me saliera la voz tranquila.

—Estoy bien. Tuve un mal sueño, pero ya estoy bien.

Yo observaba la cara de Lula mientras hablaba. Tenía miedo de que volviera a gritar o que se despertara y dijera algo.

—¿Necesitas algo? —preguntó Hugo.

—No, gracias —le dije.

No había cerrado la puerta con llave: un error. Hubo un momento largo, quieto, y luego oí a Hugo volver a su cuarto. Estuve atenta hasta distinguir el sonido de su catre crujiendo al acostarse él. Cuando el silencio se extendió lo suficiente, le solté la mano a Lula y, lo más silenciosamente que pude, me levanté, y cerré la puerta, girando la llave de metal despacio para que no hiciera ruido. Después volví a tenderme en el suelo, dispuesta a levantarme otra vez en cualquier momento. Pero cuando volví a abrir los ojos el sol estaba saliendo y Lula estaba despierta y echada de lado, mirándome desde arriba. Podía sentir cómo el barco se movía río abajo.

Había estado soñando con Giulia. «Viene alguien», me había dicho Giulia.

Volví a repasar las posibilidades mentalmente. La sala verde, el comedor, la oficina –cada uno de ellos tenía sus inconvenientes. El principal era que ninguna de esas puertas tenía cerradura.

—¿Van a encontrarme —susurró Lula— ahora que es de día? —Seguía siendo muy temprano, la única luz era el gris suave del amanecer, pero yo comprendía su miedo. Estaba enroscada formando una U sobre el catre y me senté a su lado, sintiendo el bultito de su rodilla contra la cadera.

—No te van a encontrar. —Intenté sonreír, quería tranquilizarla, pero el gesto me resultó incómodo y forzado.

—Buscarán —dijo con desolación.

Eso era verdad. Pero ¿quiénes eran «ellos»? Las dos sin duda estábamos creando en nuestras cabezas nuestras propias imágenes: la mía era la de un hombre con grilletes colgando de ambos bolsillos, con un sabueso a un lado y un látigo en la mano, espoleado por la letra de la ley.

—He cerrado la puerta con llave —le dije—. Nadie puede entrar. Pero tenemos que dar con un buen lugar donde esconderte.

Se deslizó del catre y se agachó para mirar debajo, y tras un momento yo también miré, preguntándome si podía ocultar ese pequeño espacio de la vista. Debajo de nosotras se oía a Jemmy practicando sus frases mientras manejaba el timón de estribor.

—Sí, señor, me metió en una caja, dejó que el marqués se escapara y me hizo ocupar su lugar. Yo lloré, pero ella reía.

Una caja sería perfecta. Me acordé otra vez de las cajas de embalaje de la sala verde. Y luego pensé: los baúles de Helena.

Seguían a los pies de mi cama, dado que no había encontrado ningún otro sitio para ellos. El mayor de los baúles, un arcón para vestidos de color ceniza, era lo bastante grande como para que cupiera dentro una chica agachada. Se abría como un libro y por un lado tenía un trozo de madera blanda, porque alguna vez lo habrían dejado, supuse yo, en un charco de agua. No era el baúl de una mujer que le diera importancia a las apariencias. Los baúles de Comfort, en cambio, tenían hebillas relucientes (bruñidas por mí), y si solo una de las tiras empezaba a mostrar señales de uso. Ella se compraba uno completamente nuevo, regateando con mucha demostración de hoyuelos con el fabricante de baúles, cambiando el viejo por el modelo más actual y consiguiendo un mejor descuento del que nadie, excluida yo, pudiera imaginar. El segundo baúl de Helena era más pequeño que el gris, una caja larga, negra, de trabajo, con las tiras gastadas.

No obstante, el problema de los baúles de Helena no era lo lamentable de su estado. El problema era que ambos estaban llenos hasta los topes.

Yo había sacado todos los vestidos del mayor de los baúles, pero aún así, seguía conteniendo muchos de los efectos personales de Helena: dos cañas de pescar de distinta longitud, bramante encerado, un cuchillo de destripar pescado, un rifle de caza, unos cuantos sombreros en estados diversos de espachurramiento, y un pesado libro verde azulado: *Pájaros de América, volumen 1*. Leí las palabras escritas en la guarda: *Feliz cumpleaños a mi hermana, que como más feliz se siente es al aire libre. Con amor, Hugo.*

Lula y yo lo discutimos en susurros:

—A lo mejor podíamos meter las cosas más pequeñas en el otro baúl.

—Lo que no quepa lo metemos debajo de la cama y ya está.

Oí gritos abajo, eran los hombres atracando el barco, pero seguía siendo demasiado temprano para que la mayoría de los actores se hubiesen levantado. Las gaviotas y los pájaros de la ribera trinaban más alto a esa hora del día, y también se oían las llamadas de los hombres trabajando en el embarcadero. Agradecía el ruido, y tener un cuarto que hacía esquina. Sabía que Hugo no volvería a su camarote hasta después del desayuno. Así y todo, mantuve el oído bueno alerta por si oía pasos en las escaleras o en el pasillo del piso de arriba: que alguien anduviera por ahí antes del desayuno era improbable pero no imposible.

Metimos todo lo que pudimos en el baúl pequeño, aunque me dolía aplastar los sombreros más de lo que ya estaban. Pero ¿y el rifle de caza? Lo cogí. Era más bien corto, lo propio en un rifle de mujer, pero no tanto como para caber en el baúl negro, más pequeño. A falta de mejores opciones, lo puse debajo de mi cama y lo tapé con unas blusas viejas de Helena y un chal.

Lula tuvo que sentarse encima de la tapa del baúl para que yo lo pudiera cerrar. Estaba completamente en mis manos: era mi responsabilidad. No podía hacer movimiento alguno hacia la libertad por sí sola. Y lo que era aún peor, me di cuenta de que Hugo había atracado el barco en el otro lado del río. Volvíamos a estar en el Sur. Esto no se lo dije a Lula.

Solo le dije:

—Mantente alejada de la ventana. —Las cortinas estaban cerradas, pero para estar absolutamente segura las uní con tres alfileres de sombrero de Helena.

—¿Qué es ese ruido? —susurró Lula.

Escuché.

—Eso son gaviotas. ¿Nunca has oído a las gaviotas?

Ella sacudió la cabeza y se tocó la punta de una trenza.

—Pero ¿tu casa no está…? ¿Tú no vivías cerca del río?

No estaba cerca del río, me dijo. Ella y el mozo habían tenido que viajar toda la noche en un carro de paja. William y ella iban metidos en un barril.

—Él la mayor parte del tiempo estuvo dormido. Eso fue una cosa buena. —Debajo de nosotros podíamos oír las voces de los hombres terminando de amarrar el barco. —¿Aquí cuánta gente vive? —me preguntó.

—¿En el *Teatro Flotante*? Doce.

Estábamos hablando tan bajito que apenas nos podíamos oír, y Lula no paraba de lanzar miradas a la puerta. Me levanté y comprobé que estaba bien cerrada, y luego acerqué la palangana para volver a lavarle los pies. Quería echarle otro vistazo a sus heridas.

—¿Alguna vez has estado en un barco? —le pregunté, limpiándole los talones con cuidado.

—Una vez —contestó—, cuando fui a Evansville con la señora. A lo mejor entonces oí a las gaviotas, pero no me acuerdo. ¡Qué grande era esa ciudad! No me podía ni creer la cantidad de tiendas que había. En una tienda tenían toda una pared llena de rollos de tela de colores. No sé cómo podría elegir solo una. Si tuviera el dinero.

—¿Te gusta coser? —Miré sus dedos, que eran largos y fuertes.

—Sí, señora. Los dos vestidos que llevo puestos los cosí yo.

Seguía llevando los dos vestidos. Miré el de arriba, y ella levantó el dobladillo para enseñármelo. Estaba muy recto, con puntadas pequeñas y regulares. Yo misma no lo habría hecho mejor.

—¿Usaste una regla para que la línea te quedara recta?

—Solo usé los ojos —me dijo.

Sonó la campana del desayuno.

—¿Tienes hambre? —le pregunté.

Ella me miró con desconcierto, como si esta última pregunta pudiera ser una trampa. Ya se le estaba aplanando la tripa y tenía los brazos flacos como dos palos. Sus pestañas rizadas parecían fuera de lugar en relación con su sufrimiento.

—Yo siempre tengo hambre —me dijo.

Si alguien del comedor hubiera prestado atención tal vez se hubiera dado cuenta de lo torpe que estaba: se me cayó el tenedor sobre el plato tres veces antes de dejar de contarlas, y derramé la jarra de jarabe de arce, que afortunadamente estaba vacía. Tuve suerte de que todo el mundo estuviera atrapado por la emoción del ensayo general con vestuario que tendría lugar ese día, previo al estreno del día siguiente. Nadie me prestó ninguna atención, aunque Hugo sí que me miró brevemente cuando, al levantarme, empujé la silla tan abruptamente que cayó al suelo.

Le llevé a Lula tortitas dobladas que estaban húmedas por haber pasado un rato en mi bolsillo, y café caliente en una taza grande que fui a rellenar dos veces. Siempre había una buena jarra de café en la mesa auxiliar del comedor, junto con galletitas saladas y dulces y a veces bizcocho. Cuando volví a rellenar la taza de Lula por segunda vez vi que Chef había sacado una segunda hornada de galletas recién hechas, así que me llevé tres a mi habitación. Lula se bebió el café deprisa, por más que estuviera caliente, y se comió las tres galletas una detrás de otra sin detenerse, y luego se chupó las puntas de los dedos y se relamió las comisuras de los labios en busca de migas.

—Esa es una buena galleta —proclamó.

Volví a cerrar mi puerta con llave. Para entonces todo el mundo se había ido al teatro a ensayar, pero yo no podía correr ningún riesgo. Después del desayuno le había pedido a Leo, a quien me encontré en el despacho, que me prestara un destornillador. Al mismo tiempo le di las cañas de pescar de Helena, que no cabían en el baúl pequeño. Matando dos pájaros de un tiro.

—¿Esto qué es? —me preguntó, cogiendo las dos cañas con una mano.

«Alpha, beta, gamma».

—Hugo quería que las tuvieras tú. Eran de Helena —le dije.

Leo repasó con una mano una de las cañas, la más larga, y sintió el hilo con dos dedos. Luego giró la manivela del carrete, que estaba pegajosa.

—Las cañas hay que usarlas —me dijo—. O se ponen tristes.

—Pero mejor no le digas nada a Hugo, ni gracias ni nada. Puede que se sienta mal. Ya sabes, al acordarse.

Leo se encorvó para rebuscar en el gran cubo de metal donde guardaba sus herramientas. Me pasó un destornillador largo sin preguntarme para qué lo quería. Esperaba no tener que contarle lo de Lula, porque no quería meterle en líos.

—Sé que se sentiría mal —dijo sobre Hugo—. Pero a los que se han ido no les importa si los recordamos o no. Eso es solo para nosotros. Estaré pensando en la señorita Helena cuando la use.

De vuelta en mi habitación retorcí la punta del destornillador para clavarla en la madera blanda, podrida, del más grande de los baúles, el que habían dejado en un charco y estaba un poco combado, mientras Lula se afanaba en lavarse los dientes. Nunca antes se los había lavado, me dijo, así que le enseñé a hacerlo. Tenía los colmillos muy blancos y ligeramente puntiagudos, como los de un zorro, y sus encías sangraron un poco. Mientras yo me ocupaba del baúl, ella sostenía mi espejito cuadrado con una mano y de vez en cuando escupía en la palangana.

Después de decidir que ya había hecho suficientes agujeros en la madera, moví el baúl, lo puse detrás de la puerta y lo giré de modo que el lado agujereado estuviera a una pulgada de la pared, oculto a la vista. Como este baúl en concreto era para guardar vestidos –o, en el caso de Helena, cañas de pescar– había que colocarlo de pie, era más alto que ancho, y dentro tenía un gancho que colgaba de la parte de arriba para las perchas. Me preocupaba que el gancho estuviera en medio, pero después de que Lula se metiera allí dentro, sentada con las piernas cruzadas y las rodillas levantadas, dijo:

—No, pero fíjese en esto. —Se quitó el chal y lo colgó del gancho, creando una cortina delante de ella. No la ocultaba de nadie que estuviera mirando de verdad, pero si el baúl estaba abierto solo por una rendija, lo único que se veía era tela.

Cerré el baúl.

—¿Puedes respirar? —pregunté.

—Sí señora —la respuesta llegaba ahogada.

Volví a abrir el baúl.

—No hace falta que te quedes aquí —le dije—. Yo cerraré la puerta con llave. Solo te tendrías que meter si oyes a alguien intentando abrirla.

—A mí no me importa —dijo Lula.

—No quiero que estés encerrada ahí dentro todo el día.

Sus grandes ojos parecían líquidos de tan poco como parpadeaba.

—Yo me siento aquí con esto abierto. Si oigo que viene alguien, me lo cierro —me dijo.

La observé practicando, metiendo las piernas y cerrando el baúl desde dentro. Cuando estuve satisfecha de que era capaz de hacerlo de forma lo bastante rápida y silenciosa, le dije:

—De acuerdo.

Luego le di el *Pájaros de América* que Hugo le había regalado a su hermana.

—Yo las letras no las sé —me dijo.

—No hace falta que leas, puedes mirar los dibujos nada más. ¿Ves estas palabras de aquí? —Le enseñé la cubierta—. Dicen *Pájaros de América*. Es un libro sobre pájaros.

—¿Qué es América?

¿Qué es América? Le lancé una mirada rápida para ver si estaba bromeando.

—Es el país en el que vivimos. Esta gran extensión de tierra, todas las ciudades y las granjas juntas, forman América. ¿No tienes una madre o un padre que te explique estas cosas?

Ella sacudió la cabeza diciendo que no.

—Tengo a mi tita, pero ella de eso nunca me ha hablado. —Abrió el libro por una ilustración a color cubierta por una fina lámina de papel de arroz, que levantó cuidadosamente por una esquina. Respiraba por la boca como una niña, pero me di cuenta de que se estaba sujetando un pecho con la mano libre.

—¿Te duele el pecho? —Le iba a seguir saliendo leche durante un tiempo, aunque no tuviera un bebé al que alimentar.

—No como para que sea importante.

—Te traeré una pomada. No tendría que dolerte.

Ella resopló por la nariz.

—Esto no es dolor. —Pasó la página con una mano mientras con la otra seguía sosteniéndose el pecho. Ya no me estaba mirando. Como yo había esperado, los dibujos habían captado su atención por completo.

—¿Estarás bien mientras yo esté fuera? Cerraré la puerta con llave. Pero no hagas ningún ruido, ¿vale?

—Hmm. Hmm.

Esperaba que no estuviera cometiendo un error al confiar en mí.

Un rato antes, esa mañana, antes incluso de entrar a desayunar, había salido a buscar a algún chico para que llevara una carta a la señora Howard al ferri, y allí tenía el encargo de buscar a otro chico para que la llevara al otro lado del río, hasta la posada donde se hospedaban ella y Comfort. Esto era más rápido que usar el servicio postal, e incluso pagando a dos chicos no salía más caro. Le había pedido que regresara con una respuesta, y después de encerrar a

Lula en mi camarote y meterme la llave en el bolsillo, me incliné sobre la barandilla para ver si el ferri estaba ya de regreso. Debajo de mí, en el teatro, podía oír a Jemmy recitando sus frases: «¡Flora, Flora, tú estás en la trama!».

Y luego Hugo, con su voz de director:

—¡Enséñanos los ojos, hombre! ¡Enséñanos los ojos! No, no, no pares, sigue adelante.

Había un buen número de estibadores en el muelle, pero no veía el ferri sobre el agua. Al bajar las escaleras, Pinky salió del teatro. Llevaba puesta su peluca de vieja, con la toca, y una toallita gris enrollada al cuello. Me dijo hola y luego tosió encima de sus palabras. De su boca salió una fuerte oleada de olor a ajo.

—¿Estás enfermo? —le pregunté. Los actores creen supersticiosamente que el ajo es bueno para todo, desde la laringitis hasta los juanetes.

—Un poco fastidiado de la garganta, nada más —me dijo—. Voy a bajar un momento a ver si Chef me da un poco más de ajo que machacar.

—Eso no te va a aliviar nada. Voy al pueblo, pasaré por la botica. —Cosa que ya planeaba hacer antes, por Lula, pero eso no se lo dije.

Pinky me dio las gracias varias veces.

—Oh, qué generoso por tu parte, muy generoso, no cabe duda. Es solo que me rasca un poco, eso creo, pero la voz no la puedo perder… —Aquí se detuvo y tragó saliva con esfuerzo—. ¡Que mañana es la gran noche!

—¿El ensayo está yendo bien? —pregunté.

—¡Como una bomba! Solo que Jemmy tiene que aprenderse mejor su texto. Todavía no lo hemos hecho todo entero sin parar. Pero nuestra Liddy está maravillosa, ¿no te parece? Una lástima que vaya a desperdiciar todo ese talento que tiene por un hombre… un hombre como ese —dijo.

—¿Un hombre como qué? —le pregunté con interés. ¿Se había percatado del astuto comportamiento del doctor Early? Pero lo único que le pasaba era que sentía celos, al estar él mismo enamorado de Liddy.

—Oh, la verdad es que cualquier hombre —dijo, apartando la cara como si le estuviera hablando a su bufanda de toalla—. Cualquier hombre menos yo.

Yo pensaba que él era el mejor de los dos, y así se lo dije.

—La pena es que eso solo lo sepamos tú y yo —respondió con una sonrisa modesta.

Cuando llegué abajo, al embarcadero, levanté la mirada hacia mi camarote y me alivió ver que no podía distinguirse nada a través de las cortinas unidas con alfileres. A lo mejor era un error dejar a Lula sola, pero, por otra parte, tampoco podía despertar sospechas. Tenía que hacer lo que siempre hacía cuando atracábamos al llegar a un sitio nuevo: pegar carteles y repartir unas cuantas entradas gratuitas, independientemente de que desde el desayuno me sintiera como si me hubiera tragado una nuez entera que ahora estuviera alojada en un lado de mi estómago.

Era un día sin nubes, como el anterior, pero hacía más calor. Aunque el pueblo, Smithland, tenía la reputación de ser un lugar sin ley –había un buen número de tabernas por aquí y por allá, a ambos lados de la calle–, al entrar en la farmacia pude ver que la gente se tomaba en serio su salud. Las estanterías de ambos lados estaban forradas de botellas y tarros de cristal tapados, y delante de las estanterías había vitrinas bajas también de cristal donde se exponían latas metálicas y discos redondos de pomadas, además de las inevitables cajas de cigarros puros. En un extremo de la tienda vi una puertecita cubierta por un cortinaje de terciopelo verde. Sobre ella colgaban dos anuncios: *Abierto toda la noche* y *Pregunten en el interior por la farmacia*.

Se oían voces del otro lado de la cortina de terciopelo, pero en la tienda no había nadie más. Sin ayuda me puse a buscar lo que quería por las baldas: jarabes de amoniaco y nitrato de potasio para la garganta de Pinky, y sangre de drago para detener la leche de

Lula. Mientras avanzaba, iba inhalando una mezcla de barniz para madera y aceite de pescado, y un olor seco, a polvos, que no supe identificar.

Encontré el tarro de sangre de drago y lo saqué de la balda. Luego encontré el amoniaco. Las voces de la rebotica, aunque no eran fuertes, se volvieron más identificables a medida que me fui acercando, y al cruzar por delante de la puerta pensé que había algo familiar en la voz del hombre que estaba hablando.

—… tal vez lo haya oído llamar musgo de Irlanda. También está indicado en casos de raquitismo. Con un poquito de zumo de limón baja por la cañería que da gusto.

Otra voz respondió en tonos bajos, y no pude entender sus palabras. Pero cuando habló el tercer hombre me giré abruptamente. Era Thaddeus.

—Gracias, doctor —estaba diciendo Thaddeus—. Qué suerte haberme tropezado con usted.

—Es algo que veo continuamente —dijo el primer hombre.

Ahora sí reconocía la voz: era el doctor Early. Inmediatamente me di la vuelta para marcharme, pero de tan apresurada que iba me olvidé de dejar las botellas que tenía en la mano en su sitio. Un hombre entró en la tienda justo cuando yo estaba saliendo, y levantó los brazos cuando casi le embisto.

—Eh, ¿a dónde va? —dijo sonriendo. Pero no dio un paso a un lado.

El boticario levantó la cortina verde y salió muy apurado de la rebotica diciendo:

—Vaya, bueno, no sabía que hubiera nadie más aquí.

—La señorita ya se marchaba, creo —dijo el hombre de la puerta. Se quitó el sombrero.

Vi que el boticario miraba los frascos que tenía en las manos. Era un hombre pequeño con anteojos y un chaleco verde a juego con la cortina verde que tapaba la puerta.

—No —dije—. Es decir, quería pagar esto primero, claro. Pensé… —Hice una pausa. «Alpha, beta, gamma»—. Pensé que tal vez se me hubiera caído el monedero en la calle. Pero aquí lo tengo, justo, en mi bolsillo.

Thaddeus había salido del cuartito después del boticario, y yo era consciente de que me estaba observando y de que se sonreía. Probablemente se hubiera dado cuenta de que yo estaba mintiendo, pero solo dijo:

—Bueno, señorita May. Qué sorpresa. ¿Haciendo algún recado concreto? El doctor Early también está aquí. La futura felicidad de nuestra querida Liddy. Por fin conozco al hombre.

Hablaba con su habitual tono ligero, y no podía saber si era sincero o no. Con Thaddeus yo nunca lo sabía.

—He venido a comprar algunas cosas para la garganta de Pinky.

—¿A Pinky le duele la garganta?

—Y también unas grajeas, si tiene —le dije al boticario, que había empezado a envolver la botellita de amoniaco en papel de seda marrón.

El doctor Early salió de la rebotica con una botella de gotas que le dio a Thaddeus. Al verme se me acercó y me tomó la mano como si fuéramos los mejores amigos, pidiendo disculpas por haberse perdido la función de la noche anterior.

—Completamente inevitable. Me llamaron para ayudar a dar a luz a un bebé. Toda la noche en pie. La vida del médico. —Su aspecto era de impecable limpieza y no parecía cansado en absoluto. En la mano izquierda llevaba un par de guantes grises inmaculados.

—¿Sangre de drago? —me preguntó el boticario, cogiendo la siguiente botella—. Eso no cura el dolor de garganta.

El doctor Early miró la botella que sostenía el boticario. Luego me miró a mí. Algo en sus ojos cambió muy ligeramente y mi cerebro dejó de funcionar durante un segundo, incapaz siquiera de convocar el griego que me sé.

Thaddeus declaró:

—Oh, eso es para el maquillaje.

El doctor Early se giró:

—¿Maquillaje?

—Para el escenario —explicó Thaddeus—. Mezclamos una gota o dos con polvos de talco para tener las mejillas rojas.

El boticario sacó un gran pañuelo rojo y tapó con él un estornudo. Luego dijo:

—¿Los hombres también?

—Maquillaje —dijo el doctor Early. No estaba segura de si le había creído a Thaddeus o no—. Bueno, señorita May, hace usted un poco de todo, ¿no es así? Y yo que pensaba que solo se sentaba en una silla y se ponía a coser.

En su voz había algo no muy simpático, y vi cómo el boticario le lanzaba una mirada de soslayo. Pero yo lo comprendí. Quería hacerme saber que todavía no me había perdonado por haberle enseñado a Liddy los anuncios sobre los esclavos fugados. Nunca me perdonaría eso.

—Oh, hago muchas cosas más —dije con cierto sentimiento—. Le sorprendería la cantidad de cosas que hago.

El doctor Early volvió a ojearme con esa mirada astuta que tenía. Un abusón, pensaba yo. Eso es lo que era. El boticario me miró a mí y luego al doctor y luego a mí otra vez.

—Pues son treinta y ocho centavos —dijo con firmeza, como si esa cifra pudiera sellar cualquier diferencia entre nosotros.

El doctor Early se tocó el sombrero.

—Lo veré esta noche —dijo al marcharse, pero no supe si el comentario estaba dirigido a Thaddeus, a mí, o a ambos.

De vuelta en el barco, hice la mezcla para las gárgaras y se la di a Pinky, le di a Lula un trago de sangre de drago para cortarle la leche, y robé media barra de pan y dos muslos de pollo asado para que almorzara mientras Chef se echaba una siesta en la hamaca de la cocina. Por la tarde estuve viendo el final del segundo ensayo general e hice ajustes menores al vestido de la señora Niffen. Arreglé a los actores y les ayudé a cambiarse, mientras seguía pendiente de si venía algún ruido de mi camarote. Al no oír ninguno, pedí, no obstante, excusas, y subí las escaleras hasta mi cuarto a comprobarlo.

Lula llevaba todo el día sentada a medias dentro del baúl, mirando el libro de pájaros y meneando las rodillas para liberar energía. Cada vez que entraba en la habitación me preguntaba si había alguna noticia. Pero aunque había estado todo el rato sentada en el auditorio mirando por la ventana, no vino ningún chico corriendo al barco con una nota para mí. Finalmente, hacia la tarde, le dije que podría tardar otro día más.

Pude ver que estaba asustada, y para distraerla le pregunté si el libro le estaba gustando.

Me enseñó su página preferida. Era un pájaro azulejo con una oruga en el pico, alimentando a una cría.

—Mire la cantidad de patas que tiene —dijo. Se refería a la oruga—. Alguien se pasó todo el día, me apuesto, dibujando esas patitas chiquititas.

—¿Te gusta por eso?

—Bueno, esa es una razón. También por el color azul de sus alas.

Palpé los agujeros que había hecho en la parte de atrás del baúl, preguntándome si serían lo bastante grandes, y volví a pasar los alfileres por las cortinas para mantenerlas cerradas. Mientras, el doctor Early estaba pasando la tarde en el embarcadero con Granuja. A veces le oía hablando con los trabajadores de los barcos, y de vez en cuando apuntaba algo en una libretita. Justo antes de la cena me percaté de que estaba hablando con Thaddeus cerca de la pasarela del escenario y sentí que la garganta se me cerraba un poco al verlos. El ensayo había terminado y todos los demás estaban descansando antes de la función de esa noche: nuestra última representación de canciones, chistes y bailes. Thaddeus también debería estar descansando.

Cuando se subió al barco, le pregunté de qué habían estado hablando el doctor Early y él. Era la primera vez que estábamos solos desde la noche anterior. Pero en lugar de contestarme me dijo en voz baja:

—¿Sigues ocultándola?

Vacilé y luego asentí.

—El doctor es un cazador de esclavos, ¿sabes? —me dijo Thaddeus—. Está buscando a un fugitivo ahora mismo.

Se me atascó la respiración en el cuello.

—¿A Lula?

—A un hombre llamado Jackson.

Me sentí aliviada, pero solo por un momento.

—Sabía que seguía haciéndolo —comenté sobre el doctor Early—. Lo sabía.

—Un hombre de veinte años que se fugó ayer. Una recompensa de ciento cincuenta dólares. —Thaddeus me miró de soslayo—. Es mucho dinero.

—Por una niña no pagarían tanto —dije rápidamente.

—Claro que no —afirmo suavemente Thaddeus—. Por una niña no.

Para mí era imposible adivinar lo que estaba pensando. Nunca se me dieron bien esa clase de cosas. ¿Eran imaginaciones mías o tenía esa mañana los rubios rizos más oscuros? No me hubiera extrañado de él que se diera un baño de color en el pelo, como una vieja actriz de la que Comfort solía burlarse en Boston.

—Bueno, pues guárdatelo para ti —dijo Thaddeus, girándose para subir las escaleras. Estaban tocando la campana de la cena—. Me ha contado que solo lo va a hacer una o dos veces más. Quiere dinero para comprarle a Liddy un bonito regalo de boda, eso es todo.

Yo creía que el doctor Early iba a seguir queriendo dinero para comprarle esto o lo otro a esta persona o a la otra desde ese momento y hasta que todos los esclavos fugitivos fueran apresados en las esquinas más remotas de este país, pero me guardé esta opinión para mí. Nunca cambiaría su proceder. Él lo sabía y yo lo sabía. Tal vez fuéramos los únicos.

—Pero sí que me pregunto cuánto pagarían por una niña, ¿eh?, —añadió Thaddeus mientras subía.

Todo lo que tenía por encima de la cintura pareció ponérseme rígido de repente, especialmente la nuca.

—Thaddeus —dije—. Espera. —Le seguí hasta llegar al pasillo. No quería levantar la voz por si acaso alguien me oía—. Thaddeus. No puedes estar pensando en eso.

—Oh, ya lo sé —dijo—. Es solo que es difícil estar del lado malo de la ley. Hace que el menda se sienta incómodo.

—Mi… mi contacto —de repente tenía miedo de decir demasiado— vendrá a por ella esta noche. Va a venir aquí a recogerla. —«Alpha, beta, gamma, delta»—. Me ha mandado un mensaje.

—Estás mintiendo —dijo Thaddeus tranquilamente, sin darse la vuelta. Ahora ya estábamos caminando en fila india hacia el comedor, con Thaddeus de líder. A nuestra izquierda el río gris y plata relucía, empujando una pequeña gabarra en dirección oeste.

—¡Pero si ni siquiera me estás viendo!

—No me hace falta. Recuerda que fui yo quien te enseñó a mentir. Pero no te preocupes, May. Diez o veinte dólares no significan gran cosa. O lo que sea la recompensa por la chica.

Pensé en aquellos carteles que había encontrado sobre el piano del doctor Early. Algunos hablaban de recompensas de hasta cien dólares, incluso por mujeres.

—Yo puedo conseguirte más dinero —le dije—. Después de cenar, si quieres, puedo darte un poco más.

Thaddeus se apartó a un lado para dejarme entrar a mí primero en el comedor. Como un caballero. Ahora sí podía verle la cara, que estaba pálida y sin expresión.

—Eso ayudaría —me dijo.

Tal vez suene raro, pero, después de aquel encuentro con Thaddeus, mi ansiedad, aunque no puede decirse exactamente que disminuyera, sí que se modificó un tanto. Incluso según entraba en el comedor, tomándome el cuidado de sentarme en una mesa diferente a la que eligiera él, sentí que algo dentro de mí se alteraba. Era como si mis temores de repente se hubieran empaquetado de otra manera dentro de mi cuerpo, como el contenido de los baúles de Helena, movidos y apretados en alguna esquina para hacer hueco a otras consideraciones, más necesarias. No podía permitirme la ansiedad; tal vez fuera justamente eso. Igual que aquel día en la cubierta del *Moselle*, cuando descubrí que tenía las tijeras en la mano y procedí a cortarle el vestido a Giulia y luego a mí, para que no nos ahogaran nuestras propias ropas, ahora también toda mi atención estaba centrada en la labor de sobrevivir.

Ciertos hechos se ordenaron en mi mente: estábamos en el Sur. No había puentes para cruzar el río, aunque había conversaciones constantes sobre la construcción de uno. La seguridad de Lula significaba encontrar una forma de llegar al Norte, y, dado que puentes no había, eso suponía ir o bien en barca o bien en ferri.

Al día siguiente el *Teatro Flotante* atracaría en Paducah, otro pueblo del Sur. Pero después de eso tal vez regresáramos a Indiana. Decidí preguntarle a Hugo. Si el siguiente puerto de atraque era en el Norte, eso significaba que solo tendría que esconderla durante un día más. La pregunta de a dónde iría ella una vez en el Norte seguía abierta. La llevaría yo misma, si era necesario. Iría con ella hasta el mismísimo Canadá si tenía que hacerlo. Parte de esta determinación era puro miedo, y parte nacía de la ira. Contra la señora Howard, contra Thaddeus, contra el doctor Early, incluso contra Hugo. Contra cualquiera que no me estuviera ayudando. No era lógico estar enfadada con Hugo, pero lo estaba. Estaba enfadada con el mundo, por inventarse estas leyes.

Por otro lado, ¿por qué esperar a que Hugo moviera el barco? Podía ir remando hasta el Norte yo misma esa noche en la barquita. Durante la cena estuve empujando las verduras blandurrias por el plato, y trinché el pollo sin comer un bocado, intentando decidir qué hacer. Pinky estaba sentado a mi lado. Se estaba sintiendo peor, yo se lo notaba. Hablaba muy poco, por cuidarse la voz, cosa que a mí me venía bien. Chef estaba lanzando una diatriba contra quien fuera que hubiera robado un par de muslos de pollo (yo) y yo no me atrevía a mirarle, por miedo a que se me viera en la cara. Mientras, la señora Niffen le estaba diciendo a todo el mundo lo que ella creía que debían hacer al día siguiente para prepararse para el estreno –descansar, gárgaras de limón, seguidas de un paseo breve al aire libre–, y todo el mundo excepto el señor Niffen hizo como que la estaba escuchando. Thaddeus estaba sentado en una mesa al otro lado del comedor, cerca de las ventanas, comiendo con ganas.

Después de la cena, mientras giraba la llave de la puerta de mi camarote, llegó Hugo andando por el pasillo.

—May, ¿tienes un momento? —me preguntó.

Me imaginé que querría darme instrucciones para el día siguiente, así que le seguí hasta su camarote. Acercó la silla de su escritorio a la ventana y cogió una toalla blanca que había colgada de un gancho.

—Me pregunto si me harías un favor. Helena solía cortarme el pelo, pero ahora, bueno, ya ves que yo solo no he sido capaz, y como mañana es el estreno… ¿Crees que podrías hacerme un corte? Por detrás me está creciendo. Hoy tenía intención de ir al barbero.

Me dio unas tijeras. Me pasé las cuchillas abiertas por el pulgar; en la parte final había gotitas de herrumbre, y en un punto el metal estaba tan gastado que parecía mordisqueado por un conejo increíblemente pequeño. Probablemente llevaran todo el verano sin afilar.

—Déjame coger las mías —le dije.

De vuelta en mi camarote miré a Lula y me llevé un dedo a los labios. Señalé la pared, y ella asintió. Ya nos habíamos acostumbrado a no hablar cuando oíamos que Hugo estaba en su habitación, puesto que la pared que nos separaba tenía el grosor de una tortita, más o menos.

—Con estas nos apañaremos mejor —le dije a Hugo cuando volví con mis tijeras.

Se sentó en la silla de madera de respaldo recto de espaldas a la ventana, desde donde me daba la luz. El sol de verano hacía que el principio de la noche pareciera primera hora de la tarde, pero nuestra función empezaría en una hora o dos. Por fuera se veían otros barcos amarrados para pasar la noche, y no quedaba nadie en el embarcadero haciendo rodar barriles, o regateando ventas; solo estaba el doctor Early, sentado en una de las sillas de lona de Hugo, contemplando el agua. Me pregunté por qué no habría cenado con nosotros. De vigilancia por el esclavo Jackson, sin duda.

El pelo de Hugo era suave y oscuro. Se lo peiné todo y empecé a hacer cortes pequeños en las puntas, usando los dedos para trazarlos rectos.

—Me dice Pinky que hoy fuiste a la farmacia por él, ¿es cierto? —me preguntó Hugo.

—No muevas la cabeza —le dije yo.

—Eso estuvo muy bien hecho, May. Gracias por pensar en ello. Pero no es de eso de lo que te quería hablar.

—Creí que lo que querías era que te cortara el pelo.

—Sí, sí, tienes toda la razón —dijo Hugo. Resopló un poco, tal vez fuera una risa.

—No muevas la cabeza —le dije otra vez.

—Perdón. —Endureció los hombros como para hacer una base más firme—. Vale, entonces. Aparte de cortarme el pelo, también quería hablar contigo, aprovechar esta oportunidad para contarte una cosa en la que llevo un tiempo pensando. Bien. May. Se me ocurre que estás empezando a sentirte como en tu casa en este barco mío. ¿Tengo razón? Ahora conoces nuestra forma de vivir, más o menos, y puedes anticiparte a nuestras necesidades, como las gárgaras de Pinky, por ejemplo, y asumes la obligación de ayudar incluso aunque no se trate de coser. Eso es una novedad para ti. Al principio, cuando empezaste, tuve la impresión de que realmente lo único que te importaba era la costura. Mientras que yo sentía que tu trabajo incluía muchas cosas, en realidad cualquier cosa que pudiera necesitarse. Y ahora puedo decirte que durante una temporada me preocupó que no fueras del todo capaz. Bueno, los dos estuvimos preocupados, ¿no crees? Pero sí que eres capaz, y más que capaz, y te lo quiero agradecer. Sé que Pinky está muy agradecido por la gárgara.

—Iba a ir a la botica en cualquier caso —dije, y luego paré de hablar porque no había tenido intención de contarle eso.

Pero Hugo no me preguntó por qué otra razón habría ido. Lo que dijo fue:

—Bueno, espero que con la medicina y buen descanso esta noche Pinky esté perfectamente. Sin embargo, hay otra cosa de la que me he dado cuenta y es que…, bueno, lo siento si estoy invadiendo aquí tu vida personal, pero he notado, al estar en la habitación contigua, he notado que a veces gritas en sueños. Anoche, por ejemplo. Te oí.

Paré y me traje las tijeras hacia mí, separándolas de su cabeza. Miré las cuchillas y luego me miré las manos. Hugo parecía estar esperando a que yo dijera algo.

—A veces tengo pesadillas —dije.

—Sí, pesadillas. Eso pensé. ¿Tienes idea de por qué?

—Yo…, bueno, ya sabes…, el *Moselle*.

—Hmm. Sí, claro, efectivamente. Pero a lo que me refiero, May, es que puede que tus temores vayan más allá del *Moselle*. He pensado que puede que tus miedos también tengan que ver con tu presente situación. Con tu vida actual. ¿Entiendes por dónde voy?

Volví a separarme. Ahora sí que estaba temblando de verdad. Empecé a decirme «¿Cómo lo has descubierto?».

Pero Hugo siguió hablando.

—Probablemente pienses que, cuando llegue el final del verano, también terminará tu empleo. No eres actriz; no puedes trasladarte a un teatro fijo en alguna ciudad. Eres en parte costurera, en parte directora de escena, en parte anunciadora, pero la mayoría de los actores de las ciudades se ocupan de su propio vestuario, y la mayoría de los directores de escena son hombres. Y por supuesto, un teatro establecido no necesita un hombre de avanzadilla que les anuncie la función. Así que quiero decirte que he tomado una decisión. Si quieres, puedes venir conmigo a Pittsburgh después del verano y trabajar allí en el teatro. Puedo conseguirte un trabajo conmigo. Lo principal será coser, probablemente, pero tal vez haya también otras labores; no estoy seguro. Lo que quiero decir es que no tienes que preocuparte por no saber de dónde te llegarán el pan y la sal cuando cierre el *Teatro Flotante*. No quiero que te preocupes por eso. No quiero que tengas pesadillas por culpa de ello. La vida de una mujer soltera puede ser dura, yo eso lo sé.

—Oh —dije. Tenía la cabeza muy quieta por detrás, y en la declinante luz de la tarde, pasado ya el fulgor del día, su pelo tenía un brillo débil, como si fuera metálico, como un casco. Intenté pensar en mi futuro y fracasé. Pittsburgh, dijo. En ese momento mi imaginación no alcanzaba a ir más allá del banco norte del río Ohio. Él me quería ayudar, pero estaba pensando demasiado por adelantado.

—Aquí lo has hecho muy bien —me dijo. Se hizo una pausa. Yo no estaba segura de qué decir. Miré las tijeras, que tenía abiertas por encima de su cabeza, y cerré las cuchillas cuidadosamente. Por la ventana podía ver que el doctor Early seguía sentado en la silla de lona, fumándose un puro. De repente caí en la cuenta de que bien podía pasar allí fuera toda la noche. Eso suponía que no habría oportunidad de salir a escondidas con Lula en la barca de remos.

—¿Has terminado? —me preguntó Hugo. Tardé un momento en darme cuenta de que se refería a su pelo. Se lo peiné con los dedos. Era fino como el de un niño. Podía oler el jabón que había usado para la cara y las manos antes de cenar. Me alegraba no estar viendo sus ojos y que él no pudiera ver los míos. No sabía qué vería él en mí.

Volví a echar un vistazo a la ventana. El doctor Early, por supuesto, no se había movido. A la espalda de Hugo pregunté:

—¿A dónde vamos después de Paducah?

—A Joppa, Illinois —me dijo—. ¿Entonces te parece bien lo que te he ofrecido? ¿Crees que ahora descansarás más tranquila?

—No estoy segura —le respondí con sinceridad—. Pero lo intentaré.

Se levantó y se miró al espejo.

—Me parece que el lado derecho está un poco más largo que el izquierdo —dijo suavemente, y me di cuenta de que ni le había empezado a cortar el lado derecho. Me sonrió, divertido, y a pesar de mis preocupaciones le devolví la sonrisa.

Pero antes de que pudiéramos volver a sentarnos, alguien habló desde el otro lado de la pared.

—Pero *esto* ¿qué *es*?

Era la señora Niffen, y su voz salía de mi camarote. Corrí al pasillo, palpándome el bolsillo en busca de la llave. No estaba.

Cuando abrí la puerta de golpe, encontré a la señora Niffen de pie en mitad de mi cuarto con un plato de comida en la mano.

—¿Qué está haciendo usted aquí? —exigí. Me temblaba la voz de miedo, pero tal vez sonase a ira. Por el rabillo del ojo podía ver, parcialmente escondido por la puerta abierta, el baúl de Lula. Estaba cerrado, y a Lula no se la veía por ninguna parte. Sin embargo, las medias que había desechado no habían logrado entrar con ella en el baúl. Di un paso atrás y las empujé con el pie, pensando al mismo tiempo que podía decir que eran mías.

Hugo estaba detrás de mí.

—Margaret, ¿quién te dio permiso para entrar en la habitación de May? —le preguntó a la señora Niffen.

—Creí oír algo, un ruidito de pasos, como de roedores. Y mire esto. —Le enseñó el plato con dos huesos de muslos de pollo roídos—. Los muslos de pollo de Chef. Te los llevaste tú.

—A ver, Margaret —dijo Hugo.

—Toda la habitación apesta a pollo.

—Margaret, está bien.

—¿Que está bien? A ver, capitán, usted sabe que no está bien. No quiero esparcir veneno para ratas por todo el barco. Es malo para Celia inhalarlo, está en edad de crecer, ¿y qué pasa si Oliver lo mordisquea? Moriría en un plis, y sería culpa suya. —Se giró hacia mí. Tenía los ojos rojos y el pelo blanco muy brillante, como si la santurronería le diera un fulgor angelical.

—No se nos permite comer en nuestras habitaciones —me dijo, sosteniendo el plato a modo de prueba.

Vi la llave de mi camarote sobre la cama junto a mi caja de costura. Donde la había dejado cuando vine a por mis tijeras. Nuevamente busqué señales de Lula, pero su vestido extra y sus botas seguían donde yo las había metido, debajo de mi cama.

—De acuerdo —reconocí—. Soy culpable. Traje comida a mi cuarto.

La señora Niffen seguía clavándome la mirada, con esos ojillos rojos.

—¿Eso es todo? ¿Sin pedir disculpas?

No pensaba pedirle disculpas a ella, pero sí me giré hacia Hugo y le dije que lo sentía.

—Margaret no debería haber entrado aquí, pero tiene razón en lo de las ratas —me dijo Hugo—. Las ratas de río son lo peor. Son del tamaño de crías de vaca y son capaces de roer un agujero en una pared de ladrillos con tal de llegar a un hueso de pollo.

¿Crías de vaca?

—Te refieres a terneros —le dije, antes de poderlo evitar. No estaba siendo sarcástica. Mi padre tenía una vaquería, al fin y al cabo.

La señora Niffen dijo:

—¡Qué impertinente!

Pero los ojos de Hugo se arrugaron formando una sonrisa, aunque la boca no le siguiera el juego. Tuve el pensamiento de que, al igual que yo había aprendido la forma de vivir en el barco, tal vez él hubiera aprendido la forma de vivir mía.

—Terneros. Pues claro. —Esperó a que yo dijera algo más, pero no lo hice—. ¿Me prometes no traer comida aquí dentro nunca más? —me preguntó pasado un momento. La señora Niffen resopló, como si fuera una pena demasiado leve para mi grave delito.

No necesité tirar de griego. Esto se me estaba empezando a dar bien.

—Te lo prometo —mentí.

19

Como sospechaba, el doctor Early se quedó allí fuera en el embarcadero toda la noche.

A la mañana siguiente en el desayuno, cuando esto fue descubierto y comentado, Liddy nos dio una explicación:

—Escribe poesía. Busca inspiración en la naturaleza.

—¿Qué? —preguntó Hugo con cierta sorna— ¿No solo doctor, sino además poeta?

—Qué hombre tan excelente, querida —le dijo la señora Niffen.

Desde el otro lado de la mesa Thaddeus silabeó «Jackson» para que yo lo viera. El esclavo fugado. Pero, claro, yo ya había adivinado lo que el doctor Early había estado haciendo toda la noche.

—Ahora está durmiendo en el despacho —dijo Hugo—. Subió a bordo cuando me desperté para mover el barco. No se le da nada mal darle al remo.

—Llevémosle un plato de tortitas —sugirió la señora Niffen—. No debería tener que quedarse esta noche en una pensión, con lo caras que son. ¿No le parece, capitán? Dado que está haciendo tanto por la función. Estoy segura de que esta noche va a atraer a un público como jamás hayamos visto. —Esto último lo dijo dedicándome a mí una significativa mirada.

Pero antes de que pudiera llevarle un plato al doctor Early, este entró en la habitación luciendo un aspecto tan fresco como siempre.

Con toda la atención dirigida hacia él, nadie se percató de las lonchas de jamón que me metí en el bolsillo. Toda mi ropa había empezado ya a oler a comida pasada.

De vuelta en mi camarote le di a Lula su desayuno. Esta vez prefería quedarse encerrada en el baúl, dejando abierta solo una rendija, comprensiblemente nerviosa después del susto del día anterior. Le había dado el alfiletero en forma de barco de vapor para que lo mirara, como curiosidad, y aún lo tenía en el regazo.

—Yo creo que podría hacer algo como esto —me dijo, dándole vueltas en la mano—. Si tuviera la tela adecuada y unas tijeras realmente buenas.

Cerré la puerta desde dentro y me acerqué a mirar. Agachada, vi que había retirado la ruedita lateral de tela del barco de vapor para ver cómo la habían cosido.

—¿Ve? —dijo—. Solo hay que recortar muchas partes y rellenarlas, y luego unirlas todas cosiendo.

—Necesitarías tener muy buena vista.

Ella asintió.

—Y un clavo largo o algo así para remeter la lana. Pero que no fuera afilado.

—A lo mejor una aguja de tapicería —le sugerí—. Que tuviera el ojo plano.

Le di una palangana de agua y un paño limpio. Luego me giré para que pudiera lavarse con algo de intimidad.

—Esta mañana recibí una nota —le dije—. Esta noche vienen a por ti.

La nota me la había traído un niño que miraba más al barco que a mí; le vi merodeando por la cubierta inferior, escudriñando por todas las ventanas y recorriendo ociosamente la madera pintada de los alféizares con la mano. El mensaje estaba escrito en la caligrafía grande y descuidada de la señora Howard: *Ya lo he preparado todo. Nuestro amigo te estará esperando en la carretera que hay por encima del embarcadero, trae el paquete y reúnete con él justo después del inicio de la función, y él se ocupará de las cosas de ahí en adelante.* Donde decía *las cosas* entendí que se refería a Lula.

—¿Me llevarán con mi bebé? —me susurró Lula—. ¿Con William?

—No sé lo que harán —le respondí sinceramente—. Pero al parecer por fin tienen un plan.

—Como dijo aquel hombre, hay que ver lo que les gusta un plan. —Yo estaba sentada en la cama de espaldas a ella, pero me di cuenta de la amargura que había en su voz.

—¿Preferirías soltar amarras y echar a correr? —le pregunté—. ¿Confiar solo en tu propia suerte?

—Eso fue lo que ya hice —me recordó Lula.

Entre la cama y la ventana había una pequeña mesilla de noche, y obedeciendo a una repentina corazonada cogí el libro de versos que allí tenía. Era el libro que me había prestado Liddy, en el que había metido el itinerario de Comfort. El libro era pequeño y estaba hermosamente encuadernado en piel de color marrón oscuro, con el título grabado en oro: *Cruzando el río en la noche y otros poemas*, por el doctor Martin Early.

Aparté las cortinas unidas a un lado para echar un ojo. Ahí estaba, caminando hacia un grupo de estibadores. Un momento después vi que Thaddeus le estaba siguiendo. Thaddeus debió de darle una voz, porque el doctor Early se detuvo, se giró y le esperó. De repente me empezaron a sudar las manos, y casi se me escurre la cortina.

—¿Qué pasa? —me preguntó Lula. Parecía capaz de saber lo que estaba pensando con solo verme la espalda.

—La verdad es que nada —le dije. Estaba observando al doctor Early y a Thaddeus hablar. Thaddeus estaba muy quieto, con las piernas separadas, como alguien que mantuviera un delicado equilibrio—. No es nada. Es solo que desearía que ya fuera por la noche.

Oí que alguien caminaba por el pasillo. Cuando las pisadas se detuvieron ante mi puerta, la cara de Lula se puso rígida y asustada, y nos miramos la una a la otra durante medio segundo antes de que ella se doblara para meterse en el baúl y lo cerrara silenciosamente. Miré a mi alrededor por el cuarto buscando alguna señal de su presencia y recogí la palangana de agua del suelo. Mientras la colocaba otra vez en su mueble comprobé, por la agitación del agua, que me temblaban las manos.

—¿Quién es? —pregunté de viva voz.

—Hugo y Pinky. ¿Podemos pasar?

Saqué mi llave del bolsillo. Hugo tenía el ceño fruncido cuando abrí la puerta.

—¿Esto qué es, ahora te encierras por dentro? ¿Esto es por lo del pollo?

—Me han desaparecido cosas de la habitación —dije.

La señora Niffen debía de estar afuera en el pasillo, o tal vez la puerta de su habitación estuviera abierta, porque gritó:

—¡Eran cosas que me pertenecían a mí!

La cara de Hugo sufrió alguna contorsión, intentando no reírse, y dijo:

—Pero estando aquí deberías ser capaz de proteger tus cosas, ¿no crees? ¿O te las han quitado a la fuerza?

—¡Yo nunca me he llevado nada! —volvió a gritar la señora Niffen, restando toda validez a su afirmación anterior.

Hugo miró a su alrededor y vio el baúl de Lula detrás de la puerta.

—Ahí está, Pinky.

Pinky se acercó al baúl y le puso las manos encima.

—Agh —dijo con la voz muy ronca, mientras intentaba ponerlo en horizontal—. ¿Qué hay aquí dentro?

Por un momento no me pude mover. A Pinky se le escurrió el agarre y el baúl volvió a golpear el suelo. Solo fueron un par de pulgadas, pero me pude imaginar lo aterrada que estaría Lula ahí adentro. Afuera, en el embarcadero, un perro inició una cadena de ladridos cortos y fuertes.

—¿Qué estáis haciendo? —les dije—. ¡Dejadlo!

—Lo necesitamos para la función de esta noche —me contestó Hugo.

—Échanos una mano, ¿quieres? —gruñó Pinky. Tenía la voz peor en vez de mejor.

Me metí entre Hugo y el baúl.

—Espera, no, tengo cosas ahí dentro… Las cosas de Helena, y algunas cosas mías…, porque, ya sabes, con lo pequeño que es este cuarto. Necesito el espacio de almacenaje. Para algunas de mis cosas. Algunas cosas privadas mías.

Estaba balbuceando, e hice una pausa para respirar.

—Dejadme que lo vacíe primero, eso es todo.

Pinky se apartó y Hugo y él me miraron, esperando a que me pusiera a vaciar el baúl para podérselo llevar al piso de abajo.

—Os avisaré cuando esté listo —les dije.

—¿Cuánto puedes tardar? —preguntó Hugo.

—Yo os aviso —volví a decir.

—Bueno, de acuerdo. —Pero en lugar de dejarme sola se acercó a la ventana, apartó la cortina, y miró afuera—. Qué interesado está ahora Thaddeus en el doctor de Liddy —comentó.

Yo también quería contemplar el embarcadero, pero al mismo tiempo me daba miedo alejarme del baúl de Lula.

—Uña y carne —comentó Pinky con la voz rasgada.

Hugo me miró otra vez.

—Y ese es el otro tema, May. Pinky está perdiendo la voz. Puede que necesitemos que le sustituyas esta noche.

—¿Qué?

—Has estado en todos los ensayos. Seguro que ya te sabes sus frases, y si es necesario yo puedo soplarte desde bambalinas. No son muchas.

—¡Pero si soy una mujer!

Hugo sonrió.

—Es un papel de mujer, como recordarás.

—¿Y por qué no lo hace Leo? Lo digo por no perder la gracia de un hombre disfrazado de mujer. Es muy gracioso.

—Actuando en el Sur, no. No con el color de su piel —dijo Hugo—. Lo que es una pena y una vergüenza. Pero yo sé que tú eres capaz de hacerlo, May. ¿Te acuerdas de nuestra charla de anoche? Has demostrado ser muy capaz. Extremadamente capaz, desde cualquier punto de vista.

Demasiado capaz, pensé yo. De ninguna manera pensaba poner un pie en el escenario. Con toda esa gente mirándome. Con las luces de las lámparas cegándome. Como si me estuviera leyendo el pensamiento, Hugo me recordó que yo me subía todas las noches al escenario a tocar el piano.

—Eso es distinto —dije.

—No por mucho —me rebatió Hugo con campechanía. Pinky me estaba mirando. Cuando nuestros ojos se encontraron hizo una mueca, simpatizando conmigo.

—Voy a prepararte otra gárgara —le dije.

—Me acabo de hacer una, antes de desayunar.

—Bueno, pues voy a prepararte otra. Tenemos que ponerte a tono para la función.

Decir que a medida que el día avanzaba la emoción a bordo se volvía aún más palpable sería como decir que a medida que se iba poniendo el sol la luz del día se iba desvaneciendo. Aunque lo que realmente quería hacer era envolverme el cuello en un paño y decir que me dolía la garganta como a Pinky, quedarme todo el día en mi habitación y cuidar de Lula, estaba demasiado ocupada, de largo, como para hacer eso. Los ajustes de vestuario de última hora, la inspección de cada una de las pequeñas lámparas que marcaban el borde del escenario, repasar las frases con Liddy, ayudar a Chef a preparar sándwiches, puesto que todo el mundo estaba demasiado atareado como para sentarse a comer; todo esto y más me tocó hacer a mí. Mientras, le llevaba a Pinky tantos preparados para hacer gárgaras y tantas tazas de té caliente con limón, que pensé que necesitaría tres orinales más en su cuarto.

Afortunadamente, tal y como estaba planeado, el doctor Early se fue a la ciudad en mi lugar para promocionar la función. Yo le aprovisioné de entradas de cortesía y de carteles, y él tomó de mis manos extendidas los papeles con una leve sonrisa y un gracias que podría haber significado cualquier cosa.

¿Qué le había dicho Thaddeus allá en el embarcadero? La noche anterior yo le había dado a Thaddeus diez dólares más, y él aceptó el dinero con elegancia, con tanta elegancia como la mostrada hoy por el doctor Early al coger las entradas de cortesía. Pero no podía fiarme de ninguno de los dos. Diferentes escenarios posibles me venían a la mente uno detrás de otro: Lula atrapada, Lula muerta a disparos, Lula con grilletes sujetándole las muñecas. «Si la imaginación es esto», pensé, «entonces se trata de una parte dolorosa de la condición humana».

Mientras miraba la figura del doctor Early desaparecer por la carretera que conducía a la ciudad, Thaddeus llegó y se puso a mi lado, apoyándose contra la barandilla, observándole marchar también. Estábamos de pie en la cubierta inferior, y podía sentir una brisa suave levantándose del agua. Miré rápidamente a mi alrededor; ahora no había nadie excepto nosotros en cubierta.

—¿Le contaste al doctor Early lo de Lula? —le pregunté en voz baja.

—Por supuesto que no —respondió Thaddeus—. Pero, May, escucha. Esto deberíamos pensarlo. Creo que podríamos conseguir ochenta dólares si la soltáramos. Eso son cuarenta dólares cada uno.

«Soltarla», pensé. Como si estuviéramos hablando de dejar libre a un pájaro. Me miró intensamente, y volví a percatarme de cómo se estaba haciendo mayor. Comía demasiado; en unos pocos años no valdría más que para personajes rollizos, como alcaldes o banqueros de ciudad.

—Cuando empezamos mostrabas compasión —le recordé.

—May, May. Escúchame. No es que no sea compasivo, pero aquí estamos al otro lado de la ley. No me cabe duda de que eso lo estás teniendo en cuenta.

Así era. Y no me gustaba estar al otro lado de la ley. Pensé en los postes de azotar que había visto en todos los pueblos de la ribera, y en los calabozos que hacían esquina y no tenían ventanas. También en las amenazas de los carteles, en el viejo juez Lynch. Por un momento sentí algo frío que se me enroscaba en la espalda. Para mí era difícil quebrantar una regla tan deliberadamente. Ojalá pudiera explicar cómo me sentía; era como si hubiera algo retorcido dentro de mi cuerpo clamando a gritos que lo estirasen.

Pero a Thaddeus le dije:

—Acato mis propias decisiones.

—No hace falta que lo hagas. Eso es lo que te quiero decir. Puedes venirte al lado correcto de la ley. Tú eres una persona práctica, May. Los dos los somos. En eso somos parecidos. Le diremos a las autoridades que nos engañaron los abolicionistas y ya está. Los alborotadores. Pero que ahora nos damos cuenta de que íbamos por el mal camino y queremos rectificarlo.

Miré su rostro hinchado y blando. Allá en Pittsburgh, Comfort a veces lo llamaba Fatuo Mason. «Alpha, beta, gamma, delta».

—Te entiendo —le dije.

—Estás recitando griego para tus adentros —dijo Thaddeus con aspereza—. Te lo noto.

—De acuerdo, de acuerdo. Pero ¿qué quieres que haga?

—No hagas nada. Yo me ocupo. Pase lo que pase, lo dividiremos mitad y mitad.

—Si me cogen y me cuelgan, ¿eso me lo divides mitad y mitad?

—Estaremos a este lado de la ley —repitió Thaddeus—. No tienes que preocuparte porque te cuelguen.

Llegaron flotando voces desde la cubierta superior, y aparecieron Hugo y Liddy en lo alto de las escaleras.

—¿De qué andáis cuchicheando vosotros dos? —nos dijo Hugo.

—De las mangas de mi disfraz —respondió Thaddeus.

Me fijé en cómo era capaz de mentir sin vacilación alguna.

—Bueno, pues tengo malas noticias, May — me dijo Hugo bajando—. Pinky ha perdido la voz completamente.

Sentí la cáscara dura de una nuez otra vez en el costado. Inhalé, pero luego no parecía ser capaz de exhalar.

—¿Y Chef?— sugerí débilmente.

—Chef lleva bebiendo desde la hora de comer; toda esta excitación le ha superado. Me temo que tendrás que hacerlo tú. Pero es solo una escena. Y yo estaré ahí mismo, a tu lado, dándote las frases según las vayas necesitando.

—No te preocupes, May —me dijo Liddy. Y Thaddeus dijo, con una sonrisa que parecía comunicar mundos enteros—: Lo harás perfectamente.

Con la nuez alojada ya de forma permanente en el lado izquierdo del estómago, subí a mi cuarto a sentarme en la cama. Sentía náuseas y un poco de frío. No era solo por la obra de teatro, claro. Nunca antes había guardado un secreto, o al menos algo que estuviera conscientemente protegiendo de la exposición pública, y el llevar tanto tiempo esperando ayuda me estaba cansando. Por no mencionar la amenaza que suponía el doctor Early, y ahora Thaddeus. Me sentía otra vez como cuando era una niña y se esperaba más de mí de lo que yo jamás hubiera sido capaz de dar. Lula estaba sentada medio metida en el baúl, como el día anterior, observándome. Yo tenía los brazos alrededor de la tripa.

—¿Qué te pasa? —susurró—. ¿Estás mala?

—Hugo quiere que actúe sobre el escenario esta noche. El capitán Cushing, quiero decir.

A mi lado, en la cama, estaban las «partes» de Pinky –su papel en la obra– en un rollo fino de papel de folio. Me imagino que Lula pudo ver lo descompuesta que yo estaba, porque salió del baúl y se sentó a mi lado en la cama.

—¿Alguna vez has visto una obra de teatro? —le pregunté.

—Una de verdad no. Pero en casa, ya sabes, algunos de los hombres solían hacer de la familia, a veces. Fingían ser los tres hijos, los amos jóvenes. Si nadie los veía.

—¿Sabes qué es lo que vas a hacer cuando seas libre? —Hablar con ella me hacía sentirme mínimamente mejor.

—Voy a aprender a leer.

—Me refiero para ganar dinero.

—Ah. ¿Cocinar y limpiar para alguien? Lo mismo que hacía antes, supongo, solo que a cambio de un salario. Aunque cocinar no se me da muy bien. Pelar patatas y cortarlas en trozos, eso lo sé hacer.

—¿Y qué tal coser?

—¿Cómo?, ¿haciendo vestidos nuevos?

—Y arreglos. A lo mejor te podían contratar en un hotel. A algunos de los grandes hoteles les gusta tener chicas a mano para ayudarles con esas cosas.

El sol estaba colándose por el borde inferior de mis cortinas en su camino hacia el ocaso. En un par de horas sería el momento de dar comienzo a la función y yo ni había mirado mi vestuario. Tenía la peluca de Pinky –la cofia con el pelo gris– y el viejo camisón de la señora Niffen. Pero estaba en un estado tal que me daba lo mismo saber si alguna de aquellas dos cosas me servía.

Solté el aliento que había estado conteniendo.

—Lula —le dije—. Mira. Ha pasado una cosa. —Decidí contarle lo de Thaddeus. Tal vez pudiera ayudarme a pensar en un plan. Era lista, eso era evidente. Al fin y al cabo, había logrado llegar hasta aquí, ¿no? Y llevó a su bebé a la libertad. Lula me escuchó con gesto preocupado. Cuando terminé, me dijo:

—Ya me parecía a mí que ese tipo tenía algo raro.

—Se supone que tengo que sacarte fuera para reunirte con el contacto mientras todos estén viendo la obra, pero ahora eso es imposible. Yo estaré sobre el escenario.

—Pues entonces tendrás que llevarme antes de que empiece.

—Eso ya lo he pensado. Pero hay muchas cosas que podrían entrometerse en mi camino. Para empezar, no será completamente de noche todavía. ¿Y qué pasa si todavía no han llegado? No puedes esperar tú sola. ¿O sí? —Por muchas veces que atracáramos en estos pueblecitos del Sur, yo aún no terminaba de comprender lo que los esclavos podían hacer solos y lo que llamaría la atención.

—Si pareciera que estoy haciendo algún tipo de labor o trabajo… —dijo Lula. Nos miramos la una a la otra. ¿Qué podría ser? Una chica no podía ser estibadora ni moza de barco.

—Si no podemos reunirnos con ellos antes de que empiece la función —dije—, estaré en el escenario y no podré protegerte.

—¿Crees que el doctor y Thaddeus vendrán buscándome mientras tú estés en escena?

—Podrían venir aquí ahora mismo. Thaddeus sabe que estás en mi cuarto. Lo único que nos salva es que el doctor Early está ocupado buscando a otro fugitivo.

Pero incluso eso estaba cambiando. Entonces no lo sabía, pero el doctor Early había descubierto por fin al fugitivo Jackson escondido detrás de una caldera en uno de los barcos de vapor amarrados en el muelle. Uno de los estibadores había delatado a Jackson.

Lo había soltado.

Miré a Lula, sus ojos oscuros con aquellas pestañas espesas y rizadas, sus dos trencitas, sus pómulos anchos y su barbilla puntiaguda. No quería que Thaddeus la cogiera, era así de claro y sencillo. Lula me devolvió la mirada, las dos esperando que a la otra se le ocurriera una idea. Intenté pensar.

Una hora más tarde estaba en el escenario con Leo cuando entraron Hugo, Liddy y Thaddeus.

—Aquí estás —me dijo Hugo—. Te estaba buscando.

—Le pedí a Leo que bajara mi baúl. Aquí lo tenéis.

Leo había colocado el baúl exactamente en el centro del suelo del escenario. Por alguna razón, esa simetría me agradaba. Hugo se subió de un brinco al escenario y se acercó a él.

—¿Este baúl? —preguntó—. ¿Bajasteis este baúl? ¡Pero este no es el baúl que queríamos!

Había bajado el baúl más pequeño, el negro, en vez del grande en el que estaba Lula.

—Es que no podía meterlo todo en un solo baúl —dije—, a no ser que usara el grande.

—¡Entonces amontona tus cosas encima de la cama! Es solo por una noche o dos; ya conseguiré otro cuando pueda. ¡Thaddeus es demasiado grande como para caber en este baúl! ¡Acuérdate de que tenemos que entrar en el escenario cargando con él dentro del baúl!

—No puedo vaciar el otro —insistí.

Liddy y Thaddeus estaban juntos, de pie delante de los bancos. Thaddeus no apartaba la mirada de mí, pero no dijo ni una palabra. Probablemente hubiese adivinado ya por qué yo no quería mover el baúl grande. Me palpé el bolsillo para asegurarme de que tenía la llave de mi cuarto y vi cómo los ojos de Thaddeus seguían el movimiento. Su cara, sin embargo, no reveló nada, como siempre.

Liddy dijo:

—Cielo santo, usemos mi baúl. Es más grande que el de Helena en cualquier caso.

Subió a su camarote para prepararlo. Hay que reconocer en su favor que no parecía molesta. Hugo le dijo a Leo con irritación:

—Ya que estamos, pongamos ese en la sala verde, que no me sirve para nada.

Cuando Leo se hubo marchado, Hugo me miró durante un largo momento, y luego fue como si respirara y se dijera algo a sí mismo.

—De acuerdo. Pues de acuerdo. No ha pasado nada. El baúl de Liddy nos servirá perfectamente. —Se palpó el bolsillo del pantalón, sacó su pipa, la volvió a meter—. Lo que tienes son nervios, May, es comprensible. —Era patente que estaba intentando buscarle excusas a mi cabezonería—. Sé que esta noche estamos pidiéndote mucho. Pero ahora escucha, no quiero que estés preocupada. Puedes mirarme en cualquier momento y yo te soplaré la frase. Al público le va a dar lo mismo. Para cuando te toque a ti entrar estarán ya absorbidos por la obra. Ese es trabajo de Thaddeus y del señor Niffen. Y ese trabajo lo hacen muy bien, la mar de bien. Estás como un flan, pues claro que sí. Es de esperar. Pero recuerda lo que yo digo siempre. Los nervios son buenos. Los nervios nos hacen mejores actores. Si nos sentimos aburridos, el público se sentirá aburrido. Los nervios nos revigorizan.

Tenía razón: estaba nerviosa, muy nerviosa, solo que no era por las razones que él creía.

—Yo no quiero ser mejor actriz —dije, a pesar de mí misma.

Hugo sonrió. Volvió a sacar la pipa y se palpó los bolsillos buscando el tabaco.

—Siempre dices lo que piensas —dijo—. Me gusta eso.

—Es uno de sus rasgos más encantadores —comentó Thaddeus. ¿Estaría siendo sarcástico? Tenía la cara lisa, en blanco—. Ah, y por cierto, capitán —prosiguió, aunque mirándome a mí—, buenas noticias: el doctor Early podrá asistir esta noche a la función. Ha conseguido cazar ese *poema* que andaba esquivándole.

—¿Cazar un poema? —preguntó Hugo. Volvió a meterse el tabaco en el bolsillo sin llenarse la pipa, y me di cuenta de que estaba tan nervioso como yo por el estreno.

—Clavarlo, por así decir —dijo Thaddeus con la mirada aún sobre mí.

En sus ojos había tanto mensaje que le pregunté:

—¿Te refieres al esclavo fugitivo? ¿Es eso lo que quieres decir con «poema»? —En ese instante, honestamente, me olvidé de que era un secreto. Pero en cualquier caso Liddy no estaba allí. Solo Hugo mostró sorpresa.

—¿Sigue enredado en ese juego? —preguntó.

Thaddeus pareció molesto y luego se sacudió la molestia de encima encogiéndose de hombros.

—Early se va a traer al juez de paz a ver la función con él —me dijo—. Esta es nuestra oportunidad de conocerle, May.

—¿Por qué demonios querría May conocer al juez de paz? —dijo Hugo con desdén—. Ahora, venga, los dos, meteos en vuestros disfraces. Las buenas gentes de Paducah están en camino. Chef ha accedido a ocuparse de la ventanilla de entradas. Roguemos a Dios que por lo menos se acuerde de sumar y restar.

Las buenas gentes de Paducah estaban un punto por encima de nuestros últimos públicos, a juzgar al menos por sus ropas y sus modales. Después de cambiarme de ropa y ponerme el camisón de Pinky, me puse una gran capa con lentejuelas y tres hebillas de bronce por delante para taparlo mientras tocaba el piano. Mi plan ahora era salir afuera a hurtadillas en cuanto pudiera, encontrar a quien fuera que estuviera esperando a Lula, y hacerle saber cuándo tenía que buscarnos. Me figuré que podría sacarla a escondidas justo después del intermedio; habría unos momentos en que todos los actores menos yo estarían en escena. Mientras terminaba de tocar la primera canción y empezaba la siguiente, busqué a la señora Howard, aunque no estaba muy segura de que tuviera planeado venir; su nota me había resultado críptica. Pero, en efecto, ahí venía, con su conocido paso autoritario, con Comfort a su lado. Al verme, la señora Howard levantó la barbilla y asintió. «El plan está funcionando», decía el gesto. «Todo marcha bien». Pero no era verdad.

Debía de estar golpeando las teclas con excesiva fuerza, porque Hugo me dijo:

—Un poco más suave, si no te importa, May: las damas y los caballeros quieren oírse hablar mientras buscan sus asientos.

Mi manera de tocar el piano era indicativa de mi estado de ánimo, que estaba enteramente disociado de mi cuerpo. Daba a las teclas con todas mis fuerzas, casi con la esperanza de poder seguir tocando para siempre. Pero en seguida Hugo me hizo una seña para que parara. Había hombres y mujeres apretujados en cada rincón de los bancos y, dado que esto era el Sur, había blancos atrás en las plataformas en vez de negros libres. El doctor Early estaba sentado justo en el centro de la primera fila con el juez de paz a su derecha y un hombre de aspecto rudo a la izquierda, que bien podría haber pasado por rey del látigo o, con igual facilidad, por el delincuente al que había que azotar.

Había visto entrar al juez de paz. Estaba pendiente de él igual que estaba pendiente de la señora Howard, preguntándome si sería capaz de distinguirle entre los agricultores y los comerciantes que se agachaban para entrar por la puerta, quitándose el sombrero y mirando a su alrededor con esa expresión vacía de dislocación que había visto en la cara de casi cada uno de los hombres que entraban en nuestro teatro. Pero resultó que el juez de paz era fácil de ver, puesto que su expresión, al entrar, no era de dislocación sino de propiedad, aunque, que yo supiera, aquel hombre no hubiera subido al *Teatro Flotante* ni una sola vez en su vida. No era alto en exceso, ni era en exceso robusto, ni era particularmente bien parecido, pero entró arrasando en la sala, con un aura de energía a su alrededor que era como una capa, como si llevara su propio mundo consigo dondequiera que fuese y a diario se lo impusiera a los demás. Llevaba una chaqueta oscura bien cortada, y tenía el rostro arrugado y marcado por el sol, dominado por un par de cejas tupidas. Cuando le vi fue como si por un momento mi corazón cambiara de ritmo, como si hubiera decidido dar la vuelta y volver por donde había venido. Sigo teniendo la impresión de que entró solo, y de que hubo un espacio antes y después de él, como si los demás prefiriesen que corriese el aire a su alrededor.

Hugo ocupó el escenario y dijo, dirigiéndose más al público que a mí:

—¡Gracias, señorita Bedloe! ¡Muchas gracias! —Y unas cuantas personas aplaudieron. Me levanté del banco del piano y los miré, como hacía todas las noches. El juez de paz me miró sin aplaudir, y los ojos del doctor Early brillaban alerta. Debí de quedarme allí de pie más de lo habitual, porque los escasos aplausos fueron decayendo y Hugo tuvo que acercarse y escoltarme por el escenario hacia bambalinas. Sentía caliente y pesada su mano en la base de mi espalda.

—¿Está todo bien, May? —me preguntó con voz queda.

Detrás de nosotros Jemmy y Sam se afanaban en empujar el piano para quitarlo de en medio. Yo dije sin pensar:

—Hugo, necesito tu ayuda. —Creo que nunca antes le había llamado por su nombre de pila en voz alta.

—Te ayudaré, yo te ayudaré, no te preocupes —dijo, y luego volvió al escenario con los brazos levantados para dar comienzo a su monólogo de bienvenida. Demasiado tarde me di cuenta de que él pensaba que yo me refería a mi papel en la obra.

Empecé a abrir la puerta de atrás, que conducía al pasillo exterior, para poder buscar a quien estuviera esperando a Lula y contarle mi plan. Pero Jemmy y Sam, que venían detrás de mí, dijeron:

—¡Por aquí, May! —Y se rieron ante la idea de que pudiera haberme perdido de camino a la sala verde, cuya puerta estaba solo unos pasos detrás del escenario—. ¡Ahora sí que no podemos traspapelarte! —bromeó Jemmy—. Esta noche te necesitamos.

En la sala verde el resto de la compañía estaba sentada en las sillas y en el sofá, o dando los escasos pasos que separaban unos muebles de otros; todos excepto el pobre Pinky, que estaba fuera, entre el público, con un paño de gamuza alrededor del cuello. Según Hugo comenzaba su introducción, oí que el público se asentaba entrando en un estado de mayor sosiego, y mi ansiedad se aceleró. La salita estaba atestada de gente, y hacía calor. El pequeño baúl que habíamos descartado estaba donde Leo lo había dejado, en ángulo contra la esquina, como una mesita auxiliar. La señora Niffen estaba sentada sobre su tapa cerrada mientras Liddy le ajustaba la peluca, de un tono marrón apagado que me recordaba a una ardilla en invierno. La señora Niffen sostenía en la mano otra peluca roja y se debatía alborotadamente entre una y otra opción.

—La roja se va a dar de tortas con su disfraz —le dijo Liddy.

—Es demasiado chillona —coincidió Jemmy.

La señora Niffen frunció el ceño.

—Pero con la roja será más fácil que me vean desde la última fila.

—La marrón —dijo Sam, en su habitual tono sucinto. Celia, que llevaba puesta camisa y pantalón de niño –dado que sus dos pequeños papeles eran masculinos–, cogió la peluca roja de las manos de la señora Niffen y la colocó cuidadosamente en el soporte para pelucas que había encima de una caja de embalaje.

—Esta noche me he puesto mi propio maquillaje —me dijo Celia con su vocecita, girándose hacia mí con una pequeña sonrisa de orgullo.

Le devolví la sonrisa y asentí como mejor pude, dado que no podía fingir estar de otra manera que no fuera atizada por mis propios problemas. ¿Estaría Lula bien? ¿Habría agujeros suficientes para que pudiera respirar? «Lo comprobamos», me recordé a mí misma. «Me dijo que estaba bien». De pie junto a la puerta, intentando que se me ocurriera una excusa para salir afuera, mi ansiedad creció hasta incluirme a mí misma. ¿Estaría bien yo? ¿Me acordaría de mantener la cara girada hacia el público? ¿Me olvidaría de mis frases?

Liddy dijo:

—May, déjame que te dibuje unas arrugas en la frente: hace falta que parezcas una anciana. ¡Cielo santo! ¡Pero si estás temblando!

—Tengo miedo —le dije.

—No pasa nada. —Liddy me apretó el hombro—. Ven, siéntate aquí.

Acercó un taburete, y yo doblé las rodillas demasiado deprisa y me senté de golpe.

—Gírate hacia mí —dijo Liddy—. Y ahora mira hacia arriba. Levanta un poquito la barbilla. Ahí estamos. —Se inclinó sobre mí con un lápiz de grasa marrón y sentí cómo dibujaba unas líneas temblorosas que me cruzaban la frente. Luego me puso un poco más de colorete en las mejillas con la punta del meñique—. Ya sé que estás asustada. Es normal. Pero lo harás perfectamente. Y como dice el capitán, estar un poco nervioso es bueno.

—¡Es que hay tanta gente!

—No pienses en el público, solo concéntrate en tu papel.

Su mano cálida estaba apoyada en mi barbilla, manteniéndome la cabeza inmóvil. Por el rabillo del ojo veía a Thaddeus observándonos.

—Eso es —dijo—. La obra es la cosa[5]. ¿Eh? ¿Tengo razón?

—Sí, absolutamente, la obra es la cosa —coincidió la señora Niffen—. No te preocupes, May. Todo habrá acabado muy pronto. —No era capaz de forzarse a decir que iba a hacerlo bien.

Thaddeus se separó de la pared en la que se estaba apoyando y se acercó a mí. Sus ojos pequeños parecían estar más juntos, y tenía los labios muy rojos por el maquillaje de escenario, que de cerca le hacía tener pinta de depravado.

—Tal y como dice la señora Niffen, pronto todo habrá terminado. —Agachó la cabeza y susurró—. En el intermedio.

—¿Qué? ¿Qué quieres decir con «el intermedio»? —le pregunté en voz alta, apartándome de él.

Liddy dijo;

—¿Qué le estás diciendo? Ay, Thaddeus, no la asustes.

---

[5] Cita famosísima de *Hamlet* (II. XI.): *The play's the thing in which to catch the conscience of the King,* que en español se pierde, al traducirse habitualmente con fórmulas del tipo «esta representación será el lazo en el que se enrede la conciencia del rey». Aquí Liddy y la señora Niffen usan el principio de la famosa cita queriendo decir simplemente que la obra es lo más importante, lo único en lo que hay que pensar (N. de la T.).

—Solo le he dicho que tiene que hablar alto. —Thaddeus ladeó la cabeza—. Parece que el capitán está cerrando su discurso. Nos toca. —Se giró al señor Niffen—. ¿Está listo?

—Señor —dijo el señor Niffen, extendiendo el brazo.

Salieron de la sala verde juntos, y el resto de nosotros oyó al público aplaudir y patear el suelo, seguido del silencio repentino que se abrió cuando Thaddeus pronunció las primeras palabras de la obra. La elevación y la caída del sonido me hizo pensar en la primera noche que pasé en el barco, cuando me encontraba tan mal. ¿Iría el doctor Early a buscar a Lula durante el intermedio? ¿Era eso lo que Thaddeus quería decir? En ese caso, tenía que sacarla antes del intermedio y no después, como yo había planeado. Limpiándome el sudor de las palmas de las manos en el disfraz, caí en la cuenta de que seguía llevando la capa austriaca que me había puesto para tocar el piano, pero las manos me temblaban tanto que me costó mucho desabrocharme las hebillas.

—Déjame a mí —dijo suavemente Liddy.

Sentí una punzada de alguna emoción, parecida al remordimiento. Era más amable conmigo de lo que jamás había sido Comfort, y sin embargo yo estropearía sin dudar su felicidad con el doctor Early si pudiera. Oímos al general –Hugo– reunirse en escena con Thaddeus, y el señor Niffen entró en la sala verde, tras hacer reír al público con su salida.

—Hoy hay buen público —comentó.

Cuando llegó el momento de mi entrada fui al estrecho espacio que nos gusta llamar bambalinas a esperar que me dieran el pie, y Liddy vino conmigo. Al contemplar el escenario me sentí momentáneamente hipnotizada por las llamas cortas y gruesas de las pequeñas lamparitas que flanqueaban el proscenio. Se me nubló la vista y di un paso atrás.

—¡Ah! ¡Mi señor! Gloria bendita, que aquí viene, recién salida de misa.

Ese era mi pie. Esperé a que mis piernas se movieran solas. Como no lo hicieron, Liddy me empujó.

—¡Doña Cecilia, doña Cecilia! —me gritó Thaddeus.

Ahora estábamos los dos solos en escena. El espacio parecía al tiempo ser más ancho y estar más atestado de gente, y muy cerca de los bancos donde estaba el público. Me di la vuelta para decir mi primera frase: «Señor». Pero no salió nada.

Thaddeus hizo como si tal cosa, y prosiguió:

—Creo que es usted una de las criadas de la casa del general.

—¿Criada? —susurré, intentando dar con mi propia voz—. ¡Pero si soy la gobernante general de toda la casa!

—¡No se oye! —gritó alguien desde el público. Me giré y vi a un hombre con una chaqueta acolchada verde que se abría paso hasta la primera fila a empujones, apretujando al juez de paz y al doctor Early—. ¡Habla más alto! —dijo cuando se pudo sentar, mirándome a mí directamente. Algo se movió debajo de la chaqueta del doctor Early y vi asomarse la cabeza de una cría de mapache. Granuja. Debía de haber conseguido subirla a bordo a escondidas.

—Cecilia —dijo Thaddeus en voz alta, para tapar la voz del hombre—, tengo algo de máxima importancia que comunicarle a usted.

Empecé a hablar, pero mis palabras parecían caer dentro de mi propio camisón.

—¡Más alto! —dijo el hombre de la chaqueta verde otra vez.

Me giré hacia él.

—¡Lo estoy intentando! —repliqué. Por el rabillo del ojo veía a Hugo entre bastidores con su disfraz de general. Agitaba la mano apartándola del público, haciéndome señas para que no los mirara.

Thaddeus dijo en voz baja:

—Mírame a mí. —Y seguidamente más alto—: Es usted severa, Cecilia. Esos aires que se da no casan con usted.

Le miré fijamente, intentando acordarme de la siguiente frase. De un lado del escenario, Hugo me sopló:

—¿Y acaso le parece…?

—¿Y acaso le parece que podrá engatusarme? —dije, consiguiendo alzar la voz un poquito—. Si viene usted aquí a por mi señorita —proseguí deprisa, saltándome unas cuantas líneas, y también las de Thaddeus—, para mí es un placer informarle de que no la conseguirá.

De alguna manera fui capaz de mantener la voz alta, y de alguna manera logramos terminar la escena sin olvidarnos de más frases ni recibir más consejos de parte del hombre de la chaqueta verde acolchada. Cuando hablaba intentaba no mirarle, ni a él ni a Comfort, que, desde la segunda fila, me clavaba los ojos absolutamente asombrada: yo estaba en el escenario. Estaba actuando. Había ocupado su lugar, y ahora ella me estaba mirando a mí, en vez de al revés. Allí de pie con mi disfraz de criada y mi cofia, esperé a que Thaddeus terminara de decir su frase, y luego dije yo la mía. En pocos minutos fui engañada por Thaddeus, expulsada de la casa de Hugo, y humillada. Lo único que faltaba era que me despidieran.

—Escúcheme, general… —le dije a Hugo.

Hugo:

—Ni una palabra. Márchese en este instante, y mañana enviaré el salario que tan poco se merece a donde quiera que pare.

Cuando Hugo abandonó el escenario, me giré hacia Thaddeus.

—Joven caballero, el general me ha provocado tan extremadamente que le serviré a usted contra mi natural inclinación. De modo que ordéneme, y yo haré todo lo que pueda para obtener para usted a su sobrina, por puro rencor.

Ante esto, Thaddeus se giró hacia el público y les ofreció una sonrisa triunfal.

Exeunt[6], como se suele decir, y final del acto.

Ese debería haber sido el principio y el fin de mi carrera sobre las tablas, dado que Cecilia no tenía más apariciones en la obra.

---

[6] «Salen». Este término latino se usaba al final de las escenas de teatro para indicar que todos los personajes se retiran (N. del E.).

Pero no tenía tiempo de sentir alivio antes de que empezara el siguiente acto sin pausa. De ahí en adelante la obra avanzaría rápidamente hasta el intermedio.

—¡Estuviste maravillosa! —me dijo Liddy. No era verdad, pero que lo dijera me hacía quererla.

Me acompañó de regreso a la sala verde, donde Celia me felicitó. Le dije unas pocas palabras antes de murmurar que necesitaba tomar el aire, y salí al pasillo.

Por fin fuera. Cerré la puerta tras de mí, respiré profundamente y miré a mi alrededor. El corazón me seguía latiendo a toda velocidad, pero el aire fresco me calmaba y la noche estaba clara, con solo los últimos débiles rastros de una puesta de sol violeta. Podía olisquear el humo que permanecía aún en el aire como rastro del tráfico de vapores de la jornada, y en el otro extremo del embarcadero vi un pequeño barco de vapor atracado para pasar la noche. Levanté la mirada hacia la carretera que conducía a la ciudad, pero no había señal ni de Donaldson ni de nadie más que pudiera estar esperando para llevarse a una esclava fugitiva, solo una fila de carruajes vacíos y un solitario caballo con una carreta, sin conductor, atado a un poste, con la cabeza metida en su bolsa de forraje. ¿Cómo iba a sacar a Lula antes del intermedio sin que nadie se diese cuenta? Me incliné sobre la barandilla, intentando ver más allá de la carretera.

Celia abrió la puerta y dijo:

—Querías que te avisara cuando Thaddeus se metiera en el baúl de Liddy. Bueno, pues se está metiendo ahora.

La seguí hasta bastidores, donde Sam y Jemmy, con gorras de portero y bigotes, cerraban la tapa sobre la cabeza de Thaddeus. A una señal silenciosa levantaron el baúl y lo sacaron al centro del escenario. Liddy también estaba entre bastidores, esperando su siguiente pie.

—Este arcón contiene unas fruslerías de la India, y mi intención es presentárselas a mi prometida —proclamó desde el escenario el señor Niffen. En un momento Hugo y el señor Niffen saldrían de escena y la señora Niffen abriría el baúl para dejar salir a Thaddeus. Era el momento.

—Liddy —susurré—. Tienes que ayudarme. Hay una chica joven, una niña esclava, en nuestro barco. Una fugitiva. Tengo que ponerla a salvo.

Liddy y Celia giraron la cabeza para mirarme.

—¿Qué? —susurró Liddy—. ¿Aquí, ahora?

—Es muy joven, solo tiene la edad de Celia. La violó su amo, tuvo un bebé...

Celia se llevó la mano a la boca. Liddy parecía estar conmocionada.

—Saca a todo el mundo de la sala verde, ¿lo harás? —le pregunté—. Tengo que sacarla de este barco antes de que la cojan.

—¿Dónde está? —preguntó Liddy.

Pero Hugo estaba saliendo de escena por el otro lado. Desde el baúl, Thaddeus llamaba en voz alta pero ahogada:

—¡Abrid la tapa! ¡Abrid la tapa!

Todavía con el disfraz de criada puesto salí a escena deprisa antes de que la señora Niffen pudiera quitar la tapa.

—¡Disculpen! —dije en voz muy alta.

La señora Niffen se me quedó mirando.

—Caramba... ¿Cecilia? —dijo, y luego frunció el ceño e hizo un movimiento tenso con la cabeza para que me fuera del escenario. Unas cuantas lámparas titilaron por un momento, como si ellas también estuvieran sorprendidas. Hugo estaba de pie entre bastidores, pero no me atreví a mirarle. Tragué, intentando humedecerme el paladar, que estaba seco y áspero como una piedra, y me obligué a mí misma a mirar al juez de paz, que lucía la expresión vacía de alguien que está siendo testigo de un hecho sin participar en él. Alguien presente solo como testigo de los hechos..., bueno, si ese alguien existía tenía que ser yo, esa era mi vida con Comfort; pero ahora esa vida había terminado y yo estaba provocando que ocurrieran cosas, o al menos intentándolo, y no me estaba gustando nada, el corazón me golpeaba alocadamente dentro del pecho como si estuviera intentando partirme una costilla y no había nada que estuviera de mi parte, la ley desde luego que no, y tampoco y ni siquiera la verdad. No me apetecía decir la verdad, y por una vez no sentía la necesidad de hacerlo, aunque lo hiciera.

—Tengo que detener la función —dije en voz alta, mirando directamente al juez de paz—. A bordo de este barco hay una esclava. ¡Una esclava fugitiva!

Me devolvió la mirada vacía, como si esto pudiera ser todavía por parte de la obra.

—¡Una esclava fugitiva a bordo de este barco! —repetí.

—¿Una qué? —Ahora su floja expresión empezó a virar hacia algo más duro, y se puso de pie. A su lado, el doctor Early intentó meter a Granuja, que estaba intentando escaparse, otra vez en el bolsillo de su chaqueta. Abrió la boca para decir algo, pero yo hablé encima.

—¿Cuál es la recompensa por detener a un fugitivo? —pregunté—. ¿Ochenta dólares? Os la traigo por ochenta dólares.

—Bien, espera un momento —atronó Hugo, caminando deprisa por el escenario.

Mientras, Thaddeus golpeaba frenéticamente la tapa del baúl, y la señora Niffen se acordó de él. Abrió la tapa y Thaddeus salió a cuatro patas, diciéndome con un gruñido:

—¡Me engañaste! ¡Quieres el dinero de la recompensa todo para ti!

—Es mucho dinero —le dije.

El doctor Early se levantó de un brinco y le dijo al juez de paz:

—Fred, yo esto lo sabía. Te lo iba a contar en el intermedio para que pudiéramos ir juntos a coger a la chica. Está en uno de los camarotes. Venga, vamos.

Eché un vistazo a Liddy, que estaba ahora en una esquina del escenario, mitad dentro y mitad fuera, con la mirada clavada en su prometido. Su rostro parecía al mismo tiempo blando y arrugado, como más viejo, más parecido a la cara de Comfort en los últimos años, cuando le negaban ciertos papeles. Pero era un alma buena, una amiga de verdad, y después de un momento apretó los labios, se dio la vuelta y se marchó; yo esperaba que de regreso a la sala verde, para sacar de allí a todo el mundo. Cogió a Celia del brazo y, mientras, Granuja aprovechó la oportunidad para saltar de debajo de la chaqueta del doctor Early, tirando una de las lamparitas del escenario, que Hugo rápidamente colocó bien otra vez.

—¡Al piso de arriba! —le grité al juez de paz—. Yo le enseño dónde.

El resto del público estaba empezando ahora a levantarse para irse. Tal vez no supieran exactamente lo que estaba sucediendo, pero estaba claro que aquellos actores estaban implicados en algún delito y que iban a terminar en la cárcel o algo peor, y no querían tener nada que ver con ello. Granuja, en su alegría por verse libre, no paraba de tirar las lámparas del proscenio, y Hugo de recogerlas. Jemmy y Sam salieron al escenario a perseguir a Granuja, y no sé dónde estaba Pinky. Salí corriendo del auditorio y subí las escaleras con el juez de paz y el doctor Early detrás de mí. Thaddeus nos pisaba los talones, buscando su parte de la recompensa. Cuando abrí la puerta de mi camarote los dos hombres se apresuraron a entrar, y Thaddeus me apartó de un empujón.

—Está en ese baúl grande de ahí —les dijo.

Me quedé por fuera en el pasillo y los observé durante un segundo. Luego cerré la puerta y eché la llave. Los oía dentro, golpeando el baúl cerrado con candado, intentando abrirlo. Les llevaría por lo menos un minuto descubrir que estaban encerrados en el camarote. Y con el ruido de toda la gente abandonando el barco, era posible que nadie los oyera hasta pasado un buen rato.

Bajé las escaleras corriendo. Iba tan concentrada que no vi a Hugo abajo hasta que no me agarró el brazo, casi tirándome.

—¡Hugo!

Me miró como si estuviera mirando el fondo de un pozo, calibrando su profundidad. Su cara parecía muy cerca de la mía.

—¿Dónde está en realidad? —me preguntó.

—¿Qué? —dije en un suspiro.

—A quien sea que hayas traído en mi barca de remos. Alguien a quien no han recogido, me imagino. ¿La tuviste que esconder?

Le miré, asombrada. Su acento era muy cerrado, una señal clara de agitación, pero no podía estar más perplejo que yo, intentando colocar esta nueva información en el puzle de las últimas semanas. ¿Él lo sabía? ¿Todo este tiempo? Se lo debí de preguntar, porque me dijo:

—¿Quién te crees que te dejó los sándwiches de jamón? ¿Quién encendió la lámpara en medio de la tormenta?

Yo había supuesto que era Leo.

—Pero ¿por qué no me lo dijiste? ¿Por qué no me lo contaste? —Sentí que las lágrimas me asomaban a los ojos.

Hizo un gesto que comunicaba su error, o su arrepentimiento, con las palmas hacia fuera como si quisiera algo de mí.

—Pensé que si nos involucrábamos directamente entonces todos los que estamos aquí, todos los actores, y Leo, que ellos también se verían implicados. Por mí no me importaba ni un pimiento, pero por ellos estaba preocupado. Un error de juicio o…, no lo sé, pero déjame que te ayude ahora, May, déjame al menos hacer eso.

Oí un estrépito que provenía de mi cuarto: habían logrado romper el baúl. El corazón me iba al galope. No había tiempo de sopesar lo que estaba bien y lo que estaba mal.

—Está en la sala verde —le dije.

Hugo fue en cabeza, aún agarrándome el brazo, entretejiéndonos entre el gentío que abandonaba el barco. Leo estaba en la sala verde cuando llegamos, pero todos los demás se habían ido, gracias, me imagino, a Liddy. Cuando me vio, Leo se giró para abrir el pequeño baúl negro que él y yo habíamos bajado esa tarde, y Lula se desenrolló y salió de su interior. El baúl era demasiado pequeño para un hombre –en eso tenía razón Hugo–, pero no era demasiado pequeño para una niña.

—¿Estás bien? —le pregunté.

Una de sus trenzas se había deshecho y era más coleta que trenza. Llevaba puestos los dos vestidos y unas zapatillas que yo le había encontrado entre los disfraces. Leo estaba de pie junto a la puerta de la sala verde que daba al escenario.

—Ese mapache va a incendiar este barco —dijo, mirando por la puerta.

—Venga —le dijo Hugo—. Ve tú a cazarlo. Nosotros podemos ocuparnos de esto.

Se oían golpes sobre nuestras cabezas. Thaddeus y los demás habían descubierto mi truco y estaban intentando salir del camarote.

—¿A dónde vas a llevarla? —me preguntó Hugo.

—Hay alguien esperándola en la carretera.

Agarré un disfraz de la burra de ropa y me lo eché por encima del camisón de Pinky. Luego la tapé a ella con una capa oscura que usábamos en el escenario para los mensajeros.

—¿Cómo te llamas? —oí que Hugo le preguntaba.

—Lula —dijo ella. Él miró su cara rápidamente, y luego le miró las botas.

—Lula, ¿tienes algo que no necesites, un abrigo, o una capa, o un sombrero?

—No, señor. Solo los dos vestidos que llevo puestos. ¿Por qué?

—Saben que has estado en este barco. No pararán de buscar hasta que encuentren algo.

Arranqué de su soporte la llamativa peluca roja de la señora Niffen, la que había decidido no ponerse, y encontré una gran capota de disfraz para Lula. No sabía qué estaba tramando Hugo.

—Tenemos que irnos —dije.

—¿Y zapatos? —preguntó.

Me acordé de las botas que le habían hecho sangrar los pies.

—En el baúl negro. —No había querido dejar nada suyo en mi cuarto.

Hugo dijo:

—Bien. Esas valdrán. Venga, May, vuelve deprisa si puedes. May... —Me cogió la mano izquierda y luego la derecha. Me atrajo hacia sí. Cuando sus labios se encontraron con los míos me quedé tan sorprendida que casi empecé a hablar, y de hecho por un momento sentí como si las palabras no dichas hubieran encontrado expresión física en el movimiento de su labio inferior debajo del mío, con mi boca moviéndose al unísono, y un calor repentino en el pecho. Terminó en lo que hubiera tardado en decir dos o tres palabras. Cuando se retiró y me miró a la cara sentí que mi propia cara se calentaba y le miré fijamente, pensando que me explicaría algo, lo que sentía, tal vez, o algo sobre mí.

En vez de eso se limitó a repetir:

—Vuelve lo más deprisa que puedas.

Algo ligero y maravilloso se apoderó de mí, una emoción más que incluir en un corazón ya sobrepasado; pero aun así intenté aislarla, porque sabía que querría examinarla más adelante, y volverla a sentir, la sorpresa que había supuesto y la deliciosa alegría. La gente seguía bajándose del barco, y me di cuenta de que no había pasado mucho tiempo en absoluto desde que interrumpí la función, aunque parecieran horas y horas.

—Lo haré —le dije a Hugo—. En cuanto pueda. —Luego miré a Lula—. ¿Preparada?

Ella asintió, apretando los labios y torciendo la boca. De algún modo mis piernas me llevaron hacia delante hasta la puerta y el pasillo con Lula a mi lado. Su gran capota de disfraz le tapaba la mitad de la cara, cosa que estaba bien. Delante de nosotros había hombres y mujeres hablando entre ellos en voz alta, la mayoría con tono de susto o de conmoción, aunque había un hombre con un sombrero de paja en la mano que se estaba riendo. Busqué a la señora Howard y a Comfort, esperando que pudieran conducirnos a quienquiera que nos estuviera esperando en la carretera, pero no las distinguí entre el gentío. Nadie se fijó en Lula o en mí, ni siquiera Celia y Liddy, que estaban saliendo del barco delante de nosotras junto con el hombre de la chaqueta acolchada verde. Liddy cargaba en brazos a Oliver, que me miró por encima del hombro de mi amiga. Llevaba la gola que le hice aquel primer día, cuando me encontraba tan mal. Luego la muchedumbre se cerró entre ellas y nosotras y después de aquel momento no volví a ver a nadie de la compañía hasta pasadas muchas semanas.

Lula me cogió la mano y me la apretó, y yo le devolví el apretón. Una de nosotras estaba sudando, o tal vez fuéramos las dos. Teníamos las palmas resbaladizas, pero no nos soltamos.

Bajamos la pasarela del escenario, pisamos el embarcadero, subimos hasta la carretera, y no éramos más que dos personas más en la muchedumbre que abandonaba el barco. Seguía sin ver a la señora Howard. Cuando se oyó un disparo por encima de nuestras cabezas, el gentío entró en pánico y avanzó de forma temeraria. Los hombres habían encontrado el rifle de caza de Helena, supuse, y estaban intentando abrir el candado de la puerta del camarote a tiros. Intenté apartar el oído bueno del clamor, pero resultó tarea imposible puesto que el clamor estaba en todas partes. Miré hacia atrás, al barco, justo en el momento en que Thaddeus o uno de los hombres –lo único que distinguí fue una figura borrosa– salía explosivamente por la puerta de mi camarote, tras romper el candado. Fue entonces cuando sentí que algo dentro de mí pasaba de la urgencia a la alarma.

El gentío se subió a la carretera y nosotros lo seguimos. Lula me soltó la mano.

—Tiene que tratarme como a una esclava —me dijo.

—¿Eso cómo lo hago?

—No me mire, no directamente.

Seguimos caminando, intentando abrirnos paso a empellones para ganar la delantera. Cuando llegamos a la carretera, la gente comenzó a dispersarse en distintas direcciones y algunos caballos empezaron a tirar de algunos carruajes, uno antes incluso de haber cerrado debidamente la puerta. Todo el mundo se marchaba presa del pánico, alejándose de las maldades que pudieran haber estado ocurriendo. Lula y yo le dimos la espalda al *Teatro Flotante*, siguiendo la carretera que discurría en paralelo al largo embarcadero y al río. Sentía en la frente puntitos de sudor, que me sacaban del pelo un aroma a madera, y mi respiración era fría y dura como una moneda. Levantaba la mirada hacia cada uno de los carruajes, con la esperanza de ver a Donaldson o a la señora Howard o a Comfort, o a algún desconocido que también nos estuviera buscando a nosotras. Ya era completamente de noche, pero la luna estaba alta y llena. Lula caminaba detrás de mí y los caballos oscuros resoplaban o pateaban al pasar nosotras, como si también ellos estuvieran ansiosos por dejar atrás este lugar.

Llegamos al final de la fila de carruajes. Se veía que no había nada más que árboles en el resto de la carretera. Aunque el *Teatro Flotante* ya estaba a cierta distancia detrás de nosotras, no quería dar la vuelta y volver a comprobar los carruajes por miedo a que para entonces ya Thaddeus y el doctor Early hubieran terminado de buscar en el barco y ahora nos estuvieran persiguiendo por la carretera, y me daba miedo mirar atrás por si los veía. Así que seguí andando sin más plan en mente que el de parecer una mujer que se dirigía a algún sitio, y no una mujer con una esclava fugitiva con la que no tenía ni idea de qué hacer; pero contaba con la loca esperanza de que Donaldson estuviera por allí en alguna parte y de que nos encontraría. Había más gente que también seguía andando por la carretera, personas como nosotras, sin carruajes ni carretas. La luna brillaba tan fuerte que incluso sin contar con todos los hombres y mujeres que llevaban lámparas encendidas me hubiera sentido expuesta. Un hombre se me quedó mirando un momento demasiado largo al acercarse, y luego miró a Lula.

Le dije:

—Date prisa, venga ya —esperando que sonara como la orden del ama a una esclava. El hombre caminó hasta una de las tabernas que daban al río y se metió dentro.

Lula dijo:

—Tienes unas rayas en la cara. Eso es lo que estaba mirando.

Me acordé de las arrugas que Liddy me había dibujado. Me chupé el puño de la blusa y me froté la frente.

—¿Mejor?

—Algo. Hazlo un poco más.

Mientras me volví a frotar la frente vi el barco de vapor en el que me había fijado antes amarrado al fondo del embarcadero. No era un buen lugar donde esconderse –me acordé del fugitivo Jackson a quien habían pillado detrás de una caldera–, pero era mejor que permanecer en la carretera abierta. Por encima de nosotras estaba la ciudad, pero allí no quería ir. Comprobarían todas las posadas. Volví a mirar al barco. Podía intentar sobornar al capitán, pensé, y entonces me acordé de que no llevaba nada encima: ni siquiera dinero, solo el reloj de mi padre, metido debajo de la combinación. A lo mejor aceptaba eso.

—¿Alguna vez te has subido a un barco de vapor? —le pregunté a Lula.

Echó un vistazo al barco.

—¿Allí no nos buscarán?

—Nos van a buscar en todas partes.

El barco era pequeño para ser un vapor, y al acercarme vi que llevaba un cargamento de grandes fardos de papel bien prensados en la cubierta inferior. Así que se trataba de un carguero, pero tal vez aceptara también a un par de pasajeras. Esperaba que el capitán no hiciera demasiadas preguntas. Al subir por la pasarela, el vapor silbó inesperadamente y dos hombres con gorras y chaquetas manchadas de humo se prepararon para levantar la escala.

—¿El barco se marcha? —pregunté.

—Son órdenes del capitán —dijo uno de ellos.

—¿De noche? —Nunca había oído que un vapor viajara de noche.

—La luna brilla bastante. El capitán piensa que es más seguro.

—¿Más seguro que qué?

Señaló algo detrás de mí.

—No queremos incendiarnos si eso se mueve por el muelle.

Me di media vuelta. Al otro extremo del embarcadero había un barco en llamas. Vi las lenguas de fuego brincando sobre el agua, lamiendo la madera del muelle. Era el *Teatro Flotante*.

—Con todo este papel, desapareceríamos en un abrir y cerrar de ojos —dijo el hombre, señalando su carga con un gesto de la cabeza.

Contemplé los fardos de papel. Luego me volví para mirar al fuego. La suma era fácil, pero yo no era capaz de hacerla.

—¡Nuestro barco! —suspiró Lula. Yo no podía contestar, no podía ni siquiera asentir.

—Subiros las dos arriba si queréis —nos dijo—. Hay menos ruido.

Pero Lula y yo nos quedamos donde estábamos, en la cubierta inferior, demasiado conmocionadas como para hacer nada que no fuera observar cómo se quemaba el *Teatro Flotante*, mientras detrás de nosotras las calderas del barco de vapor se encendían y las ruedas iniciaban su primera lenta rotación. Liddy había abandonado el barco, eso lo sabía, con Oliver y Celia. Pero ¿y los demás? ¿Hugo? ¿Hugo habría escapado? Desde donde yo estaba lo único que veía era destrucción, caliente y brillante. Brotes de llamas naranjas empezaron a envolverse en un apretado abrazo en torno al esqueleto de madera del barco, y ahora se olía la peste acre del humo flotando por el aire hacia nosotros.

Sentí que el vapor daba una sacudida al empezar a apartarse marcha atrás del embarcadero. Sentía la garganta hinchada, como si ya la tuviera llena de cenizas del *Teatro Flotante*, pero no lloré. Lula y yo nos habíamos vuelto a coger de la mano y aunque normalmente odiaba que alguien me tocara la piel, creo que fui yo la primera en buscarla. Los dos hombres se marcharon a echar una mano con las calderas y Lula y yo nos quedamos solas viendo cómo ardía el *Teatro Flotante*. Me dolía la garganta al tragar.

Me dolía casi respirar. El vapor cruzó despacio el río, y los hombres atracaron en el primer embarcadero que encontramos en el lado Norte. Pero incluso aquí, a media milla de distancia, seguía viendo un punto resplandeciente de llama blanca contra el cielo de la noche.

20

Era casi agosto cuando encontré un empleo en el American Hotel de Cleveland, en Superior Street, una avenida que tenía aceras de dieciséis pulgadas y, por ley, ningún cerdo por la calle. Cleveland, como Cincinnati, se jactaba de ser una emergente ciudad moderna, pero el barco de canal que tomé para llegar allí era tan lento como una carreta de granja, porque había grupos de ovejas congregadas en las esclusas y malas hierbas atascando las alcantarillas. Tardé cinco días en llegar a Cleveland, dos semanas en encontrar trabajo, y dos semanas y un día en conseguir un alojamiento en una deteriorada casa de ladrillos que por alguna razón habían olvidado cuando el barrio pasó de residencial a comercial. Pero no necesitaba nada mejor. Las habitaciones eran baratas, estaban cerca del hotel, y mi puerta tenía una llave tan larga y tan gorda como el rabo de una rata.

En el American Hotel trabajaba en una sala cuadrada de techos bajos detrás de las cocinas, con una ventana con el cristal rajado que daba al callejón. Las doncellas me traían pantalones con botones descosidos o vestidos con el dobladillo suelto, que les entregaban los huéspedes. Me pagaban muy poco, pero me daban el almuerzo y la cena todos los días que trabajaba, que eran seis a la semana. De vez en cuando me avisaban para subir a la habitación de algún huésped y realizar allí algún arreglo. Me arrodillaba en la moqueta con la boca llena de alfileres y los dedos en el dobladillo de la falda de seda de una dama, mientras ella hablaba con alguna otra persona en la habitación. Algunos días no me daban mucho trabajo, y otros tenía más del que podía hacer yo sola. Esos días me ayudaba una chica negra llamada Bella y después, si nos sobraba tiempo, yo le enseñaba algunos puntos de bordado. Quería establecerse como «costurera de postín», como ella lo llamaba, en la calle en la que vivía su familia. Su padre era dueño de su propia barbería y había llegado a Cleveland con veinte años; Bella me contó que era hijo de padres libres de Virginia. Bella me contaba muchas cosas mientras trabajábamos. Tenía una voz agradable, alta y ligera, y hablaba sin pausa, cambiando de tema aquí y allá, como un pájaro volando de rama en rama. Me enteré de cosas sobre su familia, sobre la familia de su padre, sobre los parroquianos habituales de su iglesia, y sobre «el chico ese, Simon, de la calle de enfrente», que se había encaprichado con ella.

Después del trabajo Bella giraba a la derecha para irse a casa —a veces Simon, el muy audaz, la estaba esperando en la esquina para acompañarla— y yo giraba a la izquierda, pero no me iba directamente a mi alojamiento. Cleveland se había contagiado del «virus del teatro», como decía uno de los periódicos, y había muchas opciones de entretenimiento todas las tardes. Compañías recién formadas interpretaban a Shakespeare, o melodramas franceses; o podía ver comedias americanas en el Teatro Cook, construido por los hermanos Cook, o producciones musicales en el Italian Hall de Water Street. Iba con tanta frecuencia como podía y estudiaba todos los programas en busca de los nombres conocidos: doña Lidya Foote, don Sam Trotter, don James Grieve. Capitán Hugo Cushing. Normalmente ni siquiera esperaba a sentarme, sino que me quedaba de pie en el pasillo cerca de algún arbotante de gas, sujetando el programa con las dos manos, las dos manos, porque descubrí que solo la acción del acomodador dándome el programa ya me ponía a temblar. Siempre había un momento antes de mirar las letras impresas en el que mi corazón parecía dar un paso atrás dentro de mi pecho.

Doña Margaret Russell, leí. Doña Mary Skapek. Don Gregory Roscoe.

Y otros nombres parecidos, nombres que yo no conocía. Pero, por supuesto, ¿por qué iba a haber nadie del *Teatro Flotante* aquí, actuando en Cleveland? Sería demasiada coincidencia. Comprobé los nombres una vez más.

—¿Puedo ayudarla, señorita…? —me preguntó el acomodador mientras la gente pasaba rozándome de camino a sus butacas.

—Sinclair —le dije—. Señora de Jasper Sinclair.

—¿Puedo ayudarla a encontrar su butaca, señora Sinclair?

—No, gracias.

Era poco habitual, si no poco respetable, que una mujer acudiera sola al teatro, pero eso a mí no me importaba. Tendía a enrollar el programa luego como un libreto cuando me sentaba en mi butaca y, tal y como Hugo predijo en cierta ocasión, después de un minuto o dos me olvidaba de todo excepto de lo que estaba sucediendo sobre el escenario. Daba igual que viese los mismos papeles una y otra vez –el cómico vil, el criado cantarín, la despreocupada ingenua–, sus cuitas me atrapaban, y que me atraparan me daba consuelo. Viendo una obra de teatro me olvidaba de lo que había hecho, de aquellos a quienes había perjudicado, y de aquellos a quienes había ayudado. Me olvidaba de mí misma, y supongo que eso era lo principal.

Después regresaba a mis dos habitaciones pequeñas, con su aire cargado y húmedo de verano, e intentaba dormir.

Por supuesto envié a la señora Howard mi dirección de Cleveland indicándole que *por favor se la remitiera al capitán Cushing*, pero no tenía ni idea de si sabía dónde estaba o de si le escribiría en caso de saberlo. No sabía ni siquiera si estaría vivo. La única noticia que pude encontrar acerca del incendio en el *Teatro Flotante* fue una pequeña nota en el *Cincinnati Daily Gazette*, que leí en casa de la señora Howard unos días después de los hechos.

BARCO TEATRO EN EL RÍO
Se ha incendiado en el río Ohio, en el embarcadero de Padu-
cah el pasado viernes noche. El doctor Martin Early, médico y
poeta, y un miembro de la compañía, fallecieron en el fuego. Los
valerosos ciudadanos de Paducah extinguieron las llamas antes de
que pudieran llegar al pueblo.

Un miembro de la compañía. Esa era toda la información que tenía. No se mencionaba a Lula, no venía nada de una esclava fugitiva. No tenía ni idea de dónde podría estar nadie de nuestro barco, de forma que no tenía a nadie a quien preguntar. Me planteé enviar un mensaje a la oficina de correos de Paducah dando noticia de mi dirección, pero luego me lo pensé mejor. No sabía si la ley me andaría buscando, y tampoco la señora Howard lo sabía, pero para estar seguros, me dijo, debía emplear por el momento otro nombre. Y así me convertí en la señora de Jasper Sinclair.

Después de nuestra huida a la luz de la luna, Lula y yo viajamos en el barco de vapor durante tres días más antes de llegar a la casa de la señora Howard. El vapor nos llevó casi hasta Cincinnati, y a lo mejor podíamos haber hecho en él todo el camino completo de no ser porque pillé al capitán demasiadas veces mirando a Lula con gesto pensativo. Nos bajamos de un salto en un embarcadero pequeño mientras los hombres cargaban barriles de clavos que iban a llevar junto con su carga de papel, y encontré un coche de línea en el que recorrimos las millas que faltaban. El conductor aceptó el reloj de mi padre como pago del pasaje, que probablemente valiera diez veces menos.

Dormimos muy poco en el vapor, solo una hora o dos aquí y allá, pero en el coche Lula durmió profundamente. Yo me mantenía despierta por si acaso ella tenía una pesadilla y necesitaba despertarla, y observaba sus párpados cerrados buscando señales de angustia. Tenía humedad en las comisuras de los ojos, pero no creo que estuviera llorando. Le dije a la pareja que viajaba con nosotras en el coche que mi hermana acababa de tener un bebé en Cincinnati y que iba a prestarle a mi chica –señalando a Lula con la cabeza– durante unas semanas para que echara una mano. Ellos tenían su propia «chica», que viajaba con ellos, una mujer con un turbante azul que era un buen puñado de años más vieja que ellos.

—El bebé de mi hermana es un niño —les dije—. Se llama William.

Por fin llegamos a Cincinnati a última hora de la tarde, bajo un cielo oscuro que amenazaba lluvia. Como no sabía si habría alguien buscándonos –si ya se habrían impreso carteles con nuestras descripciones y se habría establecido una recompensa para quien nos devolviera al Sur–, fuimos andando el último tramo del camino hasta la casa de la señora Howard, esquivando las calles más transitadas. Hacía un calor húmedo, incluso debajo de los árboles. Compartimos un bocadillo de jamón que me había dado la mujer del coche, y hablamos de lo que haría Lula después de encontrar a su bebé. Le gustaba la idea de hacerse modista. A lo mejor podía hacer pequeños alfileteros de adorno, como mi alfiletero en forma de vapor, ahora perdido, como todo lo demás.

Pero yo no podía ni pensar en lo que había perdido. Estábamos en el Norte, claro que sí, pero aun así no era capaz de sacudirme el miedo de que en cualquier momento alguien pudiera aparecerse delante de nosotras con un látigo o una pistola. Me acordaba demasiado vivamente de la expresión en la cara del doctor Early en Paducah, cuando se levantó de un salto para enseñarle al juez de paz dónde encontrar a Lula: esa ansiosa, casi diría jubilosa, mirada de cazador. Iba a capturar algo más débil que él mismo, una criatura que había cometido el terrible crimen de intentar ser más fuerte de lo que realmente era. Esa era Lula, pero también era yo.

Cuando empezó a caer la lluvia, Lula y yo nos detuvimos un momento y alzamos nuestros rostros para sentir en la piel las gotas frescas. Lula se quitó las zapatillas del disfraz, que para entonces ya estaban rotas y sucias, y se quedó de pie en la hierba.

—Te vas a enfriar —le dije—. ¿Por qué sonríes?

—Tierra libre. —Cogió del suelo una pluma azul que se le habría caído a algún arrendajo y la hizo girar entre los dedos. Me acordé de la ilustración del azulejo que tanto le gustaba del libro de aves de Hugo, con su detallada oruga. Las gotas de lluvia centelleaban en su pelo oscuro.

Para cuando llegamos a la casa, la lluvia había cesado y había grandes charcos punteando el camino de entrada. Dimos la vuelta al jardín y yo abrí la puerta de atrás, que seguía sin estar cerrada con llave. Luego, durante unos minutos nos limitamos a quedarnos allí esperando, mojadas y sucias y, por mi parte, alimentando la nueva desconfianza que sentía ante cualquier individuo –doncellas, que podrían andar por cualquier lugar de la casa, o chicos de los recados, que también usarían la puerta de atrás–, hasta que llegó Donaldson y nos vio. Rápidamente nos llevó abajo, a la bodega, que tenía un camastro de paja y una palangana de agua entre muebles viejos y cajas de embalaje. Nos secamos mientras él iba a buscar a la señora Howard, que sugirió que las dos «nos acostáramos un rato», yo en el piso de arriba y Lula en el camastro. Pero yo estaba tan exhausta que dormí toda la noche, y para cuando me desperté era casi mediodía del día siguiente. Había una pluma azul de arrendajo en la almohada junto a mí. No comprendí que se trataba de una nota de despedida hasta que la señora Howard me informó de que se había marchado.

No quiso decirme a dónde se había ido.

—A la siguiente parada —fue todo lo que me dijo—. Solo Donaldson sabe dónde es, y a él no le preguntes. Tuvieron que marcharse mientras era aún de noche.

—¿Puedo enviarle una carta? —Pensaba que alguien se la podría leer.

—Solo si lo que quieres es que la pillen.

—¿Está al menos con su bebé?

—No nos cuentan los detalles, May. Así es más seguro. Es libre, eso te lo puedo decir, y eso es gracias a ti. Y también su bebé es libre. Ahí te comportaste como un buen soldado.

—Deberías estar orgullosa —añadió Comfort.

Ellas no eran buenos soldados, Comfort y la señora Howard. Cuando supo lo de Lula por Donaldson, la señora Howard contactó con un granjero que tenía una carreta de trabajo con un doble fondo –el caballo de tiro que yo había visto desde la barandilla del *Teatro Flotante*– que se usaba con frecuencia para trasladar fugitivos. Pero el granjero estaba pasando unos días en casa de su hermano, y de ahí el retraso. Volvió a tiempo de enganchar la carreta cerca del embarcadero de Paducah durante la función, y allí estuvo esperando a que alguien le llevase a Lula. Por qué no estaba sentado en el estribo cuando yo miré es algo que no sé. A lo mejor se sintió impaciente, dado que yo estaba tardando tanto, y se fue a ver si veía algo. La propia señora Howard se asustó y se marchó con Comfort en cuanto el juez de paz se involucró en el asunto. Me aseguró que Comfort y ella nos habían buscado –subieron hasta el pueblo, pensando que nos separaríamos más del gentío–, pero más adelante Comfort admitió que tampoco dedicaron tanto tiempo a tal búsqueda. La señora Howard estaba nerviosa. Era una abolicionista conocida, y no quería verse implicada en la caza. No podía permitirse ir a la cárcel, según me explicó Comfort. Había demasiada gente que necesitaba su ayuda.

Sigo teniendo la pluma azul de arrendajo. Ojalá hubiera podido decirle adiós.

La señora Howard me dio la antigua habitación de Comfort, con el techo peludo de piel de cerdo, dado que Comfort y ella ahora compartían dos habitaciones al otro lado del distribuidor. Durante dos noches dormí tan profundamente que ni siquiera soñé, pero aun así no podía quitarme de encima el agotamiento, que era como un grueso chal de lana que me pesaba sobre los hombros y me tapaba la cabeza. Me alegraba que Lula hubiera escapado, me sentía eufórica incluso. Habíamos vencido, contra todas las probabilidades. Y sin embargo, al mismo tiempo, había dentro de mí una bolsa de oscuridad, una gran sima de dolor, cuando pensaba en aquella noche. El *Teatro Flotante* había desaparecido.

Había acabado con el modo de vida de Hugo, y con el modo de vida de otras siete personas más. Ocho, contando con la joven Celia.

—Bien, May —dijo la señora Howard durante el desayuno unos días más tarde—, has de dejar de lamentarte por ese barco. Es una cosa que pasó y se acabó. Es una lástima, claro que sí. Una gran lástima. Pero no fue culpa tuya. Tú no prendiste el fuego. Tú sacaste de allí a Lena y la pusiste a salvo; deberías estar orgullosa de ello. Piensa en eso si has de pensar en algo. Nuestra causa es una causa justa, ya lo sabes.

Y dijo más cosas en este tono, muchas más, y cuando hizo una pausa para sorber el té, que para ese momento ya seguro que estaba frío, le dije:

—Lula, no Lena.

—Por supuesto —respondió sin perder comba—. Lula.

Ojalá pudiera explicar cómo me sentía por dentro, como una tela que hubieran rasgado en tiras. «No es culpa tuya», decía la señora Howard sin parar, incluso cuando encontramos aquella diminuta pulgada de texto impreso ese mismo día con la información sobre el incendio y las muertes. Me fui a la mañana siguiente, y aunque la señora Howard intentó detenerme –«Ahora tienes una obligación para con la causa; aquí mismo podrías hacer labores importantes»–, no hubo forma de convencerme. Me dio veinte dólares y un pasaje de barco del canal para Cleveland, y esta vez sí que compré y usé el pasaje.

Tres días para llegar a Cincinnati, cinco días para llegar a Cleveland, quince días para encontrar trabajo; pero después de eso el tiempo pareció extenderse ante mí sin sentido alguno. Iba al teatro por las tardes y me levantaba todos los días a vivir la misma mañana húmeda que terminaba dando lugar a lluvia o a una tarde igual de húmeda. El viento que soplaba desde el lago me azotaba en oleadas como una serie de bofetadas flojas, arrancándome el sombrero de la cabeza, retorciéndolo contra los alfileres, de forma que iba caminando al trabajo con una mano en la cabeza como todos los demás hombres y mujeres de la calle.

Una tarde a finales de agosto Bella y yo estábamos sentadas cosiendo en el cuartito de atrás del hotel, con una gran tira de seda azul pálido entre las dos; estábamos haciendo el dobladillo de la misma falda, que había que terminar en un cuarto de hora para que la dama a la que pertenecía pudiera vestirse para cenar. Aun agachando la cabeza y trabajando lo más deprisa que podíamos, Bella mantenía viva la conversación todo el rato, contándome la excursión que había hecho ese domingo con sus dos hermanos y cuatro hermanas a oír a la nueva Banda de la Ciudad de Cleveland, que tocaba en Public Square.

—Dieciocho hombres —me dijo—. Contando a mi hermano Petey.

Me gustaba tener delante un trabajo duro que hubiera que hacer deprisa, y escuchar a Bella también era una distracción de mis propios pensamientos que me venía bien. No hablaba sobre esclavitud, ni sobre fugitivos, ni sobre el tema de la emancipación —al menos, no conmigo— sino de la vida cotidiana. Y aunque yo me sentía muy lejos de la vida cotidiana —de una vida que yo pensaba que debía de incluir a tu familia o al menos a vecinos que conocieran tu verdadero nombre—, disfrutaba oyéndola hablar de su salida del domingo y de sus romances, incluso de lo que había cenado la noche anterior y de cómo lo habían preparado su madre y ella. En su día esta charla ociosa me hubiera irritado, allá entonces, cuando era una persona sin nada que lamentar amargamente. Ahora sencillamente la escuchaba e imaginaba su vida tal y como ella me la contaba, mientras mis dedos trabajaban furiosamente la seda.

—Después nos tomamos un helado, pero Petey se comió dos porque el primero se le cayó, y mamá le tiene por favorito —dijo Bella.

El señor Loran, el director del hotel, un hombre enérgico que no se andaba con tonterías, asomó la cabeza por la puerta.

—¿Cómo lo lleváis, chicas? —preguntó—. Alice está lista para llevarlo arriba cuando terminéis. Está en la cocina.

Corté el hilo con los dientes y lo anudé. Luego Bella le dio otro repaso a la tela con la plancha mientras yo cortaba un poco de papel de seda para envolverla. Encontré a Alice sentada en la cocina con las piernas estiradas y su cofia de doncella en el regazo.

—Ay, qué calor —dijo. Luego, poniéndose de pie y volviendo a colocarse la cofia sobre el pelo—: Hay un huésped que está pidiendo un poco de ayuda. Un botón que se le ha perdido. Habitación cuatro dieciséis. —Sus dedos se movían veloces de aquí para allá, remetiéndose mechones de pelo bajo la cofia sin ayuda de ningún espejo.

—Bella, ¿te importaría coger el tarro de los botones? —le pregunté.

Alice se sacudió la falda y luego cogió el vestido que yo le tendía.

—Preguntó por ti expresamente. Dijo: «¿Ha venido hoy la señora de Jasper Sinclair?».

Sentí que la sangre me subía a la cara. Nunca nadie había preguntado por mí usando mi nombre. Nadie excepto Bella, el señor Loran y un par de doncellas me conocían. ¿Me habría dado caza la ley al fin? Quería preguntarlo, pero no sabía cómo hacerlo sin que sonara culpable. Me planteé pedirle a Bella que subiera en mi lugar a pesar de la petición del huésped, pero después del primer ataque de miedo me sentí invadida por otra emoción, como si llevara todas esas semanas a la espera de las consecuencias de mis acciones y estas por fin hubiesen llegado.

Habitación cuatro dieciséis, repitió Alice cuando ya me marchaba.

A medida que iba avanzando por las cocinas y el comedor, y luego cruzando el vestíbulo de recepción y subiendo por las grandes escaleras pulidas, parecía que todo el resto de la gente del hotel estuviera yendo en dirección contraria. Si fuera la ley, razoné, habrían venido al cuartito de atrás, donde yo trabajaba, a arrestarme, y punto.

Pero no pude convencerme a mí misma del todo. Para cuando llamé a la puerta era como si en mi pecho hubiera dos corazones, cada uno de ellos golpeando a su propio ritmo.

—Costurera —voceé.

Después de un largo momento la puerta se abrió.

Donaldson estaba de pie en la moqueta, la luz le iluminaba desde atrás. No sonreía, pero me saludó con la cabeza y abrió la puerta del todo para dejarme pasar. Decir que me sorprendió verle no describe adecuadamente mi confusión y el cosquilleo repentino que sentí a lo largo de los brazos, como si mi piel tuviera de repente la necesidad de asegurarse de su lugar en el mundo. Entré en la habitación. Tenía una espesa alfombra color crema con un diseño de rosas en los bordes, y los pesados muebles parecían hundirse en ella como si fuera crema de leche. Seguía girando la cabeza, con la expectativa de ver en una esquina a la señora Howard con su juego de té diminuto, cuando se abrió la puerta de una habitación contigua y por ella salió Hugo.

Tenía el pelo más largo y vestía un sencillo traje de un sombrío color marrón. Era extraño no verle con su abrigo de marinero o con los viejos pantalones de trabajo que usaba, y por supuesto tampoco llevaba disfraz. Parecía casi otra persona completamente distinta, pero al cruzar la moqueta algo se me escapó, un sonido o un soplo de aire, algo que estaba entre el reconocimiento y el alivio. Hugo tomó de mis manos el tarro de los botones y lo depositó en una mesita auxiliar. Yo no parecía capaz de mover un músculo.

Me cogió las dos manos. Dijo mi nombre. Vi que sus ojos eran amables, y que Donaldson también me estaba mirando.

De la boca se me escapó un sollozo al dejar que Hugo me abrazara. Pero tras un segundo di un paso atrás. Sabía que estaba aquí para darme malas noticias: uno de la compañía estaba muerto. Con todo, qué alivio que no fuera él. Quería saberlo todo, pero antes no pude evitar preguntar:

—¿Cómo me encontraste? ¿Fue la señora Howard?

Hugo elevó las cejas.

—¿La señora Howard? No, no, no pudo tardar menos en librarse de mí. El té me lo tuve que tomar en la entrada.

Me noté sonreír.

—Es una costumbre que tiene.

—La suerte que tuve fue que el señor Donaldson aquí presente me paró según me estaba yendo. Qué deprisa es capaz de escribir el condenado —dijo, y ante eso la cara de Donaldson cambió. No parecía una sonrisa, pero tal vez fuera una sonrisa. Cuando le di las gracias, él extendió la mano y yo se la estreché.

—Organizó unos asuntos con un tal señor Loran y me trajo aquí con él.

—¿El director del hotel? —Miré a Donaldson con asombro—. ¿Le conoces?

De nuevo no pareció que Donaldson hubiera movido un músculo, pero algo en su rostro confirmó este extremo.

—¿Fuiste tú quien me consiguió este trabajo?

Sacó un cuaderno del bolsillo y un lapicero corto, y vi que Hugo tenía razón: sí que escribía rápido, el condenado.

Pensamos que tal vez querrías seguir trabajando en pos de nuestra causa.

—Pensamos ¿quiénes?

Organizaré una visita cuando la chica no esté trabajando.

—¿Te refieres a Bella?

Cogió el sombrero y me hizo una pequeña reverencia antes de marcharse. Cuando la puerta se cerró tras él, Hugo dijo:

—No me extrañaría que él fuera el cerebro que está detrás de toda la operación.

Seguíamos de pie sobre la gruesa moqueta en medio de la habitación. La luz del exterior, de un duro gris metálico, entraba rebanada por las medias cortinas del ventanal. Hugo parecía casi vulgar con su traje marrón.

—Hugo, ¿qué pasó esa noche? —pregunté.

Él apretó los labios y yo me acerqué a cerrar la ventana. Los sonidos de la calle, de los que apenas me había percatado antes –el traqueteo de los arreos de un caballo y un par de hombres hablando a voces entre ellos– se apagaron como un grifo. Hugo se volvió hacia mí y levantó los brazos en un gesto que no supe interpretar. Cuando empezó a hablar observé su cara, buscando… ¿el qué? Un juicio, o ira, supongo. Había una emoción ahí, pero yo no sabía cuál era. Me contó que cuando Lula y yo nos marchamos él se quedó en la sala verde, intentando hacer que pareciera que Lula había muerto mientras intentaba escapar. Metió sus botas en el baúl y enredó los cordones en las bisagras para que no se fueran flotando.

—Luego intenté empujar el baúl por la ventana —me contó—, pero la ventana no se abría lo suficiente, así que saqué el baúl hasta el muelle y lo arrojé al río. Lo observé durante unos minutos para asegurarme de que flotaba. Cuando me di media vuelta… —Apartó la mirada de mí—. Me enteré más tarde de que uno de los cortinajes del teatro se había incendiado. A partir de ahí todo ardió muy deprisa después de eso.

Una vez que empieza un incendio puede extenderse tan deprisa como se mueven tus ojos; yo lo sabía por una vez que mi padre quemó a propósito uno de los establos viejos que ya no usaba. Recordaba cómo las llamas se iniciaron en las esquinas y luego rápidamente encontraron las ventanas y el techo. Se produjo un crujido muy fuerte cuando la madera se partió. Pronto las plumas grises de humo se hicieron más espesas y más grandes que el propio edificio, y en cuestión de minutos pude ver la esquelética estructura del establo.

Sentía el pecho tenso, como si mis pulmones fueran rígidos tubos de cobre.

—¿Liddy? —le pregunté a Hugo. La había visto marcharse con Celia, pero tenía que estar segura—. ¿Y Celia?

—Están bien. Están a salvo —me dijo Hugo—. Liddy ha abandonado el oficio y ha vuelto con su familia a Akron. Pinky se está planteando seguirla allí. Espero que lo haga.

Eso significaba que Pinky también estaba bien.

—¿Y entonces quién? —conseguí articular esas palabras.

—El doctor Early no consiguió salir. Lo que yo imagino es que se fue a la sala verde porque seguía en busca de Lula.

—¿Quién más? —le pregunté—. El periódico dijo que el doctor Early y uno de la compañía. ¿Quién más?

Hugo vaciló. Luego dijo:

—Leo.

—¿Leo? —Me lo quedé mirando—. No puede ser Leo. No es actor. No es uno de la compañía. Decía que uno de la compañía.

—Era Leo, May.

—No. No puede ser. —Creo que cerré los ojos, porque lo único que veía era una especie de oscuro muro de ceniza. Por un minuto no pude ni llorar. De toda la gente que había imaginado, y no había pensado en él. Nunca me había preocupado que pudiera ser él.

No sé cómo, me encontré en uno de los sillones y a Hugo de rodillas a mi lado. Cuando empecé a llorar, me tomó la mano izquierda entre las suyas. Una oleada de oscura vergüenza y tristeza e insoportable remordimiento me inundó. Leo nunca pescó aquel pez gato. Solo quería hacer su trabajo y luego sentarse a pescar en el embarcadero en el lado norte del río, y mantenerse a salvo. Pero yo se lo había estropeado todo. Las lágrimas me corrían por la cara. Me sentía como si sobre mi corazón se fuera amontonando una pesada piedra detrás de otra.

—Lo sé. Lo sé —decía Hugo.

—Lo siento —dije yo.

—Lo sé.

No dijo que no fuera culpa mía, como me había dicho la señora Howard. Pero aquí estaba, me había encontrado, y me estaba dando la mano. Me contó que dos hombres de la ciudad habían encontrado el baúl al día siguiente con las botas de Lula dentro y que, tal y como él había esperado, concluyeron que Lula había muerto; en el veredicto se dictaminó que ahogada. La ley no andaba detrás de mí. El doctor Early, que conocía mi papel en todo esto, estaba muerto, y Thaddeus se había escabullido a Kentucky.

—Dada su propia implicación en el asunto dudo que diga nada —dijo Hugo—. Probablemente haya encontrado ya una compañía nueva. El *Teatro Flotante* no es más que polvo, claro está.

Una nueva oleada de arrepentimiento y vergüenza me golpeó al pensar en el barco, y me llevé el pañuelo –el pañuelo de Hugo, que él me había puesto en la mano– a la cara. Ese barco era como su hijo.

—¿Quieres que me quede aquí, May? —me preguntó suavemente después de un rato. Estaba lo bastante cerca de mí como para que yo pudiera ver las sombras oscuras que tenía bajo los ojos, y fijarme en que había que recortarle las patillas—. ¿Quieres seguir trabajando en este hotel?

—Yo quiero estar contigo —le dije. Eso lo sabía.

—Entonces está todo bien. Podemos construir un barco nuevo. Donaldson me dijo que él me prestaría el dinero. Claro que habrá que esperar hasta el año que viene. El verano casi ha terminado.

—¿Qué quieres decir?

—Y esta vez haremos un escondite como es debido. Nada de baúles. —Se levantó y acercó la otra butaca a la mía, tan cerca que sus bordes se tocaban. Cuando se sentó nuestras rodillas se rozaban. Volvió a coger mi mano entre las suyas—. Pero a lo mejor no es eso lo que quieres.

¿Era eso lo que quería? Me sentía exultante porque Lula hubiera escapado. Había escapado, y la habían ayudado Liddy, y Hugo, y Leo y Donaldson. Pero ¿y si la hubieran cogido? Entonces habría supuesto un fracaso mío y de nadie más. Esperaba que estuviera a salvo. Esperaba que estuviera muy lejos y que se hubiera reunido con su bebé, William. Recordaba sus pestañas cortas y rizadas, como las de su madre. Pero qué altísimo había sido el precio a pagar. Hugo no volvió a hablar de Leo nunca más después de aquella tarde, pero yo sabía que pensaba en él. Culpa mía. Culpa mía.

Sentimientos encontrados. Así se llama la sensación de tener dentro una tela rasgada.

—Bueno, eso, amor mío —me dijo Hugo cuando se lo expliqué—, es la condición humana.

Desde fuera de la habitación oí voces –de un hombre y de una mujer– y el ruido de una puerta arañando el suelo al cerrarse. Realmente nunca tuve la expectativa de salirme con la mía del todo, y de hecho no lo había conseguido. Hugo me apretó la mano, haciéndome volver a esa habitación, con él.

—¿Qué me dices? ¿Estás preparada para empezar con todo eso otra vez? —me preguntó.

Qué vulgar parecía con su traje marrón.

«Alpha, beta, gamma, delta».

—Estoy preparada —le dije.

NOTA DE LA AUTORA

Los pequeños pueblos a lo largo del río Ohio cambiaron rápidamente en la primera mitad del siglo diecinueve, surgiendo y creciendo o desapareciendo completamente en cuestión de pocas décadas. Por esta razón me he inventado la mayoría de los nombres de los pueblos que se mencionan en la historia, aunque he procurado mantenerme fiel al espíritu de la zona. Sí existió realmente un barco de vapor llamado *Moselle*, que se hundió cerca de Cincinnati en 1838 tras el estallido de sus calderas. De las 300 personas que había a bordo sobrevivieron 117.

Los hechos de la novela tienen lugar veinte años antes del inicio de la guerra civil americana, cuando el río Ohio era la división natural entre el Norte, o los estados libres, y el Sur, o estados esclavistas. En 1838 no se había aprobado todavía la segunda Ley de Esclavos Fugitivos; sin embargo, los cazadores de esclavos sí que vigilaban el río Ohio en busca de fugados, y también se aventuraban al Norte, para devolverlos al Sur.

www.ingramcontent.com/pod-product-compliance
Lightning Source LLC
Chambersburg PA
CBHW030913300726

48970CB00001B/146